Julie Kenner
Nights of Passion

Hot Revenge – Lustvolle Rache

Lessons in Lust – Sündige Lektionen

MIRA® TASCHENBUCH
Band 35066
1. Auflage: Mai 2015

MIRA® TASCHENBÜCHER
erscheinen in der HarperCollins Germany GmbH,
Valentinskamp 24, 20354 Hamburg
Geschäftsführer: Thomas Beckmann

Konzeption/Reihengestaltung: fredebold&partner GmbH, Köln
Umschlaggestaltung: pecher und soiron, Köln
Redaktion:Maya Gause
Titelabbildung: Mills & Boon
Satz: GGP Media GmbH, Pößneck
Druck und Bindearbeiten: CPI books GmbH, Leck – Germany
Printed in Germany
Dieses Buch wurde auf FSC®-zertifiziertem Papier gedruckt.
ISBN 978-3-95649-114-6

www.mira-taschenbuch.de

Werden Sie Fan von MIRA Taschenbuch auf Facebook!

Julie Kenner

Hot Revenge –
Lustvolle Rache

Roman

Aus dem Amerikanischen von
Johannes Heitmann

1. KAPITEL

Drei Männer, das bedeutete auch drei Verführungen auf dem Ehemaligentreffen.

Perfekt, dachte Rachel, die nun schon über 1500 Meilen gefahren war. Es musste einfach klappen.

Sie biss sich auf die Unterlippe und kämpfte mit den Tränen, als sie sich der Stadtgrenze von Braemer näherte. Der nachtschwarze Himmel war sternenklar. Rachel strich sich durch das dunkle Haar. Ihre helle Haut schimmerte im Licht der Straßenlaternen.

Entschlossen straffte sie die Schultern und rief sich in Erinnerung, dass sie jetzt eine attraktive erfolgreiche Frau war, die selbstbewusst auf das zurückblicken konnte, was sie in den vergangenen zehn Jahren erreicht hatte. Und genau diese Haltung brauchte sie für die nächsten Tage.

Sie würde es sich selbst beweisen und allen anderen auch.

Wenn sie erst zurück nach New York fuhr, würde sie es den drei Kumpeln gezeigt haben. Derek Booker, Jason Stilwell und Carl MacLean. Die drei hatten ihr die Zeit auf der Highschool zur Hölle gemacht.

Sicher würde niemand in der Stadt sie jetzt erkennen. Die dicke, schüchterne Belinda Rachel von damals gab es nicht mehr. Jetzt nannte sie sich nur noch Rachel, und sie sah gut aus. Hinreißend und aufregend.

Ich bin sexy, sagte sie sich. Und ich werde den drei Mistkerlen den Kopf verdrehen, bis sie mich rettungslos anhimmeln. Bis zum Ehemaligentreff würde sie auf Teufel komm raus mit ihnen flirten, um ihnen dann klarzumachen, dass sie für Rachel Dean einfach nicht gut genug waren.

Eine Träne lief ihr die Nase entlang, und Rachel wischte sie verärgert weg. Wieso reichte schon ein Blick auf ihre Heimatstadt aus, um ihre kühle selbstsichere Art, die sie sich in Manhattan zugelegt hatte, zum Wanken zu bringen? Sie weinte sonst nie.

Ein Blitz zuckte über den Himmel, und sofort fielen dicke Regentropfen auf das Autodach. Der Lärm war ohrenbetäubend, die Sicht minimal. Unwillig hielt Rachel am Straßenrand an, um den Regen abzuwarten.

Auf dem Beifahrersitz lag die Einladung zur Highschool-Party. Wenn ihr jemand vor zehn Jahren gesagt hätte, sie werde einmal freiwillig wieder hierherkommen, dann hätte Rachel ihn für verrückt erklärt. Doch jetzt saß sie hier und erinnerte sich an alle Grausamkeiten, die ihr in der Schule widerfahren waren.

Das letzte Jahr war das schlimmste gewesen. Da hatte Carl angefangen, sie vor den Witzen und Spötteleien der anderen Kids in Schutz zu nehmen. Dann folgten seine beiden Freunde seinem Beispiel, und Rachel fing an zu glauben, die drei seien ihre Beschützer, ja vielleicht sogar ihre Freunde.

Beim Abschlussball hatte sie gemerkt, wie dumm sie gewesen war. Carl hatte sie eingeladen, und sie hatte wie eine Idiotin die Einladung angenommen. Zu diesem Anlass hatte sie all ihr Geld zusammengekratzt und sich ein passendes Kleid gekauft. Dann hatte sie sich das Haar sehr sorgfältig frisiert, und ihre Mom hatte ihr die Nägel maniküurt.

Mit schweißnassen Händen hatte sie im Wohnzimmer darauf gewartet, von Carl abgeholt zu werden. Mit Romantik hatte sie gar nicht gerechnet, aber auf sein eisiges Schweigen war sie auch nicht vorbereitet gewesen. Im Festsaal hatte er sie gleich allein gelassen, um sich auf die Suche nach Punsch zu begeben. Der war anscheinend schwer zu finden, denn Carl kehrte nicht zurück. Als Rachel Jason Stilwell und Derek Booker erzählte, dass Carl sie zum Ball eingeladen habe, lachte Jason ihr nur offen ins Gesicht.

Der krönende Höhepunkt ihrer Demütigung war der Moment gewesen, als Jason auf die Bühne stieg und verkündete, dass der gesamte Jahrgang sie zu dem Mädchen gewählt hatte, das am wahrscheinlichsten für immer Jungfrau blieb. Damals hatte sie sich Zauberkräfte gewünscht, um sich rächen zu können.

Jetzt zuckten Blitze über den Himmel, und Rachel fuhr zusammen.

Sie war weggelaufen, ohne sich umzusehen. Eine Woche später war sie in New York angekommen, und in weniger als einem Jahr hatte sie mit dem Mädchen von früher nichts mehr gemein.

Doch so sehr sie es auch versucht hatte, sie war Braemer durch das Weglaufen nicht entkommen. Trotz Diät, Intelligenz, Charme, Make-up und Geld hatte sich im Grunde nichts wirklich geändert. Seit zehn Jahren hatte sie sich wegen ihrer Vergangenheit über keinen Erfolg richtig freuen können.

Damit sollte jetzt Schluss sein. Rachel wollte sich den Gespenstern der Vergangenheit stellen und ihr Leben genießen können.

Auf ewig Jungfrau? Sie würde die drei Kumpel dazu bringen, sie mehr zu begehren als jede andere. Es kam ihr so vor, als könnte sie sich dadurch etwas zurückholen, was die drei ihr gestohlen hatten.

Die Entscheidung, der Einladung zu folgen, war ihr nicht schwergefallen. Ihr war das Apartment in Manhattan gekündigt worden, und ein Buchvertrag, an dem sie einen Monat lang gefeilt hatte, war geplatzt. Doch das Schlimmste war, dass ihr derzeitiger Freund, mit dem sie oft essen und tanzen ging, sie hatte sitzen lassen.

Bis dahin war alles bestens zwischen ihnen gelaufen, und auf einmal verließ er sie. Er musste hinter ihre Fassade gesehen und das dicke verunsicherte Mädchen mit Brille, Zahnspange und ungepflegtem Haar entdeckt haben. Und dieses Mädchen hatte er wenig reizvoll gefunden.

Schluss damit! Sie schlug mit der Faust aufs Lenkrad. Sie hatte sich geändert. Ihr ganzes Auftreten war ein anderes, und sie bestimmte ihr Leben selbst.

Da es nun nicht mehr ganz so schlimm regnete, ließ sie den Motor wieder an und fuhr weiter. Hoffentlich gab es das *Cotton Gin* als Treffpunkt des Ortes noch.

Im Moment war Rachel allerdings nicht sehr danach, Charme zu versprühen. Und ohne Schirm oder Regenmantel würde sie wie eine nasse Ratte wirken. Vielleicht sollte sie sich lieber ein Zimmer in der Pension nehmen und das *Cotton Gin* für heute Abend vergessen. Bestimmt war Carl ohnehin nicht dort. Oder sollte sie sich auf die Suche nach Derek Booker machen?

Nein. Carl MacLean stand auf ihrer Liste ganz oben. Und wenn sie ihrem Plan folgen wollte, dann durfte sie nicht kneifen.

Ja, dachte sie. Zuerst Carl.

Im Moment sehnte sie sich allerdings erst mal danach, trocken zu bleiben. Für heute sollte sie ihren Rachefeldzug aufschieben und sich lieber mit einem guten Buch ins Bett legen.

Sie beugte sich vor und blickte angestrengt auf die Straße.

Und plötzlich sah sie den Hund.

Sie riss das Lenkrad herum und trat auf die Bremse, doch der Wagen geriet ins Rutschen und traf das Tier mit einem dumpfen Laut, bei dem Rachel ganz übel wurde. Tränen schossen ihr in die Augen. Das arme Tier!

Immer wieder trat sie auf die Bremse, aber das verdammte Auto blieb erst stehen, als es mit der Vorderachse im Graben landete.

Sofort sprang Rachel aus dem Wagen und lief auf die Straße. Es war ein schwarzer Hund, wahrscheinlich ein Labrador.

Hatte sie ihn getötet? Als wolle er sie beruhigen, öffnete der Hund die Augen und schlug mit dem Schwanz auf den Boden.

Sofort musste Rachel an Dexter denken, einen beigefarbenen Mischling, der ihr in ihrer Schulzeit zugelaufen war. Er war zwar hässlich, aber unglaublich lieb und treu gewesen.

Und dieser arme Kerl hier sah sie flehend aus seinen traurigen braunen Augen an. Rachel kniete sich neben ihn und erkannte das Blut an den Hinterläufen. Was hatte sie bloß getan!

Als sie ihm die Schnauze streichelte, leckte er ihr die Hand. Sachte fuhr sie ihm durch das Fell und suchte nach einem Halsband oder einem Namensschild. Vergeblich. Sie musste etwas unternehmen, aber was? Rachel stand auf, um in ihrem Koffer nach etwas zu suchen, worin sie das Tier einwickeln konnte. Aber sobald sie die Hand wegzog, fing der Hund zu winseln an.

„Schon gut, Kleiner. Ich muss nur etwas finden, worin ich dich einwickeln kann."

Wieder winselte der Hund, und Rachel erkannte, dass sie ihn nicht allein lassen konnte. Eine Hand auf seinem Kopf, versuchte sie, mit dem freien Arm den Kofferraum zu erreichen, aber es ging nicht.

„Also gut, mein Bester. Dann machen wir es eben anders." Mit der linken Hand zog sie sich ihre teure und bereits klatschnasse Bluse von Versace aus. „Ich werde dir das hier umlegen und dich zum Auto tragen. Dann fahren wir in die Stadt und suchen einen Tierarzt."

Ihre Bluse reichte für den großen Hund nicht aus, und dann wurde ihr auch noch klar, dass sie dieses große Tier nicht würde tragen können. Dabei hatte sie mittlerweile ein Vermögen in ihrem Fitnessclub gelassen.

„Mein Süßer, es tut mir so leid, aber ich kann dich nicht heben." Der Hund leckte ihr wieder die Hand und brachte sie damit fast zum Weinen. Eingehend musterte sie ihn. Wenn sie ihn bis zum Auto schob, verschlimmerte sie damit die Verletzungen vielleicht noch. Möglicherweise half es, wenn sie ihm einen Verband anlegte.

Doch womit sollte sie ihn verbinden? Hilflos sah sie an sich hinunter. Ihre Strumpfhose war auch vollkommen durchnässt.

Es war sicher nicht die beste Lösung, aber im Moment hatte Rachel keine andere Wahl.

Garrett lag auf dem Ledersofa seines Bruders und wartete darauf, dass Carl endlich aufhörte zu telefonieren. Es herrschte immer noch eine unerträgliche Hitze.

Mit der Hitze hätte er rechnen müssen. Das passte zu diesem Tag. Seit er hier in Texas angekommen war, wurde es immer schlimmer. Erst war er im Flugzeug wegen Turbulenzen durchgeschüttelt worden, und als er endlich in Braemer eintraf, war er

13

überredet worden, für seinen Vater einzuspringen, der hier in der Stadt als Tierarzt arbeitete. Garrett hatte sofort zu einer Ranch fahren müssen, wo er einer Stute half, ihr Fohlen zu bekommen. Das war zwar aufregend gewesen, aber jetzt war er todmüde, und seine Schultern waren völlig verspannt.

Garrett sah zu seinem jüngeren Bruder. Carl wurde bald dreißig, und Garrett hatte diese Grenze gerade überschritten. Je älter sie beide wurden, desto ähnlicher sahen sie sich. Garrett war zwar ein paar Zentimeter größer, aber sie beide waren schlank und dunkelhaarig. Genau wie er besaß Carl diese Strähne, die ihm immer wieder in die Stirn fiel und ihm etwas Verwegenes verlieh.

Eigentlich waren sie nur Halbbrüder, aber das spielte für Garrett keine Rolle. Er betrachtete Carl als seinen Bruder, und wenn er ihn anblickte, erkannte er in ihm sich selbst und auch seinen Vater wieder.

Nichts, was Garrett bisher in seinem Leben getan hatte, schien das Wohlwollen seines Vaters zu finden. Sogar auf seine Berufswahl hatte sein Vater mehr mürrisch als erfreut reagiert. Und ganz bestimmt hatte er seinen ältesten Sohn nicht nach Braemer geholt, um ihn zum Partner in seiner Tierarztpraxis zu machen.

Er strich sich über die Stirn und massierte sich die Schläfen, um sich aus der düsteren Stimmung zu reißen. Carl legte auf und sah seinen Bruder lächelnd an.

Garrett erwiderte den Blick. „Ich kann mich nicht erinnern, dass du mich jemals angelogen hast, kleiner Bruder."

Mit einem Bleistift tippte Carl gegen das Tintenfass. „Ich verstehe gut, dass du verärgert bist, aber …"

„Verärgert, sagst du? Ich bin außer mir vor Wut."

Hilflos hob Carl die Schultern. „Ich überbringe ja nur die Nachrichten."

„Spiel nicht den Unschuldsengel."

Carl wandte den Blick ab, und Garrett konnte an seiner Miene ablesen, dass er überlegte, wie er von seinem Bruder das bekam, was er wollte. Garrett hatte seinen kleinen Bruder schon immer verwöhnt, und er war auch jetzt noch bereit, ihm jederzeit einen Gefallen zu tun. Andererseits bekam er allmählich den Eindruck, dass Carl ihn unter falschen Voraussetzungen nach Texas geholt hatte. „Vielleicht verrätst du mir, wie es kommt, dass ich für Dad einspringen muss, kaum dass ich wieder in der Stadt bin."

Nach langer Pause sah Carl ihn wieder an. „Der alte Herr braucht dich und möchte deine Hilfe."

Garrett wusste genau, dass sein Vater nicht das Geringste von ihm wollte. Garrett entstammte der ersten Ehe seines Vaters. Carl MacLean senior hatte Garretts Mutter geheiratet, weil sie von ihm schwanger war, und gleich nach der Geburt des Babys hatte sie die Stadt verlassen.

„Du verheimlichst mir doch etwas. Wieso?"

„Weshalb sollte ich lügen?"

Das wusste Garrett selbst nicht. Er stand auf und ging in Carls Büro umher. Vor dem Diplom an der Wand blieb er stehen und erinnerte sich daran, wie stolz er auf Carl gewesen war, als der sein Jurastudium erfolgreich beendete. „Wieso will er ausgerechnet jetzt meine Hilfe?"

„Garrett, ich …"

„Denkt er, ich vergesse alles, nur weil er mit dem Finger schnippt? Tanzt du denn auch immer nach seiner Pfeife? Ich habe doch mein eigenes Leben in Kalifornien."

„Du hast mir unzählige Male gesagt, wie sehr du Texas vermisst."

Garrett wollte sich nicht der Logik beugen. „Na und? Vielleicht habe ich trotzdem keine Lust, Dad zu helfen." Ihm gefiel das alles nicht. „Und du hast gelogen, um mich hierherzuholen."

„Beruhige dich doch."

„Ich bin die Ruhe selbst."

Carl setzte die Brille ab. „Also schön, ich habe gelogen. Dann verklag mich. Aber er kann mit seinem ausgerenkten Rücken die Praxis nicht weiterführen, und mir war klar, dass du seinetwegen nicht kommen würdest. Deshalb habe ich so getan, als brauchte ich deine Hilfe."

Garrett atmete tief durch. „Du weißt genau, dass ich dir nie einen Gefallen abschlagen würde." Wäre er auch so schnell gekommen, wenn sein Dad ihn selbst um Hilfe gebeten hätte?

Dann wäre er sofort herbeigeeilt. Schon seit seiner Kindheit wünschte er sich, dass sein Dad in irgendeiner Form zeigte, dass er ihm etwas bedeutete. Und jetzt lag er mit verletztem Rücken da, und es kam ihm überhaupt nicht in den Sinn, sich an seinen ältesten Sohn zu wenden, der ihn doch wunderbar in der Praxis vertreten konnte.

„Es geht mir ja nicht nur um Dad", sagte Carl. „Es geht mir auch um die Tiere."

„Komm mir nicht auf die Tour."

„Ich weiß doch, dass du ein weiches Herz hast."

Garrett musste an die Stute denken, der er vorhin geholfen hatte, ihr Fohlen zu bekommen. Sein Dad wäre dazu nicht in der Lage gewesen, weil er im Bett lag und unter dem Einfluss von Schmerzmitteln stand. Und im Gegensatz zu Garrett, der in seiner gut laufenden Praxis acht Mitarbeiter hatte, war Dr. Carl MacLean senior auf sich allein gestellt.

Als das Telefon klingelte, hob Carl den Hörer ab. „Hier Carl MacLean. Hallo, Liz … Ich weiß noch nicht genau. Vielleicht gehe ich zu diesem Treffen gar nicht hin. Nein, ich habe nur viel zu tun … Ja, ich rufe an, wenn ich es mir anders überlege. Bye."

„Du gehst nicht zum Jahrgangstreffen?", fragte Garrett sofort, nachdem Carl aufgelegt hatte. „Wieso nicht? Du hast doch all diese Preise gewonnen und Stipendien bekommen. Du solltest auf jeden Fall hingehen."

„Habe ich jetzt dich auch noch zum Vater?" Carl wich Garretts Blick aus. „Ich habe wirklich viel zu tun."

Carl war bei seinen Mitschülern sehr beliebt gewesen. Wieso sollte jemand, der von allen gemocht wurde und jetzt ein erfolgreicher Anwalt war, nicht am Ehemaligentreffen teilnehmen wollen? „Sag mir doch, wieso du nicht dorthin willst."

Carl rieb sich das Gesicht. „Später vielleicht, ja? Ich habe etwas sehr Dummes getan, und das Mädchen hat die Stadt verlassen, bevor ich mich dafür entschuldigen konnte. Diese Sache bereue ich jetzt seit zehn Jahren."

„Um wen geht es denn?"

Carl seufzte. „Um Belinda Rachel Dean."

Der Name sagte Garrett nichts. „Kenne ich sie?"

„Sie war in meinem Jahrgang. Kein sehr attraktives Mädchen. Wir haben ihr ziemlich zugesetzt." Er blickte auf. „Einmal musst du sie getroffen haben. Dad hat ihren Hund zusammengeflickt, bevor du weggezogen bist."

Garrett nickte. Er glaubte sich erinnern zu können. „Ein schüchternes pummeliges Mädchen, das niemandem in die Augen sehen konnte?"

„Genau die."

„Ich habe sie zum Lachen gebracht."

„Dann warst du sicher der Erste in der ganzen Stadt. Sie hat sich die gesamte Schulzeit über abgekapselt. Nur mit Paris Sommers war sie befreundet, jedenfalls bis zu dem Jahr, in dem Paris und ihr Dad wegzogen."

„Was hast du ihr denn angetan?"

„Eigentlich wollte ich ihr Freund sein, weil sie einen brauchte. Aber Jason und Derek hatten andere Pläne, und ich habe mich überreden lassen, dabei mitzumachen." Er hob die Schultern. „Ich will wirklich nicht darüber reden, okay?"

Garrett nickte und ballte die Fäuste. Er musste sich beherrschen, um seinen kleinen Bruder nicht weiter zu bedrängen. Wenn Carl sich mit Kerlen wie Jason und Derek herumgetrieben hatte, dann hätte Garrett tatsächlich länger in Braemer bleiben sollen.

„Möchtest du bei mir wohnen?", fragte Carl.

„Nein, ich habe mir ein Zimmer genommen. Trotzdem danke." Er verließ das Büro, drehte sich an der Tür aber noch einmal um und deutete warnend auf seinen Bruder. „Wir sind aber noch nicht fertig, Carl. Du hast mich hergelockt, und ich will noch diese Geschichte mit Jason und Derek hören. Für morgen Abend kannst du gleich Bier einkaufen, dann wirst du deinem klugen älteren Bruder alles beichten. Abgemacht?"

Carl musste lächeln. „Na klar."

Garrett ging durch den dunklen Empfangsbereich und trat hinaus auf die Veranda des alten Hauses.

Unter seinen Stiefeln knirschte Kies, als er zum Pick-up seines Vaters lief, den Carl für ihn ausgeliehen hatte. Leise fluchte er über den Regen, der anscheinend niemals aufhören wollte. In Gedanken war er immer noch bei Carls Schandtat. Morgen werde ich ja alles erfahren, dachte er. Wahrscheinlich nur ein dummer Streich, an den sich niemand außer Carl erinnerte.

Vom Wagen aus wählte er die Nummer seines Vaters, und seine Stiefmutter meldete sich.

„Hier ist Garrett", erklärte er.

„Carl hat gesagt, dass du in der Stadt bist."

„Hallo, Jennie", fügte er als normale Begrüßung hinzu. „Wie ich höre, liegt Dad flach. Ich komme gleich bei euch vorbei."

„Natürlich würde ich dich gern sehen, aber so spät solltest du bei diesem schlechten Wetter nicht extra hierherfahren. Dein Dad ist nicht zu Hause."

Einen Moment verschlug es Garrett die Sprache. „Ich dachte, er habe sich den Rücken verrenkt."

„Er ist im Krankenhaus in Temple. Dort sollen morgen ein paar Tests gemacht werden. Heute früh habe ich ihn hingefahren."

Sie verabschiedeten sich, und Garrett legte auf. Eigentlich war er ganz froh darüber, noch einen oder zwei Tage Zeit zu haben, bis er seinen Vater traf und der ihm eine gute Rückreise nach Kalifornien wünschte. In jedem Fall rechnete er mit einer klaren Zurückweisung.

Stöhnend schlug er auf das Lenkrad und verdrängte die Gedanken an seinen Vater. Konzentriere dich bei dem Regen lieber auf die Straße, dachte er. Hoffentlich gibt es in der Pension von Mrs Kelley genug heißes Wasser. Eine eiskalte Dusche ist jetzt das Letzte, worauf ich Lust habe.

In diesem Moment sah er die Frau auf der Straße, und schlagartig gab es für ihn doch einen Grund für eine kalte Dusche.

Die Frau trug keine Bluse, und das dünne Unterhemd war durchnässt und klebte an ihren Brüsten. Allein schon dieser Anblick hätte Garrett zum Anhalten gebracht. Dass sie mitten auf der Straße stand und mit beiden Armen winkte, war da eher nebensächlich.

Er drehte das Fenster herunter und hielt neben ihr an. Zum Glück ließ der Regen gerade etwas nach. „Brauchen Sie Hilfe?"

„Überhaupt nicht." Sie sah ihn wie einen Idioten an. „Bei Regen stehe ich immer in Unterwäsche an der Straße. Das ist so belebend."

Garrett musste lächeln. Es war wirklich eine dumme Frage gewesen, und eine Frau mit Widerspruchsgeist reizte ihn. In letzter Zeit war er nur mit netten Frauen ausgegangen, die alle Schauspielerinnen werden wollten und niemals offen ihre Meinung sagten. Diese Frau hier brachte etwas Licht in diesen ansonsten so düsteren Tag.

„Wollen Sie die ganze Zeit dasitzen und mich in meinen nassen Sachen anstarren, oder steigen Sie auch irgendwann aus? Hilfe anbieten und Hilfe leisten sind für Sie wohl zwei Paar Schuhe?" Vielsagend blickte die Frau sich über die Schulter um, und Garrett entdeckte den Labrador, der wie zur Antwort mit dem Schwanz auf die Straße schlug.

„Schon gut." Er schaltete den Motor aus und stieg aus dem Wagen. Seine schlechte Laune war verflogen, und jetzt kniete er neben dem Hund auf die Straße und untersuchte dessen Verletzungen. „Ganz ruhig, mein Freund." Er schob den behelfsmäßigen Verband zur Seite. Ohne ein Röntgenbild konnte er zwar nichts Genaues sagen, aber abgesehen von einem gezerrten Vorderlauf und ein paar schlimmen Abschürfungen sah der Hund gesund aus.

Mit einer Hand kraulte er das Tier hinter dem Ohr und sah zu der Schönheit mit der scharfen Zunge hoch. Sie wischte sich die Tropfen aus dem Gesicht und erwiderte seinen Blick stirnrunzelnd, als habe sie ihn schon einmal irgendwo gesehen, könne sich aber nicht an seinen Namen erinnern.

„Was ist denn geschehen?", fragte er nach.

„Spielt das denn eine Rolle? Er muss zu einem Tierarzt, und zwar bald."

„Stets zu Diensten. Wir können ihn in meine Praxis fahren." Er hob den Hund hoch und achtete darauf, dem Tier keine unnötigen Schmerzen zuzufügen. Was hatte er da gerade gesagt? Zu seiner Praxis? Ein Glück, dass sein Vater das nicht gehört hatte.

„Sie sind Tierarzt?"

Den schweren Hund auf den Armen, richtete er sich auf. „Nein, aber unter diesen Umständen fand ich, es sei ein guter Spruch, um mit Ihnen ins Gespräch zu kommen."

„Tut mir leid, das war eine dumme Frage."

Ein Punkt für mich, dachte Garrett. Er räusperte sich und deutete mit einem Kopfnicken auf die Klappe der Ladefläche des Pick-ups.

„Oh." Hastig öffnete Rachel die Klappe. „Glauben Sie, er wird wieder gesund?"

Garrett legte das Tier ab und deckte es vorsichtig mit einer Plane zu. „Er hat nicht viel Blut verloren und scheint auch nicht unter Schock zu stehen. Ich sehe mir sein Bein an, säubere und nähe die Wunde, dann wird er schon bald wieder Katzen die Bäume hochjagen."

„Ich möchte mit dabei sein."

„Von mir aus gern." Er sah zu ihrem Wagen, der immer noch mit eingeschalteten Scheinwerfern am Straßenrand stand. „Folgen Sie mir in die Stadt."

„Er steckt fest."

„Dann fahren Sie mit mir. Ich werde einen Abschleppwagen anrufen." Erst jetzt bemerkte er die Brems- und Rutschspuren. „Sie haben die Kontrolle über den Wagen verloren und den Hund angefahren?"

Beschämt nickte sie und senkte den Blick.

„Und Sie? Haben Sie sich den Kopf gestoßen?" Ohne daran zu denken, dass sie vielleicht etwas dagegen haben könnte, hob er ihr Kinn mit einem Finger an und sah ihr in die Augen. Die Pupillen ihrer dunkelbraunen Augen verrieten ihm, dass sie nicht unter Schock stand. Aber an ihren Tränen erkannte er, dass der Unfall sie sehr verstört hatte.

„Ich bin gar nicht schnell gefahren, aber ich habe ihn nicht gesehen." Sie schniefte. „Und dann wusste ich nicht, was ich mit ihm machen soll." Die Tränen liefen ihr übers Gesicht, doch sie machte keinerlei Anstalten, sie wegzuwischen. „Ich weine nie."

„Das sehe ich." Garrett wischte ihr die Tränen weg. Wie warm ihre Haut war! „Sie haben sich tadellos verhalten. Und so schwer verletzt ist der Kerl gar nicht." Er sah auf ihre nackten Beine. „Eine Strumpfhose zum Verbinden, daran hätte ich sicher nicht gedacht."

Ihr zaghaftes Lachen machte ihn froh, doch sofort riss er sich zusammen. Hier mit einer Frau herumzuflirten konnte er sich wirklich nicht erlauben.

„Wahrscheinlich war ich in einem früheren Leben Pfadfinderin", sagte sie. „Allzeit bereit." Sie zuckte die Schultern. Garrett unterdrückte ein Aufstöhnen, doch er konnte den Blick nicht von ihren aufgerichteten Brustspitzen unter dem seidigen weißen Hemd abwenden.

„Hier." Er zog sich die Jacke aus und reichte sie ihr.

„Mir geht es gut."

Mir aber nicht, dachte er. „Keine Widerrede, ziehen Sie die Jacke an."

Ihre Lippen zuckten. Anscheinend kämpfte sie gegen ein Lächeln an, doch sie schwieg nur und schlüpfte in die Jacke. Obwohl die Fremde fast so groß war wie er, schien sie in der Jacke zu verschwinden und wirkte noch verletzlicher als vorhin. Das weckte sofort Garretts Beschützerinstinkt.

Ich begehre sie, sonst nichts, dachte er.

Sie holte eine Handtasche aus dem Auto, bevor sie die Scheinwerfer ausschaltete und die Tür zuschlug. „Schöner Wagen", stellte sie fest, als sie über Garretts Schulter hinweg in das chaotische Innere des Pick-ups seines Vaters sah. Garrett musste lächeln. Wenn sie, statt zu weinen, wieder zu spöttischen Bemerkungen überging, dann hatte er sie anscheinend beruhigt.

Er schob alte Kaffeebecher, Verpackungen, Zeitschriften und sonstigen Kram vom Beifahrersitz. Sein Vater lebte praktisch in diesem Wagen, weil er jeden Nachmittag zwischen den weit verstreuten Farmen hin und her fuhr, um dort Pferde, Rinder, Schweine, Katzen und Hunde zu behandeln. Das war sicher befriedigender als der ganze Verwaltungskram, mit dem Garrett sich tagein, tagaus herumzuplagen hatte.

Seinen Fahrgast schien die Unordnung nicht zu stören, denn sie stieg ein, ohne zu zögern, wobei er ihr bereitwillig half. Sie nahm sich ein herumliegendes Handtuch und breitete es über dem Sitz aus.

Garrett ging um den Wagen herum und stieg ebenfalls ein. „Entschuldigen Sie die Unordnung."

„Passt zu dem Tag, den ich hinter mir habe."

Er ließ den Motor an und blickte zu ihr, aber sie gab keine weiteren Erklärungen und lächelte nur. Was für ein Lächeln!

Garrett räusperte sich. „War es ein schlimmer Tag?"

Sie drehte sich um und blickte aus der Heckscheibe der Fahrerkabine. „Das dachte ich jedenfalls, aber dann habe ich dieses arme Tier angefahren." Bedrückt lächelte sie. „So etwas zeigt einem schlagartig, wie unbedeutend manche Probleme sind, nicht?" Mit einer Hand strich sie sich das Haar aus der Stirn und lehnte den Kopf gegen die Scheibe. „Und er wird wirklich wieder gesund? Sagen Sie das nicht nur, um mich zu beruhigen?"

Sie wirkte so besorgt, dass Garrett am liebsten angehalten und sie in die Arme gezogen hätte. Er beschloss, ganz offen und ehrlich zu ihr zu sein.

„Ich bin kein Wunderheiler", sagte er, „aber das scheint mir in diesem Fall auch nicht nötig zu sein. Nach allem, was ich bisher gesehen habe, glaube ich, dass er bald wieder auf die Beine kommt."

Sie wirkte sehr erleichtert. „Ich bin froh, dass ausgerechnet Sie angehalten und mir geholfen haben." Herzlich lächelte sie ihn an, senkte jedoch den Blick, bevor er das Lächeln erwidern konnte. Sie griff nach einer der Zeitschriften für Tierärzte. „Auf jeden Fall danke ich Ihnen vielmals."

„Gern geschehen", erwiderte Garrett.

Sie lehnte sich entspannt zurück und schlug die Beine übereinander. Dabei glitt die Jacke vorn auseinander, und Garrett überlegte unwillkürlich, ob sie unter ihrem kurzen Rock überhaupt etwas trug.

Seine Kehle war wie zugeschnürt. Immer mit der Ruhe, sagte er sich. Diese Frau sieht den selbstlosen Helfer in dir, also denk nicht immer nur an ihre Stimme, ihre Beine, ihren Duft. Konzentriere dich lieber aufs Fahren.

2. KAPITEL

Rachel zog die Jacke wieder züchtig zusammen. Sie durfte sich die Aufregung nicht anmerken lassen, dass sie hier neben ihrem Opfer Nummer eins saß. Hier, direkt vor ihr, lag der Beweis. Diese Zeitschrift war an Dr. Carl MacLean adressiert!

Möglichst unauffällig drehte sie sich ein wenig zur Seite und betrachtete den Mann hinter dem Lenkrad aus dem Augenwinkel. Es bestand kein Zweifel: Der Hund und sie waren von Carl MacLean gerettet worden. Sie biss sich auf die Unterlippe und dachte an den warmen Druck seiner Hände, als er ihr in den Wagen half. Ihre Haut kribbelte immer noch an der Stelle, wo er sie berührt hatte.

„Wenn Sie sich dann besser fühlen, können Sie bei der Behandlung zusehen."

Zusehen? Rachel war nicht sicher, ob sie das wollte. „Danke, aber ich werde lieber nur warten." Es war nicht nur der Anblick der Wunde, der sie abschreckte. Sie wollte auch nicht erleben, wie Carl seiner Arbeit nachging. Das hätte das Bild, das sie sich von ihm gemacht hatte, ins Wanken gebracht. Und auf dieses Bild war Rachel angewiesen, wenn sie ihren Plan verwirklichen wollte.

Dass er sich als Helfer in der Not zeigte, verwirrte sie ohnehin schon genug. Und wenn sie sich selbst gegenüber ehrlich war, musste sie sich eingestehen, dass ihr immer schon klar gewesen war, dass Carl sehr nett sein konnte, wenn er nur wollte.

Sie erinnerte sich an jenen Tag, als ihr eigener Hund von einer Waschbärenmutter verletzt worden war. Sein gelbliches Fell war blutverschmiert gewesen und er hatte tiefe Wunden an der Schnauze und den Hinterläufen. Rachel war damals zwölf gewesen. Ihre Mutter hatte im Café gearbeitet, und so hatte sie sich selbst helfen müssen. In ihrem alten Bollerwagen hatte Rachel versucht, den Hund zum Tierarzt zu bringen. Auf dem Weg war sie Carl und seinem Bruder – Gary oder Cary oder so ähnlich – begegnet, und die beiden hatten sie zur Praxis ihres Vaters gebracht.

Als der Mann, den sie für Carl hielt, ihr eine Hand auf die Schulter legte, fuhr Rachel zusammen.

„Sind Sie erschöpft?"

Sie sah zu ihm und erkannte im Blick seiner blauen Augen aufrichtige Sorge. „Mir geht es gut. Wirklich." Selbst durch die Regenjacke hindurch spürte sie die Wärme seiner Hand. Obwohl es ihr schwerfiel, die Berührung zu unterbrechen, rutschte sie ein Stück von ihm weg und lehnte sich an die Beifahrertür. Anscheinend war das deutlich genug, denn er ließ die Hand von ihrer Schulter zur Gangschaltung sinken. Sofort bereute Rachel die Zurückweisung. Sie wollte schließlich mit Carl und den anderen flirten. Die schüchterne Belinda Rachel gab es nicht mehr.

Dass Carl aufregend und nett war, durfte nichts an ihrem Plan ändern. Rachel setzte sich aufrecht hin und rutschte wieder ein Stück zurück, sogar noch näher als zuvor. Ich bin Rachel Dean, sagte sie sich, und ich kann Männer mit einem einzigen Blick dazu bringen, dass ihnen heiß wird.

Ganz absichtlich schlug sie wieder die Beine übereinander und sorgte dafür, dass die Regenjacke erneut aufging. Sie sah zu Carl und befeuchtete sich mit der Zunge die Lippen. „Wo ist denn die Praxis?"

Genau wie sie es sich erhofft hatte, glitt sein Blick ihr Bein entlang. Er schluckte. „Nur noch fünf Meilen. Auf der anderen Seite der Stadt."

Sie erinnerte sich an das Grundstück der MacLeans. Das Wohnhaus lag fast eine Meile von der Hauptstraße entfernt, während die Praxis direkt an der Straße lag. Wieder sah sie nach hinten zu dem Hund. Nur noch ein paar Minuten, dann würde es ihm besser gehen.

Carl bemerkte ihren Blick und lächelte beruhigend. Unwillkürlich erwiderte sie das Lächeln und seufzte auf. Solange sie ständig an den Hund denken musste, konnte sie sich kaum auf ihre Rolle als Verführerin konzentrieren. Sie ließ die Jacke sich öffnen und lächelte vielsagend, als er den Motor anließ. „Falls ich es noch nicht gesagt habe, Dr. MacLean, ich bin Ihnen sehr dankbar für Ihre Hilfe."

Dr. MacLean? Garrett überlegte, ob er sich dieser Frau überhaupt vorgestellt hatte. Aus dem Augenwinkel heraus sah er ihr nacktes Bein und schluckte. „Habe ich mich Ihnen vorgestellt?"

Sie leckte sich die Lippen. „Nein, das haben Sie nicht."

Stirnrunzelnd erwiderte er ihren Blick. „Na schön. Sind wir uns schon einmal begegnet?"

„Heißt das, Sie könnten jemanden wie mich vergessen?"

„An eine Frau wie Sie würde ich mich für alle Ewigkeit erinnern." Das war noch untertrieben. Die wenigen Augenblicke mit dieser Frau hatten schon ausgereicht, dass ihr Bild sich unauslöschlich in seine Erinnerung eingebrannt hatte.

„Danke." Sie drehte sich zu ihm herum und zeigte dabei noch mehr Bein. Sofort fragte Garrett sich, ob ihre Haut sich genau so seidig anfühlte, wie sie aussah. „Wir haben uns tatsächlich schon einmal zu Highschool-Zeiten getroffen. Ich war anfangs nur nicht sicher, ob Sie es wirklich sind." Wieder lächelte sie. „Ich hatte gehofft, Sie hier zu treffen."

Garrett blickte sie forschend an, doch er konnte sich nicht an sie erinnern. Allerdings hatte er ohnehin ein schlechtes Gedächtnis für Gesichter, und die Schulzeit lag eine Ewigkeit zurück. „Und woran haben Sie mich erkannt?"

„Spielt das denn eine Rolle?" Sie gab ihrer Stimme einen verführerischen Klang, und Garrett erkannte, dass sie irgendein Spiel trieb, doch er konnte sich den Grund dafür nicht erklären. Aber er wollte darauf eingehen.

„Es lohnt sich, wenn man zwischen den weißen Linien fährt", sagte sie, da er immer mehr von der Fahrbahn abkam.

Er korrigierte seinen Kurs und sah wieder zu Rachel.

Sie erwiderte seinen Blick. „Also schön", sagte sie leise und klopfte auf die Zeitschrift neben sich. „Ich habe die Adresse gelesen. Seltsam, ich hätte wetten können, dass Sie Jura studieren würden."

Wieso sollte ich? dachte er. Dann traf ihn plötzlich die Erkenntnis. Sie hielt ihn für Carl.

Er drosselte die Geschwindigkeit und überlegte, wie er das Missverständnis aufklären sollte. Doch ihr hintergründiges Lächeln ließ ihn schweigen.

„Ich habe nicht Jura studiert", sagte er nur wahrheitsgemäß.

„Nein? Na, dass ich hellsehen kann, habe ich auch nie behauptet. Ich bin nur neugierig." Sie fuhr sich mit der Zunge über die Lippen und rutschte etwas näher, wobei sie ein Bein über die Gangschaltung hob.

Mit der Hüfte berührte sie ihn. Garrett war wie elektrisiert. Er vergaß alle guten Vorsätze und dachte nur noch an sein brennendes Verlangen. Diese Frau, deren Schönheit und Schlagfertigkeit ihn so faszinierten, hielt ihn für Carl. Eine Frau wie sie hatte er in Kalifornien nie getroffen.

Angestrengt versuchte er, sich nur aufs Fahren zu konzentrieren und nicht auf die Wärme ihrer Berührung zu achten. Er durfte sich auf nichts einlassen, was sie später bereuen würden.

Sie hielt eine der Zeitschriften seines Vaters hoch und beugte sich dichter zu ihm. „Sind Sie jetzt zufrieden?"

Es fiel ihm schwer, weiterhin beide Hände auf dem Lenkrad zu lassen. „Nicht ganz."

„Nein?" Sie verdrehte den Rückspiegel und holte einen Lippenstift aus der Handtasche. „Dann lassen Sie es mich wissen, was ich tun kann, um Sie voll und ganz zu befriedigen." Sie spitzte die Lippen und trug die Farbe langsam und sehr bewusst auf. Dann drehte sie den Spiegel wieder zurück und zwinkerte Garrett zu. Er machte sich nicht die Mühe, den Spiegel wieder genau einzustellen. In Gedanken war er noch bei seinen Fantasien darüber, was sie mit ihren sinnlichen Lippen alles anstellen konnte.

Ich sollte das Missverständnis wirklich aufklären, dachte er. Sie muss wissen, dass ich nicht Carl bin. Andererseits gab er sich ja nicht direkt als Carl aus, und anscheinend kannte diese Frau Carl gar nicht richtig.

Als er einen anderen Gang einlegte, sah er unauffällig wieder zu seiner Beifahrerin. Sie blickte besorgt nach hinten und biss sich dabei leicht auf die Unterlippe. Selbst jetzt sah sie noch sexy aus. Fast noch anziehender, als wenn sie intensiv flirtete. Garrett konnte sich nicht erklären, weshalb diese verletzliche attraktive Frau sich hinter der Fassade der hemmungslosen Verführerin versteckte.

Zum zweiten Mal an diesem Abend sehnte er sich danach, sie in die Arme zu ziehen und sie zu küssen.

War das nicht genau, was sie ihm anbot?

Nein, auch wenn sie die weltgewandte Verführerin spielte, wollte sie ganz bestimmt nicht, dass er wirklich nahekam.

Sie bemerkte seinen Blick und lächelte schüchtern.

Garrett sah wieder nach vorn. Er dachte an die anstrengende Reise hierher nach Texas, die Lüge seines Bruders, an seinen Vater und die Praxis. Diese Frau hatte seine schlechte Laune vertrieben, und Garrett sehnte sich danach, für eine Nacht mit dieser Frau alle Sorgen zu vergessen.

Dann tu's doch, sagte er sich. Sie flirtet mit dir, nur im Namen irrt sie sich. Er musste lächeln.

„Was ist denn so komisch?"

Er blickte hoch. „Was meinen Sie?"

„Sie lächeln."

„Gerade habe ich überlegt, ob ich auf Ihr Flirten eingehen soll, und habe nach einem Grund dafür gesucht. Abgesehen davon, dass ich Sie begehre." Er trat auf die Bremse, weil sie sich der Abzweigung näherten, wo es zur Praxis ging.

„Tatsächlich?" Sie wandte den Blick ab, doch Garrett sah ihr Lächeln, denn ihr Gesicht spiegelte sich in der Windschutzscheibe. Sie fuhr ihm mit einem Finger über das Bein, und es kam Garrett vor, als würde sie dadurch ein Loch in seine Jeans brennen. Er wechselte den Gang und berührte dabei ihre Hand. „Haben Sie denn etwas dagegen, Dr. MacLean, dass ich mit Ihnen flirte?"

Fast hätte er gelacht. Diese Frau tauchte klitschnass wie aus dem Nichts auf und stellte ihm anzügliche Fragen. Er hielt vor der Praxis seines Vaters an und stellte den Motor ab. „Ich verkrafte das schon, Miss …"

„Wir sollten den Hund schnell behandeln."

Ihren Namen wollte sie ihm also nicht nennen. Das war seltsam, aber immerhin hatte sie seinen Namen auch nur von dieser Zeitschrift. Er stieg aus. Von flüchtigen Affären hielt er sonst wenig, aber im Moment verlief sein Leben ohnehin etwas seltsam. Genauso seltsam wie diese Frau. Sie erregte ihn und weckte in ihm Gedanken, die er seit Langem verdrängt hatte.

Der Regen schien niemals aufhören zu wollen, doch trotzdem sah Garrett dem Abend mit einem Mal sehr erwartungsvoll entgegen.

Rachel schluckte, als der Mann sich das schlichte weiße T-Shirt auszog. Sie meinte, nicht mehr atmen zu können, bis Garrett sich den Arztkittel überzog und damit seinen Waschbrettbauch wieder bedeckte.

Ganz ohne Zweifel hatte ihre Anmache Wirkung gezeigt. Leider hatte sie nicht damit gerechnet, dass er so schnell darauf ansprang, doch genau das war geschehen.

Und jetzt stand sie hier in dem Behandlungsraum zwischen Postern von Hunden und Katzen und umklammerte Operationskittel und -hose, die Garrett ihr gegeben hatte. Sie glühte innerlich.

Als er sich das Hemd übergestreift hatte, hatte er nur wissend gelächelt. Anscheinend hatte er genau gewusst, in welche Richtung ihre Gedanken wanderten. Sie runzelte die Stirn und versuchte, möglichst gelassen zu wirken. Schließlich wollte sie ihn verführen und nicht umgekehrt.

Mit einem Nicken deutete er auf den Hund, der auf dem kalten Tisch ausgestreckt lag. „Wollen Sie ihm noch ein paar nette Dinge ins Ohr flüstern, bevor ich mich ans Werk mache?"

Lächelnd beugte sie sich über das Tier. Sanft kraulte sie es hinter den Ohren. „Sicher geht es dir bald wieder gut." Sie rieb die Nase an seiner Schnauze, und er leckte ihr das Kinn.

„Also gut." Sie richtete sich wieder auf. „Dann wirken Sie Ihr Wunder." Sie presste die Lippen aufeinander. „Sie können ihn heilen, oder?"

Er lächelte sie an, und seine blauen Augen funkelten, als er ihr eine Strähne hinter das Ohr strich. „Keine Bange."

Als er sich näher zu ihr beugte, beschleunigte sich ihr Puls. Ganz sachte strich er ihr mit den Lippen über die Wange, und schlagartig wurde Rachel klar, dass sie das Ganze nicht mehr steuern konnte.

Garrett trat wieder einen Schritt zurück, und fast hätte Rachel aufgestöhnt. Als er eine lange Spritze aufzog, verspannte sie sich. „Das ist wohl das Zeichen, dass ich mich jetzt lieber zurückziehen sollte."

„Ich sehe zu, dass ich schnell fertig werde."

Rückwärts ging sie zur Tür. „Nur keine überstürzte Eile. Jedenfalls nicht meinetwegen."

„Schlafen Sie, wenn Sie wollen. Im Nebenzimmer steht eine Liege. Gehen Sie durch das andere Sprechzimmer. Das Sofa ist älter als ich, aber sehr bequem."

„Ich kann jetzt nicht schlafen. Aber vielleicht teste ich das Sofa trotzdem."

„Für einen richtigen Test", flüsterte er, „dürften Sie aber nicht allein sein." Sanft küsste er sie auf die Wange und ging wieder in das Behandlungszimmer. Diesmal schloss er die Tür hinter sich.

Rachel stand nur reglos da und hielt die Hand an ihre Wange. Sie konnte nicht mehr genau sagen, in welchem Augenblick sie die Kontrolle über die Situation verloren hatte.

3. KAPITEL

Nachdem Rachel ihre nassen Sachen mit den ihr viel zu weiten sterilen Sachen von Carl vertauscht hatte, lief sie nervös vor dem Behandlungszimmer auf und ab. Die Anspannung machte sie verrückt. Was hatte sie sich bloß vorhin gedacht? Es war die größte Dummheit gewesen, während der Fahrt hierher einen Annäherungsversuch zu machen. Zu diesem Zeitpunkt war sie gar nicht ganz sie selbst gewesen.

Sie hätte lieber eine Gelegenheit abwarten sollen, wenn nicht gerade ihr gesamtes Make-up verschmiert war und ihre Kleidung klitschnass an ihrem Körper klebte. Bei der Erinnerung daran, wie sie den Hund angefahren hatte, zitterte sie ja jetzt noch.

Immer wieder musste sie an den Blick des Tiers denken und daran, wie er mit dem Schwanz auf den Boden geklopft hatte. Thumper – das bedeutete Klopfer –, so würde sie ihn nennen.

Sie presste das Ohr an die Tür, aber sie konnte keinen Ton hören.

Eine Sekunde später flog die Tür auf, und Rachel zuckte zusammen.

„Um Himmels willen, haben Sie mich erschreckt!" Sie stand wie eine Idiotin da und atmete tief durch, während ihr Retter und ihr Opfer Nummer eins mit belustigtem Lächeln am Türrahmen lehnte.

Rachel legte eine Hand auf ihre Brust. „Wie geht es Thumper?" Sie versuchte, Garrett über die Schulter zu spähen.

„Thumper? Ein netter Name."

„Finden Sie?" Rachel blickte ihm in die hellblauen Augen.

„Ja, das finde ich." Freundschaftlich legte er ihr eine Hand auf den Arm. Es war nur eine mitfühlende Geste, doch auf Rachel wirkte sie keineswegs nur tröstlich. „Und wie geht's Ihnen? Sind Sie immer noch durcheinander?"

Durcheinander? Das war stark untertrieben. Rachel war todmüde, fast auf offener Straße im Regen ertrunken, hatte beinahe einen Hund getötet und war am Ende völlig verdreckt worden.

Zu guter Letzt war auch noch dieser Mann erschienen, und er entpuppte sich als derjenige, den sie in sich verliebt machen wollte, um ihn in seiner männlichen Ehre zu kränken. Und dieser Mann stand jetzt vor ihr und sah einfach zum Anbeißen aus.

„Miss?"

Sie trat einen Schritt zurück und gab ihm zu verstehen, dass er ihren Arm loslassen sollte. „Mir geht es gut. Wirklich."

Er musterte sie langsam von Kopf bis Fuß. „Also, Sie sehen tatsächlich fabelhaft aus."

„Das ist jetzt die neueste Mode aus Paris", witzelte sie. „Und ich folge zwanghaft jedem neuen Trend."

„Sie würden sicher auch im letzten Fetzen noch gut aussehen. Am besten würde es Ihnen allerdings stehen, wenn Sie alle Sachen ausziehen."

Jetzt wurde sie auch noch rot. Seit wann passierte ihr das denn wieder?

Nichts lief so wie erwartet. Irgendwie schaffte Carl es, in diesem Spiel die Oberhand zu gewinnen. Das durfte einfach nicht geschehen.

Sie straffte die Schultern und schenkte ihm ein Lächeln, mit dem sie bislang noch jeden Mann in die Knie gezwungen hatte. „Flirten Sie mit mir, Herr Doktor, oder wollen Sie mich in Verlegenheit bringen?"

„Das hängt davon ab, wie ich Sie dazu bewegen kann, noch länger bei mir zu bleiben."

Sein Lächeln brachte ihr Herz fast zum Stillstand. Unsicher holte sie Luft. Es kostete ihn anscheinend überhaupt keine Mühe, ihr Blut in Lava zu verwandeln. Und in diesem Zustand konnte sie unmöglich ihren Plan durchführen. Sie musste die überlegene Verführerin sein und er ihr willenloses Opfer. Aber Carl hatte mit ihr die Rolle getauscht. Er gab hier den gut aussehenden Fremden, und für Rachel blieb nur der Part des aufgeregten Mauerblümchens.

„Kann ich nach Thumper sehen?" Sie versuchte, sich wenigstens wieder auf ein sicheres Gebiet zu begeben.

Es klappte. Sofort verwandelte sich der Traummann wieder in den besorgten Tierarzt. „Folgen Sie mir."

Dort lag Thumper in einem großen Käfig, und Rachel verlor vor Rührung fast die Fassung. Innerlich beschimpfte sie sich selbst. Weshalb benahm sie sich auf einmal bloß wieder wie das dumme verunsicherte Schulmädchen?

Carl öffnete den Käfig, und sie strich Thumper über den Kopf. Der Hund öffnete benommen die Augen, leckte ihr kurz die Hand und schlief dann wieder ein.

Wieder traten ihr Tränen in die Augen, aber diesmal vor Erleichterung. Mit aller Kraft kämpfte Rachel dagegen an. „Vielen, vielen Dank. Ich glaube, ich hätte es nicht verkraftet, wenn …"

„Ist ja gut." Er streckte die Hand nach ihr aus.

Als er sanft ihre Wange berührte, wäre Rachel ihm fast um den Hals gefallen. Doch dann wurde ihr klar, dass er ihr nur eine Träne aus dem Gesicht gewischt hatte, und sie weinte los. Carl zog sie in die Arme, und sie drückte das Gesicht an sein Hemd. Schniefend wurde ihr erst zu spät bewusst, dass sie sein Hemd praktisch als Taschentuch missbrauchte.

Das war's dann wohl mit ihrer Vorstellung als männermordendes Wesen. Nach einem letzten Schluchzen hörte sie auf zu weinen. Sanft schob Carl Rachel von sich und sah sie stumm an. Rachel erwiderte den Blick und brachte ein zaghaftes Lächeln zustande. Hoffentlich hielt er sie jetzt nicht für komplett verrückt. Dass dieser Mann ihr, überwältigt von ihrem Sex-Appeal, zu Füßen fiel, war nun so gut wie ausgeschlossen.

„Alles in Ordnung?"

„Übernächtigt, am Ende meiner Kräfte, aber erleichtert. Alles zugleich. Mir geht's gut."

Sachte streifte er mit den Lippen ihre Augenbrauen. Es war nur eine ganz flüchtige Liebkosung, dennoch machte sie Rachel atemlos.

Nichts lief so, wie sie es geplant hatte. Sie hatte keinerlei Kontrolle mehr über die Situation. Wenn es irgendwo auf der Welt eine sexy, aufreizende und eiskalte Verführerin gab, dann war sie das genaue Gegenteil von Rachel.

Wärme und Freundlichkeit sprachen aus seinem Blick, aber auch Verlangen. Rachel schluckte. Erst vor ein paar Stunden hätte sie ihn liebend gern zitternd vor unerfüllter Lust vor sich gesehen. Im hautengen schwarzen Lederdress mit hohen Stiefeln und knallrotem Lippenstift hätte sie triumphierend einen Fuß auf ihre Beute gestellt, während sie sich gelangweilt die Nägel feilte.

Tja, auch die besten Pläne schlugen manchmal fehl.

Jetzt sehnte sie sich nach seinem Trost und seiner Berührung und verfiel immer mehr seinem männlichen Charme. Noch nie hatte sie sich so schnell in einen Mann verliebt.

Sonst war sie auch zu sehr damit beschäftigt, die Kontrolle zu behalten und darauf zu achten, dass die Männer nur die Rachel in ihr sahen, die sie ihnen zeigen wollte. In den ganzen zehn Jahren hatte sie nur einen Mann etwas mehr von sich offenbart. Und dieser Mann hatte sie verlassen. Seitdem behielt sie ihr wahres Ich für sich.

Ein Schauer lief ihr über den Rücken, und sofort zog Carl sie wieder an sich. „Ist dir kalt?"

Sie schüttelte den Kopf. Innerlich stand sie in Flammen.

Seine Lippen berührten ihr Ohr, und an der Schläfe spürte sie seinen Bartwuchs. Ihr Herz raste, und sie konnte keinen klaren Gedanken fassen.

„Wartet jemand auf dich?" Seine Stimme klang flüsternd und abwartend. „Soll ich dich irgendwo hinfahren?"

„Nein." Sie wollte nur hier bleiben. Hier bei ihm.

„Gut", erwiderte er leise. „Und was willst du jetzt?"

Mit der Zunge fuhr sie sich über die Lippen. Nach nichts sehnte sie sich jetzt mehr als nach seinem Kuss. Und das zeigte sie ihm sehr deutlich.

Sein Blick verriet ihr, dass er sie auch begehrte.

Und schlagartig wurde es ihr klar. Punkt eins auf ihrer Liste konnte sie abhaken. Trotz ihrer verdreckten Kleidung und dem verschmierten Make-up hatte sie Carl MacLean genau dort, wo sie ihn haben wollte.

Das ist mein Zeichen, dachte sie. Ich muss jetzt einfach aus der Praxis verschwinden und mich auf die Suche nach Opfer Nummer zwei und drei begeben. Und beim Jahrgangstreffen erfährt er, wer ich in Wahrheit bin. So einfach ist das.

Sie holte tief Luft. Leider würde sie sich im Moment genauso strafen wie ihn, wenn sie verschwand. Sie schien innerlich zu glühen und sehnte sich danach, dass Carl ihr Verlangen stillte.

Würde sie nicht auch gewinnen, wenn sie erst morgen früh ging? War das nicht noch besser? Dann würde er erst wirklich wissen, was ihm von da an fehlte. Und Rachel konnte die Nacht in vollen Zügen auskosten.

Andererseits war ihr klar, dass es ein Fehler wäre, mit Carl MacLean zu schlafen.

Doch diese Erkenntnis verdrängte sie schnell wieder.

„Dich. Ich will dich“, sagte sie.

Garrett stieß die Luft aus, und erst da wurde ihm bewusst, dass er den Atem angehalten hatte. Er konnte sich nicht erinnern, wann er das letzte Mal so angespannt auf eine Antwort gewartet hatte. Diese Frau wollte ihn, und das war seine Rettung, so sehr begehrte er sie.

Langsam fuhr er den Ausschnitt des weiten Kittels entlang und schob ihn immer weiter nach unten, bis er den Ansatz ihrer Brüste erkennen konnte. Begehrlich senkte er den Kopf und küsste die zarte Haut. Ihr Atem in seinen Haaren kam ihm wie ein sehnsüchtiges Flüstern vor.

Er konnte keinen Bräunungsrand entdecken und fragte sich, ob sie immer oben ohne in die Sonne ging. Sofort sah er sie vor seinem geistigen Auge nackt an einem Sandstrand liegen. Im prallen Sonnenschein würden ihr Schweißtropfen über die nackten Brüste laufen und immer tiefer. Nein, sagte er sich, in dem Stil darf ich nicht weiterdenken, sonst stürze ich mich noch wie ein Tier auf sie.

Er trat einen Schritt zurück, und sie seufzte unwillig. Dieses leise Geräusch machte ihn unendlich zufrieden. Wenigstens war er hier nicht der Einzige, der vor Lust nicht mehr wusste, wohin.

Mit einer Fingerspitze fuhr er ihr über die Unterlippe, und unwillkürlich öffnete sie den Mund. Mit der Zunge umfuhr sie die Fingerkuppe, und Garrett durchfuhr ein prickelnder Schauer. Sie hatte die Augen geschlossen, und das machte diese Liebkosung noch erregender. Sie stand einfach da, als sei es das Natürlichste der Welt, dass ihr Ausschnitt bis zu ihren dunklen Brustspitzen heruntergezogen war. Das dunkelbraune Haar fiel ihr fast über das eine Auge, und sie sog an seinem Finger.

Die Empfindung stachelte seine Lust noch weiter an. Schon seit sehr langer Zeit hatte keine Frau ihn mehr so erregt. Es überwältigte ihn fast, doch er wollte nicht, dass es aufhörte.

Eindringlich sah sie ihn aus ihren dunklen Augen an. „Meine Knie geben gleich nach."

„Meine auch."

Sanft drängte er sie nach hinten, bis sie mit dem Rücken an der Wand lehnte, und er hatte rechts und links von ihrer Taille die Hände auf die Wand gelegt. Seine Traumfrau war nur ein bisschen kleiner als er, und sobald sie das Gesicht leicht anhob, befanden ihre Lippen sich direkt vor seinem Mund.

Garrett nahm diese wortlose Einladung an und beugte sich vor. Sie drängte sich ihm entgegen und erwiderte seinen Kuss mit einer Begierde, die genauso groß war wie seine. Diese Frau konnte ihn allein mit ihren Küssen um den Verstand bringen.

Jede Bewegung ihrer Lippen zeigte ihm, dass sie genau wusste, wie sie ihn küssen musste. Zuerst war ihr Kuss sanft, doch dann steigerte er sich immer mehr, bis Garretts, alle Zurückhaltung aufgab.

Mit beiden Händen strich sie ihm über den Rücken, und auch diese Liebkosungen steigerte sie von einer zarten Berührung zu einem wahren Sturm der Lust. Garrett behielt beide Hände an der Wand, weil er fürchtete, die Kontrolle über sich vollends zu verlieren, wenn er diese Frau jetzt auch noch berührte. Nicht hier, dachte er. Nicht heute Nacht. Diese Frau verdient viel mehr.

Eine so aufreizende Frau hatte er noch nie kennengelernt. Er konnte es kaum fassen, wie direkt sie war. Und es erregte ihn ungemein. Ihre leicht spöttische Art kam noch hinzu. Er war von ihr völlig hingerissen.

Wenn möglich wollte er die gemeinsame Nacht bis zum morgigen Tag ausdehnen. Und bis übermorgen. Und noch länger.

Fast hätte er den Kopf geschüttelt. Was ging da denn in ihm vor? Dies war nur eine flüchtige Affäre. Mit einer Fremden und ganz unverbindlich, aber sehr befriedigend. Doch schon bei dem Gedanken lehnte er sich innerlich dagegen auf. Diese Frau hatte vielleicht solche Vorstellungen, aber deswegen brauchte er damit ja nicht einverstanden zu sein.

Sie zerrte ihm das T-Shirt aus der Jeans. „Du hast viel zu viel an", flüsterte sie, „dabei bin ich fast nackt."

„Fast nackt ist leider nicht ganz nackt."

„Wenn du so weitermachst, kannst du das ‚fast' gleich streichen."

Eindringlich küsste er sie. „Versprochen?"

Sie musste lächeln und fuhr mit einer Hand seinen Schenkel hoch und dann nach vorn. Garrett hielt die Luft an und konzentrierte sich ganz darauf, die Beherrschung nicht vollkommen zu verlieren. „Versprochen", flüsterte sie, ohne mit dem Streicheln aufzuhören. Ihr war bewusst, dass sie mit diesen Liebkosungen zahllose Fantasien in ihm auslöste, was sie gemeinsam tun würden, wenn sie ihr Versprechen hielt.

Einen Moment musste Garrett die Hände von der Wand lösen, um wenigstens das grelle Deckenlicht auszuschalten. Nun erhellte nur noch eine Arbeitslampe auf dem Schreibtisch den Raum. Deren Licht hatte er immer als sehr nüchtern empfunden, aber heute Abend kam sie ihm romantischer vor als jedes Kerzenlicht.

„Du bist wunderschön."

Er war sich nicht sicher, aber er hatte den Eindruck, als würde sie rot werden, und bei dieser Vorstellung musste er lächeln. Wenn man bedachte, was sie gerade taten, hatte er nicht damit gerechnet, dass sie wie eine Jungfrau errötete. Er wollte ihr sagen, wie bedeutsam ihm diese Nacht vorkam, weil sie ein ganz besonderer Mensch war. „So etwas tue ich sonst nie."

„Einer Frau ein Kompliment machen?"

„Was ich meinte, war dies." Er fuhr ihr mit einem Finger von der Unterlippe über das Kinn hinab bis zwischen die Brüste. Zärtlich liebkoste er eine der aufgerichteten Spitzen mit dem Daumen. „Ich fange nichts mit Frauen an, die ich mitten in der Nacht an der Straße auflese."

„Tatsächlich nicht? Tja, ich stehe sonst auch nicht nachts auf der Straße herum und halte Autos an, aber wenn das so weitergeht, könnte ich es glatt zur Gewohnheit machen."

Lächelnd gab er ihr einen zarten Kuss und senkte dann den Kopf, um mit der Zunge der Spur zu folgen, die er mit dem Daumen gezogen hatte.

„Du machst mir das Atmen schwer." Sie fuhr ihm durchs Haar und drückte ihn noch enger an sich.

„Genau das hatte ich vor." Er umkreiste mit der Zungenspitze ihre andere Brustknospe.

Rachel zog seinen Kopf zu ihren Lippen und küsste ihn erneut voller Leidenschaft.

„Deine Küsse gefallen mir", sagte sie, als sie beide schließlich nach Luft schnappten.

„Ein schöneres Kompliment ist mir noch nicht gemacht worden."

Hinter ihnen winselte Thumper, und Rachel drehte sich um.

„Anscheinend haben wir Zuschauer."

Unwillig verzog Garrett das Gesicht. „Hast du Probleme, vor diesem Publikum zu agieren?"

„Ich will diesen Hund bei mir aufnehmen, da soll er wenigstens einen guten Eindruck von mir bekommen."

„Da muss ich mich wohl fügen." Garrett trat ein paar Schritte zurück und streckte die Hand aus. „Darf ich die Lady zur Rezeption begleiten?"

„Wie wär's denn, wenn du sie zu einem Bett begleitest?"

„Ich fürchte, mit mehr als einem alten unbequemen Sofa kann ich nicht dienen."

Sie lächelte nur. „Im Moment klingt das besser als jedes Fünfsterne-hotel."

Die Wärme seiner Haut brachte sie innerlich zum Schmelzen. Auch wenn sie völlig übernächtigt war, konnte Rachel sich nicht erinnern, wann sie das letzte Mal so wach gewesen war. Selbst Unmengen von Kaffee konnten nicht so belebend sein wie die Nähe dieses Mannes. Rachel fühlte sich völlig frei von Hemmungen.

Sie folgte Carl zu dem hässlichen dunkelbraunen Sofa. Er setzte sich und streckte die Arme aus. Rachel setzte sich so anmutig auf seinen Schoß, als sei das seit Jahren das Natürlichste von der Welt für sie.

Sie drehte das Gesicht zu ihm. Unablässig strich er ihr über den Rücken und fachte ihre Leidenschaft dadurch noch mehr an. Durch seine Jeans hindurch fühlte sie, wie erregt er war, und ihr war bewusst, dass sie sich nur ein bisschen zu bewegen brauchte, um ihm die letzte Zurückhaltung zu rauben. Dann wäre es mit ihrer Selbstbeherrschung allerdings auch vorbei.

Zärtlich küsste sie ihn auf die Nase. „Es ist nicht gerade das Ritz hier, oder?"

„Mach einfach die Augen zu, dann kannst du sein, wo immer du willst."

Meinte er auch: bei wem du willst? Wer bin ich denn heute Nacht? fragte sie sich. Die Verführerin, die ihren Plan durchzieht? Die linkische, unsichere Belinda Rachel, die nie etwas getan hat, was auch nur annähernd mit dem hier zu vergleichen ist? Oder einfach nur Rachel Dean?

Sie wusste es nicht. Doch mit Carl entwickelte sich alles viel schneller als mit jedem anderen Mann, mit dem sie in New York ausgegangen war. Sie hatten meist nur einen Abschiedskuss bekommen, obwohl sie sich nach sehr viel mehr gesehnt hatten.

Bei diesen Männern hatte es ihr gereicht, von ihnen begehrt zu werden. Aber diesmal war sie es, die begehrte.

Carl sollte sie küssen, berühren und das Verlangen stillen, das ihren Körper erfüllte. Sie wollte ihn ganz spüren.

Das machte ihr fast Angst. Seit Jahren träumte sie davon, sich an ihren früheren Peinigern zu rächen, und das Jahrgangstreffen bot ihr die perfekte Gelegenheit dazu. Schließlich hatten Carl und seine Kumpel sie aufs Gemeinste getäuscht.

Aber heute Nacht war Carl nur ein Mann, der sie genauso sehr begehrte wie sie ihn. Er sehnte sich nach ihr, wie er sich niemals nach Belinda Rachel gesehnt hätte.

Sanft strich er ihr über das Haar. „Kommen dir Bedenken?"

Rachel schüttelte den Kopf. „Nein, überhaupt nicht." Voller Inbrunst küsste sie ihn, als wolle sie damit ihm und sich selbst ihre Unbekümmertheit beweisen.

Morgen kann ich einfach verschwinden und wieder an meine Rache denken, beschloss sie. Heute will ich nur die aufregende und selbstbewusste Frau sein, die ich schon seit zehn Jahren zu sein versuche. Eine Frau, die in der Lage ist, einen Mann wie Carl MacLean um den Verstand zu bringen.

Mit einem weiteren, noch lustvolleren Kuss wollte sie jeden Zweifel daran ausräumen, wonach sie sich sehnte. Anscheinend verstand Carl den Hinweis, denn er umfasste ihre Hüften und brachte sie dazu, sich rittlings auf ihn zu setzen. An ihrer intimsten Stelle fühlte sie, wie sehr er sie begehrte, und erbebend fing sie unwillkürlich an, sich langsam zu bewegen. Mit jeder noch so kleinen Berührung steigerte sich ihre fiebrige Lust.

Sie wollte ihn auf der nackten Haut spüren und bog den Rücken durch, um nicht nach hinten zu fallen, während sie ihren Kittel hochzog. Sofort stützte Carl sie. Auch wenn die Berührung noch so zart war, kam es Rachel vor, als würde sie mit dem Kleidungsstück auch sämtliche Hemmungen ablegen.

Die kühle Luft streichelte ihre nackte Haut, und ihre Brustspitzen zogen sich fast schmerzhaft zusammen. Alles in ihr sehnte sich danach, dass Carl sie berührte. Er legte die Hände auf ihre Schultern und senkte den Kopf, um ihre Brust zu liebkosen. Sofort drängte Rachel sich ihm entgegen, weil sie es nicht erwarten konnte, seine Lippen zu spüren.

Ihr Atem ging immer schneller, als er mit der Zungenspitze ihre Brustknospe reizte, und sie konnte nicht mehr klar denken. Die Lust, die in ihr tobte, verdrängte alles andere. Sie wand sich, um ihn genau dort zu spüren, wo sie ihn jetzt am meisten brauchte. Einerseits wünschte sie sich, gleich hier und jetzt eins mit ihm zu werden, doch andererseits wollte sie die Erfüllung ihres Verlangens so lange wie nur irgend möglich hinauszögern.

Als er sich von ihr löste, stöhnte sie unwillig auf. Sie wollte seine Lippen auch an der anderen Brust spüren. Schließlich öffnete sie die Augen und fürchtete schon, dass er ganz aufhören wollte. Ein einziger Blick in sein Gesicht beruhigte sie. Er atmete genauso heftig wie sie, und in seinen dunkelblauen Augen las sie nichts als Verlangen.

Er strich ihr durchs Haar. „Bleibst du in Braemer, oder bist du nur auf der Durchreise?"

„Im Moment wäre ich glücklich, wenn ich für immer hier bleiben könnte. Einer von diesen Käfigen da hinten in der Praxis würde mir schon reichen. Lass mich dort den Tag verschlafen und hol mich abends heraus, damit ich die Nacht mit dir verbringen kann." Das beantwortete zwar nicht ganz seine Frage, aber es stimmte. Im Augenblick gab es keinen Ort, wo sie lieber gewesen wäre.

Ganz dicht zog er sie an sich und flüsterte ihr ins Ohr: „Ich warne dich. Heute Nacht werde ich es als meinen Job betrachten, dafür zu sorgen, dass du so bald nirgendwo hinfahren willst."

Sie bewegte die Hüften und unterdrückte ein Aufstöhnen, als sie ihn groß und hart zwischen ihren Schenkeln spürte. „Klingt nach einem sehr interessanten Job. Gibt es noch Sonderleistungen, mit denen ich rechnen kann?"

Er ließ die Hand über ihren Rücken gleiten und fuhr in den Bund ihrer weiten Hose. „Ein besseres Angebot gibt es gar nicht." Er wagte sich mit einem Finger immer tiefer vor, bis

Rachel die süße Tortur nicht länger ertrug und sich vorbeugte, um Carl zu küssen.

Bei der Berührung ihrer Lippen erschauerte er und zog Rachel noch enger an sich. Als er mit dem Finger in sie eindrang, kostete sie die Liebkosung mit allen Sinnen aus, während sie sich gleichzeitig nach noch mehr Nähe sehnte.

„Gefällt dir das?"

Oh ja, dachte sie, doch sie brachte kein Wort heraus. Sie konnte sich nur an ihn pressen und es genießen, was er mit ihr machte. Sie legte beide Arme um seinen Nacken und küsste Carl glutvoll.

Flüchtig dachte sie daran, dass sie sich ganz anders verhielt als sonst. Noch kein Mann hatte sie dazu gebracht, dermaßen aus sich herauszugehen. Niemand außer Carl.

Erregung und Angst – diese Mischung wollte sie gar nicht weiter erkunden. Im Moment war sie viel zu sehr mit ihrer Begierde beschäftigt.

Schließlich brach sie den Kuss ab und hob den Kopf. „Ich habe immer noch ein Problem mit all der Kleidung, und dieses Problem müssen wir jetzt lösen."

Langsam strich er seitlich an ihrem Körper hinauf und umfasste zärtlich ihre Brüste. „Hier sehe ich kein Problem."

Aufreizend glitt sie mit einer Hand zwischen seine Schenkel und rieb ihn durch den dicken Jeansstoff hindurch. „Aber diese Jeans und das Hemd müssen weg."

„Seltsam, genau dasselbe habe ich auch gerade über deine Hose gedacht."

Rachel biss sich auf die Unterlippe, um sich wenigstens ein wenig zu beherrschen. Dann löste sie sich von ihm, stand auf und öffnete die Schleife, mit der die weite Hose gehalten wurde. Sofort fiel die Hose leise raschelnd zu Boden. Vollkommen nackt setzte sie sich auf das Sofa, den Rücken gegen die Armlehne gestützt, die Bein leicht angezogen.

„Du bist schön." Er beugte sich vor, und Rachel schloss die Augen, als seine Hände über ihre Hüften und die Brüste glitten. „Ich kann es gar nicht glauben, dass du mir einfach so über den Weg gelaufen bist. Es ist wie ein Geschenk des Himmels."

„Bist du da denn sicher? Vielleicht warst du es ja, der mir vom Himmel geschenkt wurde."

Mit der Zunge fuhr er über eine ihrer harten Brustspitzen, und es durchrieselte Rachel heiß. Sie musste sich beherrschen, um Carl nicht anzuflehen, sie auf der Stelle zu nehmen.

„Wie auch immer, ich bin glücklich", stellte er fest.

„Ich wäre ja noch viel glücklicher, wenn du das hier endlich ausziehst." Sie strich ihm über die Jeans.

„Dein Wunsch ist mir Befehl." Er stand vom Sofa auf.

Seine nackte Brust hatte sie schon gesehen, und sein übriger Körper übertraf ihre kühnsten Erwartungen. Seine Schenkel waren muskulös, sein fester Po wirkte nackt noch aufregender als in Jeans.

Carl kehrte zu ihr auf das Sofa zurück. Immer noch trug er einen Slip und den Kittel.

„Verstehst du das unter nackt?"

„Ich dachte, du willst mir vielleicht behilflich sein."

Keine schlechte Idee. Rachel kniete sich auf das Sofa und wandte den Blick nicht von Carls Augen ab, während sie so nahe wie möglich zu ihm rückte und ihm über die warme Haut strich, während sie sein Hemd hochschob. Als sein Gesicht unter dem Stoff verschwand und er die Arme nicht mehr bewegen konnte, hielt sie inne.

Weiche feine dunkle Haare bedeckten seine Brust, und sie fuhr mit den Fingerspitzen hindurch, rieb sanft die Brustwarzen mit den Handflächen. Stöhnend wand Carl sich und versuchte, das Hemd loszuwerden.

„Na, na, nicht so hastig." Sie liebkoste ihn mit der Zunge und schmeckte seine leicht salzige Haut. Ausgiebig bedeckte sie seine Brust mit zarten Küssen und glitt mit den Lippen allmählich tiefer bis zum Bund des Slips. Unter ihren Berührungen spannte er die Muskeln an, und die Erkenntnis, wie sehr er sich beherrschen musste, erregte Rachel noch mehr.

Als sie mit einem Finger in seinen Slip fuhr und ihn liebkoste, stöhnte er laut auf und befreite sich von seinem Hemd. Dann schob er die Hände in ihr Haar und hob ihr Gesicht an.

„Mir ist gerade etwas Unangenehmes eingefallen", sagte er und küsste sie auf die Lippen.

Sie konnte sich schon denken, was er meinte.

„Ich bezweifle, dass es hier in der Praxis Kondome gibt." Zärtlich strich er ihr eine Haarsträhne hinter das Ohr. „Wahrscheinlich hast du nicht …"

„Nicht in meiner Handtasche." Sie schloss die Augen und ließ den Kopf an seine Schulter sinken. Wieso hatte sie bloß daran nicht gedacht?

Kein Wunder, so weit hatte sie auch gar nicht gehen wollen. Die Männer sollten sie nur begehren, ohne ihre Lust stillen zu können.

Leider war sie im Moment diejenige, die vor ungestillter Lust fast umkam. Einen Augenblick überlegte sie, ob sie nicht einfach gehen sollte. Bevor sie sich noch mehr mitreißen ließ und gar nicht mehr zu ihrem ursprünglichen Plan zurückkehren konnte.

Aber eigentlich wollte sie das nicht. Mit Carl erlebte sie etwas, das sie als Belinda Rachel nie erfahren hatte. Und eine so aufrichtige Leidenschaft hatte sie auch als Rachel in Manhattan nie empfunden.

Morgen würde sie über alles in Ruhe nachdenken, aber heute Nacht brauchte sie Carl.

Mit einem Arm um seinen Nacken zog sie ihn enger an sich. „Keine Sorge, uns wird schon etwas einfallen."

„Ja", erwiderte er leise, und sein heißer Atem streifte ihr Ohr. „Da bin ich sicher."

4. KAPITEL

Garrett blickte auf die Frau in seinen Armen und versuchte herauszufinden, seit welchem Zeitpunkt genau sie ihn in ihrem Bann hielt. Wahrscheinlich schon, seit er sie auf der Straße gesehen hatte.

Selbst in seiner wilden Jugend war er nicht so schnell einer Frau verfallen. Diese Frau schien ihn verzaubert zu haben, und er hatte sich sehr willig darauf eingelassen. Er wollte sie weiter in seiner Nähe haben, um zu erleben, was sich daraus entwickelte. Und wie konnte er sie besser dazu bringen, als wenn er ihr höchste Lust bereitete?

„Ich habe eine Idee", sagte er.

„Eine Drogerie, die rund um die Uhr ins Haus liefert?"

Er lachte. Ihr Humor war wirklich unvergleichlich. Sie stand ganz unverhohlen zu ihren Bedürfnissen und machte keinen Hehl daraus, wie sehr sie ihn begehrte. Ihr offensichtliches Verlangen schmeichelte ihm, und er konnte sich nicht erinnern, jemals so erregt gewesen zu sein. „So etwas gibt's nicht in Braemer. Leg dich hin."

Sie neigte den Kopf zur Seite, und er erkannte, dass sie mit ihm streiten wollte, doch letztendlich gewann ihre Neugier die Oberhand, und sie streckte sich auf dem Sofa aus. Allerdings stützte sie sich auf die Ellbogen.

„Ganz flach hinlegen", beharrte er und beugte sich über sie.

Bei ihrem Mund fing er an und berührte sie nur mit den Lippen. Dann zog er eine zarte Spur von Küssen ihren Hals hinab. Abgesehen von dieser zarten Liebkosung berührten ihre Körper sich nicht.

Als sie ihm mit beiden Händen über den Rücken strich, wurde ihm immer wärmer, und er sehnte sich nach Erfüllung. Doch das musste warten. Dieser Moment gehörte nur ihr. Behutsam drückte er ihre Hände zurück auf das Sofa.

„Ohne anfassen", stellte er klar, als sie sich beschweren wollte. „Im Augenblick darf nur ich dich berühren."

Fragend hob sie die Augenbrauen, aber sie erwiderte nichts. Garrett genoss ihren erwartungsvollen Blick.

Ihre Lippen schimmerten verführerisch, und er küsste sie, bis sie geschwollen waren. Dann fuhr er tiefer, ihren Hals entlang zu ihrer Schulter und dann zu ihren Brüsten.

Er umschloss eine der rosigen Spitzen mit den Lippen und verlagerte sein Gewicht, damit er mit einer Hand an der Innenseite ihrer Schenkel entlangstreichen konnte. Rachel seufzte leise.

Garrett hörte genau, wie sie nach Luft rang, und näherte sich dem Zentrum ihrer süßesten Empfindungen. Fast spielerisch liebkoste er sie, ohne sie jedoch dort zu berühren, wo sie es am meisten ersehnte. Kaum merklich schob sie die Hüften vor und flehte ihn dadurch förmlich an, sie ganz intim zu berühren.

„Noch nicht", flüsterte er und blickte ihr in das vor Leidenschaft glühende Gesicht.

Rachel stöhnte, und er glitt etwas tiefer. Am Schenkel spürte sie sein drängendes Verlangen, während er ihr Ohr küsste, mit der Zunge ihre Ohrmuschel streichelte und mit der Hand über ihr Bein strich. Sie spreizte die Schenkel etwas weiter, und unwillkürlich stöhnte Garrett tief auf, während er versuchte, sich weiterhin zu zügeln.

Langsam fuhr er mit den Fingern noch höher, um all ihre weiblichen Geheimnisse zu erkunden. Ganz sanft strich er mit dem Daumen über ihre empfindsamste Stelle. Das Verlangen, mit Rachel zu verschmelzen, wurde unerträglich, und sobald er mit dem Finger in sie eindrang, hob sie sich ihm entgegen, um ihm zu zeigen, dass ihre Begierde genauso groß war wie seine.

„Sag mir, dass du mich begehrst", stieß er rau hervor.

„Ja", erwiderte sie stöhnend, „seit ich dich das erste Mal gesehen habe."

Garrett wusste nicht, ob das stimmte, doch es war ihm egal. Sie sehnte sich unbändig nach ihm, und er wollte dieses Verlangen stillen, so gut er konnte. Diese Nacht sollte sie niemals vergessen. Er wünschte sich, dass sie sich nach weiteren solchen Nächten mit ihm sehnte.

Seufzend und stöhnend wand sie sich hin und her, und er trieb sie durch sein zärtliches Streicheln rasch an den Rand der Ekstase.

„Ja, hör nicht auf", hauchte sie.

Er musste lächeln. Nichts hätte ihn jetzt dazu bringen können aufzuhören. Er konnte sich gar nicht sattsehen an ihr, wie sie vor ihm lag, ganz ihrem sinnlichen Vergnügen hingegeben.

Es kam für ihn völlig überraschend, als sie laut aufschreiend die Beine schloss und seine Hand damit festklammerte. Mit angehaltenem Atem presste sie sich an ihn und kostete den Höhepunkt aus.

An die Erfüllung seiner eigenen Lust hatte Garrett gar nicht gedacht, doch als Rachel so ungehemmt ihrer Leidenschaft freien Lauf ließ, brachte das auch ihn zum Höhepunkt.

Als sie beide wieder normal atmeten, schmiegte sie sich an ihn, und er fuhr seitlich mit beiden Händen an ihrem Körper entlang.

„Wer hätte gedacht, dass ein Tierarzt sich auch mit Menschen so gut auskennt", witzelte Rachel schläfrig.

Er musste lachen. Wieder einmal hatte sie ihn verblüfft. Diese Frau hatte wirklich etwas Fesselndes. Sein Körper war bereits süchtig nach ihr, und auch sonst mochte Garrett sie sehr. Ihr Humor, ihre Schlagfertigkeit, das alles gab ihm die Gewissheit, dass es mit ihr niemals langweilig würde.

Erst jetzt wurde ihm bewusst, dass er sie hintergangen hatte. Wie sollte er ihr bloß erklären, dass er nicht Carl war? Er atmete tief aus und überlegte, wie er ihr die Wahrheit beichten konnte. Leider fiel ihm überhaupt nichts ein.

Im Schlaf wirkte ihr Gesicht vollkommen entspannt und schön. Ein Lächeln lag auf ihren Lippen. Zärtlich küsste er sie auf die Wange und konnte sich gar nicht erklären, wieso er so einen starken Beschützerinstinkt für sie empfand. Irgendwie würde er einen Weg finden, um ihr alles zu erklären. Es würde schon klappen.

Allerdings gab es da noch etwas anderes, was ungeklärt war. Bevor er ihr seine wahre Identität verriet, musste er erst einmal ihren Namen erfahren.

Carl hatte den Arm auf ihre Brust gelegt, und Rachel schmiegte sich eng an ihn. Ihre Körper passten perfekt zusammen, und sie fühlte sich herrlich wohl und geborgen. In diesem Augenblick war sie im Einklang mit der Welt. Sie war Rachel, und er war Carl. Zwei Fremde, zwischen denen es beim ersten Treffen gefunkt hatte, wie sie es noch nie erlebt hatte.

Aber diesem Glück durfte sie sich auf Dauer nicht hingeben.

Seufzend schloss sie die Augen. Sobald sie sich aus seiner Umarmung löste, wäre der Zauber verflogen. Dann war er nicht einfach nur Carl, sondern auch der Mann, der sie früher so sehr verletzt hatte. Und diesen Mann wollte sie auf dem Ehemaligenball demütigen.

Sie kuschelte sich enger an Carl und tröstete sich mit seiner Wärme, doch sobald ihr das klar wurde, verspannte sie sich. Was hatte sie bloß getan? Sie musste hier fort, um wieder klar denken zu können. Wenn er aufwachte und sie küsste, konnte sie sich nicht gegen ihn wehren.

Ganz vorsichtig, um ihn nicht zu wecken, löste sie sich von ihm und ließ sich vom Sofa gleiten. Er bewegte sich hinter ihr, doch mit einem Blick über die Schulter stellte sie fest, dass er sich nur das Laken über die Brust gezogen hatte. Lächelnd dachte sie daran, wie er sie in den Armen gehalten hatte.

So leise wie möglich sammelte sie ihre Sachen zusammen und verließ den Warteraum. Eigentlich wollte sie ihre eigenen Sachen wieder anziehen, doch sie brachte es einfach nicht fertig, den Kittel zurückzulassen. Sie wollte ein Andenken an diese Nacht.

Sobald sie angezogen war, blickte sie zur Tür des Behandlungszimmers. Was sollte sie mit Thumper machen? Sie war jetzt für ihn verantwortlich, und wenn sie ohne ihn verschwand, würde sie zurückkommen und damit Carl noch einmal begegnen müssen. Das würde sie nicht über sich bringen. Nein, ohne das Tier konnte sie nicht fortgehen.

Auf Zehenspitzen schlich sie zur Haustür und warf einen Blick nach draußen. Dort stand ihr Wagen, genau wie Carl es versprochen hatte. Ein Glück!

Rachel blickte auf die Uhr. Es war noch vor acht. Vielleicht stand Carl erst spät auf.

Sie holte Thumper aus dem Käfig, nahm sich noch ein Halsband, eine Leine und eine Tüte mit Hundekeksen und hinterließ dafür fast ihr gesamtes Bargeld in Höhe von 300 Dollar in dem Käfig. Die Leine in der einen Hand, entriegelte sie die Tür und öffnete sie. Dann ging sie mit Thumper hinaus und zog die Tür hinter sich zu.

Erst als sie hinterm Steuer saß, überlegte sie, in welcher Richtung ihre Pension lag.

Rachel hatte die Adresse des *Bluebonnet* aus dem Internet. Die Besitzerin, Mrs Kelley, war erst vor fünf Jahren von Austin nach Braemer gekommen, und so konnte Rachel bei ihr ziemlich sicher sein, dass sie nicht erkannt wurde.

Die Pension lag ein Stück von der Straße entfernt und wirkte ruhig und einladend. Rachel musste an die alte verwahrloste Farm denken, wo Dexter und sie immer gespielt hatten. Lächelnd fiel ihr wieder ein, dass sie damals immer so getan hatte, als sei es ihre Farm.

Jetzt stand sie vor dem *Bluebonnet*, stieg aus und befestigte die Hundeleine am Türgriff. „Warte hier", sagte sie zu Thumper. „Ich muss erst noch klären, ob ich dich mit aufs Zimmer nehmen darf."

Das Innere des *Bluebonnet* wirkte genauso freundlich wie das Äußere. Mrs Kelley deckte gerade das Frühstücksbuffet im Speisesaal.

Sie räusperte sich, und die ältere Frau drehte sich zu ihr um.

„Kann ich Ihnen helfen?"

„Ich bin Rachel Dean und habe ein Zimmer bei Ihnen reserviert."

Sofort lächelte Mrs Kelley. „Sehr schön. Ich hatte schon gestern mit Ihnen gerechnet und habe mir Sorgen gemacht, weil Sie nicht kamen. Schließlich hatten wir einen schlimmen Sturm. Aber jetzt sind Sie ja da."

Rachel konnte kaum glauben, dass auch nur ein einziger Einwohner von Braemer sich Sorgen um sie machte. Trotzdem war es unhöflich von ihr gewesen, sich nicht telefonisch für die erste Nacht abzumelden, und sie entschuldigte sich verlegen, während sie Mrs Kelley in die Eingangshalle folgte.

Mrs Kelley druckte ein Formular aus. „Füllen Sie das hier bitte aus, dann gebe ich Ihnen den Schlüssel. Ihr Zimmer liegt ganz hinten im Haus und hat eine eigene Tür zum Garten."

Sie suchte in einer Schublade voller Schlüssel herum.

„Wunderbar", stellte Rachel fest. „Nehmen Sie auch Haustiere auf?"

„Nein, meine Liebe, es kostet einfach zu viel, die Teppiche zu erneuern und die Sesselpolster reinigen zu lassen." Über den Rand ihrer Brille hinweg musterte sie Rachel. „Habe ich etwa vergessen, Ihnen das in meiner E-Mail mitzuteilen? Haben Sie ein Haustier bei sich?"

Rachel wollte schon Ja sagen, denn bestimmt machte Mrs Kelley eine Ausnahme, wenn sie davon ausging, dass es ihr eigener Fehler gewesen war, aber dann fuhr die Wirtin fort: „Ich habe nämlich eine Vereinbarung mit dem Tierarzt. Bei ihm kann man kostenlos die Tiere unterbringen. Soll ich Dr. MacLean anrufen?"

„Nein", platzte Rachel heraus. Sie würde sich nicht von Thumper trennen. Und schon gar nicht, wenn er zu Carl kam. „Ich habe keinen Hund. Es war reine Neugier." Dann wurde ihr klar, dass Mrs Kelley sie für verrückt halten musste. „Ich habe eine Allergie, müssen Sie wissen. Gegen Tierhaare."

Sie war noch keine vierundzwanzig Stunden in der Stadt, aber sie plapperte schon wieder genau so verunsichert wie früher herum.

Beruhigend tätschelte Mrs Kelley ihr die Hand. „Hier ist Ihr Schlüssel, meine Liebe. Packen Sie Ihre Sachen aus, entspannen Sie sich, und dann können Sie auch frühstücken."

Rachel wusste nicht, ob sie jemals wieder entspannen konnte. Sie hatte in der vergangenen Nacht ihren eigenen Racheplan vereitelt. Was sollte sie jetzt tun? Carl gestehen, wer sie wirklich war? Oder sollte sie ihn einfach vergessen und gleich mit Jason und Derek weitermachen?

Noch dazu schmuggelte sie jetzt einen verletzten Hund in eine Pension, in der Tiere verboten waren. Wie sollte sie das Tier dazu bringen, ständig ruhig zu sein und nicht die Möbel anzunagen?

Entspannen würde sie erst wieder in New York können. Selbst in dieser hektischen Großstadt fiel ihr das leichter als hier, wo sie ständig an ihre Kindheit und jetzt auch noch an die Nacht mit Carl denken musste.

Obwohl er noch schlief, erkannte Garrett, dass sie gegangen war. Er zwang sich zum Aufwachen und war sofort traurig, dass seine rätselhafte Verführerin ihn verlassen hatte. Stöhnend drehte er sich auf den Rücken und verschränkte die Hände hinter dem Kopf. Dann sah er zur Decke und überlegte, was er jetzt tun sollte.

Es blieb ihm wohl nichts anderes übrig, als alle Restaurants, Motels und Pensionen in Braemer abzusuchen. Wenn das nichts half, konnte er nur noch hoffen, dass Ernie, der ihren Wagen in der letzten Nacht abgeschleppt hatte, sich das Nummernschild notiert hatte.

Hastig zog er sich an und merkte erst jetzt, wie erschöpft er war. Langsam rollte er mit den Schultern, und beim Gedanken an den Grund seiner Müdigkeit musste er lächeln. Aufregender Sex und … Er wurde ernst. Der Hund. Thumper.

Barfuß ging er zu den Käfigen, und sofort bemerkte er die Geldscheine an der Stelle, wo eigentlich das Tier sein sollte. Insgeheim war er davon überzeugt gewesen, dass sie ohne Thumper die Stadt nicht verlassen würde, und er hatte gehofft, dass sie sich gemeinsam viel Zeit nehmen würden, bis das Tier wieder ganz gesund war. Offenbar dachte die geheimnisvolle Fremde da anders.

Er seufzte. Mittlerweile konnte sie längst verschwunden sein, und er wusste nicht einmal ihren Namen.

Rachel sehnte sich nach einem Eis. Über eine Stunde hatte sie jetzt gebraucht, um Thumper um das Haus herum durch den Garten in ihr Zimmer zu lotsen. Und jetzt war sie fest davon überzeugt, den Tag nur noch überstehen zu können, wenn sie sofort ein Eis bekam.

Thumper lag auf dem weichen Vorleger, und Rachel rief beim Empfang an.

„Schokolade, Vanille oder Erdbeere?", erkundigte Mrs Kelley sich, ohne jede Bemerkung über Rachels seltsame Frühstücksvorlieben.

„Haben Sie zufällig *Ben & Jerry's*?"

Mrs Kelley schwieg einen Moment, dann sagte sie: „Ich gebe Ihnen etwas von meinem privaten Eis. Auch wenn ich jetzt in einem kleinen Ort lebe, heißt das nicht, dass ich nicht weiß, wie gutes Eis schmeckt."

Rachel traf Mrs Kelley in der Halle und kehrte mit einer Packung Eis in ihr Zimmer zurück. Dann lag sie auf dem Bett und hielt das Handy am Ohr, während sie darauf wartete, dass ihre Freundin Paris, die Schriftstellerin war, sich meldete.

„Hallo, ich bin's", meldete sie sich, als Paris abhob.

„Gibt es einen Grund dafür, dass du mich so früh weckst?"

„Ich glaube, Carl hat mich letzte Nacht verführt", platzte Rachel heraus, bevor sie noch Hemmungen bekam, Paris davon zu erzählen.

Ihre Freundin pfiff leise. „Wenn das keine … Ich dachte, du könntest ihn nicht ausstehen." Paris machte eine Pause. „Warte mal. Du glaubst es nur? Warst du denn nicht dabei?" Es klang belustigt und besorgt zugleich.

Rachel aß noch einen Löffel Eis, um die Antwort etwas hinauszuzögern. Auch an einem ungewöhnlichen Morgen wie diesem wollte sie auf ihr übliches Frühstück nicht verzichten. „Damit meine ich lediglich, dass ich mir nicht sicher bin, ob ich ihn verführt habe oder er mich."

„War es denn gut?"

„Oh, ja." Allein bei der Erinnerung daran, wie er sie gestreichelt, geküsst und mit der Zunge liebkost hatte, fing ihre Haut zu prickeln an. Sie seufzte. „Es war viel mehr als nur gut."

„Dann sollte es dir doch jetzt besser gehen, oder? Anscheinend hält er dich nicht mehr für dasselbe Mädchen, das du auf der Highschool warst. Und du scheinst deine Ansicht aufgegeben zu haben, dass er der Teufel auf Erden ist. Vielleicht ist dies der Beginn einer wundervollen Romanze."

„Er weiß nicht, wer ich bin", meinte Rachel.

Paris schwieg.

Rachel aß den letzten Löffel Eiscreme und warf die Packung dann in den Mülleimer. Immer noch sagte Paris kein Wort, und Rachel runzelte die Stirn. Entweder hatte ihre Freundin der Schlag getroffen, oder sie lag lachend am Boden.

Rachel spürte, wie sie rot anlief. Was ihr heute Nacht noch so wunderbar vorgekommen war, entpuppte sich allmählich als fataler Fehler. Aber was war gegen ein überwältigend erotisches Erlebnis mit einem tollen Mann einzuwenden?

„Das ist wirklich unglaublich", brachte Paris schließlich lachend heraus. „Du hattest einen One-Night-Stand mit einem Mann, der dich noch aus der Schulzeit kennt, und er weiß nicht, dass du es warst?"

Rachel schlug mit dem Hinterkopf gegen das Kopfteil des Betts. „Wie schaffe ich es nur immer wieder, mich in solche Schwierigkeiten zu bringen?"

„Tut mir leid. Aber du musst doch zugeben, dass es total absurd ist. Da liegen dir die Männer reihenweise zu Füßen, doch du lässt dich nie rumkriegen. Und wenn du einmal nachgibst, dann vergisst du, dich vorzustellen."

Wieder fing ihre Freundin zu lachen an, doch Rachel zog nur die Augenbrauen zusammen. „An deiner Stelle würde ich nicht so laut lachen. Vor noch gar nicht allzu langer Zeit hattest du selbst ziemliche Schwierigkeiten mit den Männern."

„Schon möglich", antwortete Paris, „aber letztendlich habe ich jetzt in Devin einen wundervollen Ehemann."

„Stimmt. Trotzdem finde ich, du solltest keine Vorträge halten, wie man Männer richtig behandelt."

„Einverstanden. Also, für wen hält er dich?"

Rachel zuckte mit den Schultern. „Er hat keine Ahnung. Zuerst wollte ich ihm meinen Namen nicht verraten, und dann bin ich verschwunden, bevor er mich wieder fragen konnte."

„Wer hätte gedacht, dass ein Nest wie Braemer für solche abenteuerlichen Geschichten gut ist?"

„Deine Hilfe in der Not ist wirklich beeindruckend."

„Was für eine Not denn? Du hast schon mit ihm geschlafen. Jetzt sag ihm einfach noch, wer du bist, und dann geh deiner Wege."

Genau. Sie musste ihm die Wahrheit gestehen und ihn mit der Erkenntnis allein lassen, dass er letzte Nacht mit Belinda Rachel Dean auf dem Sofa gelandet war. Und er würde darunter leiden, dass es von dieser wunderbaren Nacht keine Wiederholung geben würde. Damit würde sie sich aber selbst genauso strafen. Sie fuhr sich über die Brüste hinab zum Bauch und erschauerte beim Gedanken an seine Berührung. Mit Mühe unterdrückte sie ein Seufzen.

„Rachel?" Sorge klang aus Paris' Stimme. „Habe ich etwas falsch verstanden?"

„Nein, eigentlich nicht." Rachel richtete sich auf, aber die ganze Situation war zu kompliziert, und sie wollte Paris nichts von ihrem Plan verraten, mit dem sie nach Braemer gekommen war. Deshalb wechselte sie das Thema und redete über die anstehenden Lesungen, die Paris und Devin halten sollten, und andere geschäftliche Dinge.

Nachdem sie sich verabschiedet hatten, drehte Rachel sich auf den Bauch und streckte den Arm aus. „Was würdest du denn tun, mein Freund?" Sie kraulte Thumper hinter den Ohren, und sofort hob er den Kopf und hechelte. Anscheinend war er aufgeregt. „Du würdest aufs Ganze gehen, ja? Ich weiß nicht recht."

Ganz ohne Zweifel wollte Carl sie wiedersehen. Oder genauer, das verführerische Wesen, das er letzte Nacht erlebt hatte.

Aber das war unmöglich. Immerhin ging es hier um Carl, der früher ganze Abende damit verbracht hatte, sich zu überlegen, wie er sie kränken konnte.

Auch wenn er sich geändert hatte, besagte das gar nichts. Schließlich wollte er nur die Frau von gestern Nacht. Die Verführerin Rachel. Dass sie sich nach einer einzigen Nacht so sehr nach ihm sehnen würde, damit hatte sie nicht gerechnet. Seine zärtlichen Worte, seine einfühlsame Art, seine Blicke, sogar diese Strähne, die ihm immer in die Stirn fiel, machten sie verrückt.

Sie streichelte Thumpers Kopf. „Was meinst du? Ich trete ihm einfach nicht mehr unter die Augen. Und wenn ich erst weg bin, lasse ich die Nachricht durchsickern, dass seine geheimnisvolle Geliebte niemand anderes als ich war. Und schon habe ich gewonnen.“

Thumper reckte blinzelnd den Hals, und Rachel nahm das als Zustimmung.

Ihr Magen knurrte, denn das Eis hatte sie nicht gesättigt. „Hast du Hunger? Ich verhungere gleich.“

Auf dem Nachttisch stand eine Schale mit duftenden Blättern. Rachel warf die trockenen Blätter weg, wusch die Schale aus und gab Thumper darin etwas Trockenfutter. „Ich werde mich auf die Suche nach richtigem Futter für dich machen. Wenn ich wieder da bin, werden wir uns überlegen, wie ich dich ausführen kann, ohne dass jemand es mitbekommt.“ Außerdem musste sie Mrs Kelley noch dazu bringen, nicht jeden Tag ihr Zimmer aufzuräumen.

Sie zog sich Jeans und ein weites T-Shirt an und nahm ihr Haar zum Pferdeschwanz zusammen. Leise summend öffnete sie die Tür und trat in den Gang hinaus. Erst als sie fast in der Eingangshalle war, blieb sie stehen, als sie Mrs Kelleys Stimme hörte.

„Carl MacLean, jetzt setzen Sie sich doch. Sie waren ja schon seit Ewigkeiten nicht mehr zum Frühstücken hier.“

Rachels Herz raste wie wild. Hatte er herausgefunden, wo sie wohnte?

Sie überlegte, ob sie in ihr Zimmer zurückgehen sollte, um sich zu schminken und besser anzuziehen, aber dann gewann ihre Neugier die Oberhand. Erst wollte sie ihn sehen, und dann würde sie wieder in ihr Zimmer laufen. Wenn er dann an ihre Tür klopfte, würde sie ihm gut vorbereitet entgegentreten können. Und sie würde dabei sehr viel besser aussehen als letzte Nacht.

Vorsichtig schlich sie sich dicht an der Wand vorwärts, damit der alte Holzboden nicht knarrte. Dann schob sie sich am Empfangstisch entlang in Richtung Speisesaal und reckte den Kopf, um einen Blick auf Carl zu erhaschen.

Sie holte erschrocken Luft. Dort saß er an einem Tisch in der Ecke und trank Kaffee. Es war niemand anderer als ihr wahres Opfer Nummer eins.

Oje! Es war Carl MacLean. Diesen Mann hätte sie überall erkannt.

Aber wenn das hier Carl MacLean war, mit wem hatte sie dann in der vergangenen Nacht geschlafen?

Abrupt zog Rachel sich wieder in die Eingangshalle zurück, damit Carl sie nicht sah. Sie lehnte sich an die Wand und versuchte, Ordnung in ihre Gedanken zu bringen.

Carl saß im Speisesaal und trank Kaffee. Und er war nicht der Mann, mit dem sie letzte Nacht geschlafen hatte.

Sobald sie wieder in ihrem Zimmer war, fing Thumper an, mit dem Schwanz auf den Boden zu schlagen. Sie streckte sich neben ihm auf dem Teppich aus und streichelte sein Fell. „Und was mache ich jetzt?"

Thumper winselte und gähnte dann.

„Tut mir leid, wenn ich dich mit meinen Problemen langweile." Erst gestern Nacht hatte sie noch gedacht, sie habe alles unter Kontrolle, doch jetzt wurde ihr klar, dass sie keinen Sieg errungen hatte. Der Mann von gestern Nacht hatte etwas in ihr ausgelöst, was sie nicht weiter erforschen wollte. Wenigstens war er nicht derjenige, der damals ihr Selbstbewusstsein restlos ausradiert hatte, und das machte das Ganze etwas erträglicher.

Wieder musste sie daran denken, wie er sie berührt und ihr zärtliche Dinge ins Ohr geflüstert hatte. Nur mit seinem Streicheln hatte er sie völlig aus der Bahn geworfen, und sie kannte noch nicht einmal seinen Namen.

Auf jeden Fall war er nicht Carl. Aber wieso hatte er das Missverständnis nicht aufgeklärt? Ganz bewusst schob sie diesen Gedanken beiseite. Immerhin war sie auch nicht gerade ein Ausbund an Ehrlichkeit gewesen.

Unruhig stand sie auf und ging zur Glastür, die zum Garten führte. Nachdenklich sah sie zu Thumper, dessen Pfoten im Schlaf zuckten. „Er war ein richtiger Tierarzt", flüsterte sie. „In diesem Punkt hat er nicht gelogen. Und er hat dich tadellos zusammengeflickt."

Sie fuhr sich durchs Haar und überlegte, was sie wusste. Er war in einem Wagen gefahren, in dem Tierarztzeitschriften lagen, die an Carl MacLean adressiert waren. Und als sie ihn mit

Dr. MacLean angesprochen hatte, hatte er geantwortet. Er besaß Schlüssel zur Tierarztpraxis, und er hatte Thumper behandelt.

Wer war also ihr rätselhafter Tierarzt, der Carl so ähnlich sah? Sein Onkel, sein Cousin? Er konnte sogar Carls Bruder sein. Den hatte Rachel nur einmal getroffen, als Dr. MacLean den armen Dexter behandelt hatte. Natürlich hatte sie von dem Gerede gehört, dass sein Vater und er sich nicht verstanden, und nach allem, was sie wusste, hätte sie nicht gedacht, dass der ältere Bruder der MacLeans jemals nach Braemer zurückkommen würde.

Andererseits änderten die Menschen sich.

Sie sah zum Telefon. Was sprach eigentlich gegen ein paar Nachforschungen? Ehe sie es sich noch anders überlegte, rief sie beim Empfang an. „Wer leitet eigentlich die Tierarztpraxis an der Landstraße?", fragte sie, als Mrs Kelley sich meldete.

„Dr. MacLean, meine Liebe. Brauchen Sie einen Tierarzt?"

„Nein, ich bin nur neugierig. Carl MacLean? Der junge MacLean? So um die Dreißig?"

„Nein, nein. Dr. MacLean ist schon über sechzig. Und Carl kann ein Pony kaum von einem Schwein unterscheiden. Er ist Rechtsanwalt hier in der Stadt." Sie schwieg einen Moment. „Er sitzt gerade nebenan im Speisesaal. Soll ich ihn ans Telefon holen?"

„Nein, danke. Hat Dr. MacLean noch andere Kinder?"

„Allerdings. Einen älteren Sohn. Garrett."

Rachel schloss die Augen und atmete tief durch. Garrett. Ja, jetzt erinnerte sie sich. Sie umklammerte den Hörer. „Garrett ist nicht zufällig auch Tierarzt, oder doch?"

„Das weiß ich nicht genau. Er lebt eigentlich in Los Angeles, müssen Sie wissen. Fragen Sie ihn doch selbst", fügte Mrs Kelley hinzu, während Rachel nicht wusste, ob sie hören wollte, was jetzt noch kam. „Er wohnt im Zimmer genau über Ihnen."

Garrett konnte sein Glück kaum fassen. Wenn ihn nicht alles täuschte, gehörte der grüne Wagen, der unter der alten Eiche von Mrs Kelley stand, der mysteriösen Verführerin von gestern. Also wohnte sie auch hier in der Pension. Er lächelte. Wenn sie schon unter demselben Dach schliefen, dann sollte es ihm doch auch gelingen, mit ihr in Kontakt zu kommen.

Er lief in der Empfangshalle hin und her und sah nervös in den Speiseraum. Dort saßen Carl, der ihm kurz zuwinkte, und der alte Mann, der für Mrs Kelley alle möglichen Reparaturen machte. In einer Ecke saß Händchen haltend ein Pärchen, das ringsum nichts wahrnahm. Am Fenster saß ein älterer Mann und las Zeitung.

Aber seine geheimnisvolle Fremde war nicht zu sehen.

Garrett atmete aus und stellte fest, wie erleichtert er war. Aus irgendeinem Grund hatte sie nur diese eine Nacht mit ihm verbringen wollen, oder eher gesagt mit Carl. Dann war sie ohne jeden Abschied verschwunden. Wenn er also tatsächlich wieder mit ihr in Kontakt treten wollte, dann brauchte er einen Plan. Zuallererst musste er ihren Namen herausbekommen.

Carl blickte auf, als Garrett zu ihm kam. „Na, großer Bruder?"

Garrett verlangsamte seinen Schritt kaum. „Einen Moment bitte." Er ging gleich weiter in Richtung Küche und begab sich auf die Suche nach Mrs Kelley. Sie hockte vor dem offenen Backofen und schob ein Blech mit Keksen hinein.

Er half ihr beim Aufstehen. „Wohnt eine junge Frau bei Ihnen? Dunkelhaarig, hübsch und ungefähr so groß?" Er hielt die Hand in Höhe seiner Nase. „Sie hat einen schwarzen Labrador bei sich."

„Abgesehen von dem Hund würde ich sagen, dass die Beschreibung auf Rachel passt."

Garrett neigte den Kopf zur Seite. „Rachel?" Er ließ den Namen im Kopf nachklingen. Rachel. Das passte zu ihr.

„Rachel Dean", fuhr Mrs Kelley fort. Der Name kam Garrett irgendwie bekannt vor, aber er konnte ihn nicht einordnen. Mrs Kelley runzelte die Stirn. „Sie hat auch nach Ihnen gefragt. Und nach Carl."

Obwohl er sich große Mühe gab, nach außen hin gelassen und freundlich zu wirken, schlug ihm das Herz bis zum Hals. „Ach ja?"

„Sie wollte wissen, ob Carl Tierarzt ist oder ob Sie Tierarzt seien. Ich habe ihr gesagt, dass Carl Anwalt sei, aber bei Ihnen weiß ich das nicht." Sie machte eine Pause, um ihm die Gelegenheit zu geben, ihr seinen Beruf zu verraten. Als er nicht antwortete, wandte sie den Blick ab und räusperte sich. „Wie kommen Sie darauf, sie habe einen Hund bei sich?"

„Das ist eine lange Geschichte." Was konnte Rachel mit Thumper gemacht haben?

Mrs Kelley ging zum Kühlschrank und öffnete ihn. „Ich liebe kleine Hunde, und es tut mir wirklich leid, dass sie nicht bei mir wohnen dürfen, aber das halten die Möbel einfach nicht lange aus."

Verständnisvoll nickte er und war auf einmal überzeugt, dass Rachel den Hund irgendwie in ihr Zimmer geschleust hatte.

Mrs Kelley musste lächeln. „Vielleicht sind Sie ja der Herr, wegen dem sie heute früh so unglücklich war."

Rachel unglücklich? „Wie bitte?"

Die ältere Frau sah zur Küchentür und dann wieder zu Garrett. „Ich will ja nicht tratschen, aber wenn eine Frau Eiscreme zum Frühstück isst, dann gibt es dafür nur eine Erklärung. Probleme mit einem Mann." Sie zwinkerte ihm zu. „Und es scheint mir, als seien Sie der Mann, um den es dabei geht." Sie stutzte und sah ihn dann prüfend an. „Besonders, wenn man bedenkt, dass Sie beide in der vergangenen Nacht nicht in Ihren Zimmern geschlafen haben."

Mit einem Mal kam Garrett sich verlegen wie ein Teenager vor. Dann erst begriff er, was sie ihm gesagt hatte.

Eiscreme. Wahrscheinlich hatte Mrs Kelley recht. Rachel war wegen der vergangenen Nacht verwirrt.

Also war er wenigstens nicht der Einzige.

„Mrs Kelley, Sie sind ein Schatz." Er gab ihr einen Kuss auf die Wange und ging zurück in den Speisesaal. Dieser Tag versprach sein Glückstag zu werden. Heute früh war er verzweifelt gewesen, weil sie ohne ein Wort verschwunden war, er ihren Namen nicht wusste und sie ihn für Carl hielt. Doch jetzt kam ihm das Problem lösbar vor. In nur wenigen Stunden hatte er herausgefunden, dass sie in derselben Pension wohnte wie er. Außerdem wusste sie, dass er nicht Carl war. Und er kannte jetzt ihren Namen.

Zufrieden ging er zurück zu Carl. Der Zeitpunkt erschien ihm perfekt, um bei seinem Bruder ein bisschen nachzuforschen, wieso er nicht zum Ehemaligenball gehen wollte.

Garrett trank noch einen Schluck Kaffee und beobachtete, wie Carl mit der Gabel sein Spiegelei auf dem Teller hin und her schob. Carl hatte nicht über Belinda sprechen wollen, aber als Garrett darauf bestand, nickte Carl und fing an, in seinem Essen Linien zu ziehen. Garrett wusste, dass sein Bruder nicht Zeit schinden wollte, sondern nur seine Gedanken sammelte.

„Bis zum letzten Schuljahr haben alle sie weitgehend ignoriert", fing Carl schließlich an. „Sie war klug und hatte nur gute Noten. Aber sie war eines von diesen Mädchen, die man nicht bemerkt."

„Warst du gemein zu ihr?" Garrett konnte sich nicht vorstellen, dass sein Bruder sich richtig boshaft verhielt, selbst wenn er von anderen unter Druck gesetzt wurde.

„Ich persönlich?" Carl wartete gar nicht auf eine Antwort. „Ich glaube ja. Aber nicht mehr als alle anderen auch. Damals habe ich versucht, dazuzugehören. Wenn die anderen ihr ‚Brillenschlange' oder ‚Rollmops' nachriefen, habe ich nicht mitgemacht, aber ich habe auch nichts dagegen gesagt." Er hob seine Kaffeetasse, trank aber nichts. Nachdenklich blickte er ins Leere. „Entscheidend ist, dass ich auch gelacht habe. Verstehst du?" Als er Garrett ansah, wirkte er ehrlich bekümmert. „Mir war klar, dass es nicht witzig ist, aber ich habe trotzdem gelacht."

Garrett konnte die Kränkung, die dieses Mädchen erfahren haben musste, gut nachfühlen, und genauso gut verstand er das

Bedauern, das sein Bruder jetzt empfand. „Stimmt, du hast dich schlecht benommen. Aber damals warst du noch ein Kind, und es ist lange her."

„Es war ja nicht die ganze Schule so." Carl nahm einen Keks. „Einige der Mitschüler waren ganz in Ordnung. Aber die Jungs, mit denen ich zusammen war, waren die Schlimmsten. Belinda war arm, und das machte alles noch schlimmer. Sie hatte keinen Dad, weil der ein paar Jahre zuvor mit einer Stripperin durchgebrannt war. Aus irgendeinem Grund hatte Jason es auf sie abgesehen. Ständig rief er ihr Schimpfnamen hinterher und schrieb Sprüche über sie an die Klowand. Er ließ sie einfach nicht in Ruhe, und Derek hat immer mitgemacht."

Garrett musste sich beherrschen. Von Jason Stilwell hatte er damals schon nichts gehalten. Der Kerl war der verwöhnte Junge reicher Eltern, und als Erwachsener war er sicher ebenso schlimm. Mühsam zwang er sich zu der entscheidenden Frage: „Und was hast du gemacht?"

Carl lachte verbittert auf. „Gar nichts. Jedenfalls damals noch nicht. Ich habe die Sprüche von den Wänden weggewischt, so gut es ging. Aber zu der Zeit waren Jason, Derek und ich die Besten im Footballteam. Mir war klar, dass wir drei zusammen unbesiegbar waren. Und deshalb wollte ich es mir mit den beiden nicht verderben. Sie hätten dafür sorgen können, dass ich auf dem Platz wie ein Idiot dastand. Und ich wollte mein Football-Stipendium haben."

„Das hast du ja auch bekommen." Garrett konnte seine Enttäuschung nicht ganz verbergen. Carl war immer ein netter Junge gewesen. Aber er war auch verwöhnt und verhätschelt worden. Von Garrett genau wie von allen anderen. „Ihr drei habt dieses arme Mädchen also bis zum letzten Schultag ständig geärgert?"

Carl schüttelte den Kopf. „Nein. Im letzten Jahr konnte ich es nicht mehr ertragen."

Erleichtert atmete Garrett aus. Sein Bruder hatte also doch irgendwann Rückgrat bekommen.

„Sie hatte sich vorab bei einigen Universitäten beworben und hatte die Aufnahmetests mit Auszeichnung bestanden", fuhr Carl fort. „Sie hatte einen Aufsatz bei einem Wettbewerb eingereicht und auch da einen Preis bekommen. Da erkannte ich, dass sie einen wirklich eisernen Willen hatte. Sie war ehrgeizig, aber einsam. Nie sah ich sie mit irgendjemandem sprechen. Auch mittags saß sie beim Essen meistens allein."

Carl hob die Schultern. „Also nahm ich an, dass sie einen Freund gebrauchen könnte." Er lachte. „Das war wirklich eine schwere Aufgabe. Ich meine, sie dazu zu bringen, mir zu vertrauen."

Nach allem, was Carl ihm erzählt hatte, konnte Garrett das Misstrauen des Mädchens gut verstehen. „Aber irgendwann hat sie dir vertraut?"

„Ja. Und ich erkannte, dass sie wirklich nett war. Schüchtern, aber nett." Er wischte sich die Hände an der Serviette. „Wir wurden zwar nicht gerade Freunde, aber wir haben uns hin und wieder unterhalten, und manchmal habe ich sie auf dem Heimweg begleitet."

So weit, so gut. Aber Garrett war klar, dass die Geschichte damit noch nicht zu Ende war. Und den Grund dafür konnte er auch erraten. „Aber dann waren da noch Jason und Derek, stimmt's?"

Carl nickte. „Sie haben alles ziemlich in den Dreck gezogen."

„Wie denn?"

„Indem sie dasselbe gemacht haben wie ich. Und sie gingen noch weiter. Sie haben sogar ein paar Jungs verprügelt, weil die sich über Belinda lustig machten. Und ich war so naiv zu glauben, dass es ihnen ernst damit sei." Er hob die Gabel wieder auf und stocherte weiter in seinem Essen herum. „Als meine Freundin mit mir Schluss machte, habe ich einfach Belinda zum Abschlussball eingeladen. Ich dachte, wir beide gehen als Freunde hin, und ihr würde es bestimmt Freude machen."

„Und was passierte?" Unwillkürlich ballte Garrett die Fäuste, weil er sich die Antwort denken konnte.

„Jason fand meinen Plan genial. Ich sollte mit ihr auf den Ball gehen und dann – bumm." Er schlug auf den Tisch. „Dieser Dreckskerl. Ich sagte ihm, dass ich bei so etwas niemals mitmachen würde. Sie sei auf dem Ball meine Partnerin und damit basta." Vor Anspannung überschlug seine Stimme sich fast. „Da verriet er mir, dass sie sich für sie etwas Besonderes überlegt hätten. Ich sagte ja schon, dass Jason es regelrecht auf sie abgesehen hatte. Ich sagte ihm, er solle sich zum Teufel scheren, aber da drohte er mir, er werde dafür sorgen, dass ich mein Stipendium nicht erhalten würde."

„Drei Tage vor dem letzten Schultag? Wie wollte er das denn anstellen?"

Carl stieß ein bitteres Lachen aus. „Genau das habe ich auch gesagt. Und da erinnerte er mich ganz beiläufig daran, dass die meisten Footballteams nicht an Leuten mit gebrochenen Rippen und kaputten Kniescheiben interessiert seien." Er zuckte mit den Schultern. „Also gab ich nach. Ich ließ Belinda in Jasons Falle tappen und sah tatenlos zu, wie er sie vor allen anderen zum Gespött machte."

„Dann willst du nicht zu der Feier gehen, damit du ihr nicht begegnest?" Es kostete Garrett Überwindung, das auszusprechen. „Klingt ziemlich feige, Bruderherz."

Carl schüttelte den Kopf. „Nein, nein", widersprach er. „Wenn ich davon ausgehen könnte, dass sie kommt, würde ich auf jeden Fall hingehen. Dann könnte ich mich wenigstens entschuldigen." Eindringlich sah er seinem Bruder in die Augen. „Das schwöre ich." Kopfschüttelnd atmete er aus. „Aber sie würde niemals wegen dieser Feier zurück in die Stadt kommen. Weshalb auch? Nach allem, was wir ihr angetan haben. Ich will nur deswegen nicht dort hin, weil ich mir wie ein Heuchler vorkommen würde. Soll ich mir dort Fotos von früher ansehen, wie ich nach einem Sieg auf Händen getragen werde, wenn ich solche schlimmen Erinnerungen mit mir herumschleppe?"

„Wieso suchst du sie nicht? Dann könntest du dich entschuldigen und alles von damals erklären, so wie du es mir erklärt hast."

„Daran habe ich schon gedacht. Aber vielleicht hat sie das alles schon vergessen. Soll ich ihr wehtun, indem ich sie wieder an damals erinnere?"

Das ergab Sinn. Bestimmt hatte das Mädchen von damals sich mittlerweile ihr Leben eingerichtet, war Mutter von niedlichen Kindern und dachte nie mehr an Carl. Das konnte Garrett nur hoffen. Dieses Mädchen verdiente ein glückliches Leben. Vor Wut und Enttäuschung über Carl verkrampfte sich sein Magen.

„Die arme Belinda." Es kam ihm fast so vor, als würde er das Mädchen kennen, und er wünschte sich, er könnte ihr helfen. Irgendetwas von dem, was Carl am Vortag gesagt hatte, gab ihm zu denken, und er runzelte die Stirn. „Wie hieß sie mit vollem Namen?"

„Belinda Dean." Carls Worte trafen Garrett stärker als ein Schlag. „Belinda Rachel Dean."

Rachel. Seine Rachel. Garrett konnte keinen klaren Gedanken mehr fassen. Alles schien sich im Kreis zu drehen. Carl hatte Rachel verletzt.

Immer fester ballte er die Fäuste, und als er wieder zu sich kam, stand er gerade auf. Seine Hand schmerzte, und Carl lag lang auf dem Boden.

Carl rieb sich den Kiefer und sah zu ihm hoch. „Was sollte das denn?"

„Das war für Belinda", stieß Garrett hervor.

In der vergangenen Nacht war die Praxis noch der romantischste Platz der Welt gewesen, aber ohne Rachel wirkte alles kalt und steril. Garrett ging durch den Empfangsraum in den Pausenraum und blickte auf das Sofa. Bei der Erinnerung verspannte er sich.

Sein verdammter Bruder!

Vorhin wäre er am liebsten gleich aus dem Speisesaal gelaufen, um Rachel zu finden und in die Arme zu ziehen.

Es sprach für Carl, dass er aufgesprungen war, als Garrett ihm mitteilte, dass er Rachel in der Stadt gesehen hatte. Carl wollte sie unbedingt aufsuchen. Natürlich erwähnte Garrett nicht, dass er sie bereits gesehen hatte.

Carl bestand darauf, dass er sich entschuldigen wollte, doch Garrett redete ihm das vorerst aus. Er wollte ihr zuvor wenigstens noch erklären können, wer er wirklich war. Und das musste er so schnell wie möglich tun, weil er sich nach nichts mehr sehnte, als sie im Arm zu halten und zu beschützen, damit sie vergaß, wie sehr Jason, Derek und Carl sie damals verletzt hatten. Und das ging erst, wenn sie beide miteinander im Reinen waren.

Er kannte sie zwar kaum, doch das spielte für ihn jetzt keine Rolle. Er versuchte sich einzureden, dass er sich auch für die Taten seines Bruders verantwortlich fühlen musste, doch in Wahrheit reichten seine Gefühle viel weiter. Erst durch das Treffen mit Rachel war ihm klar geworden, wie einsam er in den letzten Jahren gewesen war. Sie hatte etwas in ihm ausgelöst, was er nicht rückgängig machen konnte.

Letztendlich fuhr er doch in die Praxis, weil er ihr Zeit lassen wollte, um über die letzte Nacht in Ruhe nachzudenken. Aus Mrs Kelleys Worten schloss er, dass Rachel herausgefunden hatte, dass er nicht Carl war. Sicher war es klüger, ihr nicht sofort nach dieser Erkenntnis so nahe zu kommen, dass sie ihn mit Wurfgeschossen erreichen konnte.

Stirnrunzelnd gab er Blinky etwas Katzenfutter in den Napf. Langsam kam der Kater näher und rieb sich an Garretts Bein. „Bestimmt ist sie jetzt ziemlich sauer auf mich, meinst du nicht?"

„Wer denn?"

Garrett fuhr herum. Dort stand Jennie. „Verdammt, klopfst du denn nie an?" Sie hatte ihn zu Tode erschreckt, dennoch musste er lächeln. Seine Stiefmutter hatte er in all den Jahren sehr vermisst.

Sie hob einen Schlüsselbund. „Es ist Sonntag, und deinem Dad und mir gehört die Praxis. Wieso sollte ich da anklopfen?"

Er nickte und musste schlucken. Mit dieser Praxis verband ihn so viel. Sein halbes Leben hatte sich hier abgespielt. Umso mehr hatte es Garrett geschmerzt, als sein Vater ihn einfach wortlos nach dem College ziehen ließ. Selbst als er in Kalifornien Tiermedizin studierte, hatte sein Vater mit keinem Wort angedeutet, dass er zurückkommen und in der Praxis mitarbeiten solle.

Jennie holte sich ein Mineralwasser aus dem Kühlschrank und sah Garrett lächelnd an. „Nun sag schon, wer ist ziemlich sauer auf dich?"

Er winkte ab. „Niemand." Selbst nach all den Jahren wollte er nichts Schlechtes über Carl sagen, und wie sollte er diese ganze Geschichte erklären, ohne auf die Vergangenheit einzugehen?

„Alle lieben mich", fügte er hinzu. „Hast du das nicht gewusst?"

Sie wurde ernst, und sofort bereute er seine Worte. Er hatte es ganz beiläufig gesagt, aber bestimmt deutete Jennie da eine Kritik an seinem Dad hinein. „Ich wollte damit nicht …"

„Ich weiß." Sie blickte sich um. „Wieso bist du hier?"

Er ging zum Sofa, während sie sich auf einen Sessel setzte. „Hier in Texas? Oder in der Praxis?"

„Mir ist klar, weshalb du wieder in der Stadt bist." Sie beugte sich vor und streichelte Blinky. „Aber warum bist du heute hier? Hast du vergessen, dass ich sonntags immer herkomme? Oder wolltest du mit mir reden?"

Er musste lachen. Jennie hatte mehr graue Haare und mehr Fältchen um die Augen bekommen, aber sie merkte immer noch sofort, wenn ihn etwas bedrückte. „Da wüsste ich gar nicht, wo ich anfangen soll."

„Kommt sie aus Braemer?"

„Sie?"

Wissend lächelte Jennie. „Rede doch einfach weiter, Garrett. Ich meine über die Frau, die sauer auf dich ist."

„Ach ja." Er unterdrückte ein Lachen. „Nein", fügte er hinzu und fragte sich, wo Rachel lebte. Seltsam, wenn man bedachte, wie wichtig sie ihm bereits geworden war. Doch er würde ihr ja schon bald ein paar Fragen stellen können.

„Das ist schade."

„Wieso? Ich lebe in Kalifornien, schon vergessen?"

Jennie hob die Schultern. „Die Hoffnung kannst du mir ja nicht verbieten, oder?"

Prüfend sah er sie an. „Welche Hoffnung?"

Sie sah ihn an, als stelle er sich bewusst dumm. „Dass du bleibst, natürlich. Wir vermissen dich. Wenn du hier eine Freundin hättest, dann …"

„So kann man es nicht gerade bezeichnen", sagte er. „Mir würde es gefallen, aber so weit sind wir noch nicht."

„Wo seid ihr denn?"

Auf diese Frage ging er lieber nicht ein. Sicher würde Jennie nicht begreifen, wie man eine Beziehung mit einer heißen Nacht beginnen konnte, ohne überhaupt zu wissen, wie die Partnerin hieß.

„Außerdem", fuhr er fort, „wüsste ich nicht einmal genau, ob ich bliebe, wenn sie hier leben würde." Das wollte er auf jeden Fall klarstellen, auch für sich selbst. Sonst geriet er noch ins Träumen und folgte dieser rätselhaften Frau, wo immer sie auch hinging. Und das wäre absolut idiotisch.

Seine Praxis in Los Angeles lief blendend, da wäre es vollkommen unsinnig, einfach alles aufzugeben und nach Texas zu ziehen. Außerdem konnte Carl sagen, was er wollte, Garrett wusste mit Sicherheit, dass sein Dad ihn nicht hier haben wollte.

„Ich bin hier, um zu helfen", erklärte er, um Jennie und auch sich selbst zu überzeugen.

Sie atmete aus und stand auf. „Ich gehe zu den Tieren. Du kannst bleiben, solange du willst."

Ohne es zu wollen, hatte er sie anscheinend verärgert. Das war bei Jennie, der liebenswürdigsten Person auf Erden, nicht gerade leicht.

An der Tür blieb er stehen. „Jennie? Habe ich irgendetwas nicht richtig mitbekommen?"

„Ich hätte einfach mehr von dir erwartet, Garrett." Sie sah auf den Boden. „Ich weiß, dass dein Vater dich verletzt hat, schließlich bin ich nicht blind. Aber ich hätte gedacht, du könntest vergessen und verzeihen. Das ist alles."

Offenbar verstanden sie sich nicht richtig. „Ich weiß gar nicht, wovon du redest." Es gelang ihm nicht, seine Gereiztheit zu verbergen.

Als sie ihn wieder ansah, schimmerten Tränen in ihren Augen. „Es hat deinen Vater große Überwindung gekostet einzugestehen, dass er deine Hilfe braucht."

Sein Mund war wie ausgedörrt, sein Magen hatte sich zusammengekrampft. Hatte er richtig gehört?

Jennie seufzte. „Ich habe nicht damit gerechnet, dass du alles stehen und liegen lässt und wieder nach Hause kommst, aber ich hätte wenigstens gedacht, dass du vielleicht ein paar Monate bleibst." Sie strich sich den geblümten Rock glatt. „In deiner Praxis hast du doch Angestellte, aber dein Vater hat niemanden, der ihm helfen kann."

„Dad hat gewollt, dass ich komme?" Seine Stimme klang fremd in seinen Ohren.

„Dein Vater ändert sich auch. Er denkt häufig über die Vergangenheit nach. Und er erkennt seine Fehler." Sie gab ihm einen Kuss auf die Wange. „Versuch, etwas nachsichtiger mit ihm zu sein."

Wortlos nickte er. Wenn Jennie und Carl die Wahrheit sagten, hatte sein Dad tatsächlich zugegeben, dass er Garretts Hilfe brauchte. An diesen Gedanken musste er sich erst einmal gewöhnen.

Er atmete tief durch und lächelte dann. Kaum war er wieder in der Stadt, gab es ein Friedensangebot von seinem Vater und ein überwältigendes Erlebnis mit einer rätselhaften Schönheit.

Wenn das so weiterging, konnten die nächsten vierundzwanzig Stunden recht spannend werden.

Das *Cotton Gin* hatte sich überhaupt nicht verändert. Rachel war einmal mit Paris und ihrem Vater hierhergekommen. Damals waren sie beide acht gewesen. Rachel konnte sich noch an die Livemusik erinnern. Sie hatte sich mit Paris an den Händen gehalten, während sie sich auf der Tanzfläche drehten. Sie seufzte. Eigentlich war es in Braemer ganz erträglich gewesen, bis Paris fortzog.

Vom Eingang aus überblickte sie den höhlenartigen Raum. Überall lagen Erdnussschalen auf dem Boden. Auf den langen Tischen lagen rot-weiß karierte Tischdecken. An einer Wand befand sich die etwas erhöhte Bühne für die Band, und an der Bar in der Ecke wurde nur Bier ausgeschenkt. Die andere Bar, wo man Wein und andere Getränke bekam, konnte Rachel wegen der vielen Gäste kaum sehen.

Sie hatte den ganzen Tag über Mut sammeln müssen, um jetzt hier zu sein. Nur zwei Mal war sie mit Thumper in den Garten geschlichen, ansonsten hatte sie ihr Zimmer nicht verlassen, um nicht zufällig Garrett zu begegnen. Und sie war sich nicht sicher, ob sie sich mittlerweile in der Lage fühlte, ihm gegenüberzutreten.

Jetzt war sie hier und trug ihre Designerjeans, italienische Cowboystiefel und ein weißes T-Shirt – Country-Look für Reiche.

Die Bar war sehr beliebt und auch am Sonntagabend recht gut besucht. Rachel fühlte sich wieder ganz als Herrin der Lage.

Einer der MacLean-Brüder hatte sie zwischenzeitlich kurz aus der Fassung gebracht, aber wenn Carl heute Abend hier auftauchte, würde Rachel ihren Plan weiter verfolgen.

„Hallo, Süße", tönte ein Betrunkener ihr ins Ohr. „Wie wär's, wenn wir zwei ein bisschen spazieren gehen, um ungestört zu sein?"

Sie lächelte selbstsicher. Solche Situationen beherrschte sie im Schlaf. „Versuch erst mal, wieder nüchtern zu werden, Schätzchen." Sie tätschelte ihm die Wange und blickte vielsagend auf den Ehering, den er trug. „Und du solltest dir überlegen, mit wem du spazieren gehst. Sonst bekommst du so bald keinen Ausgang mehr."

Sie ließ den Mann mit offenem Mund stehen und ging zur Bar, wobei sie die interessierten Blicke der Männer ringsum registrierte. Die Belinda von früher hatte sich in den vergangenen vierundzwanzig Stunden zwar ein paar Mal zu Wort gemeldet, aber jetzt hatte nur noch Rachel das Sagen.

Sie leckte sich die Lippen. Es war Zeit zum Angriff.

Lächelnd bahnte sie sich den Weg zur Bierbar und musste nur zwei kleine Klapse auf den Po verkraften.

„Ein Glas oder eine Flasche?", fragte der Barkeeper.

„Eine Flasche." Sie nahm die Flasche entgegen, die er ihr reichte, und beugte sich über den Tresen.

„Hallo, schöne Frau."

Sie erstarrte beim Klang von Garretts Stimme hinter sich. Ganz langsam drehte sie sich um und unterdrückte ein Zittern. Sie wollte sich ihm nur noch in die Arme werfen. Diese Sehnsucht war so stark, dass es fast wehtat. Aber Garrett konnte ihr kein Glück bringen, das musste sie sich immer wieder sagen.

„Hallo, Garrett", erwiderte sie lediglich.

Er lächelte, und auf einmal wurde ihr bewusst, dass sie sich bei ihm auf gefährliches Terrain begab. Sie senkte den Blick und verfluchte sich innerlich dafür, dass sie sich so leicht durcheinanderbringen ließ.

Sein Lachen ärgerte sie, und an dieses Gefühl klammerte sie sich. Wut war ihr lieber als diese überwältigenden Empfindungen, die er in der vergangenen Nacht in ihr ausgelöst hatte. Schließlich hatte dieser Mann sie hintergangen. An diesen Gedanken musste sie sich klammern, sonst wurde sie unter seinem eindringlichen Blick noch völlig willenlos.

Als er sie am Ellbogen zu einem freien Tisch führte, biss sie sich auf die Unterlippe. Seinem Lächeln nach zu urteilen, bekam er von ihrem Ärger überhaupt nichts mit.

„Kannst du mir verraten, was so komisch ist?", verlangte sie zu wissen.

„Anscheinend haben wir beide unsere Hausaufgaben gemacht."

Sie runzelte die Stirn, weil sie nicht wusste, wovon er sprach.

Er streckte die Hand aus, und sie ergriff sie, ohne darüber nachzudenken. Warm und fest umschloss er ihre Finger. „Wahrscheinlich kommt es ein bisschen spät, aber ich bin Garrett MacLean. Freut mich, dich kennenzulernen." Er lächelte. „Und wenn ich mich nicht irre, bist du Belinda Rachel Dean."

Rachel hielt die Luft an. Sie wusste nicht, was sie mehr aus der Fassung brachte. Dass er wusste, wer sie war, oder die Erkenntnis, dass sie immer Belinda Rachel bleiben würde, egal was sie auch versuchte.

Nein, sagte sie sich. Das ist vielleicht noch immer mein Name, aber ich habe mich verändert. Genau das will ich hier ja beweisen, und am besten fange ich sofort damit an.

Langsam zog sie die Hand zurück, und mit der Distanz kehrten auch ihre Beherrschung und ihre Selbstsicherheit zurück. „Mir ist es lieber, einfach Rachel genannt zu werden."

Ein neuer Song ertönte aus der Jukebox, und zwar so laut, dass man sich kaum unterhalten konnte. Garrett zog seinen Stuhl näher heran, bis er mit dem Schenkel Rachels Bein berührte. Sofort rückte sie ein Stück weg. Die Luft zwischen ihnen wirkte wie elektrisch aufgeladen.

„Dann erzähl mir von dir, Rachel."

„Was denn?"

„Tja." Er lehnte sich vor und legte ihr einen Arm um die Schulter. „Das hier könnte man als unsere zweite Verabredung bezeichnen. Normalerweise weiß man da schon sehr viel mehr voneinander."

„Dies ist keine Verabredung." Leider klang ihre Stimme leicht unsicher, weil Garrett sie mit dem Unterarm berührte.

„Doch, das ist es." Er kam wieder etwas näher, sodass ihre Beine sich berührten. „Einiges weißt du ja schon von mir. Ich bin Tierarzt, wohne in Kalifornien und habe einen Bruder. Damit ist mein Leben auch schon in groben Zügen umrissen."

Sie kämpfte gegen ein Lächeln an, doch obwohl er sie erwartungsvoll ansah, wollte sie sich auf dieses Spielchen nicht einlassen.

„Und was ist mit dir?" Als sie weiterhin schwieg, tat er so, als würde er ihr ein Mikrofon unter die Nase halten. „Nur die Tatsachen, Madam. In aller Kürze."

Jetzt musste sie lachen. „Ich bin Anwältin", antwortete sie. „Aber in erster Linie arbeite ich als Literaturagentin. Ich lebe in Manhattan. Allerdings bekam ich von meinem Vermieter die Kündigung, bevor ich hierherfuhr." Prüfend sah sie ihn an. „Mehr erfährst du nicht. Jetzt sind wir quitt."

Mit dem Handrücken strich er ihr über die Wange. „Siehst du, das war doch gar nicht so schwer."

Schweigend nickte sie. Er wirkte so vertrauenerweckend, und dadurch verwirrte er sie auch. Ohne es zu wollen, war er ihr ans Herz gewachsen, und sofort klingelten in ihrem Kopf die Alarmglocken los. Sie durfte nicht vergessen, weswegen sie in Braemer war. Ihr Plan war das Wichtigste.

Garrett hatte sie hintergangen, und an diese Tatsache klammerte sie sich. „Du hast mich angelogen."

Lässig lehnte er sich zurück. „Heißt das, wir haben die Kennenlernphase jetzt hinter uns?"

„Du wusstest genau, dass ich dich für Carl hielt, und hast mich in dem Glauben gelassen."

„Direkt als offen kann man dich ja auch nicht bezeichnen." Erneut ergriff er ihre Hand und strich ihr über die empfindsame Handfläche. Es wirkte beiläufig und erotisch zugleich. Rachel versuchte, nicht darauf zu achten, aber die Wärme der Liebkosung zog sich durch ihren ganzen Körper bis zwischen ihre Schenkel.

„Aber darum geht es nicht. Ich habe dir nichts vorgespielt." Nach einer Antwort suchend blickte sie ihm in die blauen Augen und fragte sich, ob sie ihn jemals schon ganz ohne Verstellung erlebt hatte. „Wieso, Garrett?"

„Es gefällt mir, wenn du meinen Namen aussprichst." Sanft küsste er sie auf die Fingerknöchel, und Rachel unterdrückte ein Zittern. Hastig zog sie die Hand zurück. „Wieso, Garrett?", wiederholte sie.

Einen Moment blickte er sie nachdenklich an, dann stand er auf und hielt ihr die Hand hin. „Tanz mit mir, dann erzähle ich dir alles."

Behutsam zog er sie hoch, und Rachel ließ es geschehen. Nur ein Tanz, dachte sie. Dann bekomme ich meine Antworten, und wir beide gehen unserer Wege.

7. KAPITEL

Garrett war froh, als gleich zwei langsame Songs nacheinander gespielt wurden. Er wollte Rachel nicht aus der engen Umarmung entlassen.

Sie passten beide perfekt zusammen, und schon in der vergangenen Nacht hatte er erkannt, dass ihre Körper sich aneinander schmiegten, als sei Rachel nur für ihn geschaffen worden.

Ihre aufregende Nähe erregte ihn unbeschreiblich. Er brauchte nur den Kopf leicht zu neigen, dann nahm ihn ihr Duft gefangen. Er unterdrückte ein Stöhnen und strich ihr zärtlich mit dem Mund über das Ohr. Sofort spürte er, wie sie sich verspannte.

„Du bist angespannt", flüsterte er.

„Nein, das bin ich nicht."

„Darling, ich spüre doch deinen ganzen Körper." Ihr leises Seufzen verriet ihm, dass sie ihn auch spürte und genau merkte, wie sehr er sie begehrte.

Langsam glitt er mit einer Hand ihren Rücken hinab und umfasste sanft ihren Po. Ihr leises Stöhnen erregte ihn beinah mehr als die Berührung.

„Garrett, ich ..."

„Wir werden uns unterhalten, das verspreche ich. Aber im Moment will ich dich nur halten."

Ganz langsam und fast unmerklich entspannte sie sich in seinen Armen und schmiegte sich enger an ihn. Im Einklang mit der Musik fuhr sie ihm unter dem Kragen über den Nacken. So zart, dass Garrett sich fragte, ob sie sich dessen überhaupt bewusst war.

Er hingegen spürte jede ihrer Bewegungen überdeutlich. Jähe Begierde erfüllte ihn, und er kämpfte gegen den Drang an, sie verlangend zu küssen und sich ohne jede Hemmung der Leidenschaft hinzugeben. Gestern hatten sie beide alles ziemlich überstürzt, und das wollte er heute nicht wieder tun, obwohl ihre Nähe seine Selbstbeherrschung gehörig auf die Probe stellte.

Er wollte Rachel nahe sein, wollte sie berühren und liebkosen. Sie sollte mit ihm lachen und Witze machen. Ganz allmählich wollte Garrett sie näher kennenlernen und herausbekommen, zu was für einer Frau sie sich entwickelt hatte. Ihre Kindheit war alles andere als glücklich gewesen, und daran war sein Bruder mit schuldig. Trotzdem hatte sie sich zu einer entschlossenen und intelligenten Frau voller Humor und Lebensfreude entwickelt. Diese Frau war selbstsicher genug, um einen Mann zu verführen, wenn er ihr gefiel.

Letztendlich hatten sie beide sich gestern gegenseitig verführt, doch Rachel hatte dazu den Anstoß gegeben. Sie hatte ihn verführen wollen, und das war ihr spielend leicht gelungen.

Nein, sagte Garrett sich. Sie wollte Carl verführen. Besitzergreifend schlang er die Arme um sie. An sich konnte Garrett Rachel gut verstehen. Immerhin war Carl ein Athlet und ein reicher Anwalt. Doch Rachel musste ihn eher als persönlichen Feind ansehen. Was wollte sie eigentlich beweisen?

Er schob Rachel ein Stück von sich weg. Überrascht öffnete sie die Augen. „Wieso wolltest du Carl verführen?", fragte er.

Eine Sekunde lang wirkte ihr Blick angstvoll, dann lächelte sie. „Ich weiß nicht, wovon du sprichst."

Mit dem Daumen strich er ihr über die Wange. „Doch, das weißt du. Ich würde mir gern einbilden, dass du von meinem guten Aussehen und meinem Charme überwältigt wurdest, aber ehrlich gesagt hast du es erst auf eine Verführung angelegt, als du dachtest, ich sei Carl."

Ihr Lächeln erstarb. „Was macht es für einen Unterschied, für wen ich dich hielt?"

„Ich weiß, wie unfair er sich dir gegenüber verhalten hat. Was wolltest du denn beweisen?" Dass sie jetzt gut genug für Carl war, auch wenn er sie als Jugendliche abgewiesen hatte?

Energisch löste sie sich aus seiner Umarmung. „Ich brauche ein Bier."

Er hielt ihre Hand fest und zog sie zurück. Energisch verdrängte er die unschönen Spekulationen über ihre Motive. Gestern Nacht war sie genauso leidenschaftlich gewesen wie er selbst. Das war unbestreitbar, und an diese Erinnerung klammerte er sich. Letztendlich hatte sie ihm ihre Lust nicht vorgespielt, und er war es gewesen, der sie zum Dahinschmelzen gebracht hatte.

„Garrett." Ihre Stimme klang tief und angespannt. „Sie spielen kein langsames Lied mehr."

Sie hatte recht. Statt der Jukebox spielte jetzt die Band einen schnellen Song. Garrett zog Rachel enger an sich und bewegte sich weiter zu dem langsamen Lied, das nur er in seinen Gedanken hörte. „Na und?"

„Die Leute starren uns an."

Er hob ihr Kinn an und lächelte. „Sweetheart, die Leute werden dich immer anstarren, egal was für ein Stück gespielt wird."

Sie errötete leicht und nickte. „Als ich das letzte Mal hier war, hätte niemand mich eines zweiten Blicks gewürdigt, auch wenn ich nackt auf die Bühne gestiegen wäre und einen Regentanz aufgeführt hätte."

Das war bestimmt übertrieben, doch dann musste Garrett an das denken, was Carl gesagt hatte. „Wolltest du mir deshalb deinen Namen nicht verraten? Du wolltest alle damit überraschen, wie sehr du dich verändert hast, stimmt's?"

Sie runzelte die Stirn. „So ungefähr. Aber nicht ausschließlich."

„Wieso denn sonst?"

„Oh, nein." Sie lehnte sich an ihn. „Wir hatten abgemacht, dass wir tanzen, während du mir verrätst, warum du mich hast glauben lassen, du seist Carl."

„Habe ich das tatsächlich gesagt?"

„Allerdings."

Ein anderes Paar wirbelte vorbei, und die Frau, die enge rote Jeans trug, stieß fast mit Garrett zusammen. „Glaubst du, wir können so weitertanzen?"

„Nein." Rachel lachte. „Aber du wechselst das Thema." Sie drückte sich an ihn, umschlang mit beiden Armen seine Taille und lehnte die Wange an seine Brust. „Wir tanzen", erinnerte sie ihn, „also sprich weiter."

„Ich würde dich lieber nur halten." Er wollte viele Dinge gern mit ihr tun, doch das alles ging nicht auf einer öffentlichen Tanzfläche.

„Es war aber so abgemacht."

Er suchte nach den passenden Worten, damit Rachel ihn verstand, ohne dass er zu viel von sich offenbarte. „Du hast mich fasziniert." Als sie ihn nur spöttisch ansah, wurde er etwas ehrlicher: „Ich habe dich begehrt. Du warst der erste Lichtstrahl an einem düsteren Tag. Wie konnte ich es da riskieren, dass du wieder verschwindest?"

Rachel senkte den Blick. „Und du dachtest, ich würde dich wieder allein lassen, wenn ich erfahre, dass du nicht Carl bist."

Der Bandleader kündigte das nächste schnelle Lied an, und Garrett führte Rachel zu einem der frei gewordenen Tische. Besitzergreifend zog er seinen Stuhl dicht neben ihren und legte ihr eine Hand aufs Bein.

„In gewisser Weise sind wir beide wegen Carl nach Braemer zurückgekommen." Er strich ihr über die Wange und wickelte eine ihrer Haarsträhnen um den Finger. „Kannst du ihm noch böse sein?"

Sie setzte sich gerade hin und blickte ihm entschieden in die Augen. „Es ist meine Fragestunde und nicht deine, Cowboy." Rachel beugte sich vor und fuhr ihm mit einer Hand den Nacken entlang.

Er musste sich sehr beherrschen, um sie nicht auf seinen Schoß zu ziehen und sie zu küssen, bis sie alles andere vergaß. Wenn sie nicht von so vielen Menschen umgeben wären, hätte er sie liebend gern ausgezogen und gleich hier auf dem Tisch mit ihr geschlafen.

„Ich habe dich begehrt", wiederholte er. „Alles an dir hat mich erregt. Dein Körper, dein Duft, deine Berührungen. Du hast mich angesehen, und da habe ich den Verstand verloren. Und ehrlich gesagt war es mir in dem Moment egal, wen du zu verführen glaubtest. Als wir beide in der Praxis waren, hattest du auch Verlangen nach mir. Aufrichtiges Verlangen."

Er ließ seine Hand ihren Schenkel hochgleiten und war froh, dass die Tischdecke so weit nach unten hing, dass niemand sehen konnte, was er mit Rachel machte. Sie bewegte sich unruhig und blickte ihn begehrlich an. „Sag mir, dass ich recht hatte", verlangte er. „Du hast mich begehrt. Der Name spielte für dich keine Rolle."

Sie schloss die Augen. „Also schön, ich habe dich begehrt."

„Und jetzt?" Langsam beschrieb er Kreise auf der Innenseite ihres Schenkels. „Jetzt willst du zu Ende bringen, was wir begonnen haben."

Als sie die Augen wieder öffnete, kannte er die Antwort bereits. „Ich … ich weiß nicht, ob das eine so gute Idee ist."

Zärtlich küsste er sie auf den Mundwinkel. „Etwas Besseres fällt mir aber nicht ein."

„Ich bin nicht die Frau, für die du mich hältst." Sie sah zu einem der anderen Tische und biss sich auf die Unterlippe.

Garrett wusste genau, wer sie war. Gestern Nacht hatte er einen Blick auf die wahre Rachel geworfen. Das wollte er nicht wieder aufgeben, jedenfalls nicht kampflos. „Ich kenne dich ganz gut. Im Moment mache ich mir eher Sorgen, ob du weißt, wer ich bin." Er schluckte und brachte es schließlich über sich, seine Ängste offen auszusprechen. „Ich wollte es nicht glauben, dass du nur mit mir geschlafen hast, weil du dachtest, ich sei Carl."

„Nein." Sie stieß dieses Wort so empört aus, dass er sich fragte, welchen wunden Punkt er bei ihr getroffen haben mochte. „Ich hatte nie vor, mit Carl zu schlafen. Nicht mit diesem …" Sie unterbrach sich und presste die Lippen aufeinander, dann schüttelte sie den Kopf. „Tja, wenn du das dachtest, dann kennst du mich eben doch noch nicht." Sie fuhr sich durchs Haar und holte tief Luft. „Ich …" Sie stand auf. „Ich muss zum Waschraum."

Garrett sah ihr nach und fragte sich, was er falsch gemacht hatte.

Das Make-up, die Frisur, alles war noch perfekt. Der äußere Schein kann wirklich täuschen, dachte Rachel. Sie fühlte sich fast panisch.

Alles lief schief. Anstatt Garrett einfach zu fragen, ob sein Bruder heute noch in die Bar kam, hatte sie sich zum Tanzen überreden lassen. Wieso ausgerechnet zum Tanzen? Konnten sie nicht Billard oder Darts spielen? Da blieb man wenigstens auf Distanz, und Rachel hätte ihre Gedanken besser sammeln können.

Jetzt hatte sie sich so gehen lassen, dass sie fast ihren Plan und alles andere vergessen hatte außer ihrer Sehnsucht nach ihm. Und obendrein hatte sie Garrett auch noch gestanden, dass sie ihn begehrte. „Wie dumm von mir", murmelte sie.

„Alles okay?"

Sie fuhr herum. In der Tür stand die Frau, die vorhin auf der Tanzfläche fast mit Garrett zusammengestoßen war.

„Sie haben mich erschreckt. Ich habe Sie nicht hereinkommen hören."

Die Frau lächelte. „Tut mir leid. Ich bin Lucy." Grüßend streckte sie die Hand aus, und Rachel schüttelte sie und stellte sich ebenfalls vor. „Sie haben wohl mit Ihrem Freund gestritten."

„Wie kommen Sie darauf?"

„Das nehme ich an, weil Sie gerade eben noch verliebt eng umschlungen getanzt haben, und jetzt sind Sie hier und beschimpfen sich selbst. Worum ging es bei dem Streit denn?"

Rachel öffnete schon den Mund, um Lucy zu sagen, dass sie das nichts anging, doch dann überlegte sie es sich anders. Lucy meinte es sicher nur gut. „Es war kein richtiger Streit, und er ist auch nicht mein Freund."

Fragend sah Lucy sie an. „Honey, wenn hier in Braemer ein Mann eine Frau enger an sich zieht als seine eigene Hose, dann bezeichnen wir ihn als ihren Freund."

„Ist er aber wirklich nicht. Wir kennen uns kaum." Das stimmte, obwohl sie den Eindruck hatte, als würde sie ihn schon seit Ewigkeiten kennen und könne über alles mit ihm reden. „Und ich weiß nicht genau, wie ernst es ihm ist."

Lucy zog ihren Lippenstift hervor. „Das lässt sich leicht prüfen. Sie müssen nur wild mit einem anderen flirten. Wenn Ihr Freund dann nicht vor Eifersucht kocht, dann ist er die Mühe nicht wert." Geschickt zog sie sich die Lippen nach, während sie im Spiegel zu Rachel sah. „Viel Glück."

Lächelnd verließ sie den Waschraum und ließ Rachel zurück, die ratlos ihr Spiegelbild betrachtete.

Als Rachel wieder aus dem Waschraum kam, entdeckte sie sofort den Mann an einem kleinen Tisch in der Nähe der Bar mit einer Flasche Bier.

Es war Jason Stilwell.

Ihr Magen zog sich schmerzhaft zusammen, und ihr wurde kalt.

Sofort sah sie sich nach Garrett um, obwohl sie sich dafür schämte, dass sie sich so nach seiner beruhigenden Stärke sehnte. Er saß nicht mehr an dem Tisch, und auch sonst konnte sie ihn nirgendwo entdecken. Rachel runzelte die Stirn.

Also schön. Es war an der Zeit, dass sie ihren Charme spielen ließ.

Leider konnte sie sich kaum dazu überwinden, sich der Bar zu nähern. Sie rief sich in Erinnerung, dass dieser Kerl dort seit zehn Jahren in ihren Erinnerungen herumspukte. Sie musste das alles hinter sich bringen, um endlich mit der Vergangenheit abschließen zu können.

Langsam schob sie sich zu dem kleinen Tisch an der Bar. Jason hob den Kopf, und Rachel wurde bei seinem gierigen Blick fast übel. Dieser Mistkerl starrte ihr ohne Hemmungen auf die Brüste, und Rachel hätte am liebsten die Arme vor dem Oberkörper verschränkt. Stattdessen straffte sie energisch die Schultern. Er war nur ein armseliger Wurm, der außer seinem Aussehen und dem Vermögen seiner Eltern nichts besaß. Mit so einem Kerl würde sie locker fertigwerden.

Sie setzte ihr strahlendstes Lächeln auf. „Sind Sie allein?"

„Jetzt ja nicht mehr." Er klopfte auf den Sitz neben sich. „Parken Sie Ihren hübschen kleinen Hintern doch hier."

So weit, so gut. Abgesehen von der Tatsache, dass er sie unglaublich abstieß. Aber damit hatte sie gerechnet.

Sie setzte sich und lächelte weiter.

Eine Kellnerin kam vorbei, und Rachel bestellte ein Bier.

Jason trank seine Flasche leer und unterdrückte einen Rülpser. „Bring gleich zwei."

„Sechs fünfzig."

Nichts geschah. Jason machte keine Anstalten, seine Brieftasche zu zücken. Anscheinend hielt er sich für einen so guten Fang, dass die Frauen dafür zahlen sollten, ihn beim Rülpsen zu beobachten. Rachel schüttelte leicht den Kopf und zahlte.

„Ich habe Sie hier noch nie gesehen."

Woher er das wissen wollte, konnte Rachel sich allerdings nicht denken, denn er starrte ihr immer nur auf die Brust und nicht ins Gesicht. „Ich bin heute erst hier eingetroffen."

Anscheinend war das die richtige Antwort, denn er blickte hoch. „Hoffentlich bleiben Sie eine Weile."

„Ein paar Tage."

Die Kellnerin brachte die Biere, und als Rachel nach dem Glas griff, hielt Jason ihre Hand fest. Sie musste sich zwingen, die Hand nicht zurückzuziehen. Schon als Schülerin hatte sie ihn nicht gemocht, und daran hatte sich bis heute nichts geändert. Er war ungehobelt, selbstsüchtig und in keiner Weise verständnisvoll. Trotzdem hatte er es irgendwie geschafft, ihr zehn Jahre ihres Lebens zu verderben.

Und jetzt wollte sie sich mehr denn je davon befreien. Insgeheim wünschte sie sich, dass Garrett die Frau begehrte, die sie wirklich war. Doch wie konnte sie sich dessen sicher sein, bevor sie sich ihm gegenüber völlig unverstellt gab?

Die Band beendete ihren Auftritt, und alle klatschten begeistert Beifall. Jemand stellte die Jukebox wieder an, und Rachel schluckte.

„Tanzen wir." Jason stellte das Glas ab.

Sie biss sich auf die Lippe. Ihr graute schon jetzt bei der Vorstellung, dass er die Arme um sie legen würde. „Ich weiß etwas Besseres", verkündete sie mit tiefer verheißungsvoller Stimme. „Wieso führen Sie mich nicht zum Dinner aus?"

Er blickte sich um, und als er ihr wieder in die Augen sah, bedachte sie ihn mit einem verheißungsvollen Augenaufschlag.

Sein Blick verriet ihr, dass er verstanden hatte. „Klare Sache, Süße. Irgendwo, wo nicht so viele Leute sind."

Er stand auf und legte ihr einen Arm um die Taille, während er Rachel praktisch zur Tür schleppte. Ein Gentleman war er noch nie gewesen. Auf dem Parkplatz steuerte er mit ihr auf einen riesigen alten Wagen zu. Rachel verzog das Gesicht. Es war wahrscheinlich keine so gute Idee, sich allein zu einem aufgeheizten ehemaligen Footballstar in sein Auto zu setzen.

Das wäre eigentlich der passende Zeitpunkt für eine Änderung im Schlachtplan, aber ihr fiel absolut nichts ein.

Jemand berührte sie flüchtig, und dann spürte sie eine Hand auf der Schulter. Sie erstarrte und wusste sofort, wer es war.

„Nimm die Pfoten von meiner Begleitung", verlangte Garrett drohend.

Einerseits war sie wütend, andererseits erleichtert, doch beide Empfindungen verflogen, als sie sich zu ihm umdrehte.

Er sah fantastisch aus.

Und er zerstörte gerade ihren Plan.

Rachel wollte ihn schlagen, aber auch umarmen, küssen und mit ihm schlafen. Innerlich hin- und hergerissen verharrte sie.

„Deine Begleitung?" Jasons Gesicht verfärbte sich rot vor Wut. „Immerhin ist sie mit mir gegangen. Dich konnte ich nicht entdecken."

Garretts Miene wirkte wie versteinert. „Dann hast du nicht gründlich genug geguckt." Damit befreite er sie aus Jasons Umarmung und zog sie an sich. Erschrocken holte Rachel Luft und konnte nur noch an Garrett denken. „Komm schon, Darling. Du fährst mit mir."

„Steig ein." Garrett unterdrückte seinen Ärger und hielt Rachel die Beifahrertür auf.

Rachel kochte innerlich, sagte aber nichts, und er ging um den Pick-up herum zur Fahrerseite.

„Was hast du dir denn dabei gedacht?", fragte er, sobald er hinter dem Lenkrad saß.

„Ich?" Ihre Stimme überschlug sich. „Ich habe doch nur geredet."

„Ach, Quatsch." Wutentbrannt sah er sie an. „Ich weiß genau, was du gemacht hast." Das war ihm in dem Moment klar geworden, als er sie mit Jason flirten sah, obwohl man ihr deutlich anmerkte, dass sie diesen Mann für Abschaum hielt.

Wenigstens in diesem Punkt waren sie beide sich vollkommen einig.

Jetzt musste Garrett nur noch die Erkenntnis verdauen, dass ihn der Anblick, wie sie mit einem anderen Mann flirtete, wie ein Hammerschlag getroffen hatte. Und die Tatsache, dass dieser Mann ein Dreckskerl war, machte alles nur noch schlimmer.

Sie befeuchtete die Lippen mit der Zunge und fingerte nervös am Griff des Handschuhfachs. „Ich weiß gar nicht, wovon du sprichst."

Garrett wusste es sehr genau, doch er wollte nicht mit ihr streiten, bevor er sich überlegt hatte, was er jetzt tun sollte. Verärgert ließ er den Motor an und fuhr los. Er blickte zur Seite und sah sie verunsichert lächeln. Anscheinend wusste sie genauso wenig wie er, wie es jetzt weitergehen sollte. Er war in sie verliebt, obwohl sie ihn auf die Palme brachte, und diese Erkenntnis machte ihm Angst. Er kam sich vor, als würde er ohne Fallschirm aus einem Flugzeug springen.

Obwohl er zu wissen glaubte, was sie vorhatte, konnte er es immer noch nicht fassen. Dass sie auf die Typen, die sie so sehr gequält hatten, wütend war, bedeutete ja nicht, dass sie deswegen herkommen und wild mit ihnen flirten musste.

Garrett war sich sogar sicher, dass sie nicht die große Verführerin war, als die sie sich präsentierte. Wenn er daran dachte, wie sie ihn aus ihren großen Augen unschuldig angesehen hatte und errötet war, packte ihn sofort unbändiges Verlangen. So eine Verlegenheit passte allerdings nicht zu der weltgewandten Frau, als die sie sich gern darstellte.

Sie bewegte sich, und er blickte zu ihr. „Also schön, jetzt bin ich hier bei dir. Kannst du mir verraten, wieso du dich vorhin wie ein Neandertaler aufgeführt hast?"

Wieso? Weil Jason Stilwell ein Ekelpaket war und er es nicht ertragen konnte, sie in seiner Nähe zu sehen. Stattdessen sagte er nur: „Wir müssen uns unterhalten", und fuhr weiter bis zur Duncan-Farm. Als Kind hatte er hier endlose Nachmittage damit verbracht, Carl irgendwelche kindischen Scherze auszureden. Vielleicht war dieser Ort immer noch dazu geeignet, Überzeugungsarbeit zu leisten.

Rachel lehnte sich zurück und verschränkte die Arme vor der Brust. Sie wirkte immer noch nicht glücklich, aber wenigstens rannte sie nicht schreiend vor ihm weg. Andererseits fuhr er zum Aussteigen auch zu schnell. Der eigentliche Test würde erst kommen, wenn er anhielt.

Schließlich gelangten sie zu der Farm, die im Mondlicht gar nicht verfallen und heruntergekommen, sondern fast majestätisch aussah. Das alte Haus kam ihm wie ein Freund vor, und ganz offensichtlich war es immer noch unbewohnt.

„Warum sind wir hier?" Sie beugte sich vor und blickte angestrengt durch die Dunkelheit zum Haus.

„Keine Sorge. Niemand wird mit einer Schrotflinte angestürmt kommen. Schon seit Jahren ist diese Farm verlassen."

Sie drehte sich zu ihm und lächelte strahlend. „Das weiß ich." Ungeduldig stieg sie aus. „Das ist mein Haus", verkündete sie. „Ich kann es nicht glauben, dass du mich hierhergefahren hast."

„Deins?"

Rachel verdrehte die Augen. „Nicht wirklich. Es gehört mir nicht, aber Dex und ich haben hier immer gespielt."

Ihr Haus? Dann bedeutete ihr dieses Gebäude genauso viel wie ihm. Der Gedanke rührte ihn. Sie hatte sich in sein Herz geschlichen, und Garrett war sich nicht sicher, ob sie dort überhaupt einen Platz haben wollte.

Nach einem schnellen Blick zu ihm rannte sie zur Veranda.

Die Haustür ließ sich spielend leicht öffnen, und sie traten ein. Das Haus war eher klein, aber die Wände waren noch intakt, und das geschnitzte Holzgeländer der Treppe ebenfalls. „Sieht aus, als wartet es auf jemanden, der es wirklich mag", stellte Rachel fest.

Als sie sich zu ihm wandte, schimmerten ihre Augen im Schein von Garretts Taschenlampe, und er zog sie in die Arme. Sie legte den Kopf in den Nacken, und ihr Lächeln ließ ihm vor Stolz die Brust schwellen.

„Danke, dass du mich hergefahren hast", erklärte sie leise.

„Gern geschehen." Er nahm ihre Hand und drängte Rachel zur Treppe, wo er sich mit ihr auf die unterste Stufe setzte. „Wie gesagt, wir müssen uns unterhalten."

„Worüber denn?" Sie ließ die Frage harmlos klingen, aber er hörte aus ihrem Tonfall heraus, wie wachsam sie war.

„Das weißt du genau." Ob seine Stimme verriet, wie sehr er sie begehrte und wie viel sie ihm bedeutete, obwohl sie sich erst seit so kurzer Zeit kannten?

Rachel stand auf und ging vor ihm auf und ab. „Nein, das weiß ich nicht."

Garrett fragte sich, wie er ihr näherkommen sollte, wenn sie immer wieder vor ihm zurückwich. Er wusste, dass sie verletzlich war und dass ihre Gefühle für ihn sie verängstigten. Als einziges Mittel, sie enger an sich zu binden, fiel ihm Sex ein.

„Dann lass es mich dir erklären", begann er. „Ich begehre dich. Jetzt und hier." Das war nur die halbe Wahrheit, aber irgendwie war er davon überzeugt, dass sie mit körperlichem Verlangen besser zurechtkam als mit anderen Gefühlen.

Reglos stand sie da.

„Ich will beenden, was wir begonnen haben. Und du willst es auch."

Sie trat einen Schritt zurück, und sofort folgte Garrett ihr.

„Du willst es ja auch." Langsam strich er ihr von der Wange hinab zur Schulter. In der Hoffnung, dass er sie genauso verrückt machte wie sie ihn, ließ er die Hand zu ihrem Ausschnitt gleiten und berührte den Ansatz ihrer Brust.

„Bitte, Garrett." Sie blickte auf seine Hand und erbebte innerlich. „Das ist nicht fair."

„Ich will gar nicht fair sein", flüsterte Garrett und zog sie an sich.

Ganz langsam hob sie den Kopf und sah ihm in die Augen. Dass sie einen Kampf mit sich ausfocht, war deutlich zu erkennen. Einerseits wollte sie bei Garrett bleiben und ihre Sehnsucht stillen. Andererseits wollte sie mit ihrem absurden Plan weitermachen und ihn verlassen. Er hielt den Atem an und flehte innerlich, dass sie bleiben möge.

„Wir hatten eine wunderbare Nacht. Wirklich." Sie leckte sich die Lippen, und er hörte schon das große Aber, das jetzt folgen musste. „Es ist nur so, dass du mich gar nicht richtig kennst."

Zärtlich strich er ihr über die Lippen. „Ich freue mich schon unbändig darauf, jeden Teil von dir kennenzulernen."

„Und wenn ich das gar nicht will?"

Das glaubte er ihr keine Sekunde. „Ist das denn so?"

Dann schloss sie die Augen und schüttelte kaum sichtbar den Kopf. „Nein."

Erleichtert atmete Garrett aus. „Schulde ich dir nicht noch einen Tanz?"

Sie blickte sich um und wirkte unentschlossen. Dann drängte sie sich in seine Arme, und Garrett unterdrückte ein triumphierendes Lächeln.

„Es war falsch von dir, mich von Jason wegzuziehen." Ihr Atem streifte seinen Hals, und sie wirkte nicht besonders wütend.

„Sweetheart, du solltest das Ganze einfach vergessen. Es ist jetzt zehn Jahre her. Vergeben ist besser als vergessen oder so ähnlich."

„Das ergibt überhaupt keinen Sinn." Entschlossen sah sie ihm in die Augen. „Außerdem habe ich einen festen Plan, und den werde ich verfolgen. Ich werde damit glücklich, und dich geht es nichts an."

Sie hatte vielleicht einen Plan, aber Garrett auch, und er wollte nicht aufgeben. „Angenommen, ich könnte dir helfen." Er führte sie zur Treppe und hinauf in den ersten Stock. „Würdest du dir helfen lassen?"

„Ich wüsste nicht, wie du mir helfen willst."

„Dann werde ich es dir zeigen." Er strich ihr durchs Haar und ließ die seidigen Strähnen durch seine Finger gleiten. Dann setzte er sich und zog Rachel zwischen seine gespreizten Schenkel. „Erinnerst du dich noch, dass du dir neulich Abend auf der Straße auch von mir hast helfen lassen?" Mit einer Hand liebkoste er durch ihre Bluse hindurch ihre Brust.

„Garrett, ich will nicht …" Ihre Stimme klang leise und fast verzweifelt.

„Pscht", erwiderte er flüsternd und küsste sie auf das Ohr. „Und in der Praxis habe ich dir die Sorge um Thumper genommen." Langsam strich er mit einer Hand hinunter zum Knopf ihrer Jeans, und er öffnete den Knopf und auch den Reißverschluss. Ihr Atem beschleunigte sich, und mit kleinen Bewegungen half sie ihm, die Hand noch tiefer gleiten zu lassen, unter den Saum ihres Slips und bis zu den kleinen Löckchen.

Mit einem Arm umfasste er ihre Taille und zog Rachel enger zu sich. Er wollte ihren festen Po zwischen den Schenkeln spüren. Schon jetzt war ihm heiß vor Lust. Er sehnte sich unsagbar nach dieser Frau.

Behutsam drang er mit der anderen Hand langsam weiter vor. Aufreizend streichelte er Rachel, ohne sie jedoch dort zu berühren, wo sie jetzt am liebsten liebkost werden wollte.

„Garrett", stöhnte sie und presste sich an ihn. Mit beiden Händen stützte sie sich auf seine Schenkel. „Bitte …"

Es kostete ihn Selbstüberwindung, die Hand zurückzuziehen. Rachel beschwerte sich stöhnend, und er wusste, dass er es ihr nicht leichter machte.

Sie wollte ihre Rache an Jason und Derek, und dabei würde er ihr helfen, um sie möglichst oft in seiner Nähe zu haben. Hoffentlich würde er es schaffen, sie gänzlich von ihrem Plan abzubringen.

Mit der Zungenspitze umfuhr er ihr Ohr, und als sie erschauerte, drückte er sie eng an sich. „Lass mich dir jetzt helfen, Rachel. Hör mir wenigstens zu."

Erzitternd holte sie Luft, und Garrett spürte ihren schnellen Pulsschlag. „Ich … ich brauche etwas Luft." Sie rückte von ihm ab und stand auf.

Garrett folgte ihr nach draußen auf die Veranda vor dem alten Haus. Er hielt ihre Hand im Schoß und war glücklich, dass sie die Hand nicht zurückzog.

Er holte tief Luft. Jetzt oder nie, sagte er. „Jason ist schon am Boden zerstört", erklärte er. Rachel blickte ihn erstaunt an, doch er sprach weiter. „Du hast doch gesehen, wie er dir nachsah, als wir weggefahren sind. Damit hast du dein Ziel schon halb erreicht."

Die Erkenntnis überkam sie so plötzlich, dass sie seine Hand wegschob. Garrett wusste genau, was sie vorhatte!

Das war doch nicht möglich. Doch irgendwie musste er es herausgefunden haben.

Sie nahm all ihren Mut zusammen und blickte ihm direkt in die Augen. „Also schön, Cowboy. Dann erzähl mal." Sie musste sich anstrengen, damit ihre Stimme gelassen klang. „Woran hast du denn gedacht?"

Seine Mundwinkel zuckten, und ihr war klar, dass er gegen ein Lächeln ankämpfte.

„Ich werde dein Rettungsring sein."

Wenn er lächelte, zeigte sich ein kleines Grübchen in der Wange, und Rachel verspürte den übermächtigen Wunsch, ihn dort zu küssen. Immer mit der Ruhe, sagte sie sich, behalte deine

Lust unter Kontrolle. Andererseits … wenn er ihr wirklich helfen konnte … und gleichzeitig war jede seiner Berührungen so erregend …

Unwillkürlich presste sie die Schenkel zusammen, als sie an seine intime Berührung dachte. Sie wollte jetzt nichts lieber, als sich Haut an Haut an ihn schmiegen und seine streichelnden Hände auf sich spüren.

„Rachel?"

Verwirrt blinzelte sie. Aus seinem Tonfall hörte sie heraus, dass er auch genau wusste, woran sie gerade gedacht hatte. Betont nüchtern fragte sie nach: „Wovon redest du da eigentlich?"

Er kam näher, bis sein Gesicht ganz dicht vor ihr war. Rachel nahm seinen angenehmen Duft wahr und konnte sich kaum beherrschen, ihn nicht zu küssen.

„Es geht darum, dass diese Männer dich begehren, stimmt's?", fragte er in einschmeichelndem Tonfall.

Wieder wollte sie leugnen, aber wieder entschied sie sich dagegen. Sie hob die Augenbrauen und fuhr sich mit der Zunge über die Lippen. Zufrieden bemerkte sie seine Reaktion darauf. „Und wie ist das mit dir?" Sie senkte die Stimme. „Begehrst du mich auch?", fragte sie herausfordernd. Sein begehrlicher Blick reichte ihr schon als Antwort. „Das spielt auch keine Rolle", wiegelte sie sofort ab. Es war entschieden ein Fehler, mit Garrett zu flirten. Sie wusste, wohin das führen konnte, und so sehr sie zu Ende führen wollte, was sie begonnen hatte, sie durfte es nicht tun. „Erzähl mir einfach, wie du mir helfen willst."

Er lächelte wie eine Katze, die gerade einen Kanarienvogel gefressen hat. „Stilwell dachte, du seist in der Bar auf Männerjagd. Aber als ich dich entführte, wurdest du für ihn noch viel begehrenswerter." Er nahm eine ihrer Hände und streichelte sie. „Er soll vor Eifersucht kochen und dir mit hechelnder Zunge nachsehen, wann immer du seinen Weg kreuzt, stimmt's?"

So ausgedrückt, klang es sehr kindisch, aber mehr oder weniger traf es zu. Rachel nickte.

„Wie könnte man ihn oder Derek Booker leichter eifersüchtig und verrückt vor Lust machen, als durch einen anderen Mann, an dessen Seite du ständig vor Leidenschaft glühend auftauchst?"

Innerlich zuckte sie zusammen, weil er sie so sehr durchschaute. Dann musste sie lächeln. „Und dieser andere Mann – das bist du, ja?"

„Vollkommen richtig."

„Und wie stellst du dir das mit der Leidenschaft vor?"

„Sehr intensiv." Er sprach es leise aus, und Rachels Herz überschlug sich fast vor Vorfreude. Sie löste ihre Hand aus seinem Griff und trat einen Schritt zur Seite.

Eigentlich hatte die Frau auf der Toilette in der Bar genau dasselbe vorgeschlagen. Allerdings in Bezug auf Garrett. Rachel war realistisch genug, um zu wissen, dass es mit ihm kein Glück auf Dauer geben konnte. Aber das war auch nur gut so, denn schließlich lebten sie an entgegengesetzten Küsten von Amerika.

„Also?"

Er wirkte sehr ernst, als wolle er ihr wirklich helfen. Und sie musste ihm zugestehen, dass sein Plan auf seltsame Weise einen Sinn ergab.

Natürlich wäre es nur Show, dennoch erbebte sie innerlich, als sie sich ausmalte, ihn ständig neben sich zu haben, von ihm geküsst und im Arm gehalten zu werden. Sie wollte keine ernsthafte Beziehung mit ihm anfangen, doch hier ging es nur um die Wirkung auf andere. Gleichzeitig wäre er ihr Rettungsanker, indem er als ihr Freund galt. Sie konnten weiterführen, womit sie begonnen hatten, ohne dass es mehr wäre als Sex. Der Gedanke bekümmerte sie, aber dadurch konnte sie innerlich leichter Abstand halten.

Geduldig wartete Garrett auf ihre Entscheidung.

Ihr fiel wieder etwas ein, was er vorhin gesagt hatte: „Jason und Derek hast du erwähnt. Und was ist mit Carl?"

Ein Muskel in seiner Wange zuckte. „Vergiss ihn. Ihm tut das, was damals geschehen ist, sehr leid, das kannst du mir glauben. Auf ihn wirst du verzichten müssen."

„Bist du verrückt? Er ist mein wichtigstes Opfer."

„Nein, das ist er nicht."

Rachel wusste nicht, wie sie weiter vorgehen sollte. „Und wenn ich anderer Meinung bin und mich auch an ihm rächen will?", wollte sie wissen.

„Entweder bleibst du bei mir und vergisst Carl, oder du verfolgst Carl, und dann verschwinde ich."

Eigentlich war die Entscheidung nicht schwierig. Wenn sie daran dachte, wie jämmerlich sie bei ihrem ersten Versuch aufgelaufen war, dann wollte sie sich gar nicht erst ausmalen, was passieren mochte, wenn sie es noch einmal bei Carl versuchte.

„Also gut, abgemacht." Sie streckte die Hand aus und wartete darauf, dass Garrett einschlug.

Er blickte nur auf ihre ausgestreckte Hand und runzelte die Stirn. „Da gibt es noch einen kleinen Punkt, den ich nicht erwähnt habe."

Warnglocken erschallten in ihrem Kopf, und sie zog die Hand wieder zurück.

„Ich möchte dich in meinem Bett haben, und zwar die ganze Zeit über."

Ihr Herz schlug schneller, und das Atmen fiel ihr auf einmal schwer. Sie hatte Angst zu fragen, was das bedeuten würde, weil sie fürchtete, ihn falsch verstanden zu haben.

„Schauspielern liegt mir nicht sehr. Wenn wir der Stadt also eine Show liefern, dann will ich dich auch in meinem Bett haben." Durchdringend blickte er ihr in die Augen. „Und ich will dich jetzt."

Rachels Gedanken wirbelten durcheinander. Sie war überrascht und auch etwas ratlos. Und erregt. Ihm nahe zu sein und alles ohne schlechtes Gewissen, weil es zu ihrem Plan gehörte, das war fast zu gut, um wahr zu sein.

Und es bedeutete eine gewisse Gefahr. Denn wenn sie die ganze Zeit über zusammen waren, dann würde er auch bemerken, dass sie in Wirklichkeit nicht die aufregende Verführerin war. Würde er sie noch begehren, wenn er erkannte, dass sie ihre Selbstsicherheit nur wie einen Schutzschild trug, um ihre Unsicherheit dahinter zu verbergen?

Garrett beobachtete sie und lächelte.

Dann hielt er sie ganz unvermittelt in den Armen. Rachel holte noch erschrocken Luft, als sie bereits seine Lippen auf dem Mund spürte. Mit der Zunge begehrte er Einlass, und sie öffnete die Lippen, um sich diesem Genuss hinzugeben.

Von seinen Händen strömte Hitze auf sie über, die ihre Willenskraft zunichtemachte und ihre Sehnsucht nach ihm ins Unermessliche steigerte. Als er sich zurückzog, hörte Rachel ein leises Stöhnen und erkannte erschrocken, dass sie selbst es war, die diesen Laut von sich gegeben hatte.

„Lass uns zu mir gehen. In mein Zimmer und in mein Bett." Er schwieg einen Moment und lächelte dann bedeutungsvoll. „Also, sind wir uns einig?"

Zaghaft lächelte Rachel Garrett an. „Tut mir leid, aber wir werden uns nicht einig. Ich kann nicht mit zu dir aufs Zimmer gehen."

Sein Herz setzte einen Schlag lang aus. Das konnte doch nicht sein! Er wollte schon flehen und betteln, doch Rachel unterbrach ihn.

„Wenn wir zur Pension zurückkommen, müssen wir in mein Zimmer gehen." Als sie seine Hand ergriff, lachte er leise. „Und du musst Thumper untersuchen."

Erleichterung überkam ihn. Er hätte sich denken können, dass sie sich Sorgen wegen des Hundes machte. Er stand auf und zog sie auf die Füße, wobei er den Blick nicht von ihr wandte. Langsam strich er ihr über die Wange. „Du kannst mich aufziehen, so viel du willst. Hauptsache, am Ende bist du bei mir."

Sie errötete, wandte den Blick aber nicht ab. Stattdessen umfasste sie einen Finger von ihm und führte ihn an ihre Lippen. „Wir müssen ja üben, damit wir auch überzeugend wirken." Aufreizend sog sie seinen Finger in den Mund, und Garrett musste schlucken, als sie mit der Zunge seinen Finger umfuhr und sein Herz zum Rasen brachte. Das Bett in ihrem Zimmer kam ihm immer unwichtiger vor. Sicher erfüllte das alte verlassene Farmhaus den gleichen Zweck.

Rachel trat einen Schritt zurück, und Garrett stöhnte gequält auf.

„Ich habe auch ein paar Bedingungen", sagte sie.

Sie wich seinem Blick aus, und Garrett fragte sich, ob sie inzwischen etwas von ihrer Rolle als selbstsichere Verführerin abgerückt war. „Was denn für Bedingungen?"

„Es betrifft meinen Plan." Sie rieb sich die Hände. „Ich kann Jason und Derek schwerlich für mich begeistern, wenn sie mich nicht zu Gesicht bekommen, stimmt's?"

Er nickte und fragte sich, worauf sie hinauswollte.

„Es reicht nicht, ihnen nur zufällig über den Weg zu laufen."

Sie machte eine Pause, ehe fortfuhr. „Also ich will, dass du mich ausführst und es so arrangierst, dass wir ihnen begegnen, damit ich … du weißt schon." Einen Augenblick sah sie ihn an, dann wandte sie den Blick wieder ab.

Er seufzte. „Wir sollen eine Show abliefern, so wie du es mir gerade eben mit meinem Finger demonstriert hast, und dann soll ich mich zurückziehen, damit die beiden glauben, sie können jetzt ihr Glück bei dir versuchen."

Unsicher hob sie eine Schulter. „Ja. Und?"

„Einverstanden." Was sollte er schon sagen? Wenn er nicht zustimmte, würde sie einfach allein mit ihrem Plan fortfahren. Doch wenn er sich selbst gegenüber ehrlich war, dann musste er sich eingestehen, dass er Rachel von ihrem Plan ganz abbringen wollte. Wenn er nur wüsste, wie er das anstellen sollte …

Keine fünf Minuten saßen sie im Pick-up seines Vaters, da bekam Garrett bereits wieder ein schlechtes Gewissen.

Er blickte zu Rachel, die wieder in ihre Rolle als Sexgöttin schlüpfte. Sie klappte den Schminkspiegel herunter, überprüfte ihr Make-up, zog sich die Lippen nach und kämmte sich das Haar. Als sie Garretts Blick bemerkte, lächelte sie ihn vielversprechend an.

Er seufzte. Irgendwo zwischen dem alten Farmhaus und der Hauptstraße hatte er die echte Rachel verloren. Selbst wenn sie glaubte, Jason und Derek etwas beweisen zu müssen, indem sie die Sünde schlechthin verkörperte, wieso tat sie das auch ihm gegenüber?

Weil sie denkt, dass du sie in dieser Rolle liebst, beantwortete er sich die Frage selbst. Gestern war er darauf sofort angesprungen, und jetzt hatte er sie praktisch erpresst, nur um weiterhin mit ihr zusammen sein zu können. Natürlich nahm sie an, dass er sich darauf freute, die Nacht mit einer heißblütigen Frau zu verbringen. Und woher sollte sie wissen, dass er sie in dem Behandlungskittel genauso aufregend fand wie im engen Rock und in hochhackigen Pumps?

Ohne darüber nachzudenken, hatte er ihr die Entschuldigung dafür gegeben, sich auch weiterhin hinter der Fassade des männermordenden Vamps zu verstecken. Er war wirklich ein hoffnungsloser Idiot.

Als sie an der Kreuzung mit der Hauptstraße vorbeikamen, hatte er eine Idee. Er würde höfliche Zurückhaltung an den Tag legen. Zuerst würde er sie zu einem späten Dinner ausführen und sich dafür entschuldigen, dass er sie bedrängt hatte. Dann würde er ihr deutlich sagen, dass seine Tür für sie immer offen stand.

„Was hast du vor?", fragte sie, als er auf die Bremse trat und das Lenkrad herumriss.

„Einen kleinen Abstecher." Er deutete mit dem Kopf auf die Lichter der Innenstadt. Kurz blickte er zu Rachel, um ihre Reaktion zu prüfen.

Sie zog die Augenbrauen zusammen. „Oh. Ich dachte, du wolltest …" Sie rutschte etwas hin und her. „Ich dachte, wir fahren zur Pension."

Garrett zuckte nur mit den Schultern und hoffte, nach außen hin gelassen zu wirken. Das klang ja sehr vielversprechend. Immerhin hatte sie ihm deutlich gemacht, dass sie damit gerechnet hatte, bei der Ankunft in der Pension ihre Leidenschaft ausleben zu können. Und offenbar hatte sie sich darauf gefreut.

Schwungvoll hielt er in einer Parklücke an, wobei der Kies nach allen Seiten flog. „Okay. Da wären wir." Er nickte und öffnete die Tür. „Ich möchte dich zum Dinner einladen und dachte, wir können vorher ein Stück gehen."

Er ging um den Pick-up herum und genoss den frischen Wind, der ihm den Kopf etwas kühlte. Weshalb tue ich das alles? fragte er sich. Weil er sie liebte.

Abrupt blieb er stehen und stützte sich an den Wagen. War das Liebe?

Unsicher ging er weiter zur Beifahrertür und riss sie auf.

Rachel stützte sich beim Aussteigen auf seinen Arm. „Du siehst aus, als sei dir ein Gespenst begegnet."

„Ach, es ist nichts." Er bemühte sich um einen heiteren Ausdruck, während er fieberhaft versuchte, seine Gefühle zu ergründen. Entschieden schlug er die Tür zu, sodass die Scheibe klirrte.

Rachel sah ihn prüfend an, sagte aber nichts weiter. Schweigend gingen sie über die Straße und sahen Ephron Booker, den Vater von Derek, wie er versuchte, ein Podest für das Schaufenster in sein abgedunkeltes Geschäft zu ziehen.

„Hallo, Mr Booker. Brauchen Sie Hilfe?"

Ephron blickte auf. „Carl?"

„Garrett", stellte er richtig.

Der alte Mann musterte ihn aufmerksam. „Richtig. Dich habe ich aber lange nicht gesehen. Hilfst du aus, während dein Dad das Bett hüten muss?"

„So ungefähr."

„Nett, dass du mir hilfst, mein Junge. Ich wusste gar nicht, dass du dich mit deinem Dad vertragen hast."

Sofort blickte Rachel Garrett an und sah dann zu Ephron. „Die beiden arbeiten daran", sagte sie nur. „Garrett kann einfach nicht nachtragend sein."

Er verzog das Gesicht. Auf dieses Thema wollte er nun wirklich nicht näher eingehen. Er hob das eine Ende des Podests an und trug es zusammen mit Ephron in den Laden, bis es am richtigen Platz im Schaufenster stand. Beim Hinausgehen entdeckte er neben dem Ausgang ein paar Blumensträuße. „Wie viel kostet so ein Strauß?"

„Ich verkaufe nur ganz frische, und die sind von vorgestern. Nimm dir einfach einen. Die übrigen kommen morgen früh sowieso ins Krankenhaus."

„Danke." Er wählte einen Strauß mit Veilchen aus. Rosen fand er für Rachel zu unpersönlich.

Als er Rachel den Strauß reichte, öffnete sie den Mund, sagte aber nichts. Dann beugte sie sich über die Blumen und roch daran. Als sie den Kopf wieder hob, sah Garrett sie lächeln. „Vielen Dank." Sie errötete leicht im gelblichen Schein der Straßenlampen.

„Wer ist denn Ihre Freundin?"

Garrett wandte sich wieder an Ephron. „Rachel Dean. Sie ist wegen des Ehemaligentreffens in der Stadt."

Der ältere Mann nahm eine Portion Kautabak. „Rachel Dean. Doch nicht etwa die kleine Belinda Rachel?"

Sofort wirkte sie angespannt. „Doch, Sir."

Ephron hob ihr Gesicht mit einem Finger an. Bei der Berührung zuckte sie leicht zusammen, sträubte sich aber nicht. „Dann wünsche ich Ihnen eine schöne Feier, junge Lady."

„Danke", murmelte sie.

„Ihre Mutter habe ich immer gemocht. Es tat mir leid, was sie alles durchmachen musste." Prüfend sah er sie an. „Ich habe immer gehofft, dass es ihr irgendwann besser geht. Wo ist sie denn gelandet?"

„In Dallas." Ihr höfliches Lächeln wirkte aufgesetzt. „Sie ist vor einer Weile gestorben. Es war ein Unfall."

Obwohl sie ziemlich gelassen klang, hörte Garrett den schmerzvollen Unterton heraus, und am liebsten hätte er sie sofort getröstet.

Nachdem Ephron Rachel sein Beileid ausgesprochen hatte, gingen die beiden weiter. Sobald sie außer Hörweite waren, wandte Rachel sich empört an Garrett: „Wieso hast du ihm meinen Namen genannt?" Ihre Stimme bebte.

Er spielte den Ahnungslosen. „Wie hätte ich dich denn sonst nennen sollen?"

„Ich wollte anonym bleiben." Wütend sah sie ihn an. „Und jetzt weiß Dereks Dad, dass ich in der Stadt bin. Na, wunderbar."

Garrett verschränkte die Finger mit ihren. „Wäre es nicht besser, das alles zu vergessen? Geh doch einfach zur Feier und zeig allen, wie sehr du dich verändert hast. Vielleicht wärst du überrascht von der Reaktion der Leute."

Sie blieb stehen und hielt auch ihn fest. „Machst du das auch so mit deinem Dad? Ganz neu anfangen und abwarten, ob er dich überrascht?"

Wenn es stimmte, was Jennie und Carl sagten, dann hatte sein Dad ihn bereits überrascht. Aber darüber wollte er jetzt mit Rachel nicht reden. „Sollte ich es denn?", fragte er. „Vergeben und vergessen? Du hast Ephron ja erzählt, dass ich nicht nachtragend sein kann."

„Anscheinend findest du, ich sollte mich so verhalten, aber für dich selbst gilt es nicht." Sie zuckte mit den Schultern. „Auf jeden Fall finde ich, du solltest dich bemühen, deinen Groll zu vergessen. Immerhin ist er dein Dad."

„Du hast ja keine Ahnung, was ich mir von ihm alles anhören musste."

„Sei froh, dass du wenigstens einen Dad hast. Meiner ist einfach verschwunden."

„Und wenn er zurückkäme? Würdest du ihm verzeihen? Einfach so?"

Nachdenklich nickte sie. „Ich glaube schon." Entschieden blickte sie ihm in die Augen. „Doch, das würde ich."

Innerlich triumphierte Garrett. „Aber im Übrigen hältst dich nicht an das, was du da forderst."

Wieder presste sie die Lippen aufeinander. „Das ist etwas anderes. Da geht es nicht um die Familie."

Er wollte schon etwas erwidern, doch sie wandte sich ab und ging weiter, bis sie an der nächsten Kreuzung stehen blieb und über die Schulter zurücksah. „Thema beendet. Einverstanden?"

„In Ordnung. Schließt das Thema auch deine Mutter ein?"

„Wie bitte?"

„Ich wollte dir nur sagen, dass es mir leidtut."

Eine Sekunde lang wirkte sie so, als würde sie ihn wütend anfahren, doch dann ließ sie die Schultern sinken. „Als ich von ihrem Tod erfuhr, konnte ich einfach nicht glauben, dass sie für immer fort ist. Abgesehen von Paris war meine Mutter das einzig Beständige in meinem Leben. Tagsüber hat sie in einem Café gearbeitet und abends in einem anderen. Und wenn sie dann nach Hause kam, ist sie mit mir noch die Hausaufgaben durchgegangen."

„Sie hatte zwei Jobs?"

Rachel hob die Schultern. „Mein Dad hat uns nur Schulden hinterlassen, und meine Mom wollte die Stadt verlassen. Dafür hat sie jeden Penny gespart." Sie lächelte zaghaft. „Einen Hund konnten wir uns gar nicht leisten, aber sie hat mir Dexter gelassen. Wahrscheinlich hat sie gespürt, wie sehr ich ihn brauchte."

„Klingt so, als sei sie eine fabelhafte Frau gewesen." Das meinte Garrett sehr ernst.

Rachel blinzelte, und Garrett sah die Tränen in ihren Augen funkeln. „Ja, das war sie. Aber jetzt ist das Thema wirklich beendet. Führst du mich jetzt endlich zum Dinner aus, oder soll ich hier auf der Straße verhungern?"

Abgesehen von dem Licht auf der Veranda war die Pension stockdunkel. Garrett schloss die Tür auf und folgte Rachel nach drinnen. Niemand war zu sehen, und Rachel seufzte erleichtert. Sie wollte jetzt nicht noch mit Mrs Kelley über ihre abendlichen Aktivitäten diskutieren.

„Nach dir." Höflich legte er ihr eine Hand auf den Rücken.

Rachel nickte und ging voran. Sie hatte keine Ahnung, was Garrett vorhatte, aber sie genoss es. Mit ihm etwas zu teilen, das machte ihr besonderen Spaß, ob es nun ein gemeinsames Essen oder das Bett oder irgendetwas anderes war. Mit ihm an ihrer Seite kam ihr alles viel freundlicher vor. Die ganze Stadt wirkte in Garretts Begleitung mitfühlend. Zum ersten Mal seit sehr langer Zeit verbrachte sie einen ganzen Abend, ohne über irgendwelche Rollen nachzudenken, die sie spielen musste.

Rachel blieb vor ihrem Zimmer stehen, und Garrett stand so dicht hinter ihr, dass sein Atem die kleinen Härchen an ihrem Nacken streifte. Auf einer Skala von eins bis zehn stand Rachels Nervosität bei acht bis neun.

Als sie den Zimmerschlüssel aus ihrer Handtasche zog, hielt Garrett ihren Arm fest, und sie sah ihm in die Augen. Statt Verlangen sah sie Bedauern in seinem Blick.

„Du bist wirklich erstaunlich, Rachel."

Er strich ihr über die Wange, und Rachel hätte ihn am liebsten angefleht, gleich hier und jetzt mit ihr zu schlafen.

Mühsam zwang sie sich, in die Wirklichkeit zurückzukehren, und kämpfte gegen ihre Unsicherheit an. „Was stimmt denn nicht?" Ihre Stimme zitterte leicht.

„Ich werde mit reinkommen und nach Thumper sehen, aber dann gehe ich besser in mein Zimmer."

Sie erstarrte. Irgendwie hatte er die alte Belinda entdeckt und begehrte sie nicht mehr. Ihr Herz setzte einen Schlag lang aus.

„Es ist schon spät", fuhr er fort. „Wahrscheinlich brauchst du dringend Schlaf."

„Schlaf? Ich dachte …"

Sie kämpfte gegen die Tränen an. Nein, auf keinen Fall wollte sie jetzt vor ihm weinen. Er war auch nicht besser als Carl. Sie beide spielten mit ihr, nur um sie im letzten Moment fallen zu lassen. Sie beherrschte sich mühsam, setzte ein selbstsicheres Lächeln auf und strich sich das Haar zurück. Er brauchte nicht zu merken, wie sehr er sie verletzt hatte.

„Natürlich kannst du entscheiden, ob und wann du mit mir ins Bett willst. Das gehört schließlich zu unserer Abmachung." Sie atmete tief durch und schlüpfte wieder in ihre altbekannte Verführerrolle. Mit einem Finger fuhr sie ihm vorn am Hemd hinab bis zur Gürtelschnalle und hakte sich in seinen Hosenbund.

„Denkst du das?", fragte er mit belegter Stimme.

„Was soll ich denn sonst denken? Du bist doch derjenige, der mich hier stehen lässt." Um ihn um den Verstand zu bringen, strich sie mit dem Finger an seinem Hosenbund entlang. „Aber denk dran, dass wir eine Vereinbarung getroffen haben. Morgen werden wir uns mit Jason und Derek treffen."

In dem gedämpften Licht funkelten seine blauen Augen gefährlich. Mit einer fließenden Bewegung hielt er ihre Hand fest und drückte ihre Handfläche gegen seine Gürtelschnalle. Rachel hielt die Luft an, als er ihre Hand tiefer schob. Ich kann ihn nicht so intim berühren, dachte sie panisch, wenn ich nicht eins mit ihm werden kann!

Dann spürte sie, wie sehr er sie begehrte, und sie wünschte sich, die Jeans würde sich in Luft auflösen. Sie wollte mit ihm nackt im Bett liegen und eins mit ihm sein.

Als könne er ihre Gedanken lesen, drückte Garrett sie mit der freien Hand an sich und klemmte damit ihre Hände zwischen ihren Körpern ein.

Rachel stöhnte leise auf und glaubte innerlich in Flammen zu stehen. Garrett fühlte sich wundervoll an. Sie verlagerte das Gewicht leicht, sodass Garretts Hand nicht mehr ihren Schenkel, sondern auch ihre intimste Stelle berührte. Hemmungslos rieb sie sich an ihm und sehnte sich mehr nach diesem Mann als nach jedem anderen zuvor.

„Sweetheart", flüsterte er heiser dicht an ihrem Ohr. „Am liebsten möchte ich jetzt gleich mit dir schlafen."

Diese Worte erfüllten sie mit weiblicher Genugtuung. Er liebkoste Rachel durch die Jeans hindurch. Ihr wurde immer heißer.

„Aber da gibt es noch einen wichtigen Punkt."

„Und der wäre?" Sie klang verwirrt.

Garrett trat einen Schritt zurück. „Ich begehre dich mehr als jede andere Frau in meinem Leben. Aber ich will, dass du mich auch begehrst."

Das tue ich doch, wollte sie sagen, aber es kam kein Ton aus ihrem Mund.

Sein Lächeln verriet ihr, dass er sie verstand. „Zeig es mir." Mit einem Finger strich er ihr über die Unterlippe. „Ich werde dir mit Jason und Derek helfen, wenn du das wirklich willst. Aber ich hätte nie fordern sollen, dass du dafür mit mir ins Bett gehst, so sehr ich es mir auch wünsche."

Als sie ihn weiterhin nur wortlos ansah, nahm er ihr den Zimmerschlüssel ab und führte sie ins Zimmer. Sofort untersuchte er Thumper eingehend, und Rachel wartete geduldig, bis Garrett sich wieder aufrichtete.

„Er sieht schon wieder sehr gut aus. Morgen arbeite ich bis mittags in der Praxis. Dann bringe ich frische Verbände und Antibiotika mit, aber bis morgen ist er noch gut versorgt."

Sein Blick durchquerte den Raum. „Hast du denn Hundefutter hier?"

„Nur das aus der Praxis. Wahrscheinlich schulde ich dir noch eine Menge Geld." Verlegen deutete sie in Richtung Schreibtisch, und in der obersten Schublade fand Garrett das Knabberzeug für Hunde aus der Praxis seines Vaters.

„Die meisten Menschen packen eher ihre Unterwäsche hier hinein."

Sie lächelte. „Ich bin eben nicht wie die meisten Menschen."

Mit zwei, drei langen Schritten war er bei ihr und fuhr ihr über den Nacken. Sofort erbebte sie unter der Berührung. „Nein, das bist du wirklich nicht", stellte er leise fest, bevor er das Zimmer verließ.

An der Tür blieb er noch einmal stehen. „Jetzt liegt es an dir, Rachel. Ich will dich nicht bedrängen. Wenn du mich willst, dann lass es mich wissen. Klopf einfach drei Mal an die Decke, ich wohne ja im Zimmer über dir. Dann bin ich sofort bei dir."

Er streckte die Hand nach ihr aus, und Rachel stolperte fast, um schnell zu ihm zu kommen. Zärtlich küsste er sie auf das Ohrläppchen, und Rachel schloss benommen die Augen. Als sie sie wieder öffnete, war Garrett bereits draußen und zog gerade die Tür leise hinter sich zu.

Garrett wollte sie nicht bedrängen? Was für einen Unsinn hatte er ihr denn da erzählt? Rachel stand fassungslos da und blickte auf die Zimmertür.

Jetzt reicht's, dachte sie. Schnell zog sie sich den Kittel aus seiner Praxis an, nahm einen Schuh und zielte auf die Zimmerdecke.

10. KAPITEL

Garrett schloss die Tür seines Zimmers und blieb nachdenklich stehen. Vielleicht sollte er noch einmal nach unten gehen und …

Bumm!

Es klang donnernd durch das leere Zimmer, und Garrett schreckte zusammen.

Bumm, bumm, bumm! Der Boden erzitterte durch das Klopfen, und Garrett riss die Tür auf, noch bevor das dritte Klopfen verklang.

Im Laufschritt rannte er die Treppe hinab und gab sich gar nicht erst die Mühe, leise zu sein. Direkt vor Rachels Tür blieb er stehen. Sie machte auf, und da stand sie vor ihm: wunderschön, strahlend und voller Verlangen nach ihm.

Er betrachtete sie von Kopf bis Fuß, und atemlos erkannte er, was sie trug. „Der Kittel gefällt mir."

Sie lachte auf. „Den habe ich als Andenken behalten." Sie öffnete die Tür ein Stück weiter und ließ ihn herein. „Hoffentlich macht es dir nichts aus."

„Nein, das tut es nicht." Mit dem Fuß stieß er die Tür zu. „Und jetzt zieh ihn aus."

Rachel hob eine Augenbraue. „Du hast ja einen ziemlich befehlenden Ton am Leib."

Er hörte den Spott aus ihrem Tonfall heraus und ging darauf ein. „Wenn du möchtest, kann ich ja wieder in mein Zimmer gehen."

Einen Moment zögerte sie, dann löste sie die Schleife, mit der die Hose unter dem Kittel gehalten wurde. Die grüne Hose glitt an ihren nackten Hüften und den Schenkeln hinab und blieb zu ihren Füßen liegen. Vor Erregung stöhnte Garrett auf. Das Oberteil des Kittels war so weit geschnitten, dass es Rachels Brüste gerade verhüllte. Er strich ihr über die glatte Haut und bemerkte, wie sich ihr Atem vor Begierde beschleunigte. Ihre Brüste hoben und senkten sich unter dem dünnen Stoff.

„Wieso hast du mich gerufen?"

„Was glaubst du denn?"

„Vielleicht möchtest du Wahrheit oder Risiko spielen?" Sein Tonfall klang tief und verheißungsvoll.

Rachel biss sich auf die Unterlippe.

Er trat einen Schritt näher und strich ihr die Schenkel entlang. Mit einem Arm stützte er sie an der Taille. Rachel lehnte sich nach hinten, und Garrett nahm diese wortlose Einladung an. Langsam senkte er den Kopf und küsste die zarte Haut, die der V-Ausschnitt des Kittels freigab. „Sag mir die Wahrheit", verlangte er mit heiserer Stimme.

„Welche Wahrheit willst du denn wissen?", erwiderte sie atemlos.

Eigentlich wollte er weiter spielerisch vorgehen, aber er musste es einfach wissen. Er wollte diese Unsicherheit überwinden und wissen, ob sie zu ihm gehörte oder nicht.

„Du willst mich." Seine Stimme klang rau. „Sag es mir."

„Ich will dich."

Sein Atem ging noch schneller, und das Blut schien ihm in den Adern zu kochen. Rachel seufzte leise, und ihre Haut fühlte sich so heiß an, dass er es durch die Kleidung hindurch spüren konnte.

Er umfasste ihren festen kleinen Po und drängte sich an sie. Ihr Atem strich an seinem Ohr entlang. Seufzend und stöhnend drückte sie sich an ihn, und Garrett glitt mit den Fingern immer fordernder zwischen ihre Schenkel, bis er ihre intimste Stelle erreichte und mit der Fingerspitze eindrang. Rachel erbebte in seinen Armen.

„Du begehrst mich", flüsterte er heiser, und Rachel nickte nur. Glutvoll küsste sie ihn auf die Lippen.

„Küss mich", verlangte sie und glitt mit dem Mund über seine Lippen. „Schlaf mit mir."

Voller Leidenschaft erwiderte er den Kuss und zog sie immer enger an sich, erfüllt von einem Hunger, den nur sie stillen konnte. Er fragte sich, wie er auch nur eine weitere Minute dieser süßen Qual ertragen sollte, ohne eins mit Rachel zu werden.

Zögernd unterbrach er den Kuss und hob ihre Hüften an. Sanft drehte er Rachel herum, dass sie ihm den Rücken zuwandte, und zog ihren Po begehrlich an sich.

Er konnte ein lautes Stöhnen nicht unterdrücken, als er mit beiden Händen hinauf zu ihren Brüsten fuhr und sie umfasste. Aufreizend rieb Rachel sich an ihm, und bei der Berührung ihres runden Pos konnte er sich fast nicht mehr zurückhalten. Verlangend rieb er mit den Daumen ihre Brustknospen.

„Bitte, Garrett."

„Was willst du?", flüsterte er, den Mund dicht an ihrem Haar. „Verrate mir, was du willst. Ich muss es hören."

„Ich will dich. Das habe ich doch gesagt."

Die Antwort machte ihn stolz, doch es reichte ihm nicht. Er wollte Rachel, so wie sie wirklich war, heißblütig und voller Sehnsucht nach ihm. Die Rolle der großen Verführerin sollte sie ablegen.

Er drängte sie näher ans Bett und strich ihr über die Schultern und den Rücken hinab, während er sie auf die Matratze drückte. Immer noch blickte er auf ihren Rücken. Hastig streifte er sich die Jeans und die Unterwäsche ab, und erst jetzt wurde ihm bewusst, dass er barfuß aus seinem Zimmer gelaufen war.

„Garrett", stieß sie leise aus. „Ich glaube, jetzt brauchen wir eine Drogerie, die rund um die Uhr geöffnet ist."

„Keine Sorge, Sweetheart." Auch wenn er die Schuhe vergessen hatte, so hatte er doch daran gedacht, sich Kondome in die Hosentasche zu stecken. Nach kurzem Suchen legte er ein paar der kleinen Päckchen aufs Bett und kam zu ihr.

Rachel lächelte. „Mein Held."

Sie riss eines der Päckchen auf und streifte ihm das Kondom über, während Garrett nach Luft rang und verzweifelt versuchte, sich zu beherrschen. Dann drehte sie sich auf den Bauch. Garrett holte tief Luft und beugte sich über Rachel. Sein Gesicht war ganz dicht an ihrem Hals, und sie spürte ihn groß und drängend zwischen den Schenkeln.

„Wo waren wir stehen geblieben?", flüsterte er ihr ins Ohr.

Er presste sich an sie, und sie stöhnte auf. „Genau dort, glaube ich."

„Sag es mir", verlangte er. „Sag mir, was du willst."

„Ich will, dass du das beendest, was du begonnen hast", antwortete sie. „Bitte, Garrett. Jetzt."

Er schob ihre Schenkel auseinander, und sein Puls raste, als sie die Beine noch weiter für ihn spreizte. Er drang in sie ein, aber nur so weit, dass es sie beide vor Lust fast umbrachte. „So?" Seine Stimme klang heiser. „Möchtest du das?"

„Nein … doch … ich will dich ganz spüren, Garrett. Bitte."

Garrett hielt es nicht mehr aus. Er zog sich kurz aus ihr zurück, und Rachel drehte sich auf den Rücken. Sobald er wieder eins mit ihr war, legte sie die Beine um seine Hüften und hob sich ihm entgegen. Er schob ihr den Kittel hoch, sie streifte ihn sich ungeduldig ab. Mit den Lippen liebkoste er ihre Brüste und bewegte sich in ihr.

„Oh, ja." Sie konnte kaum noch einen Ton herausbringen, und sie fuhr ihm unablässig durchs Haar. Dann zog sie seinen Kopf zu sich, um ihn auf die Lippen zu küssen.

„Sag mir, dass du mir nichts vorspielst", stieß er heiser aus. „Sag mir, dass du du selbst bist."

Sie erbebte und kam ihm bei jedem Stoß rhythmisch entgegen. „Sag es mir", hörte sie ihn wie aus weiter Ferne sagen. Dann spürte sie seine Lippen an ihrem Hals.

„Ich will mit dir zusammen sein. Mit Rachel, so wie sie wirklich ist."

Immer wieder strich sie ihm über den Rücken. Einerseits sollte er den Mund halten. Sie wollte nur noch dieses überwältigende Erlebnis auskosten. Andererseits hätte sie vor Glück weinen können. Er wollte mit ihr zusammen sein, mit der Rachel hinter der Maske.

„Das bist du auch", flüsterte sie.

Garrett hielt sich nur mit Mühe zurück, gleich den Gipfel der Lust zu erreichen. Er wusste, dass es der erfüllendste Höhepunkt seines Lebens würde, aber er musste dafür sorgen, dass Rachel sich niemals mehr vor ihm verstellte.

Während er tief in sie eindrang, betrachtete er ihr vor Leidenschaft zart gerötetes Gesicht. „Mit der echten Rachel", wiederholte er und zwang sich zu jedem einzelnen Wort. „Ich will die Frau, die ich in der Tierarztpraxis gesehen habe, nicht die, die es darauf anlegt, dass jeder Mann ihr zu Füßen liegt. Ich will keine Mata Hari. Ich will dich."

„Du hast mich ja." Sie glitt mit den Händen tiefer und umfasste seinen Po, um Garrett noch tiefer in sich hineinzuziehen. „Jetzt, Garrett. Jetzt."

Ihre Antwort kam wie eine Erlösung für ihn. Er gab sich ganz seiner Lust hin. Nichts trennte ihn mehr von Rachel. Keine Maske, keine Rolle, kein Zweifel.

Er begehrte die echte Rachel. Sie konnte kaum begreifen, was Garrett damit in ihr ausgelöst hatte. Jede Faser ihres Körpers schien zu neuem Leben erwacht, und sie glühte förmlich vor Leidenschaft.

Er wollte sie so, wie sie wirklich war. Niemals war ihr die Welt so freundlich und die Zukunft so hoffnungsvoll erschienen. Garrett war immer noch eins mit ihr und bewegte sich so aufreizend in ihr, dass ihr vor Entzücken schwindlig wurde.

Sie hörte ein leidenschaftliches Aufstöhnen und erkannte, dass sie selbst es war, die vor Lust schrie.

Als sie nach langen glücklichen Momenten die Augen wieder öffnete, sah Garrett sie lächelnd an. „Hallo."

Sie zog ihn an sich und küsste ihn hingebungsvoll, bevor sie zurück auf das Kopfkissen sank und das Gefühl auskostete, ihn auf sich und in sich zu spüren.

„Selber hallo." Mit einem Finger fuhr sie ihm den Rücken hinab und runzelte unwillig die Stirn. „Bleibst du immer angezogen?"

„Wie bitte?"

Sie zupfte an seinem T-Shirt.

Er grinste jungenhaft. „Ich war ziemlich in Eile."

„Mir kam es überhaupt nicht überstürzt vor." Glücklich küsste sie ihn wieder. Es war himmlisch gewesen. Einfach perfekt.

„Na ja." Gespielt runzelte sie die Stirn. „Ein bisschen Übung täte dir schon gut. Vielleicht versuchst du es gleich noch mal."

„Meinst du?"

Sie nickte und unterdrückte ein Lächeln. Mit einer Hand fuhr sie ihm unter das T-Shirt und strich ihm über den Rücken.

Garrett stöhnte auf und spürte, wie sie ihn aufs Neue erregte.

Auch Rachel merkte es. „Ganz vielversprechend", sagte sie. „Du kannst deine Noten leicht verbessern, wenn du jetzt am Ball bleibst."

„Da hast du recht", stimmte er zu, streifte sich das T-Shirt über den Kopf und warf es achtlos weg. „Am besten versuche ich sofort, ein Stipendium zu bekommen."

„So lobe ich es mir." Leise lachend nickte sie, doch ihre Belustigung wandelte sich in Leidenschaft, als er mit den Lippen eine ihrer Brustspitzen umschloss und sanft daran sog. Dann stützte er sich auf die Arme und löste sich von Rachel.

Sofort stöhnte sie unwillig auf.

„Pscht", erwiderte er nur.

„So kommst du nie zu Bestnoten." Doch dann küsste er sie auf den Bauch, glitt mit den Lippen hinunter zu ihrem Nabel und noch tiefer. Erwartungsvoll drängte Rachel sich Garrett entgegen, sehnte sich nach Erlösung. Gleichzeitig wünschte sie sich, sie könnte für alle Zeiten so wie jetzt mit ihm zusammen sein.

„Du bist ein Musterschüler", brachte sie atemlos hervor.

Garrett schwieg nur und glitt mit den Lippen immer tiefer. Jede Liebkosung war aufreizender als die zuvor. Ganz leicht spürte Rachel seine Bartstoppeln an den Innenseiten ihrer Schenkel, und er fachte mit der Zungenspitze ein Feuer in ihr an, das sie nur noch hilflos aufschreien ließ.

Ohne jede Hemmung wand Rachel sich unter ihm und sehnte sich danach, ihn von Neuem tief in sich zu spüren. Sie fuhr mit den Fingerspitzen ihren Körper hinunter und folgte der Spur seiner Küsse. Ungeduldig fuhr sie ihm durchs Haar und zog seinen Kopf hoch.

„Küss mich."

Er lächelte, und seine Augen funkelten vor Leidenschaft. „Nur küssen?"

Nein, dachte sie, noch viel mehr. Langsam schüttelte sie den Kopf. „Wenn du errätst, was ich jetzt will, dann ist dir das Stipendium sicher", sagte sie verträumt.

Als er sich schnell ein neues Kondom überstreifte und sich über sie beugte, schloss Rachel die Augen und gab sich ganz seinen Berührungen hin. Sie wusste, dass er ihre tiefsten Wünsche erraten hatte.

Tief drang er in sie ein, und Rachel bäumte sich auf. Sie versank in einem Meer unbeschreiblich lustvoller Gefühle, und ihr war, als würde sie total mit Garrett verschmelzen.

„Rachel", flüsterte er atemlos, als sie beide wieder Luft bekamen. Langsam zog er die Bettdecke hoch und hüllte sie beide darin ein. Noch enger zog er Rachel an sich.

Sie drehte den Kopf, um ihm ins Gesicht zu sehen. Sein zufriedener und schläfriger Ausdruck machte sie glücklich. Er bemerkte ihren Blick und lächelte. „Ich glaube, ich habe mir dieses Stipendium verdient", sagte er leise.

Dagegen konnte sie nichts einwenden.

Garrett schlief ein, und Rachel entspannte sich in seiner Umarmung. Sie fühlte sich begehrt, geachtet und geborgen. Während sie sich an ihn schmiegte, wünschte sie sich, dieser Moment könnte ewig andauern. Ihre Ängste und Zweifel sollten für immer verstummen. Er hatte gesagt, dass er die wirkliche Rachel begehrte, und das war etwas, was sie sich immer erträumt hatte.

Aber dann dachte sie darüber nach, was er genau gesagt hatte. Die Rachel, die er in der Tierarztpraxis gesehen hatte? Da hatte sie ihm doch auch etwas vorgemacht, oder nicht? Sie wusste ja selbst nicht genau, wer sie wirklich war.

Dann muss ich es eben herausfinden, beschloss sie. Ich bin nach Braemer gekommen, um endlich mit mir im Frieden zu sein, und ich werde meinen Plan weiter verfolgen. Sie sah auf den Mann neben sich. So sehr sehnte sie sich nach ihm, dass ihr Körper vor Verlangen zitterte. Und sie wünschte sich nichts sehnlicher, als dass er sie so mochte, wie sie wirklich war.

Umso wichtiger war es, dass sie mit der Vergangenheit abschloss. Und Garrett hatte versprochen, ihr dabei zu helfen.

Sie zog die Decke enger um die Schultern. Im Moment war sie in seinen Armen sicher. Und morgen würde sie sich auf die Suche nach Jason und Derek begeben.

Die Morgensonne schien durch die Glastüren, und Garrett blickte auf die schlafende Frau neben sich. Irgendwann in der vergangenen Nacht hatte er sich verliebt. Eigentlich hatte er sie mit Sex dazubringen wollen, ihren seltsamen Rachefeldzug zu vergessen, aber dabei hatte er nicht daran gedacht, dass er selbst irgendwann zurück nach Kalifornien und sie nach New York fahren würde. Das würde sie tun, sobald sie ihr Selbstwertgefühl zurückgewonnen und die schmerzhaften Erinnerungen an Braemer endlich hinter sich gelassen hatte.

Garrett drehte sich zur Seite und presste sich an Rachel. Selbst im Schlaf schmiegte sie sich sofort an ihn. Sanft küsste er sie auf die Schulter und fragte sich, wann er den Entschluss gefällt hatte, dass Rachel es wert war, dass er um sie kämpfte.

Wie immer er es auch drehte, Rachel machte sein Leben noch komplizierter. Aber manche Komplikationen machten das Leben erst lebenswert.

Zärtlich küsste er sie auf das Ohr, und sie drehte sich zu ihm. Ihre Brüste pressten sich warm an ihn, und schlagartig fühlte Garrett sich überhaupt nicht mehr schläfrig.

Thumper sprang vom Bett, wo er gelegen hatte, seit Rachel ihn aus dem Bad befreit hatte. Guter Hund, dachte Garrett.

Aufreizend fuhr sie mit einer Hand über seinen flachen Bauch und streichelte ihn dann so intensiv, bis Garrett wieder voll erregt war.

„Schlaf mit mir", flüsterte sie.

Liebend gern ging er darauf ein, und er verlor sich förmlich in ihrer Wärme, bis er den Gipfel der Lust erreichte. Glücklich und zufrieden gab er sich der Sicherheit hin, dass dies die richtige Frau für ihn war.

„Irgendwann müssen wir das Bett aber verlassen", sagte er später. Seine Füße hatte er auf das Kopfende gelegt, und das Bettzeug lag irgendwo auf dem Boden. Rachels Körper schmiegte sich an ihn, und behutsam strich er über ihren Körper. Spielerisch umfuhr er ihre Brustspitzen. Wo immer er sie auch berührte, er war sicher, dass sie diese Berührung genoss.

Ganz langsam glitt er mit der Hand tiefer und berührte sie am Zentrum ihrer Lust.

„Wenn du jemals aus diesem Bett herauskommen willst, musst du damit aber aufhören", sagte Rachel, doch es klang nicht so, als würde sie das stören.

Ihr Atem ging schneller, und es dauerte nicht lange, bis Garrett sie mit seinem Streicheln erneut zum Höhepunkt gebracht hatte. Aufreizend rieb sie sich an ihm, aber er zog sich zurück.

Unwillig stöhnte sie auf. „Das ist nicht fair."

„Stimmt." Er stand vom Bett auf. „Aber ich muss mich um sehr wichtige Dinge kümmern."

Sie lächelte. „Kommst du dann wieder?"

„Ich dachte, dass ich dich nach der Praxis abhole und wir zusammen zum Lunch gehen. Dann können wir ein bisschen umherfahren und ins Kino gehen."

„Klingt gut."

„Dann bist du einverstanden?"

„Oh, ja." Ihr Tonfall verriet ihm deutlich, dass sie den Vorschlag wirklich gut fand. „Außer der Tatsache, dass du mich abholen willst. Ich werde mit dir fahren."

„Und dann willst du vier Stunden in der Praxis warten? Du wirst dich zu Tode langweilen."

„Dann helfe ich eben. Ich kann mich an den Empfang setzen." Sie zwinkerte ihm zu. „Ich habe viele Talente, glaub mir.

Ich werde dir sehr von Nutzen sein." Sie zuckte mit den Schultern. „Im schlimmsten Fall setze ich mich an den Computer und spiele die ganze Zeit."

Was soll's? dachte er. Wenn sie unbedingt mit will, dann werde ich sie nicht davon abhalten. „Abgemacht."

Die nächsten Tage würde er sie möglichst oft zum Essen ausführen und ihr die ganze Gegend zeigen. Dadurch war er nicht nur ständig mit ihr zusammen, sondern ihr blieb bis zur Jahrgangsfeier auch keine Zeit, sich weiter um Jason und Derek zu kümmern.

Sie stand auf und warf sich das Laken wie eine römische Toga um, während sie ins Bad ging. In Garretts Augen sah sie so hinreißend aus, dass er fast vergaß, dass er bald in der Praxis erscheinen musste.

An der Badezimmertür drehte sie sich noch einmal zu ihm um. „Vergiss dein Versprechen nicht", sagte sie, und Garrett fragte sich, ob er sich vielleicht zu früh gefreut hatte. „Irgendwann wirst du heute mit mir in die Stadt fahren, damit wir Jason und Derek treffen."

Seufzend fuhr er sich durchs Haar.

11. KAPITEL

Die grünen Hügel der texanischen Landschaft zogen vorbei, als Garrett Richtung Highway fuhr. Neben ihm saß Rachel zwischen lauter Taschen und Kartons.

Den Vormittag über hatte Garrett in der Praxis gearbeitet, und Rachel hatte Jennie beim Empfang geholfen und zwischendurch versucht, dem alten Computer ein paar Funktionen zu entlocken, die Jennie die Arbeit erleichterten. Garrett hatte ihr versprochen, dass sie am späten Nachmittag Derek treffen würden, und Rachel hatte sich für dieses „zufällige Treffen" in Schale geworfen. Hochhackige Sandaletten, die ihre lackierten Fußnägel zeigten, Seidenshorts, die sich bei jedem Schritt an ihre Schenkel schmiegten, und ein lockeres Oberteil, das ihre Brüste betonte. Rachel sah stilvoll, sexy und wunderschön aus. Wenn sie es drauf anlegte, würde Derek ihr nicht widerstehen können.

Garrett jedenfalls war ihr schon erlegen, und der Gedanke, dass andere Männer sie so überhaupt zu Gesicht bekamen, bereitete ihm Magenschmerzen.

Sie bemerkte seinen Blick und lächelte. „Was ist denn?"

„Darf ich jetzt nicht einmal mehr die Frau ansehen, die neben mir im Wagen sitzt?"

Sie errötete und ging nicht darauf ein. „Danke für den Ausflug", sagte sie. „Ich war schon seit einer Ewigkeit nicht mehr in Fredericksburg. Es hat mir einen Riesenspaß gemacht."

Er unterdrückte ein Lächeln. Es reichte ihm schon, dass er mit ihr zusammen war. Mit der richtigen Rachel, die errötete und herzlich lachen konnte. Wahrscheinlich würde sie schon bald wieder in ihre Rolle verfallen, aber im Moment genoss er ihre natürliche Art.

Sie holte aus ihrer Handtasche einen hölzernen Troll hervor. „Ist das nicht das Hässlichste, was man sich vorstellen kann?"

Lachend stimmte Garrett zu. Der Troll war wirklich abstoßend. Aber der alte Skandinavier, der ihn Rachel verkauft hatte, konnte unglaublich viele Geschichten erzählen, und sie hatten mit ihm über eine Stunde geredet und Kaffee getrunken.

„Und worüber lächelst du jetzt?"

„Tue ich das?", fragte er zurück. Er hielt ihr die Hand hin, und Rachel musste erst Tüten und Taschen beiseiteräumen, damit sie näher zu ihm rutschen konnte. „Ich schätze, der alte Mann hat mich daran erinnert, wie sehr ich mich nach einem geruhsamen Leben sehne", stellte er fest. „In Los Angeles herrscht ständige Hektik."

„In New York auch." Sie lehnte den Kopf an seine Schulter und schloss erschöpft die Augen.

Der Gedanke, dass sie beide bald wieder aus Braemer wegfahren würden, machte Garrett traurig. Doch er konnte ja nicht gut nach ein paar schönen Tagen gleich alles in Los Angeles aufgeben und wieder nach Texas ziehen. Andererseits füllte das ständige Herumdoktern an den Haustieren von Prominenten ihn nicht aus. Erst vor Kurzem hatte er hier in Braemer einer Stute geholfen, ihr Fohlen auf die Welt zu bringen, und dieses Erlebnis hatte ihn glücklich gemacht. Auch die Vertrautheit, die er durch die Arbeit mit den Leuten hier bekam, gefiel ihm.

Rachel bewegte sich leicht, und er merkte, dass sie eingeschlafen war. Das überraschte ihn nicht. Schließlich hatten sie in der vergangenen Nacht nicht viel Schlaf bekommen. Er musste lächeln, als er an den Grund für Rachels Erschöpfung dachte.

Unwillkürlich bremste er ab, als er über seine Gefühle zu Rachel nachdachte. War es wirklich Liebe? Er wollte es nicht leugnen. Ihm war nicht genau klar, wann das passiert war, aber jetzt wusste er mit absoluter Sicherheit, dass Rachel die richtige Frau für ihn war. Egal, welche Rolle sie gerade spielte.

Leise lachend griff er nach ihrer Hand, und sofort schloss sie die Finger um seine, ohne jedoch aufzuwachen.

So unsinnig er ihren Plan auch fand, er musste ihr zugestehen, dass sie sich den Ängsten ihrer Vergangenheit stellte. Garrett hatte zwar vor, sie von diesem Plan abzubringen, aber den Versuch musste er anerkennen.

Wenn sie dazu in der Lage war, musste er so etwas doch auch können. Und obwohl er sich seit Jahren einredete, dass es ihm gleichgültig war, was sein Vater über ihn dachte, musste er sich einfach davon überzeugen, ob sein Dad gewollt hatte, dass er wieder herkam.

Als sie sich der Stadtgrenze von Austin näherten, wachte Rachel wieder auf. „Treffen wir jetzt Derek?"

Garrett blickte auf seine Uhr. Derek würde frühestens in zwei Stunden im Park sein.

„Bald", antwortete er.

Sie fuhren nach Austin, um Derek zu sehen. Garrett hatte sich ein bisschen umgehört, und niemand sprach schlecht über Derek. Von Scott Carter hatte er erfahren, dass Derek einmal in der Woche ein Picknick für Jugendliche mit schwierigem Elternhaus veranstaltete.

Bei Jason war vielleicht jede Hoffnung verloren, aber Derek hatte sich von Grund auf gewandelt. Es konnte Garrett nur recht sein, wenn Rachel an Derek erkannte, wie lange die Schulzeit zurücklag. Dann schloss sie möglicherweise mit der Vergangenheit ab und erkannte, dass sie selbst eine andere war.

Sie gähnte. „Wo fahren wir denn hin?"

„Das ist eine Überraschung."

„Klingt ja spannend."

Er fuhr mit der Hand etwas höher unter den Saum ihres Rocks, und der seidige Stoff glitt ihm über den Handrücken. „Ich wüsste da auch etwas Spannendes."

Erschrocken holte sie Luft. „Wir sind auf dem Highway."

„Stimmt." Schnell sah er in den Rückspiegel. Niemand fuhr hinter ihnen. „Für meine Fahrdienste hatten wir aber eine Gegenleistung abgemacht."

Sie drehte sich zu ihm. „Moment mal, mein Guter." Es sollte sehr streng klingen, aber sie musste dabei lächeln. „Diese Abmachung ist längst nicht mehr gültig. Du hast sie selbst aufgehoben, indem du in dein Zimmer gegangen bist. Daran kann ich mich nur zu deutlich erinnern."

„Da muss ich dir recht geben." Er hielt nicht an, sondern strich weiter mit der flachen Hand ihren Schenkel hinauf, bis er ihren Slip erreicht hatte.

Rachel hielt den Atem an und kämpfte gegen den Wunsch an, ihre Beine zu spreizen, damit er sie noch intimer berühren konnte. Sie wollte ihn überall spüren. Das hier war wirklich gefährlich. Nicht etwa, weil sie mit anderen Autos zusammenstoßen konnten, sondern weil ihre Gefühle mittlerweile verrückt spielten. Sie hatte noch nie so viel Spaß gehabt und war noch nie einem Mann gegenüber so offen gewesen wie bei Garrett. Und diese Erkenntnis machte ihr Angst und erregte sie zugleich.

Nur eine Sekunde sah er von der Straße zu ihr. „Das heißt wohl, dass du bestimmen darfst, wann und wo." Er lächelte vielsagend, während seine Fingerspitzen sie erbeben ließen.

Seine Hand fühlte sich warm an, und mit seinen zärtlichen Liebkosungen erregte er sie immer mehr, bis Rachel aufschreien und ihn anflehen wollte, anzuhalten und sie auf der Stelle zu nehmen.

„Na gut, Rachel. Dann sag mir, wo und wann du es willst." Anscheinend konnte er ihre Gedanken lesen.

Sie leckte sich die Lippen und kostete die Glut aus, die ihren Körper durchströmte. Einerseits wollte sie, dass das niemals aufhörte, doch gleichzeitig war ihr bewusst, dass jedes dieser Erlebnisse es ihr schwerer machen würde, Braemer irgendwann wieder zu verlassen. Ach, ich stecke ohnehin schon viel zu tief in dieser Sache, dachte sie. Es wird mich innerlich zerreißen, wenn ich ihn verlassen muss.

Und wenn dieser Abschied sowieso entsetzlich wurde, dann konnte sie die Zeit bis dahin auch so gut wie möglich genießen. Mit Garrett.

„Hier", sagte sie atemlos. „Und jetzt."

Er glitt noch ein winziges Stück höher, bis er sie fast, aber nur fast dort berührte, wo sie es sich am sehnlichsten wünschte. Rachel wand sich leise stöhnend.

„Genau hier?", fragte er mit tiefer Stimme nach.

Oh, ja. Immer intensiver liebkoste er sie, und Rachel konnte es nicht mehr ertragen. Sie stand kurz vor dem Höhepunkt und kam sich wie eine Saite vor, die bis aufs Äußerste gespannt war.

„Oh, Garrett …" Sie öffnete die Augen und wollte ihm ins Gesicht sehen, doch sie sah nur sein Profil, weil er immer noch die Straße im Blick hatte. Mit dem Daumen liebkoste er sie jetzt ganz intim, und Rachel erbebte. Sie schloss die Augen. „Bitte", flehte sie.

„Sweetheart." Seine Stimme klang ebenso heiser wie ihre. „Ich glaube, jetzt ist es wirklich höchste Zeit zum Anhalten."

Zufrieden lehnte Rachel sich an Garrett, während sie den Zilker Park betraten. Die zwei Stunden im Hotel waren himmlisch gewesen. Doch jetzt waren sie in Austin. Genau, wie er versprochen hatte, half er ihr bei ihrem Plan. Und das bedeutete, dass sie sich ganz auf Derek konzentrieren musste.

„Derek müsste gleich da drüben sein." Er deutete auf eine Picknickwiese, und als sie die Wiese betraten, legte Garrett den Arm um Rachels Schultern. „Showtime", sagte er und versuchte, aufrichtig und hilfsbereit auszusehen. „Stimmt's?"

Sie nickte und versuchte, nicht enttäuscht darüber zu sein, dass es ihn überhaupt nicht zu stören schien, dass sie vorhatte, hemmungslos mit Derek zu flirten. Schließlich war es Teil ihrer Abmachung, dass Garrett sie unterstützte. Rachel konnte auch jede Hilfe gebrauchen, denn in letzter Zeit fiel es ihr immer schwerer, in ihre Rolle als notorische Verführerin zu schlüpfen.

Gelächter und Gejohle drangen zu ihnen herüber. „Kannst du ihn sehen?", fragte Garrett.

Rachel schüttelte den Kopf, doch dann hörte sie eine Stimme: „Tony, wie oft habe ich dir schon gesagt, du sollst die Kleineren nicht ärgern?"

Derek.

Rachel rang nach Luft und war sich schlagartig sicher, dass sie nicht flirten wollte. Hier wollte sie niemandem irgendetwas beweisen. Sie wollte nur noch nach Hause und sich irgendwo verstecken, bis sie ihre Gedanken wieder geordnet hatte. Sie kämpfte gegen die Tränen an, als ihr klar wurde, dass sie gar nicht wusste, wo sie sich eigentlich zu Hause fühlte.

„Derek Booker?", rief Garrett fragend. „Mann, ist das ein Zufall, dich hier zu treffen."

Fast hätte Rachel losgelacht. Garrett war wirklich ein miserabler Schauspieler.

Derek hob den Kopf und schaute sie blinzelnd an. Garrett hatte immer noch den Arm um Rachels Schultern gelegt.

Erst rührte Derek sich gar nicht, dann lächelte er herzlich. „Garrett MacLean! Wie geht's dir? Dich habe ich ja seit Ewigkeiten nicht mehr gesehen. Wie kommst du denn nach Austin?"

Garrett löste den Arm von Rachel, um Derek die Hand zu schütteln. „Eigentlich bin ich in Braemer zu Besuch. Da wollte ich ein bisschen in der Gegend herumfahren." Mit dem Kopf deutete er zu Rachel. „Das ist meine Freundin Rachel. Rachel, Derek Booker."

Sie gab ihm die Hand und schluckte. Körperlich hatte Derek sich kaum verändert. Er war schon damals groß gewesen, und sein T-Shirt mit der Aufschrift „Sag Nein zu Drogen" war ihm ein bisschen zu eng. Doch während er damals kalt und gefühllos gewesen war, wirkte er jetzt herzlich und freundlich.

„Rachel", erwiderte er. „Der Name sagt mir nichts, aber Sie kommen mir bekannt vor. Sind wir uns schon mal begegnet?"

Ihr blieb die Antwort erspart, als zwei Jungen ganz in der Nähe anfingen, sich zu balgen. Derek löste sie voneinander, erfragte den Grund des Streits und beschwichtigte die beiden. Dabei blieb er die ganze Zeit über vollkommen ruhig.

Als er die Jungen wieder weggeschickt hatte, lächelte er Garrett und Rachel entschuldigend zu. „Sie sind manchmal ziemlich anstrengend, aber ihr hättet sie vor zwei Monaten sehen sollen, als wir mit diesem Programm anfingen."

„Was denn für ein Programm?", fragte Rachel nach.

Vor Stolz warf Derek sich in die Brust. „Es wird staatlich gefördert. Wir geben einer Gruppe von schwer erziehbaren Kindern Erwachsene als Vorbild. Das Ziel ist es, sie etwas zu zähmen, bevor sie auf die Highschool kommen."

Ironie des Schicksals, dass ausgerechnet jemand wie Derek für so ein Projekt arbeitete. „Und wie sind Sie dazugekommen?"

„Tja, es war meine Idee."

„Oh." Unbewusst trat sie einen Schritt zurück. „Und wie kam das?"

Garrett bewahrte sie davor, wie eine völlige Idiotin auszusehen, indem er sie wieder an sich zog. Zum Glück verstand er, wie sehr Dereks Worte sie erschütterten, und dankbar lehnte sie sich an ihn.

„Für diese Kinder ist es sehr wichtig, dass sie Bezugspersonen bekommen, durch die sie aus ihrem vorigen Umfeld geholt werden." Er lachte verbittert. „Garrett kann Ihnen bestätigen, dass ich in diesem Alter in der Schule der Schrecken aller Kids war. Ich habe vielen Leuten wehgetan, und das bereue ich jetzt sehr. Ich weiß also aus erster Hand, wie wichtig so ein Projekt ist."

„Verstehe." Rachel wusste nicht, was sie sonst hätte erwidern können. Garrett strich ihr über den Oberarm, und obwohl sie wusste, dass er damit nur seiner Rolle gerecht wurde, indem er ihren leidenschaftlichen Freund spielte, erregte die Berührung sie.

Allerdings konnte sie jetzt nicht anfangen, mit Derek zu flirten. Dabei wäre sie sich nur lächerlich vorgekommen. Auch bei ihrem zweiten Opfer war sie jämmerlich gescheitert, und ihr ganzer Plan schien sich als einziger Misserfolg zu entpuppen. Jetzt wusste sie nicht, ob sie die Aktion abbrechen sollte.

Auf jeden Fall musste sie von hier weg.

„Es war nett, Sie zu treffen, Derek." Sie sah zu Garrett. „Müssen wir nicht langsam wieder nach Braemer zurück?"

Erst wirkte er verwirrt, aber dann erkannte sie den Triumph in seinem Blick. „Wolltest du nicht eine Weile in Austin bleiben?"

„Nein." Sie sah zu Derek und dann wieder zu Garrett. „Hier gibt es nichts für mich zu tun."

Verständnisvoll lächelte er sie an. „Dann lass uns nach Hause fahren."

12. KAPITEL

Als die Kellnerin im *Anabel's* an den Tisch von Rachel und Garrett kam, stellte Rachel überrascht fest, dass es Lucy war.

„Na, so sieht man sich wieder. Wie geht's dir?"

„Bestens." Das meinte Rachel ehrlich. Sie deutete nickend auf Garrett, und die beiden Frauen lächelten sich wissend zu. „Das ist Garrett."

„Gratuliere." Lucy musterte ihn von Kopf bis Fuß. „Und was darf ich euch Hübschen bringen?"

Über den Tisch hinweg griff Garrett nach Rachels Hand. „Einen Salat mit gegrilltem Hühnerfleisch und eine Cola light für die Lady." Er wartete einen Moment, damit sie etwas einwenden konnte. Sie hob nur anerkennend die Augenbrauen und trank einen Schluck Wasser. „Und einen doppelten Cheeseburger mit Pommes frites und einem Schokoladenshake für mich."

Lucy stemmte eine Hand in die Hüfte und schüttelte tadelnd den Kopf. „Sie sollten sich an der Lady ein Beispiel nehmen. Wenn Sie immer so essen, sehen Sie bald nicht mehr so blendend aus, und dann gibt sie sich nicht mehr mit Ihnen ab."

Rachel verschluckte sich an ihrem Wasser, dann platzte sie vor Lachen laut heraus, während Garrett sich vergeblich um einen gekränkten Gesichtsausdruck bemühte.

„Stimmt das, Rachel?" Eindringlich sah er ihr in die Augen, und sie konnte seinen Blick nicht ergründen.

Ja, er sah blendend aus, und vielleicht verlor er irgendwann das gute Aussehen. Aber niemals würde Rachel sich von ihm abwenden.

Die Erkenntnis erschütterte sie, denn immerhin wollte sie in ein paar Tagen zurück nach New York, und er würde zurück nach Kalifornien fahren. Sie war nach Braemer gekommen, um sich selbst zu finden, und stattdessen hatte sie Garrett entdeckt.

Statt überschwänglicher Freude empfand sie nur eine drückende Melancholie. So sehr sie Garrett auch mochte, er kannte sie immer noch nicht so, wie sie wirklich war.

Wie sollte er auch? Rachel kannte sich selbst kaum, und im Moment war sie noch verunsicherter denn je.

Lucy brachte Besteck und eine Flasche Ketchup. „Gleich bringe ich die Getränke", versprach sie und nahm die Speisekarten mit.

„Jeden Tag bin ich nach der Schule hier gewesen", sagte Garrett, als sie fort war. „Hier bin ich eine Stunde geblieben und habe meine Hausaufgaben gemacht, dann bin ich zu meinem Vater in die Praxis gegangen."

„Ich war nie hier", gestand Rachel. „Meine Mom hat abends hier gearbeitet." Sie zuckte mit den Schultern und versuchte, die Erinnerung abzustreifen. In all den Jahren hatte sie sich einsam gefühlt und deswegen ein schlechtes Gewissen gehabt. Schließlich arbeitete ihre Mutter Tag und Nacht, um ihnen beiden ein Zuhause zu gestalten. Dabei hatte Rachel sich in erster Linie nach Zeit mit ihrer Mom gesehnt.

Sie straffte sich und war fest entschlossen, sich nicht von den Erinnerungen erdrücken zu lassen. „Aber jetzt gefällt es mir hier", sagte sie und meinte es auch.

Lucy kam mit den Getränken zurück und deutete mit dem Kopf an Rachel vorbei. „Sieht aus, als hättet ihr beiden einen Zuschauer."

Garrett runzelte die Stirn, und Rachel drehte sich um, weil sie wissen wollte, was er sah.

Jason!

In diesem Moment riss er auch schon die Augen auf, als er sie erkannte, und hastig drehte Rachel sich wieder zu Garrett um.

„Jason", sagte sie unnötigerweise. Ihr nächstes Opfer wurde ihr auf dem Silbertablett serviert. Sie sah, wie Garrett die Zähne zusammenbiss, und ihr wurde bewusst, dass sie – zumindest heute Abend – keine Lust hatte, mit Jason zu flirten. Vielleicht würde sie es niemals tun.

Bevor sie etwas sagen konnte, nickte Garrett ernsthaft und setzte sich auf ihre Seite des Tisches. Seine Nähe beruhigte Rachel. Er fuhr ihr durchs Haar und steigerte ihre Erregung noch weiter, als er sie auf den Mund küsste. Rachel kostete seinen Geschmack aus. Sie nahm seinen männlichen frischen Duft wahr und erkannte schlagartig, dass ihr die Lust an ihrem ursprünglichen Plan gänzlich vergangen war. Jason scharfmachen? Das war einfach zu abstoßend. Nicht einmal, um sich vor allen anderen an ihm zu rächen. Sie war nach Braemer gekommen, um drei Männern den Kopf zu verdrehen, aber jetzt wollte sie nur noch einen, und den dafür für immer.

Gerade beugte sie sich zu ihm, um ihm das zu sagen, als Garrett als Erster sprach.

„Vergiss nicht, wir sind voller Leidenschaft", flüsterte er, und Rachel fühlte sich wie geohrfeigt.

Er spielte das alles nur. Sie zuckte zurück und presste die Lippen aufeinander, um nicht in Tränen auszubrechen.

„Anscheinend hast du heute doch noch deinen Auftritt", flüsterte er, und Rachel schrak innerlich zusammen.

Sosehr sie sich auch nach einer Zukunft mit Garrett sehnte, es waren alles nur Luftschlösser. Er wollte sie nur in seinem Bett und nicht in seinem Leben. Er wollte eine heiße Affäre mit der aufregenden Frau, die er neulich erlebt hatte. Aber diese Frau war Rachel nicht, und sie hatte endgültig genug von dieser Rolle.

Sie musste hier weg. Rachel sehnte sich nur noch nach dem Zimmer in der Pension. Dort wollte sie sich neben Thumper legen und von Mrs Kelley privaten Eisvorräten naschen. „Ich muss hier raus."

Eine Sekunde wirkte er verärgert, und Rachel hoffte schon, er werde sie aufhalten, doch er rutschte nur von der Sitzbank und ließ sie vorbei.

„Vertritt dir die Beine", sagte er nur.

„Na, wenn das nicht die kleine Lady aus dem *Cotton Gin* ist", tönte Jason, als Rachel zur Hintertür hinauswollte. „Da hast du mich ganz schön heißgemacht und dann kalt abserviert."

„Und das passiert dir wieder", fuhr sie ihn wütend an. Es ärgerte sie, dass er sie überhaupt ansprach. Wie konnte so ein Mensch die gleiche Luft atmen wie Garrett und sie?

„Streitlustig?" Er deutete auf den freien Stuhl an seinem Tisch. „Ich mag streitlustige Frauen."

Unverhohlene Lust sprach aus seinem Blick, und ihr wurde bewusst, dass sie gewonnen hatte. Jason Stilwell begehrte sie.

Aber das war ihr vollkommen egal.

„Setzt du dich jetzt, oder was?"

„Nein." Sie schüttelte den Kopf. „Ich bin fertig mit dir, Jason Stilwell." Wutentbrannt sah sie ihn an. „Aber danke. Du hast mir sehr geholfen."

Damit drehte sie sich um und ging. Die Ironie hatte er bestimmt nicht mitbekommen, trotzdem war Rachel stolz auf sich.

„Folg mir", sagte sie zu Lucy, während sie weiterging. Sie wollte nicht noch einmal an Garrett vorbei, sonst verlor sie vielleicht noch ihre Entschlusskraft.

Bei den Telefonkabinen und den Toiletten fand sie Speisekarten zum Mitnehmen, und sie schrieb eine kurze Notiz auf, die sie Lucy in die Hand drückte. „Kannst du das Garrett geben?"

„Na klar. Habt ihr beiden euch wieder gestritten? Doch hoffentlich nicht wegen Jason Stilwell. Der Kerl ist es nicht wert."

Da stimmte Rachel ihr zu, aber sie sprach es nicht aus. „Kein richtiger Streit. Ich will nur …" Verunsichert verstummte sie und deutete auf die Notiz. „Wir hatten ein … Abkommen. Aber das war dumm, und ich will es beenden." Alles beenden.

Sie biss sich auf die Lippe und erinnerte sich daran, dass sie im Pick-up von Garretts Vater nach Braemer gekommen war. „Gibt es in Braemer ein Taxi?"

Lucy sah auf ihre Uhr. „Du kannst meinen ganz persönlichen Taxiservice in Anspruch nehmen." Auf Rachels fragenden Blick hin zuckte sie die Schultern. „Kein Problem. Ich bin mit meiner Schicht sowieso fertig."

Garrett klopfte an Carls Tür und hoffte, dass sein Bruder zu Hause war. Zum Glück wurde nach ein paar Sekunden der Riegel zurückgeschoben, und die Tür ging auf.

„Was ist denn mit dir los?", wollte Carl wissen, und Garrett vermutete, dass er genauso elend aussah, wie er sich fühlte.

„Es ist wegen Belinda Rachel Dean", sagte er und trat ein.

Garrett erzählte seinem Bruder in kurzen Worten die ganze Geschichte.

Carl hörte mit ungläubiger Miene zu. „Und jetzt hat sie euer idiotisches Abkommen beendet?", fragte er, als Garrett fertig war.

„Ja. Sie hat mich sozusagen gefeuert, verstehst du? Ich habe meinen Job als ihr ständiger Begleiter verloren."

„Und ich vermute, du wolltest diesen Job noch eine Weile behalten, ja?"

„Verdammt richtig."

Carl biss sich auf die Zähne. „Das wird schwer, wenn sie in New York ist und du in Los Angeles bist."

„Ich bleibe hier." Er dachte darüber nach, wie er sich bei dieser Entscheidung fühlte, doch er empfand kein Bedauern.

Mit offenem Mund sah Carl ihn an. „Wirklich?"

Vollkommen ernsthaft erwiderte er den Blick seines Bruders. „Wenn das, was Jennie und du gesagt habt, stimmt."

Jetzt lächelte Carl strahlend. „Natürlich stimmt es."

„Weißt du eigentlich, ob das Grundstück vom alten Duncan zum Verkauf steht?"

„Du scheinst es ja sehr ernst zu meinen."

„Ich denke nur ein bisschen im Voraus."

„Rede keinen Unsinn."

Garrett antwortete nur mit einem Schulterzucken. Es musste noch einiges geschehen, bevor er wieder ganz nach Texas zog. Zum einen musste er seine Praxis verkaufen, aber noch wichtiger war ihm, dass sein Dad wirklich seine Hilfe wollte. Trotz Carls Versicherungen musste er sich davon selbst überzeugen.

Zuallererst musste er allerdings Rachel wieder gewinnen. Ohne sie wollte er nicht in Braemer leben. Sie gehörte für ihn bereits zum Leben hier, und er könnte es nicht ertragen, hier zu sein und zu wissen, dass er sie niemals wiedersehen würde.

„Ich werde tun, was ich kann, um sie zum Bleiben zu bewegen", erklärte er.

„Das sollte nicht allzu schwer sein."

„Du hast ja keine Ahnung. Diese Frau hat eine Anwaltskanzlei in New York."

„Stimmt, aber ich habe mich erkundigt. Zum Großteil besteht ihre Arbeit aus juristischer Beratung. In erster Linie arbeitet sie als Literaturagentin. Rachel kann leben, wo immer sie will."

„Anscheinend hast du dich mächtig ins Zeug gelegt."

„Ich war eben neugierig", wandte Carl ein.

„Mein wirkliches Problem liegt darin, dass ich nicht weiß, wie ich sie umstimmen soll. Sie wird mir nicht glauben, dass ich sie wirklich will. In jener ersten Nacht hat sie die totale Verführung verkörpert, um dich ... das heißt mich ... rumzukriegen."

Carl zuckte zusammen, doch Garrett sprach weiter. „Aber unter dieser Schale steckt eine schöne, witzige und viel selbstbewusstere Frau, als sie glaubt. Leider meint sie, das würde niemand bemerken." Seufzend ließ er sich auf das Sofa fallen. „Und ich habe mich in sie verliebt."

Mühsam hielt Carl das Lachen zurück. „So habe ich dich noch wegen keiner Frau erlebt. Das muss wirklich Liebe sein."

„Ist es auch. Und ich werde sie nicht wieder fortlassen. Ich werde mit ihr reden." Er ging zur Tür.

Carl wedelte mit der Notiz. „Findest du das klug? Mir kommt es vor, als bräuchte sie etwas Zeit, um sich zu beruhigen."

Garrett atmete tief durch und kämpfte gegen den Drang an, sofort zu ihr zu eilen. Widerstrebend gab er Carl recht. Sie brauchte Zeit zum Nachdenken. „Du hast recht." Er blickte zum Sofa. „Kann ich heute Nacht hier schlafen?"

„Klar. Wann willst du mit ihr sprechen?"

„Sie sagte, sie würde morgen wieder in der Praxis helfen. Dann werde ich mit ihr reden." Damit blieb ihm noch etwas Zeit, um sich zu überlegen, was er sagen würde.

„Glaubst du wirklich, dass sie kommt?"

„Sie hat es Jennie versprochen, und sie ist der Typ, der seine Versprechen hält."

Während Carl Bettzeug holte, erkannte Garrett, dass er die Antwort gefunden hatte. Rachel würde immer zu ihrem Wort stehen.

Und sie hatte ihm versprochen, dass er sie immer sehen konnte. Alles von ihr.

Morgen würde er dafür sorgen, dass sie dieses Versprechen hielt.

Thumper war keinerlei Hilfe. Rachel war mit ihm im Garten der Pension spazieren gewesen, und jetzt saß er nur vor ihr auf dem Teppich und wedelte mit dem Schwanz, während sie ihn hinter den Ohren kraulte.

Er fühlte sich wie im Himmel, während sie todunglücklich war.

„Das ist nicht fair", sagte sie zu ihm, und er öffnete die Augen. Sein Blick sagte: Du hast dich selbst in diese Klemme gebracht, da musst du auch selbst wieder heraus.

„Wenigstens ein bisschen mehr Beistand hätte ich schon erwartet." Sie rief bei Paris an, aber niemand hob ab. „Toll." Sie sah zu Thumper, der ausgiebig gähnte.

Rachel schloss die Augen und lehnte sich an das hohe Kopfteil des Betts. Vielleicht hätte sie sich unter anderen Umständen etwas mit Garrett aufbauen können, aber mit ihrem dummen Plan hatte sie alles verdorben.

Er hatte sie als große Verführerin kennengelernt, und ständig würde er sie in diesem Licht sehen.

„Dass er eine Sirene für die gute alte Belinda Rachel aufgibt, das wäre wohl zu schön, um wahr zu sein", sagte sie zu Thumper, der sich hinsetzte und ihr die Tränen aus dem Gesicht leckte. Ihr war gar nicht aufgefallen, dass sie weinte. Schniefend legte sie dem Hund die Arme um den Hals. „Danke, mein Junge. Auf dich kann man doch zählen."

Sie wollte nur noch nach Hause und sich ausweinen, bevor der Vermieter sie aus dem Apartment warf.

Es klopfte an der Tür, und Rachel schaffte es, hastig Thumper die Schnauze zuzuhalten, damit er nicht bellte. „Schsch."

„Rachel?"

Es war Mrs Kelley. Eindringlich sah Rachel Thumper an. „Ins Bad. Sofort", zischte sie.

Gähnend wedelte Thumper mit dem Schwanz, ohne sich zu rühren.

„Eine Sekunde noch. Ich muss mir erst was anziehen." Sie schob an dem Hund herum, doch der rührte sich nicht. Rachel überlegte, ob sie ihn mitsamt dem Bettzeug vom Bett ziehen sollte, aber bis zum Boden war es ziemlich tief, und selbst wenn sie sein Bein dadurch nicht wieder verletzte, würde es ziemlich laut rumsen.

„Also schön", flüsterte sie. „Du hast gewonnen. Aber beweg dich bloß nicht."

Sie warf die Bettdecke über ihn und verteilte ihre Kleider um ihn herum auf dem Bett. Es sah trotzdem seltsam aus, aber solange Thumper sich nicht bewegte, konnte es klappen.

„Bleib so liegen!", flüsterte sie und ging zur Tür.

Mrs Kelley hielt eine Papiertüte im Arm. Sie sah sich in dem Zimmer um. „Anscheinend sind Sie mit Ihrem Projekt fertig."

„Wie bitte?" Dann fielen ihr die Unterlagen ein, die angeblich überall im Zimmer verstreut liegen sollten. „Genau. Gerade eben erst bin ich fertig geworden." Sie räusperte sich und sah zum Bett. Sah man dem Kleiderhaufen an, dass er atmete? „Was gibt's denn?"

„Ich dachte, Sie brauchen vielleicht eine Zuhörerin. Als Sie kamen, wirkten Sie niedergeschlagen, und mir fiel auf, dass Garrett nicht bei Ihnen war."

Rachel lächelte. „Ihnen entgeht auch gar nichts."

„Ich bin eine neugierige alte Frau." Sie lächelte Rachel großmütterlich an. „Wollen Sie denn darüber reden?"

„Nein, danke." Sie dachte an den Hund und die Freundin am anderen Ende des Kontinents. „Vielleicht", gab sie zu, bevor sie es sich anders überlegen konnte.

„Haben Sie beide sich gestritten?"

„Nicht richtig." Sie fragte sich, was sie jetzt tun sollte. „Wir passten einfach nicht zusammen." Das stimmte. Wenigstens zur Hälfte. Garrett passte perfekt zu ihr, aber sie war nicht die Frau, nach der er sich sehnte.

„Soweit ich es mitbekommen habe, muss ich widersprechen."

Rachel lächelte. Die Zeit mit ihm war wirklich wunderschön gewesen, und von den Erinnerungen würde sie zehren, wann immer sie sich einsam fühlte. „Das Problem besteht darin, dass …" Sie zögerte. „Er hat mich als eine ganz bestimmte Frau kennengelernt, und nach der sehnt er sich. Das bin ich aber nicht."

Eine Sekunde lang dachte Mrs Kelley darüber nach. „Wie sicher Sie sich auch sein mögen, Kleines, ich glaube, Sie irren sich."

„So?"

„Garrett sieht mehr in Ihnen, als sie glauben." Schon an der Tür blieb sie noch einmal stehen und hielt die Papiertüte hoch. „Ach, ich habe Ihnen etwas mitgebracht."

Rachel nahm die Tüte, und Mrs Kelley blinzelte. „Die Menschen sehen mehr, als Sie denken." Dann schloss sie die Tür.

Was mochte Mrs Kelley damit meinen? Rachel wusste es nicht. Sie ging zurück zum Bett und schob die Wäsche von Thumper. Dann stieg sie unter die Decke.

Als sie endlich in die Tüte sah, musste sie glücklich lächeln.

Eine Packung Eiscreme.

Und eine Tüte mit Hundekeksen.

13. KAPITEL

Rachel blickte auf den Computer und fragte sich, ob sie jemals die Rechnung an Mr Bedford würde ausdrucken können. Sie war müde und schlecht gelaunt, weil Garrett nur von ein paar Wänden von ihr getrennt, aber trotzdem nicht zu sprechen war.

Sie sehnte sich unsagbar danach, ihn wiederzusehen. Sie wollte ihn berühren und sich an ihn schmiegen.

Gestern Nacht war er nicht zu ihr gekommen, und das bestärkte sie in dem, was sie ohnehin schon wusste. Ihre Abmachung war vorüber und damit auch ihre Beziehung. Er hatte nicht sie gewollt, sondern nur eine flüchtige Affäre.

Ihr war klar, dass sie stark sein musste, aber sie wollte nicht stark sein, wenn das auch bedeutete, allein zu sein. Lieber war sie schwach und dafür in seinen Armen. Und dieser Drucker brachte sie auch noch um den Verstand. Ein letztes Mal schlug sie auf die Abdeckung. „Und jetzt druck es einfach. Das ist doch nicht so schwer. Jeder Computer kann das, also auch du."

„Nicht den Kopf verlieren, meine Liebe. Ich kann die Rechnungen auch weiter mit der Hand schreiben", warf Jennie ein.

„Nein." Rachel schüttelte den Kopf. Sie hatte es sich fest vorgenommen. „Gestern habe ich Stunden gebraucht, um das alles einzurichten. Jetzt geht es mir ums Prinzip. Außerdem lebt ihr hier ja hinter dem Mond. Wenn der Computer und der Drucker erst richtig laufen, werdet ihr merken, wie leicht alles wird."

Jennie bückte sich und schob die Päckchen mit Tierfutter im Regal zurecht. „Ich kann mit Computern nicht gut umgehen und Carl auch nicht." Sie sah zu Rachel hoch. „Ich meine meinen Mann, nicht meinen Sohn."

Rachel nickte und wunderte sich, dass sie sich so nett mit Carls Mutter unterhalten konnte.

Der Drucker fing an, Rechnungen zu drucken, und Jennie kam zu Rachel, um sich erklären zu lassen, wie sie den Computer zu bedienen hatte.

„Das klingt gar nicht so schwer", stimmte Jennie schließlich zu, nachdem Rachel sie ein paar Mal das Programm hatte öffnen und schließen lassen. „Danke, Rachel."

„Keine Ursache." Das meinte sie ernst. Jennie war so eine nette Frau, dass man ihr einfach helfen musste.

„Tut mir leid, dass Sie hier so lange bleiben mussten. Ich habe noch versucht, die Termine für den Nachmittag zu verschieben, aber es war schon zu spät."

Rachel lächelte. „Schon in Ordnung."

„Wenigstens Derek habe ich noch erreicht, dabei hatte er den Termin schon vor Monaten gebucht. Wenn der arme Garrett noch zur Farm hätte fahren müssen, wäre er stundenlang weg gewesen."

„Derek? Wieso ruft er keinen Tierarzt aus der Nähe an?"

Jennie sah sie an, als komme Rachel vom Mars. „Hier im Ort gibt es keinen anderen Tierarzt."

„Lebt Derek denn nicht in Austin?" Rachel ahnte die Antwort bereits.

„Um Himmels willen, nein. Er lebt auf einer großen Farm am anderen Ende der Stadt."

„Dann arbeitet er nur in Austin?"

Jennie schüttelte den Kopf. „Soweit ich weiß, fährt er nur einmal pro Woche dorthin, um mit diesen Kindern etwas zu unternehmen." Stirnrunzelnd sah sie Rachel an. „Wieso?"

„Ach, nichts." Sie beugte sich wieder über den Rechner und versuchte, beschäftigt auszusehen.

Er hatte gelogen. Garrett hatte behauptet, Derek würde in Austin leben und arbeiten. Diese Erkenntnis schmerzte sie wie ein Schlag in den Magen. Sie hatte ihm vertraut, und er hatte gelogen, um ihren Plan zu durchkreuzen.

Der Plan war zwar idiotisch gewesen, aber darum ging es nicht. Garrett hatte sie ganz absichtlich getäuscht. Sie verzog das Gesicht, weil ihr klar war, dass sie nach einem Anlass suchte, um ihm böse zu sein – und um ihren verletzten Stolz zu retten.

Hinter ihr stand Jennie und schwieg so lange, bis Rachel sich mit dem Drehstuhl umdrehte. „Stimmt etwas nicht?"

„Ich möchte mich nur entschuldigen."

Besorgt biss Rachel sich auf die Lippe. „Wofür denn?"

„Für Carl. Heute Morgen hat er mir erzählt, was in der Schule damals geschehen ist."

„Oh." Rachel sah sie nur aus großen Augen an.

Jennie ergriff ihre Hand. „Er möchte sich gern auch persönlich entschuldigen, aber Garrett meinte, er solle lieber warten." Über den Rand ihrer Brille hinweg sah sie Rachel an. „Wenn ich es richtig verstanden habe, gab es da einige Missverständnisse."

„Eine ganze Reihe."

Jennie musste lächeln. „Wissen Sie, dass Garrett ihn geschlagen hat?"

Verwundert blinzelte Rachel. „Geschlagen? Wieso denn?"

„Ihretwegen natürlich."

Innerlich wurde ihr bis in die Zehenspitzen warm, und es war ihr egal, dass Schläge eigentlich verwerflich waren. Garrett hatte ihretwegen seinen eigenen Bruder geschlagen.

Wie romantisch.

Sie runzelte die Stirn. Einerseits belog der Mann sie, und andererseits verteidigte er sie gegen seinen Bruder. Hatte er ihr durch seine Lüge nur zeigen wollen, wie absurd ihr Plan war?

Wahrscheinlich. Im Grunde vertraute sie ihm. Das war vielleicht dumm, aber so empfand sie nun einmal.

Jennie zog einen Stapel Patientenakten aus einem Drahtkorb. „Erzählen Sie mir von Garrett und Ihnen." Es klang fast ein bisschen zu beiläufig.

„Da gibt es nichts zu erzählen. Garrett ist ein toller Mann, und ich mag ihn sehr." Das war die Untertreibung des Jahres.

„Na, ein bisschen mehr Mühe könnten Sie sich schon geben. Immerhin hat er meinen Sohn geschlagen."

Erstaunt stellte Rachel fest, dass sie tatsächlich sehr viel tiefere Empfindungen für Garrett hatte. Sie liebte ihn.

Langsam atmete sie durch und bekannte sich innerlich zu diesem Gefühl.

Ja, es war wirklich Liebe. Die ganze Zeit war sie der Wahrheit ausgewichen, dass sie ihn von ganzem Herzen liebte. Leider konnte er sie nicht lieben, denn er kannte sie gar nicht richtig.

Die Praxistür schloss sich hinter Ephron Booker und seinem preisgekrönten Schwein Gigi. „Das war der Letzte", stellte Rachel fest. „Ich wusste gar nicht, wie beschäftigt ein Tierarzt sein kann."

„Vielen Dank für deine Hilfe." Garrett bemerkte die feinen Linien um ihre Augen herum. „Du siehst müde aus."

„Letzte Nacht habe ich nicht sehr gut geschlafen."

Darauf ging er nicht weiter ein. „Kann ich dich zum Dinner ausführen?"

„Ich weiß nicht …"

„Wir müssen uns wirklich unterhalten. Du hast mir etwas versprochen. Ich wollte die richtige Rachel kennenlernen, und du warst einverstanden."

Mit Tränen in den Augen sah sie ihn an. „Die Abmachung ist vorüber, das habe ich dir auch gesagt. Es war von vornherein ein dummer Plan." Sie seufzte und versuchte vergeblich, ein überzeugendes Lächeln an den Tag zu legen. „Ich habe jede Minute mit dir genossen, und für deine Hilfe bin ich dir wirklich dankbar …"

„Rachel", versuchte er sie zu unterbrechen, weil er nicht hören wollte, was jetzt kommen musste.

„Nein, lass mich zu Ende sprechen. Ich habe es mir genau überlegt."

Das klang überhaupt nicht gut! Doch Garrett schwieg. Wenn sie ihre Ansprache halten wollte, dann sollte sie es eben tun. Und anschließend würde er ihr sagen, dass er sie liebte.

„Wenn du nicht gewesen wärst, hätte ich diesen Plan bestimmt durchgezogen." Sie schüttelte den Kopf. „Dabei hatten Jason, Derek, Carl und Braemer gar nichts mit meinen Problemen zu tun. Es lag nur an mir." Sie hob die Schultern. „Ich muss einfach vergeben und vergessen."

Sein Herz verkrampfte sich, doch sie sprach weiter.

„Ich werde nicht zu dem Ehemaligentreffen gehen. Das ergäbe keinen Sinn. Ich werde meine Sachen packen und morgen nach Hause fahren."

„Du reist ab?" Schlimmer hätte er sich durch nichts auf der Welt fühlen können.

Sie seufzte. „Das muss ich. Ich muss noch meine ganze Wohnung räumen und mir eine neue Bleibe suchen."

„Nein, Sweetheart." Er nahm ihre Hand und blickte ihr so tief in die Augen, dass sie auf jeden Fall erkannte, wie ernst es ihm war. „Fahr nicht, sondern bleib bei mir. Gib uns eine Chance." Er atmete tief durch. Jetzt oder nie. „Rachel, ich liebe dich."

Atemlos trat sie einen Schritt zurück und wirkte, als sehe sie alle sieben Weltwunder auf einmal. Dann verdüsterte sich ihre Miene, und sie senkte den Blick. „Du liebst mich nicht, Garrett." Sie sah wieder zu ihm hoch. „Das fände ich sehr schön, aber du tust es nicht."

„Du irrst dich."

„Du kennst mich gar nicht." Sie ging im Empfangsraum auf und ab. „Die Frau, die du vor dir siehst, das bin nicht ich."

Er hielt sie fest und zog sie an die Brust.

Unter seiner Berührung erzitterte sie und sehnte sich inständig danach, sich an ihn zu lehnen, seine Stärke auszukosten und für alle Zeiten bei ihm zu bleiben und ihre Probleme zu vergessen.

„Ich sehe dich doch. Sag mir, wen ich sehe."

„Die Frau, die dich im Transporter und in der Praxis verführt hat. Das bin ich nicht. Ich bin keine Verführerin, und diese Rolle benutze ich nur, um mich dahinter zu verstecken."

„Wovor versteckst du dich denn?"

„Vor der Welt. Niemand soll mich so sehen, wie ich bin." Sie wünschte, sie könnte es ihm begreiflich machen. Wenn sie doch tatsächlich anders wäre, dann könnte sie ihm glauben, dass er sie liebte.

Er legte ihr eine Hand an die Wange, und sie seufzte. „Jetzt sage ich dir mal, was ich sehe", sagte er leise, und sofort keimte Hoffnung in ihr auf.

„Ich sehe eine Frau, die genug Mut hat, den langen Weg zurück in ihre Heimatstadt zu fahren, um die bösen Geister ihrer Vergangenheit zu bekämpfen." Als sie schluckte, sprach er weiter: „Ich sehe eine aufregende, erotische und sinnliche Frau, die mich allein mit einem Blick erregen kann."

Ihr Herz setzte einen Schlag lang aus. „Nein, das …"

„Das bist du." Er küsste sie auf die Wange. „Du bist meine ganz persönliche Verführerin, Rachel. Und du erregst mich mehr als jede andere Frau, egal ob im Kittel oder in diesem sexy schwarzen Rock."

Jetzt konnte sie die Tränen nicht länger zurückhalten, und sie wischte sie mit dem Handrücken weg.

„Ich sehe eine schüchterne Frau, die nicht sicher ist, ob sie das unattraktive Mädchen von damals je losgeworden ist." Langsam blickte er an ihrem Körper hinab, und unter seinem Blick wurde ihr heiß. „Aber ich kann dir versichern, dass an dir nichts Unattraktives ist. Du bist schüchtern und errötest, wenn ich dich ausziehe, doch du weißt genau, was du willst. Du hast unglaublich viel erreicht, trotzdem hast du Minderwertigkeitskomplexe. Du bist intelligent und witzig, du rettest Straßenköter und bist so selbstlos, dass du den ganzen Nachmittag damit verbringst, jemand anderem dabei zu helfen, Rechnungen auszudrucken."

Als sie ihn nur wortlos ansah, runzelte er die Stirn. „Soll ich weiterreden?"

„Nein." Seufzend schloss sie die Augen. „Mrs Kelley hatte recht. Dir entgeht wirklich nicht viel."

„Bleib bei mir, Rachel."

„Ich muss aber …"

Das Telefon klingelte, und Rachel nahm ab. Nachdem sie kurz zugehört hatte, reichte sie mit kreideweißem Gesicht den Hörer an Garrett weiter. Sie wollte ihn trösten und beschützen, wusste aber nicht, wie. „Es ist Jennie. Es geht um deinen Dad."

Als er auflegte, wirkte sein Gesicht wie versteinert. „Das ist noch nicht vorbei, Rachel. Verlass mich nicht, ohne über das, was ich gesagt habe, nachzudenken. Und auf keinen Fall wirst du es wagen, die Stadt zu verlassen, ohne dich von mir zu verabschieden."

„Ich komme mit dir mit." Sie wollte bei ihm sein und ihm jeden Trost bieten, den er brauchte.

„Danke." Sanft strich er ihr über die Wange. „Aber ich glaube, ich muss allein fahren." Bedrückt lächelte er. „Auch ich muss mich ein paar bösen Geistern der Vergangenheit stellen. Okay?"

Sie nickte und merkte, dass sie wieder weinte. Für eine Frau, die niemals weinte, hatte sie in den letzten paar Tagen wirklich viele Tränen vergossen.

Ganz sachte strich er ihr über die Lippen. „Wehr dich nicht gegen meine Liebe, Rachel. Bleib hier und lass mich dir beweisen, dass ich dich von ganzem Herzen liebe. Dich und nicht irgendeine Rolle, die du mir vorspielst."

„Garrett, ich …"

Er legte ihr einen Finger auf die Lippen. „Nicht jetzt. Morgen. Wir treffen uns morgen Mittag bei unserem Haus. Versprochen?"

Sie nickte und wusste, dass sie dort sein würde, weil sie ihn einfach nicht enttäuschen konnte.

„Was stimmt denn nicht mit seinem Herz?", wollte Garrett wissen, sobald Jennie die Tür öffnete.

„Mit meinem Herz ist alles in bester Ordnung", verkündete Carl MacLean senior aus dem Wohnzimmer. Garrett folgte der Stimme und fand seinen Dad im Lehnstuhl. Im Videorekorder lief eine Kassette mit dem Football-Endspiel der letzten Saison. Der Ton war abgestellt.

„Er meinte, du würdest nicht kommen, wenn du nicht denkst, dass etwas Ernstes passiert ist", erklärte Jennie.

Garrett blickte zur Decke hinauf. „Das ist wohl das Dümmste, was ich je gehört habe. Wenn du mich einfach bittest, herzukommen, dann komme ich auch."

„Deine Mutter war da unzuverlässig. Sie ging eines Tages und kam nie wieder."

Anstatt ihn anzufahren, dass er nicht seine Mutter sei, hielt Garrett den Mund. Wenn sein Dad keinen Herzinfarkt bekommen hatte, dann wollte Garrett ihn nicht heraufbeschwören. Außerdem hatte er schließlich auch Rachel in den letzten Tagen davon überzeugt, dass sie vergeben und vergessen konnte. Vielleicht sollte er allmählich seinen eigenen Ratschlag befolgen.

„Wie ich höre, läuft deine feine Praxis in Los Angeles ausgezeichnet."

„Sie liegt auf einer Ranch im Malibu Canyon. Aber trotzdem danke."

„Ich weiß es zu schätzen, dass du gekommen bist, Junge."

„Keine Ursache."

„Wahrscheinlich ist es dir schwergefallen, die Praxis zu verlassen, wenn auch nur für ein paar Tage."

Garretts Herz schlug schneller, und er versuchte, nicht darüber nachzudenken, in welche Richtung diese Unterhaltung lief. „So schwer auch wieder nicht. Die Arbeit in der Praxis wird allmählich etwas langweilig." Er holte tief Luft und sammelte seinen Mut. „Mir fehlt die Arbeit in einer Kleinstadtpraxis. Auch wenn meine Praxis auf einer Ranch in Malibu liegt, ist es nicht dasselbe."

„In Kalifornien soll es sehr schön sein."

„In Texas auch."

Sein Vater nickte. „Ich werde älter und kann die Praxis nicht mehr so wie früher führen. Und mit den ganzen Anrufen komme ich erst recht nicht mehr klar. Und dann habe ich mir auch noch den Rücken gezerrt." Er wandte sich wieder dem Fernseher zu. „Ich dachte, dass ich vielleicht Hilfe gebrauchen könnte."

„Klingt so", stimmte Garrett zu und hielt seine Hoffnungen immer noch im Zaum. Er war sich nicht sicher, worauf sein alter Herr hinauswollte.

„Da dachte ich mir, vielleicht hast du Interesse."

Sein Dad hatte leise gesprochen, doch es war sehr deutlich, dass er wollte, dass Garrett hier blieb. Er brauchte Garrett als Tierarzt, und irgendwann würde er vielleicht Garrett auch als Sohn wollen.

Garrett nickte und versuchte, genauso gelassen wie sein Vater zu sprechen. Bloß kein falsches Wort, dachte er sich. Diesen zerbrechlichen Waffenstillstand will ich nicht gefährden. Auch wenn dieser Mann sich zwanzig Jahre lang wie ein Schuft benommen hat. Und es ist weder der Zeitpunkt für Geschrei noch für rührselige Umarmungen und das Geständnis, wie sehr er seinen Vater in all der Zeit vermisst hatte.

Lieber wollte er ganz ruhig bleiben. „Natürlich bin ich daran interessiert."

Erst jetzt lächelte sein Dad. „Na, dann setz dich, mein Sohn. Nimm dir ein Bier und sieh dir mit mir dieses Spiel an."

Später ging Garrett auf die Veranda und setzte sich kopfschüttelnd auf den Schaukelstuhl. Er hatte gerade zwei Bier mit seinem Vater getrunken, als seien sie seit Jahren die besten Freunde.

Er musste lachen, als Carl sich zu ihm setzte.

„Hat er sich entschuldigt?", wollte Carl wissen.

„Nein."

„Hat er gesagt, dass er deine Hilfe will?"

„Nicht wörtlich."

Verärgert sah Carl ihn an. „Jetzt red schon, Mann. Jennie sagt, dass er dir die Hälfte der Praxis überschreiben will. Da muss er doch etwas gesagt haben."

„Weißt du, eigentlich hat er überhaupt nicht viel gesagt."

„Und wieso bist du dann so gut gelaunt?"

Garrett zuckte nur mit den Schultern und trank einen Schluck Bier. „Ich habe mich oft gefragt, an welchem Punkt ich anfangen würde, um meine Beziehung mit ihm wieder ins Lot zu bringen. Und anscheinend hat unser alter Herr jetzt den ersten Schritt getan."

„Dann hat mein Plan doch funktioniert."

Verwundert sah Garrett ihn an. Offenbar war gerade Saison fürs Pläneschmieden.

„Dich zurückzuholen", erklärte Carl.

„Das war dein Plan?"

Carl nickte. „Und es hat geklappt."

Allmählich begriff Garrett. „Dad hat nie darum gebeten, dass ich komme und ihm helfe, stimmt's? Er hat einfach damit gerechnet, dass ich wie aus heiterem Himmel auftauche."

„Na ja, er hat einige Male erwähnt, dass er Hilfe brauchen könnte. Und er hat gesagt, dass er beeindruckt ist, welchen Ruf du dir aufgebaut hast." Carl zuckte mit den Schultern. „Ich wollte, dass du zurückkommst, und Jennie auch. Und obwohl er es nicht zugeben würde, wollte Dad es auch. Da habe ich die Gelegenheit genutzt."

Fast hätte Garrett gelacht. Wieder einmal hatte sein kleiner Bruder seinen Willen bekommen, aber deswegen konnte Garrett ihm nicht böse sein. Dafür war er viel zu glücklich darüber, dass er einen Grund zum Bleiben hatte.

Wenn er jetzt noch Rachel zum Hierbleiben bringen konnte, würde dies der beste Monat seines Lebens werden.

Er liebt mich. Rachel streichelte Thumper und ließ ihren Gedanken freien Lauf. Garrett liebte sie.

Die ganze Nacht lang hatte sie darüber nachgedacht. Jetzt saß sie auf der untersten Stufe zum ersten Stock des alten Farmhauses, schlang einen Arm um die Knie und stellte sich vor, Garrett sei hier bei ihr. Sie glaubte ihm, dass er sie liebte, und sie erwiderte diese Liebe.

Als von der Veranda her Schritte erklangen, stand Thumper auf und bellte laut. Auch Rachel stand auf. Die Tür ging auf, und sie machte schon einen Schritt nach vorn, aber es war nicht Garrett, der hereinkam.

Es war Carl.

Thumper knurrte, und beruhigend legte Rachel ihm eine Hand auf den Kopf. Sein Knurren wurde zu einem leisen Winseln.

„Hallo, Rachel." Unsicher lächelnd kam er auf sie zu. „Und du musst Thumper sein", begrüßte er den Hund.

„Wo ist Garrett?"

Carl sah auf seine Uhr. „Er kommt gleich. Es ist ja erst halb zwölf." Er steckte die Hände in die Taschen und verlagerte das Gewicht von einem Fuß auf den anderen wie ein kleiner Junge. „Ich … ich wollte mit dir reden."

Sie hatte eigentlich damit gerechnet, sich wieder verletzt zu fühlen und wütend zu werden, aber nichts geschah. Irgendwann in den letzten Tagen hatte sie Carl vergeben, und der Schmerz war abgeebbt. „Es ist schon gut", sagte sie und meinte es vollkommen ernst. Im Moment blickte sie nicht in die Vergangenheit zurück, sondern schaute nur nach vorn.

„Nein, das ist es nicht. Ich habe mich entsetzlich benommen. Du warst meine Freundin, und ich hätte mich gegen Jason auflehnen sollen. Niemals hätte ich mich dazu bringen lassen dürfen, dich auf dem Abschlussball so mies zu behandeln. Ich hätte ihn verprügeln sollen, weil er dir Kummer bereiten wollte. Aber ich war ein feiger Kerl, und seit zehn Jahren schulde ich dir jetzt eine Entschuldigung."

Er wirkte so aufrichtig und bedrückt, dass sie ihr Lächeln nicht unterdrücken konnte. „Ja, du warst ein Mistkerl, aber ich nehme die Entschuldigung an."

„Falls es dich tröstet, kann ich dir versichern, dass ich mich geändert habe. Da kannst du jeden fragen." Er verzog das Gesicht. „Na ja, fast jeden."

„Du warst ein Mistkerl, aber ich habe auch viel falsch gemacht. Ich habe die ganze Stadt als meinen Feind angesehen." Sie hob die Schultern und dachte an all die Leute, die ihr gegenüber in den letzten Tagen so freundlich waren. „Anscheinend habe ich mich geirrt."

Carl nickte. „Kommst du heute Abend zur Feier? Ich würde mich wirklich sehr freuen, wenn du bereit wärst, mit mir zu tanzen."

„Nein, danke, ich komme nicht." Sie biss sich auf die Lippe.

Carl ging an ihr vorbei und setzte sich auf die Stufe, wobei er Thumper vorsichtig im Auge behielt. Thumper setzte sich zwischen sie beide, und Carl streichelte ihm sachte den Kopf.

„Er liebt dich", sagte Carl schließlich.

Rachel glitt mit einer Hand über das staubige Geländer und fuhr mit der anderen Thumper durchs Fell. „Das sagt er jedenfalls."

„Klingt so, als wärst du nicht davon überzeugt."

„Ich frage mich nur, ob er mich auch so sieht, wie ich wirklich bin." Sie wollte Carl erklären, was in ihr vorging, aber sie wusste nicht genau, wie sie es in Worte fassen sollte. „Ich bin viel unsicherer, als ich mich gebe, und ich will nicht wieder das schüchterne Mädchen von damals sein." Sie seufzte. „Aber tief in mir drin bin ich noch das Mädchen von der Highschool."

„Ja? Also, ich kannte das Mädchen damals, und ich mochte es. Sie war sehr schüchtern, aber ein wirklich nettes Mädchen."

Rachel stieß die Luft aus.

„Ist dir jemals der Gedanke gekommen, dass du dich auch geändert haben könntest?"

Stirnrunzelnd sah sie ihn an. Hatte er denn gar nicht zugehört?

„Die Belinda von damals ist erwachsen geworden. Ich habe mich geändert, Derek hat sich geändert, wieso glaubst du, du seist noch dieselbe wie damals? Vielleicht liebt Garrett genau die Frau, zu der du dich entwickelt hast. Ein bisschen Rachel und ein bisschen Belinda."

„Gut durchgerührt und ganz Frau?" Es sollte scherzhaft klingen, dennoch dachte Rachel ernsthaft darüber nach.

„Wieso nicht?"

„Jason hat sich nicht geändert."

„Wenn du Jason als Maßstab nimmst, kommen wir nicht weiter. Er war ein mieser Typ, aber selbst er hat sich verändert, denn heute ist er noch viel mieser."

„Glaubst du wirklich, dass Garrett mich so liebt, wie ich wirklich bin?"

„Da bin ich ganz sicher. Aber wenn du daran zweifelst, gibt es nur einen Weg, um es herauszufinden."

Fragend hob sie die Augenbrauen.

„Bleib noch ein paar Tage in Braemer und überzeuge dich selbst."

Konnte das wirklich wahr sein? Rachel dachte an all ihre Treffen mit Garrett. In seiner Gegenwart hatte sie ihre Rolle als männermordender Vamp nicht überzeugend spielen können. Dennoch war Garrett von ihr fasziniert. Alles deutete darauf hin, dass Carl recht hatte, und Rachel wollte ihm liebend gern glauben.

„Ich werde bleiben", beschloss sie. Sie liebte Garrett, und er liebte sie. Nichts außer dieser Tatsache zählte, und Garrett war zumindest den Versuch wert, dass sie noch blieb und herauszufinden versuchte, ob es wirklich stimmte.

Lächelnd blickte sie Carl in die Augen und hatte den Eindruck, einen Freund zurückgewonnen zu haben. Dann hörte sie ein Poltern aus der Küche. Thumper fing an zu bellen, und Rachel beruhigte ihn schnell. Flüchtig sah sie zu Carl.

Er stand auf. „Bleib hier."

Sie nickte und kämpfte gegen ihre Nervosität. Wahrscheinlich war es nur ein Tier. Sie blickte Carl nach. Dann knurrte Thumper, und sie erstarrte, als sie merkte, dass sie nicht allein war.

„Hallo, Belinda."

Sie fuhr herum. Da stand Jason, und sein hübsches Gesicht war verzerrt. Mit einer Hand hielt sie Thumper zurück. „Was tust du hier?"

„Mir ist endlich klar geworden, wo ich dich schon mal gesehen habe." Gelassen kam er einen Schritt näher. „Und die kleine Belinda hat sich ja prächtig entwickelt."

Panisch wich sie zurück, doch Jason ging weiter auf sie zu, bis sie mit dem Rücken am Treppengeländer stand.

„Wenn du so flirtest, kleine Lady, dann musst du auch die Folgen tragen." Er lächelte und fuhr ihr über die Wange. Rachel erzitterte vor Ekel.

„Ich will sichergehen, dass unsere Vorhersage von damals sich nicht erfüllt." Er beugte sich vor, und sein Atem strich ihr über die Wange. „Ich werde dafür sorgen, dass du nicht als Jungfrau stirbst."

Heiße Wut stieg in Rachel auf. Sie würde sich nicht noch länger so ein Geschwätz von diesem Idioten anhören. Mit aller Kraft stieß sie ihn gegen die Brust, und überrascht torkelte er ein paar Schritte zurück. „Nimm deine Finger von mir."

„Kleines Miststück." Wütend kam er wieder auf sie zu.

Lauf weg, sagte sie sich und rannte in Richtung Küche, doch Jason hielt sie an der Bluse fest und zog sie wieder an sich. Sie schrie auf, und auf einmal heulte Jason laut auf. Sie drehte sich um und sah, wie er nach Thumper trat. Er traf ihn mit seinem Stiefel genau an der verletzten Hinterpfote.

„Nein!", schrie sie, als Thumper über den Boden rutschte. Sie warf sich auf Jason und wollte ihn schlagen, aber er hielt ihre Hand fest und drehte ihr den Arm schmerzhaft auf den Rücken.

„Lass sie los." Carls Stimme klang ruhig, aber eiskalt, doch Jason lachte nur verächtlich auf.

„Halt dich da raus, MacLean. Das hier geht nur mich und die Lady etwas an."

„Du wirst sie loslassen."

Carl schlug ihn auf den Oberarm, und Rachel riss sich los. Während sie sich das Handgelenk rieb, trat sie nach Jason, ohne ihn jedoch ernsthaft zu treffen. Carl war früher einmal der Star des Footballteams gewesen, doch jetzt war er Rechtsanwalt und kein Gegner für jemanden, der wie Jason anscheinend tagtäglich Gewichte stemmte.

„Pass auf!", schrie sie, doch Jason traf Carl direkt am Kinn, und Carl ging zu Boden.

„Keine Bewegung mehr", befahl Garrett auf einmal kühl.

Sie fuhr herum und lief hinter Garrett, der reglos da stand und eine Schrotflinte auf Jason richtete.

„Alles in Ordnung mit dir?", fragte er.

Seufzend schmiegte Rachel sich an ihn. „Mir ging es nie besser."

Als die Polizei Jason in Handschellen abgeführt hatte, wurde Rachel allmählich etwas ruhiger und setzte sich auf das Fensterbrett der Bibliothek. Wachsam lag Thumper ihr zu Füßen. Er ließ Rachel jetzt überhaupt nicht mehr aus den Augen.

Garrett setzte sich hinter sie und zog sie an die Brust. „Geht es dir jetzt besser?"

„Alles in Ordnung. Er hat mir einen Schreck eingejagt, aber er hat mich nicht verletzt."

Er zog sie ganz eng an sich und küsste sie aufs Haar, als Carl aus dem Schlafzimmer kam und sich das Kinn rieb. „Wir sollten langsam los", sagte Carl mit Blick zu Rachel. „Wenn wir zu der Feier wollen, müssen wir uns bald fertig machen."

„Na, was sagst du?", wollte Garrett wissen und half ihr beim Aufstehen. „Willst du heute Abend mit mir tanzen gehen?"

Sie schlang einen Arm um seine Taille und lehnte sich an ihn. „Wieso nicht?", sagte sie schließlich und lächelte überglücklich. „Aber dein Bruder schuldet mir den ersten Tanz."

„Da werde ich meine Eifersucht wohl etwas zügeln müssen."

Sie folgten Carl auf die Veranda.

„Ich muss dir etwas sagen." Rachel hielt Garrett zurück und sah ihm eindringlich in die Augen. „Ich liebe dich."

Es fühlte sich richtig an, es auszusprechen. „Ich liebe dich", sagte sie noch einmal und lachte, weil sie so glücklich war. Sie war Rachel und niemand sonst.

Sein Lächeln wirkte so vielsagend, dass sie noch lauter lachen musste.

„Das weiß ich." Er zog sie an sich und küsste sie voller Leidenschaft. Dann hob er ihr Kinn an und sah ihr tief in die Augen. „Ich liebe dich auch. Die wahre Rachel", fügte er hinzu, und ihr Herz setzte vor Freude einen Schlag lang aus.

„Komm mit." Langsam führte er sie die Stufen hinunter und zog sie wieder in die Arme.

„Diese Farm bedeutet mir sehr viel", sagte sie und lehnte den Kopf an seine Brust. Früher hatte sie diese Farm als ihr eigenes

Haus angesehen, jetzt gehörte es in ihrer Fantasie Garrett und ihr gemeinsam.

„Mir auch." Er drückte ihre Schulter und küsste sie aufs Haar. „Weißt du, dass sie verkauft worden ist? Erst heute Morgen hat jemand den Kaufvertrag unterschrieben."

„Unser Haus?" Das war doch nicht möglich. Sie sah ihm in die Augen und suchte fieberhaft nach einer Möglichkeit, wie sie den Vertrag noch anfechten konnten.

Dann bemerkte sie, dass er nur mühsam ein Lachen unterdrückte.

„Was hast du?" Ihr Puls ging schneller, und sie musste sich sehr zügeln, um keine voreiligen Schlüsse zu ziehen. Sonst wurde sie bloß enttäuscht. „Wieso grinst du so?"

„Du hast gar nicht gefragt, wer das Haus gekauft hat."

Unsicher biss sie sich auf die Unterlippe. „Weil ich mich vor der Antwort fürchte."

„Dann sage ich es dir einfach. Ich habe es gekauft." Er gab ihr einen Kuss auf die Nasenspitze. „Für uns beide."

Für uns? Ihr Herz schlug noch schneller, und sie bekam eine Gänsehaut. „Ist das etwa ein Antrag, Dr. MacLean? Denn ich sehe Sie nicht auf den Knien."

Sanft strich er ihr über die Wange. „Kein richtiger Antrag, Sweetheart. Eher ein offenes Angebot. Ich will dich nicht unter Druck setzen. Wenn du mich willst, dann lass es mich wissen. Und dann siehst du mich auch auf den Knien." Er blinzelte. „Jetzt bist du am Zug, Rachel."

„Als ich das zum letzten Mal gehört habe, hat es ungefähr eine Viertelstunde gedauert, bis ich angefangen habe, Dinge an die Decke zu werfen." Sie schlang ihm die Arme um den Nacken und hielt den Mund dicht an sein Ohr. „Diesmal werde ich versuchen, mich wenigstens zwanzig Minuten lang zu beherrschen."

Rachel wischte sich die Hände an der Jeans ab und hinterließ einen breiten Streifen Farbe in einem zarten Pfirsichton. „Das schaffen wir niemals rechtzeitig."

„Unsinn", erwiderte Paris. „Uns bleiben noch sechs Tage bis zur Hochzeit."

Der Eingangsbereich des alten Farmhauses, das bald das neue Heim der MacLeans werden sollte, war fertig renoviert, aber erst halb gestrichen. Die einzige Dekoration bestand in einem Weihnachtsbaum, Farbeimern, Pinseln, Rollen und alten Zeitungen, die wie Geschenke darunter verteilt waren. Es sah nicht sehr stimmungsvoll aus.

„Das ist alles Garretts Schuld", beschwerte Rachel sich, und es stimmte. „Es ist alles deine Schuld!", rief sie laut in Richtung Haustür. Doch im Grunde war es ihr egal. Sie wäre auch glücklich, wenn sie beide im staubigen Keller heiraten mussten.

Mit einem Hammer in der Hand kam Garrett hereingestürmt. Carl und Devin folgten ihm auf dem Fuß. Beide trugen ihre Werkzeuggürtel.

„Alles in Ordnung?", fragte Garrett besorgt.

„Uns geht's gut." Sofort bekam sie ein schlechtes Gewissen, weil sie ihm einen Schreck eingejagt hatte. „Ganz bestimmt."

Erleichtert atmete er aus und verdrehte die Augen. Dann lächelte er Paris an, die nur die Schultern hob.

„Männer", sagte Paris, während Devin ihr einen Arm um die Taille legte.

„Ich habe nur gesagt, dass das alles deine Schuld ist", erklärte Rachel.

„Oh." Garrett sah zu Devin und Carl, die beide ratlos wirkten. „Was denn?"

„Es ging darum, dass wir nicht genug Zeit haben, um das Haus vor der Hochzeit noch fertig zu bekommen."

„Wir werden es schaffen", sagte Paris.

„Aber einer der Geschworenen erhebt ständig Einwände."

Rachel rieb sich über den Bauch und lächelte. „Dieser kleine Stänkerer ist auch deine Schuld, und ich könnte schwören, dass er mich ständig tritt."

„Aber du bist doch erst im dritten Monat", wandte Carl ein. „Merkt man das denn so früh?"

„Wenn nicht, muss es wohl daran liegen, dass mir das Essen von gestern nicht bekommen ist. Ich kann nur mit halber Kraft arbeiten, weil ich mich schonen muss, und wir werden nicht fertig. Aber dein Bruder besteht ja darauf, dass wir noch vor Weihnachten heiraten."

„Ich bestehe darauf?" Garrett kam zu ihr und zog sie in die Arme. „Da lüften wir schon ständig wegen der Farbdämpfe, und du redest trotzdem nur Unsinn. Ich kann mich sehr deutlich erinnern, dass meine zukünftige Braut Wert darauf legt, in ihr Kleid zu passen."

„Das stimmt allerdings." Entschuldigend sah sie zu Paris. „Es ist ein Modell von Nina Ferelli. Allein wegen des Kleids muss ich schon heiraten." Sie schmiegte sich in Garretts Umarmung. „Natürlich ist der Herr hier mindestens zwei dieser Kleider wert."

„Nur zwei?", hakte er nach.

„Vielleicht noch mehr", gestand Rachel ein. „Frag mich heute Nacht noch mal."

Paris blickte Devin an. „Siehst du? Ich habe doch gesagt, dass sie sich durch die Ehe nicht ändern würde."

Nein, dachte Rachel. Dadurch werde ich mich nicht ändern.

In den letzten zehn Jahren war sie zu der Frau geworden, die sie sein wollte, und sie hatte das Glück, einen Mann zu treffen, der diese Frau hinter all den verschiedenen Rollen entdeckt hatte. Rachel hatte gelernt, sie selbst zu sein. Zusammen mit dem Mann, den sie liebte.

Sie sah zu dem Pokal, der auf dem Kaminsims stand. Lächelnd erinnerte sie sich daran, wie Carl ihn ihr im Namen des Festkomitees verliehen hatte. „Das Mädchen, das sich am meisten verändert hat" lautete die eingravierte Inschrift. Derek hatte einen Pokal mit ähnlicher Widmung erhalten.

„Ich liebe dich, Rachel Dean." Garrett zog sie an sich, und sie lehnte den Rücken an seine Brust. Sein Kinn ruhte auf ihrem Kopf, und sie wusste mit absoluter Sicherheit, dass sie ihn immer lieben würde.

„Für dich demnächst Rachel Dean MacLean." Dann sah sie auf ihre Uhr. „Genauer in sechs Tagen, sieben Stunden und fünfzehn Minuten."

Liebevoll küsste er ihr Haar. „Ein ganzes Leben liegt vor uns. Wer zählt da schon Minuten?"

– ENDE –

Julie Kenner

Lessons in Lust –
Sündige Lektionen

Roman

Aus dem Amerikanischen von
Gabriele Ramm

1. KAPITEL

„Achtzehn Prozent!"

Ich hörte meine eigene Stimme im mit Betonsteinen ausgekleideten Waschraum widerhallen. „Achtzehn Prozent, das schaffen Nonnen und kleine Kinder. Achtzehn Prozent ist jedenfalls nicht das Ergebnis für siebenundzwanzigjährige Singlefrauen, die in Los Angeles leben."

Carla öffnete den Trockner und lud ihre rosa verfärbten Teile in den Wäschekorb. Vor einer Stunde waren die Sachen alle noch strahlend weiß gewesen, aber Carla passierte ständig so etwas. „Ich verstehe immer noch nicht, warum du dich so aufregst, nur weil du auf ein mieses Ergebnis bei irgendeinem Schlampentest im Internet gekommen bist." Sie warf mir einen Blick zu, der unterstreichen sollte, dass sie es echt nicht glauben konnte, wieso ich etwas so Idiotisches tat. Was angesichts der Tatsache, dass Carla mich seit Kindergartentagen kannte, eigentlich ziemlich albern war. Da ich Mattie Brown und sie Carla Browning hieß, hatte das Schicksal uns sozusagen dazu auserkoren, bis zu unserem Schulabschluss in jeder Klassenstufe nebeneinanderzusitzen. Da wir beide relativ pragmatisch veranlagt sind, war uns schon früh klar, dass wir entweder beste Freundinnen oder erbitterte Rivalinnen werden mussten. Wir entschieden uns für die freundschaftliche Variante. Das erschien uns damals als wesentlich gescheiter.

Heute hätte Carla sich vielleicht anders entschieden. Das vermutete ich zumindest, als sie einen hellrosa BH herauszog und damit drohend in meine Richtung wedelte. „Du bist genauso schlimm wie damals auf der Highschool, nur dass dir jetzt Angie nicht mehr an den Hacken klebt."

Angie ist meine Stiefschwester, obwohl die Sache mit dem „Stief" für uns eigentlich nie von Bedeutung gewesen war. Wir waren beide drei Jahre alt gewesen, als unsere Eltern geheiratet hatten, und sie ist meine Schwester, in guten wie in schlechten und meinetwegen auch in völlig belanglosen Zeiten. Und da uns nur vier Monate trennen (sie ist die Ältere), hingen wir eigentlich immer zusammen rum, haben uns die Klamotten geteilt, den jeweiligen Freund der anderen angehimmelt und alles daran gesetzt, die andere in allem und jedem zu überbieten – sei es in der Schule, bei den Freunden oder wobei auch immer. Ich liebte sie, aber ich hatte nie aufgehört, besser als sie sein zu wollen. Doch leider – *zur Hölle mit ihr!* – schaffte sie es meistens, mich zu überbieten. Was Freunde betrifft, aber auch bei den Schulnoten. Bei Letzterem hatte sie es im letzten Semester auf der Highschool geschafft, einen Punkt mehr als ich herauszuholen und mir damit das Privileg weggeschnappt, Jahrgangsbeste zu werden. Nicht, dass ich deshalb verbittert gewesen wäre oder so …

Ich holte tief Luft und versuchte, mich nicht länger zu ärgern. „Ich will ja gar nicht als beste Schlampe des Jahres ausgezeichnet werden. Eigentlich geht es auch gar nicht um den Test. Ich meine, bei irgend so einem anderen Test kam raus, der perfekte Job für mich wäre, als Versicherungsangestellte irgendwelche Excel-Tabellen zu bearbeiten! Wie grässlich ist das denn bitte?"

„Total grässlich", stimmte sie mir zu, und wir beide hielten einen Moment inne und stellten uns diesen mathematischen Horror bildlich vor. „Aber wenn es dir nicht um den Test geht, worum denn bitte schön dann?"

Ich zuckte mit den Achseln. „Die Erkenntnis, die damit einhergeht, nehme ich an." Ich machte eine kleine dramatische Pause, bevor ich mit der entsetzlichen Wahrheit herausplatzte. „Mein Sexualleben ist total öde."

Carlas perfekt gezupfte Augenbrauen hoben sich einen winzigen Millimeter. „Ich dachte, du hättest gar kein Sexualleben?"

So viel zum Versuch, Carla etwas vormachen zu wollen. „Na gut, du hast recht. Mein Sexualleben *war* öde. Es war öder als öd, als ich noch mit Dex zusammen war. Und jetzt, da ich wieder Single bin, ist es nicht langweilig, sondern nicht existent."

Dex hatte mich vor ungefähr vier Monaten verlassen, und es fühlte sich immer noch an, als hätte er mir damit den Boden unter den Füßen weggezogen. Wir waren zwei Jahre zusammen gewesen, und ich war davon ausgegangen, dass wir zusammenbleiben würden, um zu heiraten, die statistischen zwei Komma fünf Kinder zu bekommen, einen Hund anzuschaffen …

Ja, unser Sexualleben – und überhaupt unsere ganze Beziehung, wenn ich ehrlich bin – war immer eintöniger geworden. Aber ich hatte gedacht, wir würden es beide so mögen, es war doch so *gemütlich*. Jedenfalls hatte ich immer so empfunden.

Aber ich hatte ein dunkles, kleines Geheimnis: Auch wenn mich die Trennung etwas mitgenommen hatte, war ich eigentlich nicht wirklich enttäuscht. Im Grunde war ich nur sauer. *Ich* hätte diejenige sein sollen, die den Schlussstrich zieht, nicht diejenige, die verlassen wird. Aber so, das musste ich mir leider eingestehen, hatte ich echt voll das Gesicht verloren. Jedenfalls in meinen Augen, auch wenn andere das vielleicht nicht so sahen.

Mit einem dramatischen Seufzer holte ich eine Ladung weißer Baumwollunterwäsche aus dem Trockner. Stirnrunzelnd blickte ich in den Wäschekorb und wünschte, er wäre gefüllt mit aufreizendem roten Satin und schwarzer Spitze. Mit Unterwäsche, deren Sinn und Zweck nicht nur darin bestand, meine Geschlechtsteile zu verhüllen, damit ich, für den Fall, dass ich in einen katastrophalen Verkehrsunfall verwickelt wurde, auch ordentlich gekleidet war. Denn, wie allen anderen normalen Müttern auf dieser Welt, war auch meiner erfolgreichen Mom, eine Poweranwältin, die Sorge um saubere Unterwäsche deutlich wichtiger als Armut, ein atomarer Weltkrieg oder hungernde Kinder in China.

Leider hatte Mom mich gut erzogen. Es gab nicht ein frivoles Teil hier in diesem Wäschehaufen. Kein Satin, keine Spitze, nicht einmal im Entferntesten etwas, was an Frederick's of Hollywood erinnerte. Nicht einmal etwas von Victoria's Secret. Offen gestanden, es war alles von K-Mart.

Kein Wunder, dass ich keine Schlampe war.

Noch einmal stieß ich einen dramatischen Seufzer aus und lehnte mich gegen den Waschmittelspender. „Mein Sexualleben ist langweilig. Meine Klamotten sind langweilig. Mein Leben ist langweilig."

Carla musterte missbilligend ein weiteres hellrosa T-Shirt, bevor sie mir mit dem grauenvollen Teil zuwinkte. „Willst du ein rosa Shirt haben?"

Nein, ich wollte kein Shirt, ich wollte sie erdrosseln. Ich stand hier und durchlitt gerade eine ernsthafte persönliche Krise – und sie kümmerte sich nur um ihre ruinierte Wäsche. „Hast du überhaupt ein Wort von dem mitbekommen, was ich gesagt habe?"

Dieses Mal schenkte sie mir ihre Aufmerksamkeit, doch ehrlich, so böse, wie sie mich ansah, war ich mir plötzlich nicht einmal mehr sicher, ob ich diese Aufmerksamkeit wirklich wollte. „Pass auf, Mattie …"

„Ich meine es ernst. Ich werde es tun. Nächstes Jahr um diese Zeit werde ich bei dem blöden Test die Höchstpunktzahl erreichen."

Dieses Mal hob sie nur eine ihrer Augenbrauen, ein Trick, um den ich sie schon lange beneidete.

„Ehrlich, das ist mein guter Vorsatz fürs nächste Jahr."

„Da gibt es ein Universum voller Möglichkeiten, und dein guter Vorsatz ist es, dich bei einem Sextest zu verbessern?"

„Kannst du das vielleicht noch ein bisschen lauter herausposaunen? Ich bin nicht sicher, ob sie es draußen am Pool gehört haben." Ich streckte den Kopf aus der offenen Waschraumtür und sah mich nach Lauschern um. Katy Simmons, die pensionierte Schauspielerin, die unter mir wohnte, sonnte sich auf einer Liege. Der neue Mieter – Mike sowieso – war schon ein wenig näher dran. Auch wenn er ein wirklich netter Kerl zu sein schien, war er der Nerd unseres Wohnkomplexes, mit entsprechender Drahtgestellbrille und einem Job, bei dem er irgendwas mit Computern machte.

Während ich ihn musterte, ließ er sich auf einem der unglaublich unbequemen Metallstühle nieder, legte die Füße auf den Tisch und trank einen Schluck Bier. Ich schnappte nach Luft, als mich die überraschende Erkenntnis durchfuhr, dass mein Nerd-Nachbar über einen ausgesprochen ansehnlichen Körper verfügte: schlank und muskulös wie ein Schwimmer.

„Mike!", rief Carla verhalten. „Oh, Mikey! Mattie braucht einen Lover!"

„Carla!" Ich griff nach der Klinke und schlug die Tür zu. „Bist du verrückt geworden? Was ist, wenn er dich gehört hat?"

„Na und wenn schon? Er ist süß."

Ich sah sie böse an, weil er wirklich süß war. Und obendrein noch nett. Ich hatte ihm vor einer Woche geholfen, seine Kisten aus dem Umzugswagen mit nach oben zu schleppen, und daraufhin hatte er netterweise seine Pizza mit mir geteilt. Aber Dex war auch süß und nett gewesen. Süß und nett hatten ausgedient. Süß und nett beschworen das gefürchtete Wort mit *B* herauf, und ich hatte wahrlich nicht die Absicht, mich in absehbarer Zukunft wieder in das Beziehungs-Hamsterrad zu begeben. „Ich bin nicht auf der Suche nach *süß*. Süß sind Häschen. Nicht Toyboys."

Wieder hob Carla ihre Augenbraue.

Ich seufzte und versuchte, genervt auszusehen. „Du verstehst das einfach nicht. Du wirst schließlich regelmäßig flachgelegt."

„Wurdest du auch, bis du dich von Dex getrennt hast."

Ich schüttelte vehement den Kopf, wobei mein Pferdeschwanz mir ins Gesicht schlug. „Oh, nein, nein, nein, meine liebe Freundin. Ich hatte einfach nur So-la-la-Sex."

Sie warf mir einen skeptischen Blick zu, während sie die Falten aus einer grau-rosa Trainingshose schüttelte. „Ich weiß, dass ich die Frage bereuen werde, aber was genau ist ‚So-la-la-Sex'?"

„Na ja, du weißt schon. Nur freitags. Missionarsstellung. Nach *Law & Order*, aber vor *Biography*. Durch und durch Routine. Nichts Spontanes. Nichts Romantisches. Ich konnte eine Ladung Kekse in den Backofen schieben, bevor wir loslegten, ohne mir Sorgen machen zu müssen, dass sie verbrennen würden."

„Oh. Okay." Sie beschäftigte sich damit, ihre verfärbte Wäsche zusammenzulegen, während ich mir insgeheim gratulierte, weil ich ein so jämmerliches Sexualleben vorzuweisen hatte, dass ich damit sogar Carla sprachlos machen konnte. Zugegeben, es ist erschreckend, aber ich feiere meine Siege, wo ich kann.

157

„Okay", wiederholte sie, und ich merkte, dass mir meine Siegeslaune verging. Es war schon richtig, ich wollte ihre Hilfe, aber mit ihrem Mitleid konnte ich nicht umgehen. „So schlimm ist es ja auch wieder nicht", meinte sie schließlich in ihrer Du-bist-zwar-bankrott-und-dein-Hund-ist-gestorben-aber-es-wird-alles-gut-Stimme. „Ich meine, es war immerhin ein Sexualleben, oder?"

Und das aus dem Mund der Frau, deren Freund ein Superpotenzprotz war, dessen Name auch Erektionswunder hätte sein können. Bei Mitch konnte es passieren, dass er nach der Arbeit nach Hause kam, Carla in einem alten T-Shirt und schlabbrigen Socken in der Küche herumfuhrwerken sah und diesen Anblick so antörnend fand, dass er sie auf den Tisch warf und sich über sie hermachte. „Wir leben in unterschiedlichen Welten, Carla", meinte ich nur.

Man muss es ihr zugute halten, sie sah ein wenig schuldbewusst aus. Schließlich wusste sie ja ganz genau, wie fantastisch ihr Sexualleben war. Erschwerend kam hinzu, dass Carla zu diesen fantastischen Menschen mit perfektem Gesicht, perfekter Frisur, perfekter Haut und perfektem Job gehörte. Keine Macken, keine Pickel, nichts. Und obendrein noch klug. Die Art von Frau, die man am liebsten umbringen würde, wenn sie nicht auch noch so verdammt *nett* wäre.

„Hast du dir denn überhaupt schon Gedanken darüber gemacht, wie du es schaffen willst, sexuelle Erleuchtung zu erlangen?"

Ich verzog das Gesicht. Vor allem deshalb, weil Carla mal wieder typisch Carla war und in ihre, wie ich es nenne, Erwachsenenstimme verfallen war – was sie immer tat, wenn sie glaubte, jemand würde sich wie ein Idiot benehmen. Aber auch, ehrlich gesagt, weil ich natürlich noch keinen einzigen Gedanken an meinen neu gefassten Vorsatz verschwendet hatte.

„Dachte ich's mir doch", meinte Carla nur, was mich dazu brachte, sie noch böser anzuschauen. „Ich meine, komm schon, Mattie. Seit Monaten arbeitest du wie ein Tier. Das ist das erste freie Wochenende seit Ewigkeiten."

Da hatte sie vollkommen recht. Ich arbeite bei *John Layman Productions*, und wenn Ihnen das bekannt vorkommt, dann gehören Sie vermutlich zu jenen Leuten, die sich wirklich schlechte Fernsehprogramme über Berühmtheiten ansehen, die keinen Menschen mehr interessieren. Nicht dass ich meinen Chef John oder seinen selbst gewählten Aufgabenbereich kritisieren würde (nie im Leben!). Ich meine, damit bezahle ich meine Rechnungen. Aber, ehrlich, interessiert sich auch nur irgendein Mensch für all diese Kids, die als Sechsjährige mal berühmt waren, bevor sie dann während der nächsten zwei Jahrzehnte in der Versenkung verschwanden? Und wenn sich tatsächlich jemand so sehr dafür interessiert, dass er jeden Abend um elf Uhr den Fernseher einschaltet, dann könnte dieser Mensch sich vielleicht doch mal überlegen, ob er nicht auch etwas an seinem Leben ändern sollte.

Sämtliche von JLP produzierten Programme haben jedoch exzellente Einschaltquoten. Also ist es entweder so, dass ich mich irre, oder es gibt tatsächlich verdammt viele Leute, die kein eigenes Leben haben.

Genau genommen schauen so viele Leute die Sendungen von JLP, dass die Firma fünf neue Shows in unseren bereits überfüllten Produktionsplan aufnahm. Und das, wie Carla richtig angedeutet hatte, fesselte mich immer ans Büro und anschließend noch bis spät abends an meinen Computer zu Hause. Es war nur dem Firmencomputersystem zu verdanken, dass ich an diesem Wochenende frei hatte, denn das war komplett abgestürzt. Da John gerade dabei war, irgendeinem spindeldürren Partymäuschen in Rio hinterherzulaufen, hatte er tatsächlich seinen Angestellten mal ein langes Wochenende freigegeben, während die Computergurus ihr Ding machen mussten. Erstaunlich, aber wahr. Andererseits hatte er mir ein Bücherregal und einen Aktenschrank nach Haus liefern lassen, damit ich, Zitat meines Chefs: „... auch an den Abenden und Wochenenden noch effizienter arbeiten kann." *Ja, ja, ich liebe dich auch, John.* Im Augenblick versperrten vier sehr große, sehr schwere Kartons mein

Wohnzimmer und warteten darauf, dass ich mich aufraffte und mein neues Homeoffice zusammenbaute.

Carla arbeitete auch beim Fernsehen. Bei ihrem Chef handelte es sich jedoch um Timothy Pierpont, einem Emmy- und Oscar-gekrönten Produzenten, der es mit seinen originellen und provokanten Sendungen sogar mit Bruckheimer und Bochco aufnehmen konnte. Was habe ich gesagt? Carla, perfekt. Ich, perfekt jämmerlich.

Während ich noch über mein Elend nachgrübelte, bemerkte ich, dass Carla sich mit dem Zeigefinger aufs Kinn tippte, ein sicheres Zeichen dafür, dass sie tief in Gedanken versunken war.

„Was ist?", wollte ich wissen.

„Ich dachte nur gerade, dass deine absurden Arbeitszeiten vielleicht auch von Vorteil sein können", erwiderte sie.

„Könntest du das bitte näher erklären?"

„Wenn du nie Zeit hast, dann bekommt auch niemand das Gefühl, dass es dir um eine längerfristige Beziehung geht. Es darf nur eine flüchtige Affäre sein, wer hat schon Zeit für etwas anderes?"

„Richtig", sagte ich und zog das Wort in die Länge, während ich versuchte zu erahnen, worauf sie hinauswollte.

Carla dagegen kam jetzt richtig in Fahrt und gab meinem Enthusiasmus von vorhin eine Stimme. „Du solltest es tun. Auf jeden Fall. Geh los und treib es mal so richtig wild." Sie lehnte sich zurück, verschränkte die Arme vor der Brust und lächelte selbstgefällig. „Und ich weiß auch schon genau, wie du anfangen solltest."

Misstrauisch geworden, kniff ich die Augen zusammen. „Wie?"

„Mit Cullen Slater." Sie sprach den Namen wie eine Beschwörungsformel aus und wartete dann darauf, dass ich reagierte. Sie brauchte nicht lange zu warten.

„Bist du verrückt geworden?" Dunkel und gefährlich gutaussehend, war Slater ein äußerst erfolgreiches Model, das mal einen Ferrari, mal eine Harley fuhr, immer einen vollkommenen

Dreitagebart trug und dazu neigte, Freundinnen zu haben, deren Kleidung aus bunten Klebestreifen zu bestehen schien. Na ja, *Freundinnen* war vielleicht nicht so ganz richtig ausgedrückt, da ich niemals eine dieser Frauen mehr als einmal sah. Aber unsere Wohnungen grenzten aneinander, und ich kann mit absoluter Sicherheit sagen, dass keine dieser Frauen Slaters Wohnung jemals unbefriedigt verließ. Oder ausgeruht.

Cullen Slater ist der Grund, warum ich angefangen habe, mit Ohrstöpseln zu schlafen. Angesichts meines neu gefassten Vorsatzes sollte ich vermutlich die Ohrstöpsel entsorgen und mir stattdessen einen Vibrator anschaffen.

Carlas korallenrosa Lippen verzogen sich in herablassender Zufriedenheit. „Du hast doch gesehen, was für Mädels er immer nachts um drei die Treppen hochschleppt."

„Slater ist ein Gott unter den Männern", sagte ich. „Und ja, ich habe diese Frauen gesehen. Nie im Leben würde er also an mir Interesse zeigen."

Carla hob anmutig eine Schulter. „Mach dich nicht schlechter als du bist, Mat. Er ist fantastisch, ja, aber du bist auch nicht zu verachten. Du bist klug und redegewandt, welcher Typ würde dich denn nicht wollen?"

Ich ging darauf nicht weiter ein, denn meiner Erfahrung nach waren bei Typen wie Cullen – also bei Typen, deren Talent eher im Posieren vor der Kamera als im kognitiven Bereich lag – Attribute wie *klug sein* und *gut reden können* nicht sonderlich gefragt. Wenn ich es mir recht überlegte, waren diese beiden Eigenschaften bei *keinem* Mann das beste Verkaufsargument, egal mit was für einem IQ sie ausgestattet waren. Brüste dagegen waren, meines Erachtens, der gemeinsame Nenner bei Männern. Und in *der* Hinsicht war ich definitiv nur Durchschnitt.

Doch Carla war nicht mehr zu bremsen. „Und er bittet dich doch schon immer, ob du ihm seine Post rausnimmst, wenn er nicht in der Stadt ist", erklärte sie. „Daher weiß er schon, dass er dir vertrauen kann. Also muss er dich auch mögen. Und wenn du es schaffst, Slater in dein Bett zu locken, dann kommst du definitiv ins Schlampennirwana."

Mein Magen überschlug sich fast vor Aufregung.

Slater.

Ich holte tief Luft und merkte, dass mir der Schweiß auf der Stirn stand, während ich mir insgeheim eingestand, dass es durchaus interessant wäre, über diese Idee mit Cullen Slater nachzudenken. Ganz zu schweigen davon, dass es ein wirklich erstrebenswertes Ziel war.

Cullen Slater. Einer, der definitiv zu den bösen Jungs gehörte.

Slater. Und ich. Ich und Slater.

Im Bett.

In mir.

Oje.

Mike Peterson konnte sich nicht mehr auf sein Buch konzentrieren, obwohl er normalerweise alles, was Stephen King schrieb, nur so verschlang. Doch heute konnte ihn selbst die Horrorgeschichte, die das arme Städtchen Derry in Maine plagte, nicht fesseln. Viel spannender fand er das, was er gerade gehört hatte, als er am Waschraum entlang zum Pool gegangen war.

Mattie Brown hatte vor, ihr Sexualleben anzukurbeln.

Er umklammerte das Buch ein wenig fester, als ein Bild von Mattie vor seinen Augen erschien. Ihr sympathisches Lächeln. Das freundliche Winken, wenn sie sich auf der Treppe begegneten. Die Art und Weise, wie sie ihr Haar zurückwarf, wenn sie ihre Post durchsah.

Reiß dich zusammen, Mann.

Die Wahrheit war: Er hatte sich schon am ersten Tag, als er ihr begegnet war, Hals über Kopf in sie verliebt. Vor fünfzehn Tagen, um genau zu sein, als sie ihren Einkauf hatte sausen lassen, um ihm zu helfen, die Umzugskartons in seine neue Wohnung zu schleppen. Sie hatte eine graue, ausgewaschene Trainingshose angehabt sowie ein T-Shirt mit der prägnanten Aufschrift „Eine Frau braucht einen Mann so dringend wie ein Fisch ein Fahrrad".

Als er sie darauf angesprochen hatte, war sie rot geworden und hatte erklärt, dass sie sich das T-Shirt vor ein paar Monaten gekauft hätte, kurz nachdem sie und ihr Freund, mit dem sie länger zusammen gewesen war, sich getrennt hatten.

Noch immer konnte Mike sich an das Gefühl der Erleichterung erinnern, das er verspürt hatte – zum einen, weil sie nicht liiert war und zum anderen, weil das T-Shirt anscheinend nicht ihre grundsätzliche Meinung über die männliche Spezies widerspiegelte.

Schon seit dieser ersten Begegnung hatte er vorgehabt, sie auf ein Date einzuladen. Entweder auf einen Kaffee in einen dieser kleinen Läden unten am Ventura Boulevard. Oder vielleicht ins Kino. Selbst eine Pizza am Pool wäre nett gewesen. Aber dummerweise hatte er die letzten zwei Wochen bis zum Umfallen arbeiten müssen. Nicht dass er sich beschweren wollte. Dass er den *Menagerie*-Auftrag ergattert hatte, war schon ein Riesending, und er war mehr als willig, dafür alles zu geben, solange MonkeyShines, Inc. bereit war, ihm ordentlich Geld dafür zu zahlen.

Schon seit Jahren arbeitete er in der Computerspielebranche, aber dies war das erste Mal, dass er ein Projekt leitete, seit er sich vor anderthalb Jahren selbstständig gemacht hatte. Die Tatsache, dass er diesen Auftrag zur selben Zeit an Land gezogen hatte, als er von Austin nach Los Angeles umziehen wollte, hatte das Leben etwas chaotisch gemacht, aber zumindest war er jetzt die nagende Sorge los, seine Rechnungen nicht bezahlen zu können.

Sprich: der Job hatte Vorrang vor allem anderen. Frauen – selbst Frauen, die so verlockend waren wie Mattie, deren Duft allein ihn schon fast verrückt gemacht hatte – waren tabu, solange das Projekt nicht angelaufen war.

Jetzt lächelte er in sich hinein und überlegte, ob Grandma Jo recht gehabt hatte – hatte er tatsächlich einen Schutzengel? Denn wie sonst sollte man die glückliche Fügung des Schicksals erklären? Dass er gerade in dem Moment die erste Phase des *Menagerie*-Projekts fertiggestellt hatte, als Mattie auf der Suche nach ein bisschen frischem Wind in ihrem Leben war? Und dass er genau zur rechten Zeit am rechten Ort gewesen war, um von Matties gutem Vorsatz fürs nächste Jahr zu erfahren?

Er trank noch einen Schluck Bier und wünschte, er hätte auch noch den Rest ihrer Unterhaltung mitanhören können. Den ersten Teil hatte er nur durch Zufall mitbekommen, da er gerade auf dem Weg zum Pool gewesen und in der Nähe des Waschraums vorbeigekommen war, nachdem er sich den Stephen-King-Roman aus dem Auto geholt hatte. Ihre Stimmen waren nicht sonderlich laut, sondern eher eindringlich gewesen. Jedenfalls die von Mattie.

Kaum hatte er ihre Stimme erkannt, war er langsamer gegangen, in der Hoffnung, irgendeinen Vorwand zu finden, um im Waschraum vorbeizuschauen und kurz Hallo zu sagen. Und beiläufig eine Einladung auf einen Kaffee auszusprechen.

Doch nachdem er gemerkt hatte, worum es bei ihrer Unterhaltung ging, war ihm klar gewesen, dass es Mattie furchtbar peinlich sein würde, wenn er bei diesem Gespräch hereingeplatzt wäre. Damit hätte er jegliche Chance auf ein Date ein für alle Mal zunichtegemacht.

Natürlich hätte er verschwinden sollen. Sofort. Auf der Stelle. Aber sein Schutzengel hatte auf einmal Hörner und einen Schwanz bekommen, daher war Mike stehen geblieben und hatte auf diese Weise von Matties köstlichem, dekadentem Neujahrsvorsatz erfahren.

Er wäre am liebsten noch länger geblieben, um genau zu hören, was Mattie vorschwebte, aber der kleine Teufel auf seiner Schulter hatte sich wieder in einen Engel verwandelt und ihn gedrängt, schnell zu verschwinden. Zum Glück, denn keine dreißig Sekunden später hatte er Carlas hohe Stimme gehört, der ein Aufschrei von Mattie gefolgt war, ehe sie den Kopf aus der Tür gesteckt und sich umgeschaut hatte, um sicherzugehen, dass niemand ihnen lauschte.

Mike hatte den Blick aufs Buch gesenkt gehalten und gehofft, dass Mattie nicht einmal ahnte, dass er nicht nur ihren Vorsatz mitbekommen hatte, sondern sich auch schon darauf freute, ihr dabei zu helfen, ihn in die Tat umzusetzen.

Was natürlich die Frage aufwarf, wie genau er Mattie davon überzeugen konnte, dass er ihr wertvolle Unterstützung bei ihrem Projekt bieten konnte.

Doch das war genau die Art von wissenschaftlicher Herausforderung, die er so liebte. Vielleicht musste er ein Ablaufschema anlegen, das Problem genau analysieren, ein Programm erstellen und schließlich austesten … aber auf irgendeine Art und Weise würde er auf den perfekten Plan kommen. Schließlich hatte er nicht umsonst Uni-Abschlüsse von Stanford und dem MIT.

Es war an der Zeit, dass sich sein Studium auszahlte. Und ihm fiel kein besseres Gebiet ein, auf dem er mit einer Bestnote punkten wollte, als bei der Verführung von Mattie Brown.

Das Problem, welches ich mit unserer heutigen Do-it-yourself-Kultur hatte: Man erwartete von uns, dass wir die Aufgaben von Profis übernahmen, aber kein Mensch hatte sich die Mühe gemacht uns a) darin zu unterrichten oder b) uns mit dem richtigen Werkzeug auszustatten.

Nehmen wir einmal Selbstbedienungstankstellen. Okay, sicher, es ist ganz angenehm, nicht auf den netten Tankwart warten – oder mit ihm plaudern – zu müssen, aber die Tatsache, dass es die Tankwarte in meinem Leben nicht mehr gab, hatte schon mehr als einmal dazu geführt, dass ich Öl verschwendet habe. Ich konnte meinen Wagen sehr gut allein betanken, aber diese Ölmessstäbe waren einfach so konstruiert, dass man sie nur verstand, wenn man seinen Doktor in Mechatronik gemacht hat. Ehrlich! Das war wie eine landesweite Verschwörung.

Und Möbel … *Lassen Sie mich gar nicht erst von den Möbeln anfangen.*

Ich erinnerte mich an wunderbare Holzmöbel, die in das Haus meiner Eltern geliefert wurden, damals, als ich noch ein Kind war. Sie wurden hereingetragen – natürlich vollständig zusammengebaut –, und zwar von strammen jungen Männern, die sich damit während ihrer Collegeausbildung ihr Taschengeld verdienten.

Warum konnten solche gut aussehenden Muskelpakete nicht auch meine Möbel liefern? Ich sage Ihnen, warum nicht: Weil irgend so ein Genie irgendwann entschieden hatte, dass man ja genauso gut auch ein Bild malen, einen Inbusschlüssel dazu packen und die Leute das Ganze selbst machen lassen konnte.

Ehrlich, da konnte man als Frau doch die Lust auf Kinder verlieren, oder? Allein die Vorstellung, am Heiligabend all das Spielzeug für die Kinder zusammenbasteln zu müssen … Nein, vielen Dank auch!

Doch einmal abgesehen von meiner zukünftigen Nachkommenschaft, im Moment hatte ich hier zwei Bücherregale und einen Aktenschrank, die es zusammenzubauen galt – und kein Adonis in Sicht, der mir dabei helfen könnte. Na ja, ich war eine selbstständige Frau, richtig? In Ermangelung anderer Optionen blieb mir wohl nichts anderes übrig, als es selbst zu erledigen.

Eine Stunde später hatte ich gerade einmal den äußeren Rahmen des ersten Bücherregals zusammengebaut, und das auch nur, nachdem ich die ersten Schrauben und die kleinen Verbindungsdinger noch einmal heraus und wieder neu eingeschraubt hatte. Vielleicht wäre ich ja erfolgreicher gewesen, wenn die Anleitung auf Englisch gewesen wäre, aber dummerweise hatte der Hersteller lediglich ein paar armselig gezeichnete Bilder der verschiedenen Arbeitsschritte beigelegt. Und, ich gestand es mir zwar nur ungern ein, aber ich wusste nicht, wie man Hieroglyphen entzifferte.

Frustriert warf ich den Inbusschlüssel zur Seite und fluchte unanständig, als das Teil über den zerschrammten Holzfußboden schlitterte und unter dem Sofa landete. Das, so schien es mir jedenfalls, war ein Zeichen, dass es Zeit für eine Pause war. Oder um Verstärkung einzufordern. Vielleicht auch beides.

Beschwingt durch die Vorstellung von einer kühlen Erfrischung, ging ich in die Küche und schnappte mir eine Cola light aus dem Kühlschrank. Ich öffnete sie und trank einen großen Schluck, bevor ich Carla anrief. Sicher, sie war gerade erst vor einer Stunde weggegangen, aber sie wohnte direkt um die Ecke. Sie war nach Hause gegangen, um ihre Wäsche wegzupacken und ihren Hausputz zu erledigen, ehe Mitch von seiner Geschäftsreise zurückkam. Angesichts von Carlas abgrundtiefer Abneigung gegen das Schrubben des Klos standen die Aussichten, sie zum Zusammenbauen der Möbel zu rekrutieren, ziemlich gut.

Leider hatte ich mich wieder einmal getäuscht.

„Ich würde dir ja wirklich gern helfen", sagte sie, nachdem ich ihr mein Leid geklagt hatte. „Aber Mitch hat einen Flug eher bekommen und sitzt bereits im Taxi."

„Oh", erwiderte ich, wohl wissend, dass es völlig sinnlos war, dagegen an zu argumentieren. Außerdem freute ich mich für

Carla. Ich war glücklich und kein bisschen neidisch. Nein, nein, keine Anzeichen dieses hässlichen Gefühls …

Ich räusperte mich. „Okay, na ja, dann lass ich dich mal weitermachen."

„Weißt du, wenn John meint, es wäre so wichtig, dass du zu Hause mit Büromöbeln ausgestattet wirst, hätte er dir vielleicht jemanden organisieren sollen, der die Sachen für dich zusammenbaut."

„Ja", meinte ich und überlegte, ob die Wahrscheinlichkeit, rosa Schweine an meinem geöffneten Fenster vorbeifliegen zu sehen, nicht weitaus größer war. „Stimmt."

Carla seufzte. Offenbar verstand sie, was ich nicht laut ausgesprochen hatte: Ich hatte meinem Chef noch nie etwas abgeschlagen, hatte ihm noch nie widersprochen und würde auch jetzt nicht damit anfangen. „Hör zu, Mitch wird vermutlich morgen früh zu sich nach Hause fahren. Ich meine, er muss schließlich auspacken, oder? Dann könnte ich dir helfen kommen."

„Wunderbar", sagte ich, allerdings ohne wirklich großen Enthusiasmus. Ich legte auf, ehe sie mitbekam, wie mies ich mich gerade fühlte. Wenn Carla irgendwelche Regale zusammengebaut haben wollte, hatte sie Mitch. Und ich? Ich hatte weder einen rücksichtsvollen Chef noch ein strammes Muskelpaket.

Ich lehnte mich gegen den Kühlschrank und seufzte, ehe ich noch einen Schluck Cola trank. Tatsache war, ich war ein neurotisches Wrack. Ich meine, hatte ich Carla tatsächlich kundgetan, dass ich mich in einem *Schlampentest* verbessern wollte? Das war so völlig untypisch für mich.

Ich rief Carla erneut an und erzählte ihr das. Sofort begann sie zu lachen. „Soll das ein Witz sein? Das ist so was von typisch für dich."

„Wie bitte?"

„Wenn du in der Schule schlechte Noten bekommen hast, hast du verbissen gekämpft, bis sie besser wurden. Deshalb arbeitest du auch immer noch für diesen Ausbeuter John, oder? Weil du keinen anderen Job annehmen kannst, solange du in diesem Job nicht richtig erfolgreich bist. Was total albern ist, denn du wolltest nie die Königin des Reality-Fernsehens werden. Trotzdem tust du alles dafür. Du hast seit Monaten kein neues Drehbuch geschrieben. Dabei ist das dein Traum, Mattie, und du hast aufgehört, ihm hinterherzujagen."

Diese ganz spezielle Unterhaltung hatten wir schon eine Million Mal geführt, Carla drängte mich, und ich wehrte mich. Ich hatte den Job angenommen, in der Hoffnung, auf diese Weise meine Karriere als Drehbuchautorin fördern zu können, und Carla wusste das auch ganz genau. Heute war ich jedoch nicht in der Stimmung, sie daran zu erinnern.

„Hier geht es nicht um meinen Job. Es geht um mich. Ich meine, welcher normale Mensch will das Ergebnis seines Schlampentests verbessern?"

„Wer hat denn je behauptet, du wärst normal?", konterte sie. „Und du bist sowieso albern. Du und ich, wir wissen beide, dass es hier nicht um das Schlampendasein geht."

„Nicht?"

„Natürlich nicht", erwiderte sie. „Du willst einfach nur mal die Sau rauslassen. Also ehrlich, Mattie, es wird auch Zeit. Du hast doch selbst gesagt, dass dein Sexualleben langweilig ist. Und es ist schon seit deinem ersten Date langweilig. Louis Dailey? Also wirklich, ich bitte dich! Du hättest so viel mehr haben können."

Ich runzelte die Stirn. So ganz unrecht hatte sie nicht. Ich neigte dazu, mich an die sicheren Typen zu halten. Die netten Typen. Ich wollte mein Leben aufpeppen, aber ich glaube, ich hatte ein wenig Angst, dass ich für die bösen Jungs zu … ach, was weiß ich war. Dass es damit enden würde, dass sie mich sitzen ließen. Und ja, ich war viel, viel, viel zu ehrgeizig und aufs Gewinnen versessen, als dass ich das zulassen konnte.

Also ließ ich mich immer mit Typen ein, die *ich* letztlich sitzen ließ. Typen ohne die Abenteuerqualitäten, nach denen ich mich sehnte. Die falschen Typen – das wusste ich immer von Anfang an –, aber trotzdem bandelte ich mit ihnen an.

Jahrelang lebte ich jetzt schon am Rand eines Teufelskreises, der allerdings auch relativ bequem war. Doch dann hatte Dex *mich* sitzen lassen und damit meine Welt auf den Kopf gestellt.

„Eine heiße Affäre mit Cullen ist genau das, was du brauchst", sagte Carla, die offenbar meine Gedanken erraten hatte. „Er ist definitiv ein Mann, der dem Sexualleben einer Frau die entsprechende Würze verleihen kann, aber du weißt gleichzeitig, dass er nicht als fester Freund taugt, also brauchst du nicht richtig mit ihm auszugehen. Es besteht also auch nicht die Gefahr, dass du irgendwelche Gefühle investieren musst, richtig?"

Richtig. Und es klang verführerisch. Allerdings auch schrecklich beängstigend.

In Wahrheit hatte ich immer den sicheren Weg gewählt. Auf der Highschool hatte ich wie verrückt gelernt, weil ich Angst vor schlechten Noten gehabt hatte. Im Anschluss daran ein gutes College und eine noch bessere Uni für das Jurastudium. Nicht, weil ich unbedingt Anwältin werden wollte, sondern weil meine Eltern mir eingebläut hatten, dass ich einen soliden Beruf bräuchte. Hobbys – wie meine Lust am Schreiben – waren in Ordnung … solange ich sie nicht zu ernst nahm.

Und so war ich nach der Ausbildung mit einem Plan gestartet. Ich würde als Anwältin arbeiten und reich werden. Anschließend konnte ich dann tun, was ich wollte. Leider wurde ich jedoch vom Hollywood-Fieber gepackt (zum Leidwesen meiner Mutter, die gern so tat, als wäre Los Angeles nichts weiter als ein belangloses Wirtschaftszentrum und nicht das Herz der Filmindustrie). Ich machte den ersten unvorhergesehenen Schritt in meinem Leben – ich ließ die Anwaltskanzleien hinter mir, um einen Job beim Fernsehen anzunehmen.

Wochenlang hatte ich nachts Schweißausbrüche, bis ich mich endlich zu dieser Entscheidung durchgerungen hatte, aber selbst da hatte ich mich für die sichere Variante entschieden – nicht für Aushilfsjobs, die mich über Wasser halten sollten, während ich an meiner schriftstellerischen Karriere arbeitete. Nein, ich hatte einen Managerjob in einer großen Produktionsfirma zu einem extrem lukrativen Gehalt angenommen. Ich war finanziell abgesichert, meine Mom war glücklich. Und vor allem, ich war sicher.

Nur leider hatte sich diese Sicherheit bisher für mich gar nicht bezahlt gemacht. Weder, was die Jobs betraf (noch hatte ich jedenfalls keinen Oscar gewonnen), und auch nicht, was meine Beziehungen anging. Wenn man es so betrachtete, dann musste ich zugeben, dass *schrecklich beängstigend* für mich vielleicht mal ganz gut war.

Außerdem war Cullen Slater ein Model. Ein *männliches Model*. Das hieß doch schon automatisch, dass er mehr als heiß war. Da standen die Chancen, dass er mich ignorieren würde und ich meinen völlig idiotischen Plan niemals durchziehen musste, doch ziemlich gut.

Derart bestärkt, beendete ich das Gespräch mit Carla und betrachtete dann gedankenverloren mein Wohnzimmer. Sämtliche Teile der noch nicht zusammengebauten Möbel lagen überall verstreut herum. Offenbar hatten die Heinzelmännchen noch kein Mitleid mit mir gehabt und die Sachen zusammengesetzt, während ich Pause gemacht hatte. Schade aber auch.

Stirnrunzelnd blickte ich zum Sofa, unter dem noch immer der Inbusschlüssel residierte. Ich hatte genauso wenig Lust, da unten nach dem Werkzeug herumzutasten, wie ich Lust hatte, auf meinem Hintern zu sitzen und irgendwelche Kritzeleien zu entziffern, die angeblich Aufbauanleitungen darstellten. Dies war eins meiner seltenen freien Wochenenden! Was zum Teufel dachte John sich dabei, mich Möbel aufbauen zu lassen? Hatte er noch nie was von Arbeitsschutzgesetzen gehört? Was war, wenn ich mir auf den Finger schlug? Oder mir womöglich einen Fingernagel abbrach?

Plötzlich hatte ich ein Bild von meinem Chef vor Augen: John in Kakishorts und Hawaiihemd, wie er einem ehemaligen Kinderstar hinterherlief, in der Hoffnung, sie entweder davon überzeugen zu können, vor die Kamera zu treten oder mit ihm zu schlafen. Und die ganze Zeit über würde er eine Bloody Mary nach der anderen schlürfen und sich in der Sonne rekeln.

Mit diesem Bild im Kopf, war es da ein Wunder, dass ich beschloss, dass Carla recht hatte? Ein ausschweifendes Leben war das, was ich brauchte. Und diese verdammten Möbel konnten gefälligst warten. Schließlich musste ich mich auch mal entspannen.

„Hallo. Mattie, richtig?"

Die samtweiche, maskuline Stimme schwebte über mich hinweg, und ich öffnete langsam die Augen, ehe ich durch meine Ray-Ban-Brille zu ihm aufsah.

„Mike Peterson", sagte er, offenbar als Antwort auf meine ausdruckslose Miene.

„Oh ja, richtig. Ich weiß. Hallo." In meinem Sonnencreme- und Margarita-Nebel hatte ich fantasiert, dass die Stimme zu Cullen gehörte, der früher von seinem Wochenend-Fotoshooting zurück war. Ich konnte nur hoffen, dass ich nicht allzu enttäuscht klang.

Mike zog eine der Liegen näher. „Darf ich?"

„Äh, ja, sicher", erwiderte ich, auch wenn es halb gelogen war. Nachdem ich dem Aufbau meiner Möbel den Rücken gekehrt hatte, war ich in die Küche gegangen und hatte, auf der Suche nach dem Mixer, meine Schränke durchwühlt, bevor ich in den Kühlschrank eingetaucht war, um Limettensaft aufzuspüren. Den Tequila brauchte ich nicht zu suchen. Den hatte ich immer griffbereit oben auf dem Kühlschrank stehen. Eine Dose mit konzentriertem Limettensaft, ein paar Eiswürfel und eine Kanne voll Tequila, und schon war ich bereit für eine Auszeit am Pool.

Als Mike jetzt zu mir stieß, hatte ich bereits ein Glas getrunken und auch schon am zweiten Drink genippt. Da ich nicht viel wog, war ich leicht beschwipst und völlig zufrieden damit, hier in der Sonne zu liegen und mich an meinem neuen Status als Rebellin gegen John Layman Productions zu erfreuen.

Trotzdem konnte ich es wohl schaffen zu rebellieren *und* gleichzeitig höflich dem neuen Nachbarn gegenüber zu sein. Vor allem, da der neue Nachbar so verdammt sexy aussah in seiner Badehose und dem schwarzen T-Shirt von den Universal Studios Hollywood. Nur schade, dass er ein Computerfreak war und obendrein noch ein netter Typ. Dadurch glich er Dex viel zu sehr, als dass er als Kandidat für meinen Plan infrage kam, einen heißen Typen für ein wildes sexuelles Abenteuer zu benutzen. Außerdem hatten Carla und ich ja schon beschlossen, dass Cullen der perfekte Anwärter für diese Rolle war.

„Spielst du Tourist?", fragte ich ihn und blickte bedeutungsvoll auf sein T-Shirt.

Er grinste, nicht im Geringsten peinlich berührt von seinem Modefauxpas. (Ich meine, welcher Einwohner von L. A. machte schon Werbung für eine der Haupttouristenattraktionen?)

„Ich darf das noch", rechtfertigte er sich. „Solange ich die Hollywood- und Santa-Monica-Freeways verwechsele, empfinde ich mich immer noch als Tourist."

Okay, der Mann hatte irgendwie recht. „Das lernst du schon noch", beruhigte ich ihn. Ich deutete noch einmal auf sein T-Shirt. „Also, was hat dir da am besten gefallen?"

„Der *Zurück in die Zukunft*-Simulator", antwortete er prompt und meinte damit die Attraktion im Vergnügungspark, bei der die Besucher in den nachgebauten berühmten DeLorean mit der Zeitmaschine steigen konnten, um durch Hill Valley zu brausen, wo sie allen möglichen Hindernissen ausweichen mussten und, natürlich, nur knapp dem Tode entkamen.

Da das auch meine Lieblingsattraktion war (na ja, abgesehen von der Straßenbahnfahrt, die einen durch das eigentliche Universal-Studios-Gelände führte), hob ich den Daumen und deutete auf den Margarita-Krug. Für den unwahrscheinlichen Fall, dass Mitch aufgehalten worden war, hatte ich ein zusätzliches Glas für Carla auf einem Tablett mit herausgebracht. „Test bestanden", sagte ich. „Du darfst dich bedienen."

„Danke." Er nahm Carlas Glas und füllte es mit meiner eiskalten Mischung. Nachdem er einen Schluck getrunken hatte, erschien ein seliges Strahlen auf seinem Gesicht. Ich grinste zufrieden, lehnte mich wieder zurück und hielt das Gesicht der Sonne entgegen. Jeder, der meine gewagten und definitiv nicht verwässerten Margaritas mag, ist meiner Meinung nach in Ordnung.

„Vermutlich sollte ich dir ein Geständnis machen", sagte Mike dann. Ich drehte mich zu ihm herum. „Der *Zurück in die Zukunft*-Simulator ist eigentlich nur meine zweitliebste Attraktion bei Universal."

Ich stützte mich auf einem Ellenbogen ab und kam etwas hoch. „Ach ja? Die Antwort hat dir ein Glas Margarita eingebracht, mein Lieber. Da erwarte ich jetzt aber eine plausible Erklärung."

„Natürlich", sagte er, und seine Miene spiegelte in angemessener Weise den Ernst der Lage wider. „Meine Lieblingsfahrt ist die mit der Straßenbahn." Er hob eine Hand, als wollte er sämtliche Proteste meinerseits gleich im Keim ersticken. „Ich weiß. Absoluter Käse, aber es ist einfach so verdammt cool. Ich meine, man kriegt dabei das *Psycho*-Haus zu sehen. Das ist doch nun wirklich nicht zu schlagen, oder?"

Okay, ich wusste ja schon, dass mir der Typ gefiel, aber jetzt mochte ich ihn wirklich. „Du", erklärte ich mit einem ebenfalls angemessenen Tonfall, in dem Respekt und Hochachtung mitschwangen, „darfst so viel von meinen Margaritas trinken, wie du willst."

„Ich habe die Prüfung bestanden?"

„Aber so was von."

„Das freut mich", erwiderte er. Doch diesmal klang es nicht nach lockerem Geplänkel, sondern hatte einen erotischen Unterton, der mir trotz der unerbittlichen Sonnenstrahlen einen wohligen Schauer über den Rücken laufen ließ.

Ich trank einen großen Schluck Margarita und überlegte, ob Mike diesen Ton wohl mit Absicht gewählt hatte, während ich gleichzeitig die Hitze, die auf einmal durch meinen Körper schoss, zu unterdrücken versuchte. Ich schob es auf die Sonne und den Alkohol. Das hatte nichts mit Mike zu tun. Schließlich hatte ich schon beschlossen, dass er ein netter Kerl war. Und ich hatte seit Dex die Nase voll von netten Kerlen.

Nachdem ich einen schnellen Seitenblick zu ihm geworfen hatte, fühlte ich mich bestätigt. Er hielt ein arg mitgenommenes Exemplar von Isaac Asimovs *Der Aufbruch zu den Sternen* in der Hand. Um das mal klarzustellen, ich bin ein großer Fan von Asimov. Genau wie Dex. Und meiner Erfahrung nach gehören Männer, die Asimov lesen, nicht unbedingt zu den Typen, die wirklich hilfreich sein können, wenn es darum geht, sexuelle Befriedigung zu erlangen. Diese Erkenntnis ist nicht gerade wissenschaftlich fundiert und bestimmt auch vorurteilsbeladen, aber im Mattie-Brown-Universum war sie eine Tatsache.

Ich redete mir ein, dass es auch gut so war. Denn dieses leichte erotische Kribbeln, das ich vor einem Augenblick verspürt hatte, war reiner Zufall gewesen. Ein Fehler. Eine vom Alkohol inspirierte Reaktion. Auf jeden Fall nicht real und nichts, worüber man sich erregen sollte. Und das war ein beabsichtigtes Wortspiel.

Außerdem, in Wahrheit hatte Mike „Ich-lese-Asimov-und-fahre-mit-der-Straßenbahn" Peterson diese Nummer mit der erotischen Stimme bestimmt nicht absichtlich abgezogen. Ich meine, warum sollte er? Da ich ganz sicher gewusst hatte, dass Cullen auf einem Fotoshooting in Aruba war und erst morgen zurückkehren würde (er hatte mich gebeten, seine Post rauszunehmen), war ich ungeschminkt an den Pool gegangen, noch dazu in meinem ältesten Badeanzug – ausgewaschen und ausgeblichen. Der, mit dem ich auf *keinen* Fall irgendjemandem vormachen könnte, dass ich dünne Oberschenkel hätte. (Nur um das kurz klarzustellen, ich hatte keine fetten Oberschenkel; das wusste ich auch. Aber sie waren, jedenfalls meiner Meinung nach, leicht unproportioniert. Oben dicker als, ähm, sagen wir mal, Kate Moss. Was den Jeanseinkauf immer zu einem Abenteuer machte. Auf jeden Fall waren meine Oberschenkel und ich seit der Pubertät in einer Art Hassliebe vereint, wobei meist das Gefühl der Abneigung die Oberhand gewann.)

An diesem Nachmittag hatte ich sämtliche Vorsichtsmaß-
nahmen vergessen und somit auch meine Oberschenkel nicht
kaschiert. Ganz zu schweigen vom Verzicht auf Make-up, eine
ordentliche Frisur und einen auch nur annähernd attraktiven
Badeanzug. Mit anderen Worten: Ich strahlte nicht gerade verführerische Sinnlichkeit aus. Doch ich redete mir ein, dass das
in Ordnung war, denn Mike war ja auch nicht gerade Cullen.
Sodass wir, meiner von den Margaritas leicht umnebelten Meinung nach, sozusagen quitt waren.

Um Mike genauer unter die Lupe nehmen zu können, drehte
ich mich ein wenig zu ihm herum. Ich war mir nicht sicher, ob
er Lust zum Reden hatte – vielleicht las er ja auch lieber –, aber
anscheinend spürte er, was ich wollte, denn er senkte sein Buch
und warf mir ein gewinnendes Lächeln zu.

„Und? Hast du dich schon eingelebt?"

Er legte das Buch zur Seite und schenkte mir seine volle Aufmerksamkeit. „Na ja, der Wasserdruck in der Dusche ist mies, bisher konnte ich meinen elektrischen Rasierer noch nicht finden, das
Radio aus dem Auto haben sie mir schon geklaut, und die Frau, die
unter mir wohnt, scheint zu glauben, ich sei der Sohn, den sie nie
hatte." Er lächelte, ein wirklich sympathisches Grinsen, das so ansteckend war, dass ich gar nicht anders konnte, als es zu erwidern.
„Mit anderen Worten, ein ziemlich normaler Umzug bisher."

Ich lachte. „Das ist Mrs Stevenson. Sie lebt hier schon seit
Urzeiten. Sie ist überzeugt davon, dass sie weiß, wer John F.
Kennedy erschossen hat, und beharrt darauf, dass wir niemals
in echt auf dem Mond gelandet sind. Aber sie ist harmlos, und
sie backt die besten Schokoladenkekse überhaupt. Ich empfehle
dir dringend, dich gut mit ihr zu stellen." Diese Kekse machten
es mehr als wett, ihren wilden Theorien zu lauschen, wenn man
sie am Briefkasten traf.

„Das merke ich mir." Wenn er grinste, dann erschien ein kleines Grübchen in seiner Wange, und ich merkte erneut, wie süß
er war. Nicht so umwerfend fantastisch aussehend wie Cullen.
Aber süß. Wie dein bester Freund auf der Highschool.

„Von wo bist du denn hergezogen?"

„Austin."

„Oho, ein Cowboy also", neckte ich ihn.

„Wohl kaum. Vorher habe ich im Silicon Valley gewohnt."

„Dann bist du wohl einer von diesen Dotcom-Internet-Typen."

„So was in der Art. Computerspiele."

„*Ooooh.*"

Er hob die Augenbrauen. „Warum sagst du das so merkwürdig?"

„Ich habe es doch gar nicht auf merkwürdige Weise gesagt", log ich.

„Hast du wohl. Du hast nicht einfach gesagt ‚oh, Computerspiele'. Du hast ‚ooooh' gesagt, so, als hättest du gerade das Rätsel der Welt gelöst oder so."

„Wahrscheinlich liegt es einfach daran, dass ich absolut nichts darüber weiß."

Das schien ihn zu befriedigen, denn er nickte und meinte: „Es ist ziemlich interessant. Harte Arbeit, aber interessant."

In Wahrheit hatte ich ihm gerade eine faustdicke Lüge aufgetischt, doch das war in Ordnung. Denn dies war eine der Gelegenheiten, bei denen eine Notlüge okay war, einfach um die Gefühle einer anderen Person zu schonen. Sonst hätte ich womöglich sagen müssen: *Ich habe „ooooh" gesagt, weil du mir gerade bestätigt hast, was ich bereits wusste – dass du tatsächlich der neue ortsansässige Nerd bist. Auf jeden Fall kein Toyboy-Material. Was eigentlich schade ist, denn du bist echt ein heißer Typ, und es fällt mir wirklich schwer, nicht die Hand auszustrecken, um deinen Brustkorb zu streicheln.*

Okay, ja, das war ein bisschen heftig. Daher unterdrückte ich diese Gedanken und meinte stattdessen: „Hört sich so an, als würde es dir sehr gefallen."

„Ich liebe es", bestätigte er. „Im Moment leite ich ein Team, das den Code und das Drehbuch für ein neues topaktuelles Spiel entwirft. Für mehrere Spieler, AI-Interface. Das wird der Renner."

„Toll", erwiderte ich, doch mein Enthusiasmus war lediglich aufgesetzt. Computerspiele sind so überhaupt nicht mein Ding. Vor Jahren habe ich mal Super Mario Bros. gespielt, haushoch verloren und war damit fürs Leben gezeichnet. Seitdem habe ich um Xbox, Nintendo oder Onlinespiele einen großen Bogen gemacht. Ganz offensichtlich hatten Mike und ich nur sehr wenig gemeinsam.

Wie schade, flüsterte überraschenderweise eine Stimme in meinem Hinterkopf, bevor ich es schaffte, sie zum Schweigen zu bringen. Mike stand einfach nicht zur Debatte. Mein Plan war es, meinen Schlampentestwert zu steigern, und ich würde nicht so etwas wie die drei Jahre mit Dex noch einmal wiederholen, nur weil mein Plan – ganz zu schweigen von Cullen Slater – mich nervös machte.

Wobei … angesichts der Tatsache, dass Mike noch keinerlei Annäherungsversuch unternommen hatte, war ich vielleicht sowieso ein wenig voreilig.

„Und was treibst du so?", fragte er jetzt und folgte damit dem allseits anerkannten Wie-lerne-ich-Leute-kennen-Muster.

„Ich arbeite in einer Produktionsfirma. Ich bin dort Vice President."

„Ich bin beeindruckt."

„Brauchst du nicht zu sein." Ich widerstand dem Verlangen, die Augen zu verdrehen. „Ich habe die Stelle angenommen, weil ich eigentlich Drehbücher schreiben will und dachte, der Job wäre ein Sprungbrett in die Branche."

„Ist er nicht?"

„Gar nicht", antwortete ich missmutig. „Und das Schlimmste daran ist, dass ich immer so lange arbeite, dass ich abends dann meistens zu erschöpft bin, um noch etwas Kreatives zu Papier zu bringen." Die Worte purzelten nur so aus mir heraus, das überraschte mich. Ich sehnte mich wirklich verzweifelt danach, endlich zum Drehbuchschreiben zu kommen, aber normalerweise jammerte ich Leuten, die ich gerade erst kennengelernt hatte, nicht die Ohren damit voll. Also ermahnte ich mich, damit aufzuhören und machte eine vage Handbewegung in Richtung Pool. „Dieses freie Wochenende ist ein unerwarteter Glücksfall."

„Das klingt hart", meinte er. „Aber trotzdem ist es auch interessant. Fürs Fernsehen zu arbeiten muss doch Spaß machen."

Er klang wirklich total interessiert. Wie die meisten Leute. Das hat das Fernsehen wohl so an sich.

Ich zuckte mit den Schultern. „Wir produzieren Realityshows. Du weißt schon. Die Sendungen, die sich im Augenblick auf allen Sendern wie die Kaninchen vermehren."

„Ah, ja, ich glaube, ich habe davon schon gehört." Seine Mundwinkel zuckten, entweder amüsiert über meine Beschreibung oder über meinen absoluten Mangel an Loyalität meinem Beruf gegenüber. Doch meine Schuldgefühle hielten sich in Grenzen. Realityshows waren eine echte Plage. Außerdem war ich im Moment noch immer böse auf John.

„Immerhin arbeitest du in der Branche", sagte Mike. „Darum geht es hier in L. A. doch, oder?"

Okay, so langsam fing ich an, ihn wirklich zu mögen. Er wiederholte genau das, was ich zu meiner Mutter gesagt hatte, nachdem ich das Angebot der Anwaltskanzlei ausgeschlagen hatte. Ganz zu schweigen davon, was ich mir jedes Mal einredete, wenn mich mal wieder das schlechte Gewissen überkam, weil ich noch immer kein Drehbuch verkauft hatte. „Genau."

Wir lächelten uns an, ehe er sich räusperte und aufstand. „Hör mal, ich habe da noch eine Pizza im Eisschrank, die nur noch aufgewärmt werden muss, und ich würde mich über Gesellschaft freuen."

„Oh. Ach so, hm." Um ehrlich zu sein, hätte ich gern noch weiter mit ihm einfach nur gechillt, aber ich hatte die Zeit, die ich mir heute fürs Faulenzen eingeräumt hatte, bereits mehr als überschritten. Ich hatte vorgehabt, lediglich eine kleine Weile am Pool zu liegen – mich ein wenig mit Margaritas und Sonnenschein zu betäuben, ehe ich zu der ebenso betäubenden Aufgabe zurückkehrte, meine Möbel zusammenzuschrauben.

„Ich wünschte, ich könnte mitkommen. Aber ich habe oben noch einen Stapel Regale, die darauf warten, zusammengebaut zu werden." Zur Illustration hob ich mein Glas. „Ich habe mir nur eine kurze Pause gegönnt, um in Stimmung zu kommen."

„Das kann ich nachvollziehen", erklärte Mike. „Ich habe mehr leere Kartons zum Recyclinghof geschleppt, als ich zählen kann, und es grenzt schon an ein Wunder, dass ich noch nicht schiele, nachdem ich all diese furchtbaren Aufbauanleitungen von IKEA-Regalen angeschaut habe, die ich mir gekauft habe."

„Du sagst es", erwiderte ich und spürte, dass ich auf eine verwandte Seele getroffen war. „Ich meine, wer denkt sich so was überhaupt aus?"

„Affen mit Schreibmaschinen?" Er lachte, und ich lachte, und eine Sekunde lang hoffte ich, dass er mir vielleicht helfen würde, meine von Affen geschriebenen Aufbauanleitungen zu entziffern. Doch stattdessen deutete er nur auf den Margaritakrug. „Danke noch mal für den Drink."

„Gerne." Ich begann, meine Sachen zusammenzusammeln, leicht irritiert darüber, dass Mike so einfach verschwinden wollte. Dabei redete ich mir ein, dass ich vor allem über den Verfall der Sitten empört war. Ich meine, ein wirklicher Gentleman hätte doch wohl seine Hilfe angeboten, oder? Sogar Cullen hätte die angeboten. Das machen Männer, die ohne Hemd fantastisch aussehen doch, oder? Sie bieten sich an, körperliche Arbeiten zu verrichten, damit sie die Gelegenheit bekommen, ihre Muckis zu zeigen.

Mike wollte jedoch anscheinend nicht angeben. Er nahm nur seine Sachen und wandte sich zum Gehen.

„Wie kommt es, dass du heute allein hier bist? Normalerweise bist du doch immer mit Carla zusammen."

„Sie hat meinen Hilfeschrei zum Möbelzusammenbau einfach ignoriert", entgegnete ich und räumte ihm damit noch einmal eine letzte Chance ein, sich wie ein Retter in der Not zu verhalten. „Ist schon okay, ich weiß, wie viel Wert sie auf ihre Maniküre legt."

„In welchem Apartment wohnt sie denn?"

„Oh, nicht in diesem Gebäude, sondern nebenan." In unserer Straße stand ein Wohnblock neben dem nächsten. „Bei ihr gibt es aber weder Pool noch Waschraum", fügte ich hinzu, um zu erklären, warum Carla fast immer hier anzutreffen war. Jedenfalls immer dann, wenn Mitch-der-Hengst nicht da war.

Mike warf mir noch ein Lächeln zu, das einen wirklich umhauen konnte. „Ich würde sagen, ein weiterer Grund, warum ich sicher sein kann, genau ins richtige Haus gezogen zu sein."

„Äh, ja." Für einen Mann, der grade durch die Gentlemanprüfung durchgerasselt war, konnte er verdammt charmant sein.

„Bis später", sagte er und winkte mir noch einmal kurz zu.

„Okay, bis später." Ich winkte ebenfalls und sah ihm dann hinterher, als er die Treppe hinaufging, bevor ich meine Sachen nahm. Dabei fiel mir auf, dass er eins meiner Gläser mitgenommen hatte. Ein merkwürdiges Gefühl strömte durch mich hindurch, und es hatte nichts mit Ärger zu tun.

Nein, es handelte sich wohl eher um freudige Erwartung. Denn wenn Mike mein Glas hatte, würde ich ihn wiedersehen. Und das, dachte ich, ist gar nicht mal so schlecht.

Auch wenn er nicht gerade ein Kavalier war, hatte er sich als ziemlich nett entpuppt. Und ein weiterer Freund hier im Haus konnte nie schaden.

Kaum hatte Mike seine Tür geöffnet, begrüßte Stephanie ihn mit einem anerkennenden Pfiff. „Heißes Mädchen", sagte sie.

„Nicht dein Typ", erwiderte Mike grinsend. „Sie steht auf das Y-Chromosom."

„Verdammt. Wieder gescheitert."

Er lachte und schüttelte den Kopf, während er sich auf einen der Küchenstühle fallen ließ. Er und Stephanie waren schon seit der Grundschule befreundet. In der achten Klasse waren sie dann für eine Woche lang fest liiert gewesen, was ihre Freundschaft für eine ganze Weile ruiniert hatte. Doch im zweiten Semester auf der Highschool war Steph in Tränen aufgelöst zu ihm gekommen, um ihm verzweifelt zu berichten, dass sie sich Hals über Kopf in das neue Mädchen an der Schule verliebt hatte. Mike hatte zugehört, ihre Tränen getrocknet, und ihre Freundschaft war von dem Moment an wieder aufgelebt. Im Grunde war die Bindung sogar stärker gewesen als je zuvor, denn jetzt konnten sie auch über ihre jeweiligen Freundinnen diskutieren.

„Heißt das, dass sie deine neue *besondere* Freundin ist?", fragte Steph neckend, während sie versuchte, eine Flasche Wein zu entkorken.

„Freundin, ja. Besonders auf jeden Fall. Aber *meine* ..." Er verstummte achselzuckend, bevor er ihr die Flasche und den Korkenzieher abnahm und die Flasche öffnete. „Daran arbeite ich noch."

Steph hob leicht die Augenbrauen. „Ach ja? Erzähl mir alles, oder du bekommst keinen Wein."

„Ich habe Margaritas getrunken", erklärte er und hob sein inzwischen leeres Glas. „Daher verzichte ich ohnehin auf den Wein."

Sie musterte das Glas, handgeblasene mexikanische Glaskunst mit einem blauen Schimmer und dunkelblauem Rand. „Gehört ihr das?"

„Ja", sagte er, ziemlich stolz auf sich, dass er es einfach mitgenommen hatte.

Stephs Grinsen verriet ihm, dass sie genau verstand, warum er das getan hatte. „Aschenputtels Schuh."

„Genau. Ich behalte das Glas und habe somit einen Grund, zu ihr zu gehen und sie wiederzusehen."

Abgesehen davon gab es natürlich noch einen weiteren Grund. Die Anspielungen, die Mattie wegen des Aufbaus ihrer Möbel gemacht hatte, waren mehr als deutlich gewesen. Er hätte einfach aufstehen, die Hand auszustrecken und sagen müssen: „Komm, lass uns das schnell erledigen."

Das Problem mit dieser Option wäre jedoch gewesen, dass Mattie zwar beeindruckt gewesen wäre, aber nicht so, wie Mike sie in seinem Gesamtverführungsplan beeindrucken wollte. Wenn er sofort einwilligte, sobald sie ihn um etwas bat, wäre er einfach nur ein Dummkopf, der das tat, was sie wollte. Wenn er jedoch in einer Stunde oder so zu ihr ging – nämlich dann, wenn sie völlig frustriert zwischen all den einzelnen Möbelteilen saß und nicht weiterwusste –, dann wäre er plötzlich ihr Held. Und würde definitiv Pluspunkte auf der Sexyskala sammeln.

„Na los, erzähl mir schon von ihr", ermunterte Steph ihn, während sie mit einem Glas Wein für sich und einer Cola für ihn an den Tisch kam. Mike blickte zur Uhr und überlegte, wie viel Zeit ihm noch blieb, ehe Mattie den Höchstgrad ihrer Frustrationsschwelle erreicht hatte, und nickte dann.

„Ich habe sie an dem Tag getroffen, als ich hier eingezogen bin", erzählte er und begann damit ganz am Anfang, ehe er Steph auch den Rest erzählte. Und zwar alles. Er berichtete, wie heiß ihm wurde, wann immer er Mattie ansah, bis hin zu dem geheimen Vorsatz, den sie gefasst hatte, und den er im Waschraum belauscht hatte.

Steph hörte ihm zu, ohne ihn zu unterbrechen. Er wusste, dass sie die Tiefe seiner Gefühle verstand. Mike war nicht der Typ, der sich laufend immer aufs Neue verliebte, aber er gehörte zu den Menschen, die an die Liebe auf den ersten Blick glaubten. Seine Eltern hatten sich im ersten Semester auf dem College in einem Hörsaal das erste Mal gesehen und waren seit dem Moment ineinander verliebt. Seine Familie war eng miteinander verbunden, und anders als bei so vielen anderen Familien heutzutage gehörten zu seiner wirklich alle dazu, vor allem seine Großeltern.

Grandma Jo und Grandpa Fred waren in das Haus gegenüber von seinem Elternhaus eingezogen, als Mike acht gewesen war. Er war im Kreise einer großen Familie aufgewachsen und wusste, dass ihn das nur stärker gemacht hatte. Vor allem auch deshalb, weil die Beziehung seiner Großeltern genauso eng gewesen war wie die seiner Eltern – und genauso Hals über Kopf eingegangen worden war. Das war sicherlich auch ein Grund, warum Mike sich ebenfalls nach inniger Liebe und einer langfristigen Beziehung sehnte. Vielleicht war es albern, dass seine eigenen Träume von wahrer Liebe auf den Erfahrungen seiner Verwandten basierten, aber Mike sah ja, wie glücklich seine Eltern und Großeltern waren.

Das alles hatte er Steph schon vor Jahren erklärt, und sie wusste besser als sonst irgendjemand, dass Mike noch immer auf der Suche nach der richtigen Frau war. Dass er sich jetzt so schnell in jemanden verguckt hatte … na ja, das sagte schon eine ganze Menge.

Er beschrieb Mattie und ihren Plan, und als er geendet hatte, lehnte Steph sich auf ihrem Stuhl zurück, nickte langsam und meinte einfach nur: „Interessant.“

„Das ist alles? Ich erzähl dir, dass die erste Frau, die mir seit über einem Jahr endlich mal wieder wirklich gefällt, ihr Sexualleben aufpeppen will, und dir fällt nichts weiter ein als *interessant*? Wie wäre es mit ‚Wow, was für eine tolle Gelegenheit, die sich dir da bietet!‘ Oder ‚Mann, du musst ja wirklich unter einem Glücksstern geboren worden sein‘.“

„Oder vielleicht ‚Ach herrje, was hast du dir da denn eingebrockt?‘“, meinte sie und sah ihn ernst an.

„Das soll ein Witz sein, oder?“, entgegnete er und fragte sich, wieso sie so negativ klang.

Sie verdrehte die Augen. „Mike, du bist doch sonst nicht so naiv. Oder täusche ich mich in deinen Absichten?“

„Meine Absichten", erklärte er und kam sich total altmodisch vor, „sind absolut ehrenhaft."

„Na also, da liegt genau das Problem, oder? Sie ist auf eine heiße Affäre aus. Ein paar neue Erfahrungen, um ihr erotisches Repertoire zu erweitern. Sie hat gesagt, ihr Ex wäre ein Langweiler gewesen, richtig? Das heißt, sie ist darauf aus, mal so richtig einen draufzumachen. Was sie im Augenblick nicht will, ist eine langfristige Beziehung."

Er runzelte die Stirn. Steph hatte wahrscheinlich nicht ganz unrecht.

„Und hat sie dich am Pool in irgendeiner Form angemacht?", hakte Steph nach. Mike musste zugeben, dass Mattie das nicht getan hatte.

„Na also, da hast du es."

Er hob beide Hände und hoffte, damit zu demonstrieren, dass er absolut keine Ahnung hatte, wovon sie redete.

Steph seufzte und verdrehte die Augen. „Heterosexuelle Männer sind einfach zu blöde", stellte sie fest. „Es ist doch ganz offensichtlich, dass sie schon jemanden im Sinn hat, mit dem sie eine heiße Nummer schieben will."

„Oder sie findet mich einfach nicht anziehend."

Steph schüttelte den Kopf. „Quatsch", erklärte sie glaubwürdig. „Du bist unwiderstehlich." Sie verschränkte die Arme vor der Brust und neigte den Kopf zur Seite. „Nein, der einzige Grund, warum deine kleine Freundin nicht mit dir geflirtet hat, ist der, dass sie sich für jemand anderen aufspart. Daher, mein Freund, besteht dein Job darin, sie davon zu überzeugen, dass sie die Augen auf den falschen Typen gerichtet hat."

„Aha", sagte er und fragte sich bereits, ob es nicht besser gewesen wäre, den Mund zu halten. „Und wie genau soll ich das bitte schön tun? Pralinen? Rosen? Sie betrunken machen, um es dann mit ihr zu treiben, bis sie nicht mehr weiß, wo oben und unten ist?"

„Keine schlechte Idee", befand Steph, ohne mit der Wimper zu zucken. „Aber ich denke, das Beste wäre, wenn du einfach versuchst, einen Platz in ihrem Leben einzunehmen. Finde heraus, hinter wem sie her ist. Und dann sieh zu, dass du in der Lage bist, die Lücke zu füllen, falls ihr Plan scheitern sollte."

„Und warum sollte er scheitern?", wollte er wissen.

„Wer weiß schon, was bei solchen Dingen alles schiefgehen kann? Aber wenn sie schon auf Verführung eingestellt ist, und du bereits einen Platz in ihrem Leben eingenommen hast, na ja, dann wäre es doch eine völlig natürliche Reaktion von ihr, sich an dich zu wenden, oder?"

„Du bist teuflisch, das weißt du, oder?"

„Na sicher", erwiderte sie. „Die Frage ist nur, habe ich auch recht?"

Mike dachte darüber nach. Darüber, Mattie näherzukommen. Darüber, dass Mattie Brown eine Frau war, mit der er gern zusammen wäre. Mit der er gern reden würde. Mit der er gern lange Spaziergänge machen würde. Und natürlich würde er auch gern seine Hände über ihren nackten Körper gleiten lassen, um sie verrückt zu machen. Das war ja sowieso klar.

Aber die Sache mit der Freundschaft? Ja, das gefiel ihm auch.

„Ja", sagte er schließlich langsam, nachdem er das alles sorgsam bedacht hatte. „Ich glaube, dass du recht hast."

Ich hasse Sperrholz! Dieses nachgemachte Holz mit dem Furnier obendrauf und den gepressten Holzlagen, die zig Millionen Pfund wiegen, dazwischen.

Bisher war es mir gelungen, an zwei Teilen die Ecken abzustoßen, bei einem weiteren Teil die Schraube zu überdrehen und mir meinen Zeh zu verletzen, indem ich mir ein Regalbrett darauf fallen ließ. Und das alles wegen eines Aktenschranks, den ich nicht wollte, für einen Job, den ich nicht wollte.

Also ehrlich.

Um dem Ganzen noch die Krone aufzusetzen, hatte vorhin auch noch meine Schwester angerufen, einfach nur, um Hallo zu sagen, wie sie meinte. Als ich ihr jedoch von meinem Möbel-Aufbau-Dilemma berichtete, begann sie sofort mit einer Lobpreisung, wie sehr *ihr* Chef darauf bestand, dass sie auf keinen Fall zu Hause arbeitete. Er wollte, dass sie genügend Freizeit hatte. Und um sicherzustellen, dass sie sich auch wirklich wohlfühlte, wenn sie dann doch einmal länger im Büro verweilen musste, hatte er ihr ein astronomisch hohes Budget für Möbel eingeräumt und ihr erklärt, sie bräuchte nicht zu sparen.

Selbst bei Büromöbeln gewann Angie. Diese Frau würde mich noch in den Wahnsinn treiben!

Ich schob die Gedanken an meine Schwester beiseite und konzentrierte mich wieder auf das Chaos zu meinen Füßen. Was ich dringend brauchte, war Hilfe. Sofort tauchte ein Bild von Mike vor meinen Augen auf. Der nette Mike. Der süße Mike. Mike mit dem fantastischen Oberkörper.

Ich schüttelte mich. *Böse, böse Mattie.*

Trotzdem … Ich musste mir dringend das Margaritaglas von ihm zurückholen. Und sollte er mich dann zufällig fragen, was ich gerade tat … und ich ihm dann erklärte, dass ich mit dem Aufbau der Möbel kämpfte – und er mir dann zufällig seine Hilfe anbot … na ja, wer würde da schon Nein sagen?

Nachdem ich mein Vorhaben, ihn noch einmal wiederzusehen, derart gerechtfertigt sah, stand ich auf und ging zur Tür. Vor dem Spiegel an der Garderobe blieb ich noch einmal stehen und musterte mein Gesicht und die Frisur. Okay, ich sah zwar nicht unbedingt umwerfend, aber annehmbar aus, daher öffnete ich entschlossen die Tür.

„Mike! Ich wollte gerade zu dir kommen!"

Er hob mein Margaritaglas. „Brauchst du das so dringend?"

„Nein, natürlich nicht", erklärte ich, obwohl ich das tatsächlich ja als Entschuldigung hatte vorbringen wollen. „Ich, äh, hatte gehofft, dass du mir vielleicht helfen könntest." Ich trat einen Schritt zurück und zog ihn förmlich in die Wohnung.

Er ging an mir vorbei, sah sich um und schaute mich dann direkt an. „Versteh mich jetzt nicht falsch, aber ist hier eine Sägemühle explodiert?"

„Sehr witzig." Ich nahm ihm das Glas aus der Hand. „Hilfst du mir, wenn ich dir dafür ein volles Glas bringe?"

Er schenkte mir ein Grinsen, charmant, aber mit einem leichten teuflischen Blitzen in den Augen. „Wie könnte ich solch ein Angebot ausschlagen?"

Da ich nicht dumm bin, versorgte ich ihn umgehend mit einem Inbusschlüssel und deutete auf die Anleitungen (die zusammengeknüllt unter dem Fernsehtisch lagen, wohin ich sie in einem Anfall von Frust gekickt hatte). Mike sammelte weitere Pluspunkte, da er mir nicht einmal einen herablassenden Blick zuwarf, als er sich bückte, um sie aufzusammeln.

Ich verzog mich in die Küche, um die Margaritas zu machen.

Wobei *verzog* nicht wirklich das richtige Wort ist. Die Wohnung ist nur gut sechzig Quadratmeter groß und besteht aus einem großen Rechteck, in dem der Wohnraum, die Essecke und die Küche untergebracht sind, die alle mehr oder weniger ineinander übergehen und somit offen sind – es sei denn, man steht hinten am Kühlschrank.

Zwischen der Essecke (mit Teppichboden ausgelegt) und der Küche (gefliest) befanden sich zwei Stufen, die in das winzige Badezimmer und das annehmbar große Schlafzimmer auf der rechten Seite führten. Das war's. Damit war die große Besichtigungstour schon beendet.

Es ist nicht viel, aber Sie würden die Sache anders sehen, wenn Sie wüssten, wie hoch der Scheck war, den ich jeden Monat für die Miete ausschreiben musste. Wohnen in L. A. war definitiv nicht billig.

Was ich damit sagen wollte, ist, dass ich Mike nicht die ganze Zeit über sehen konnte, aber ich hörte ihn. Und es fühlte sich irgendwie nett und gemütlich an – und beängstigend häuslich –, als ich in der Küche herumwuselte, während er die Regale hin und her schob und vor sich hin murmelte.

Da die Herstellung von Margaritas kaum mehr erfordert, als Eis und Alkohol in einen Mixer zu schütten und dann auf „An" zu drücken, brauchte ich nicht allzu lange, um die Mischung fertigzustellen. Und trotzdem, obwohl ich nur kurze Zeit in der Küche gewesen war, hatte Mike es geschafft, den gesamten unteren Teil des Aktenschrankes zusammenzubauen.

„Wow. Du bist ja echt gut." Ich reichte ihm seinen Drink und setzte mich zu ihm auf den Boden, um mir anzuschauen, was er alles in wenigen Minuten geschafft hatte, verglichen mit dem Nichts, was ich in Stunden zustande gebracht hatte.

„Liegt wohl daran, dass das Männerarbeit ist", meinte er und warf mir wieder dieses atemberaubende Grinsen zu. Das gefiel mir wirklich, und ich merkte, dass mein Magen erneut Saltos schlug.

Ich wandte mich, plötzlich schüchtern geworden, ab. „Okay, wie kann ich helfen?"

„Bring einfach nur die Margaritas. Um das andere kümmere ich mich."

„Bist du sicher, dass es dir nichts ausmacht?"

Er blickte auf, und auf einmal wurde mir ganz warm und kribbelig. Und vor allem war ich mir ganz sicher, dass er die Wahrheit sagte, als er erwiderte: „Nein, es macht mir überhaupt nichts aus."

Und so passierte es. Er arbeitete, und ich saß daneben und sah ihm zu. Sah ihm zu und nippte und servierte Margaritas, während wir beide immer betrunkener wurden.

„Woher kommt denn eigentlich der plötzliche Bedarf an neuen Möbeln", fragte er später. Da hatte er schon alles zusammengebaut (in einem winzigen Bruchteil der Zeit, die ich dafür gebraucht hätte) und saß gegen meinen neuen Aktenschrank gelehnt da, den Drink locker in der Hand.

Genau genommen kannten wir uns so gut wie gar nicht. Aber während der vergangenen Stunde hatten wir auf engstem Raum miteinander geplaudert, und irgendwie vermittelte er mir das Gefühl, als wären wir schon immer beste Freunde gewesen. Es war ein schönes Gefühl; seit der Highschool hatte ich das nicht mehr erlebt, wenn ich es mir recht überlegte. Daher erzählte ich ihm vorbehaltlos von den Höhen und Tiefen meines Jobs. „Ich weiß, dass es ein guter Job ist, daher jammere ich eigentlich auch gar nicht gern. Ich meine, mein Gehaltskonto ist gut gefüllt. Aber meine Ideen? Die fangen so langsam an dahinzuschwinden. Ich habe das Gefühl, als würde ich meine Kreativität einbüßen."

Ich holte tief Luft und ließ sie langsam entweichen. „Es ist beängstigend. Aber arbeitslos zu sein ist noch beängstigender. Vor allem, wenn man aus einer Familie wie meiner stammt, wo ein gutes Gehalt superwichtig, ein Job, für den man sich aufreibt, noch superwichtiger und das gesellschaftliche Ansehen das Allerwichtigste überhaupt ist."

Mike beobachtete mich aufmerksam, während ich all das erzählte. Aber nicht so, dass es mir unangenehm gewesen wäre, sondern so, als würde all das, was ich zu sagen hatte, ihm wirklich bedeutsam erscheinen. Und als ich endete, nickte er leicht. „Ich weiß genau, was du durchmachst", sagte er. „Es hat all meinen Mut erfordert, um den festen Job zu kündigen und mich selbstständig zu machen. Das war echt das Härteste, was ich je in meinem Leben getan habe."

„Aber es hat sich für dich ausgezahlt", entgegnete ich. „Oder?"

„Auf jeden Fall." Er hatte mir vorher schon ein wenig darüber erzählt, was er alles machte – Computerspiele entwickeln, das Storyboard entwerfen, das Programmieren und all diese Dinge –, daher machte er inzwischen gar nicht mehr einen so freakigen Eindruck auf mich. Ich meine, Storyboards entwerfen war wie Drehbücher schreiben und somit genau das, was ich auch tun wollte.

„Meinst du also, dass ich ein Feigling bin?", fragte ich. Eigentlich war ich mir nicht sicher, ob ich wirklich eine Antwort auf die Frage haben wollte. Im gleichen Moment wurde mir aber auch klar, dass mir Mikes Meinung wichtig war. Wenn er mich für dumm hielt, weil ich bei John Layman Productions blieb, was würde das dann bedeuten? Denn ich fürchtete, dass ich nicht genügend Mut besaß, um bei meiner Firma zu kündigen. Noch nicht. Vielleicht niemals. Gleichzeitig machte mir die Vorstellung, dass Mike denken könnte, ich würde mich wie eine

Idiotin benehmen, sehr viel mehr Sorge, als ich vermutet hätte. Oder, ehrlich gesagt, mehr als ich zugeben wollte.

Ich hatte Glück, denn er kritisierte mich nicht, sondern erklärte stattdessen nur, dass jeder seine eigene Methode finden müsse, um dort anzukommen, wo er hinwolle. „Solange du deinen Weg sehen kannst, und solange du deine kreative Ader nicht verkümmern lässt, bist du doch noch auf der richtigen Spur. Gleichzeitig solltest du jedoch die Augen offen halten, damit du nicht übersiehst, wenn sich dein Weg gabelt. Sonst verpasst du womöglich noch die Ausfahrt, die dich zu dem Job führt, den du dir wirklich wünschst."

„Das ist ja eine nette Highway-Analogie", meinte ich neckend. Aber ich freute mich darüber, dass er mich nicht als Idiotin abgestempelt hatte. Das behielt ich allerdings für mich, denn ich kam mir ohnehin vor wie eine Idiotin, wie ein Dummkopf und obendrein noch wie ein Feigling. Weil ich schon vor langer Zeit aufgehört hatte, meinen Weg zu sehen und seit Jahren nur noch wegen des guten Gehalts arbeitete. Dieses brennende Verlangen, ein Drehbuch zu verkaufen, loderte zwar noch immer in mir, aber irgendwie wusste ich nicht so recht, wie ich es anfangen sollte. Die Vorstellung machte mir Angst, und ich hatte keine Ahnung, wie ich etwas an der Situation ändern sollte.

Das erzählte ich Mike natürlich nicht, aus Furcht, er könnte schlecht von mir denken. Denn aus Gründen, die ich nun wirklich nicht näher analysieren wollte, war es mir wichtig, dass ich in seinen Augen in einem guten Licht dastand.

Also tat ich das, was ich immer tue, um einer Sache aus dem Weg zu gehen – ich wechselte das Thema.

„So", meinte ich und stand auf, „du hast dir deine Margaritas mit dem Aufbau des Teils verdient, aber wenn du dazu noch etwas zu essen bekommen willst, musst du noch ein paar Muskeln spielen lassen."

„Ach ja?", erwiderte er und grinste über meinen herausfordernden Ton.

„Das Teil nützt mir ja wenig, wenn es hier mitten im Zimmer steht", erklärte ich. „Und ich bin eine viel zu schwache und zarte Frau, um es ganz allein zu bewegen."

Damit erntete ich nur lautes Gelächter, und prompt gefiel Mike mir noch besser.

„Okay", gab ich zu. „Nicht schwach und zart, aber leicht angesäuselt und definitiv faul. Gibt es eine Art Ehrenkodex, der einen Ritter dazu verpflichtet, einer betrunkenen Maid zu Hilfe zu kommen?"

„Auf jeden Fall", meinte er. „Solange der Ritter auch betrunken ist."

„Ich vermute mal, damit hast du dich definitiv qualifiziert."

Er trank den letzten Schluck Margarita aus, ohne mich aus den Augen zu lassen. „Ja, Ma'am, das denke ich auch."

„In Ordnung." Ich räusperte mich und kämpfte gegen das angenehme Kribbeln in meinem Bauch an, während ich mir gleichzeitig einredete, dass es lediglich vom Alkohol kam und nichts mit dem Mann in meiner Wohnung zu tun hatte. Er war, ermahnte ich mich streng, perfektes Material für einen guten Freund. Aber als Liebhaber? Auf keinen Fall. Mike ähnelte Dex viel zu sehr, und ich hatte nicht vor, in diese Falle noch einmal zu tappen.

„Gut", fuhr ich fort. „Äh, wie wäre es, wenn wir ihn hierher schieben?" Ich deutete auf meinen ziemlich unordentlichen Schreibtisch und den Platz auf dem Fußboden, der zurzeit mit Papieren übersät war, die in irgendeiner Form etwas mit John Layman Productions zu tun hatten. Außerdem lagen da natürlich noch ein Dutzend Klatschzeitschriften herum. Schließlich musste man als leitende Angestellte von Layman auf dem Laufenden sein, was all die kommenden Berühmtheiten anging.

Während Mike den Aktenschrank packte, eilte ich hinüber, um den Kram aus dem Weg zu schieben. Er hievte das Teil allein hoch und winkte ab, als ich meine Hilfe anbot, bevor er es an Ort und Stelle schob.

„Wow", sagte ich, als er fertig war. „Das ist ja echt praktisch, solch einen starken Mann im Haus zu haben."

„Ja, du hast echt Glück, dass ich direkt gegenüber wohne."

„Stimmt", erwiderte ich, und mir wurde schon wieder ganz heiß. „Sehr viel Glück."

Unsere Blicke trafen sich, und auf einmal hatte ich das Gefühl, einen dieser Momente zu erleben, von denen man sonst nur in Liebesromanen liest. Leider wollte ich einen solchen Moment nicht erleben, weil Mike ja nur ein *Freund* – kein *Lover* sein sollte. Also räusperte ich mich noch einmal und wandte den Blick ab, bevor auch Mike wegschaute. Plötzlich hatten wir das Land der Liebesromane verlassen und befanden uns in einer ziemlich peinlichen Realität.

Was für ein Mist.

Als er sich von mir weggedreht hatte, war sein Blick auf meinem Schreibtisch gelandet, und jetzt deutete er auf einen Stapel Papier. „Was ist das?"

Ich folgte seinem Blick und entdeckte Cullens Post. Prompt wurde ich rot. Was natürlich albern war, denn Mike konnte ja nicht wissen (jedenfalls nicht mit absoluter Sicherheit), dass ich ihn süß fand. Außerdem konnte er nicht wissen, dass ich Cullen heiß fand, und derzeit Pläne schmiedete, mich von ihm flachlegen zu lassen.

Aber, auch wenn es blöd war, errötete ich und fing zu allem Überfluss auch noch an zu stottern, als ich erklärte, dass ich die Post für einen Nachbarn rausnahm, der im Augenblick in Aruba war.

„Ach ja, richtig", sagte Mike und nickte nachdenklich. „Der Typ, der dort wohnt." Er deutete auf meine Wand im Westen. „Er ist irgendein Model, oder?"

Ich nickte und zuckte gleichzeitig mit den Schultern, um absolute Gleichgültigkeit zu demonstrieren. Dabei vermied ich es, Mike anzusehen, was mir aber nicht so richtig gelang. Ich weiß nicht, warum ich mir plötzlich so blöd vorkam – als ob die Idee, mich mit Cullen einzulassen, die absurdeste Idee war, die man haben konnte –, aber so war es. Und das Ganze wurde noch peinlicher, weil Mike da war und mitbekam, wie ich in meiner eigenen Blödheit schwelgte.

Also ehrlich, der Mann brachte meine Gefühlswelt total durcheinander. Und mein Selbstvertrauen. Ganz zu schweigen von meiner Selbstbeherrschung.

Wenn er mein Freund werden würde – und das fände ich wirklich schön –, dann würde ich lernen müssen, mich zusammenzureißen. Zumindest sollte ich künftig in seiner Gegenwart auf Alkohol verzichten. Ich meine, das lag doch bestimmt an den Margaritas, dass ich mich so albern benahm, oder? Woran sollte es sonst liegen?

Ich merkte, dass er mich mit nachdenklicher Miene musterte, so als wäre ich ein Rätsel, das er gerade gelöst hatte. Ich war mir nicht sicher, ob mir das gefiel, also stand ich auf und begann, im Zimmer hin und her zu gehen, während ich wünschte, ich könnte die letzten Minuten ungeschehen machen. Auch Mike richtete sich auf, und ich hatte das merkwürdige Gefühl, dass es ihm ähnlich ging.

Schnell begann ich, all das Werkzeug und den Müll vom Aufbau zusammenzusuchen, und nach ein paar Sekunden bückte Mike sich ebenfalls, um mir zu helfen. „Du hast mich großzügig mit Margaritas versorgt", meinte er. „Ich habe das Gefühl, ich müsste mich revanchieren."

Ich deutete zum Aktenschrank. „Äh, ich glaube, das hast du bereits."

„Ach ja, stimmt", kam seine trockene Antwort. „Das heißt, du bist mir richtig was schuldig."

Ich lachte. „Das ist wahr. Womit kann ich dienen?" Kaum waren die Worte heraus, bereute ich sie auch schon. Zwischen uns hatte es eben ziemlich geknistert, aber ich wollte das wirklich viel lieber ignorieren.

„Ich könnte selbst noch ein bisschen Hilfe beim Möbelaufbau gebrauchen", erwiderte er. „Vielleicht morgen Abend?"

„Das soll ein Witz sein, oder? Du hast doch das Chaos gesehen, als du hergekommen bist. Wenn du etwas zerstört haben willst, dann bin ich die Richtige für dich. Etwas zusammenbauen ist eher nicht so mein Ding."

„Was ich brauche, ist Hilfe beim Anbringen von Regalen. Dafür sind drei Hände ganz hilfreich, und leider, leider, habe ich nur zwei. Du musst einfach nur dort stehen, wo ich es dir sage und etwas festhalten. Ich denke, das schaffst sogar du", fügte er grinsend hinzu.

„Oh danke. Vielen Dank."

Wir lächelten uns an, und dann meinte er, ganz beiläufig. „Ich bin außerdem ein richtiger Experte, wenn es darum geht, Pizza zu bestellen, von daher wäre ich gern bereit, dich zu verpflegen. Und vielleicht können wir uns danach ja noch einen Film ansehen." Er deutete auf eins der eingerahmten Kinoposter, die in einer Ecke über meinem Schreibtisch hingen. Es zeigte William Powell und Myrna Loy in *Der dünne Mann*. „Du scheinst ein Fan von alten Filmen zu sein."

„Oh ja. Vor allem die Filmreihe *Der dünne Mann* hat es mir angetan. Das ist eine so intelligente Komödie – solche Filme werden heutzutage gar nicht mehr gedreht."

„Nein, das stimmt", erwiderte er ein wenig geistesabwesend. „Warum schauen wir uns dann nicht den Film an?"

„*Der dünne Mann?*", fragte ich. „Das wäre echt toll. Ich habe gehört, dass sie die Filme endlich auf DVD herausgebracht haben, aber ich habe es noch nicht geschafft, sie mir zu besorgen. Bist du auch ein Fan? Hast du die DVD?"

„Ja, klar", sagte er und blickte zum Poster statt zu mir. „Es ist wirklich ein toller Film. Den musste ich sofort haben. Also, wenn du willst, können wir uns nach der Arbeit entspannen und den Film ansehen. Was meinst du? Bist du dabei?"

Ich schaute ihn an, wie er da so ganz lässig stand und einen Vorschlag von Nachbar zu Nachbar unterbreitete. Er bat mich doch nur, mit ihm Regale aufzuhängen, nicht mit ihm ins Bett zu gehen. (Eine leise Stimme in meinem Kopf stellte fest, dass das äußerst schade war, doch dieser Stimme gebot ich schleunigst Einhalt.)

Ich wusste, ich sollte Nein sagen. Schließlich hatte ich genug um die Ohren. Zum einen war da mein zeitraubender Job.

Ganz zu schweigen von all dem Stress, der damit verbunden war, mir auszudenken, wie ich meinen anderen Nachbarn verführen könnte.

Doch als ich an all diesen Stress dachte, fiel mir als Erstes ein, wie nett es wäre, mit Mike den Abend zu verbringen, Pizza zu essen und Nick und Nora – ganz zu schweigen von Mr Asta, dem Hund – dabei zuzusehen, wie sie einen Kriminalfall lösten.

Also sagte ich natürlich Ja. Und kaum hatte ich das getan, war mir klar, dass das genau die richtige Entscheidung gewesen war.

Wobei mir das, ehrlich gesagt, schon ein wenig Angst machte.

4. KAPITEL

Klingelingeling.

Ich: „Hallo." (Übersetzung: „Hallo.")

Mom: „Mattie?" (Übersetzung: „Ich hoffe, du bist schon wach, Liebes, es ist schon nach Sonnenaufgang.")

Ich: „Hallo, Mom. Was gibt's?" („Warum rufst du mich an einem Sonntag in aller Herrgottsfrühe an?")

Mom: „Ich störe dich doch nicht bei irgendetwas, oder?" („Ich erwarte von dir, dass du auf bist und seit sechs Uhr arbeitest. Auch wenn Wochenende ist, besteht kein Grund, nachlässig zu werden.")

Ich: „Nein, überhaupt nicht." („Ich übe, wenn auch etwas verspätet, mein Recht auf jugendliche Rebellion aus!")

Mom: „Einer von den Kollegen, der gerade erst bei uns in der Kanzlei angefangen hatte, ist nach Boston gewechselt. Das heißt, wir haben eine offene Stelle in der Immobilienabteilung. Ich könnte ein paar Fäden ziehen." („Ich lasse ungern eine Woche vergehen, ohne dich daran zu erinnern, wie sehr du mich enttäuscht hast, indem du einem solch noblen Beruf den Rücken gekehrt hast.")

Ich: „Ich weiß das Angebot wirklich sehr zu schätzen, Mom. („Da würde ich mir lieber die Zehennägel ausreißen.") Aber bei mir läuft alles bestens („Lügnerin! Lügnerin!"), und ich bin noch nicht bereit, das Handtuch zu werfen." („Und selbst wenn, würde ich lieber bei Starbucks arbeiten, als mir Büroräume mit meiner Erzeugerin zu teilen.")

Mom: „Du wirst nicht jünger." („Du wirst in drei Jahren dreißig! Warum hast du bisher noch nicht die Welt erobern.")

Ich: „Ich weiß, Mom." („Bitte, lass uns das Thema wechseln.")

Mom: „Wie geht es deinem Freund? Wie hieß er noch … Rex?" („Netter Kerl. Leicht zu vergessen." – In dieser Hinsicht sind wir uns zumindest einig.)

Ich: „Wir haben uns schon vor Monaten getrennt." („Würde es dich umbringen, vielleicht wenigstens hin und wieder zuzuhören, wenn deine Tochter dir etwas erzählt?")

Mom: „Oh. Na ja, tut mir leid." („Wie unangenehm, solch eine wichtige Information vergessen zu haben. Ich muss dran denken, mein Ginkgo zu nehmen.")

Ich: „Ich muss los." („Lass mich in Ruhe!")

Mom: „Pass auf dich auf!" („Fang dir keine von diesen peinlichen Krankheiten bei diesen ungewaschenen Hollywoodtypen ein, mit denen du verkehrst.")

Ich: „Ich versuch's." („Oh Mist. Kondome muss ich noch kaufen.")

„Kondome."

Carla verschluckte sich fast an ihrem fettfreien Latte macchiato, erholte sich aber erstaunlich schnell. „Wie bitte?"

„Dex und ich hatten uns testen lassen, seitdem nehme ich die Pille. Das heißt, dass ich mich seit über drei Jahren nicht mehr um Kondome kümmern musste." Stundenlang hatte ich mich jetzt schon mit diesem Problem beschäftigt. Besser gesagt, mich verrückt gemacht. Ich meine, es ist ja nicht so, dass einem diese Oh-jetzt-brauchen-wir-ein-Kondom-Sache ganz natürlich von der Hand geht. So etwas ist doch immer total heikel, dabei hatte ich noch eine Reihe anderer, weit wichtigerer Dinge, über die ich mir den Kopf zerbrechen konnte. (Nicht zuletzt die Frage, ob ich überhaupt nur die geringste Chance hatte, es mit – *oh mein Gott!* – Cullen Slater zu treiben.)

Carla wedelte nur mit der Hand, anscheinend völlig unbeeindruckt von meiner Angst. „Schätzchen, das ist genauso wie mit dem Fahrradfahren."

Der coole Kellner – braun gebrannt und sehr blond – kam an unseren Tisch, schenkte mir Kaffee nach und brachte unsere Bagels. Ich wartete eine angemessene Zeit, ehe ich mich wieder in diesen Kondom-Sumpf vorwagte.

„Die Sache ist leider die, dass ich nie wirklich über das Stadium mit den Stützrädern hinausgekommen bin." Weil ich merkte, dass ich knallrot wurde, trank ich hastig einen Schluck Kaffee, in der Hoffnung, Carla würde es dann nicht bemerken.

Klappte natürlich nicht. „Stützräder?" Sie neigte auf typische Carla-Weise den Kopf, bevor sie mit der Gabel ein winziges bisschen Frischkäse aufnahm, mich aber gleichzeitig nicht aus den Augen ließ. „Das musst du mir bitte erklären."

Das *Perk Up!* war ein kleines, beengtes Lokal am Ventura Boulevard, nur zwei Blocks von meiner Wohnung entfernt. Es war außerdem äußerst beliebt – vor allem an einem Sonntagmorgen –, und die Besitzer waren keine Dummköpfe. Wenn man versuchen wollte, die winzigen Tische noch enger zusammenzustellen, könnte man sie auch gleich stapeln. Also beugte ich mich vor und senkte die Stimme. „Ich war nie sonderlich gut darin, es über … über … na, du weißt schon zu ziehen!"

Carla verdrehte die Augen. „Wenn du es nicht mal sagen kannst, kannst du es auch nicht tun."

„Tja, das erklärt wohl meine jämmerlichen achtzehn Prozent, oder? Bist du jetzt glücklich?" Ich war es definitiv nicht. Ich, mitsamt meinen flammend roten Wangen, wäre am liebsten unter den Tisch gekrabbelt, doch leider war das bei dieser Tischgröße keine Option.

„Ich bin längst nicht so glücklich, wie du es sein wirst, sobald du Cullen Slater in dein Bett gelockt hast." Sie zog die Brauen zusammen. „Hm, wobei ich mir nicht ganz sicher bin, ob er einer von den Typen ist, die es nur im Bett treiben. Was natürlich auch kein Problem darstellt …"

In dem Versuch, mich wieder zu fangen, setzte ich eine professionelle Miene auf. „Zum einen bin ich sicher, dass zu irgendeinem Zeitpunkt ein Bett eine Rolle spielen wird. Und zweitens hast du eine sehr zufriedenstellende Beziehung mit einem tollen Typen und brauchst nicht wegen Cullen Slater auszuflippen."

„Stimmt. Ich hatte fünfundsiebzig Prozent in dem Test. Bei Mitch und mir läuft alles bestens."

Das verschlug mir die Sprache. Fünfundsiebzig Prozent? Während ich gerade einmal lausige achtzehn zustande gebracht hatte? Wie konnte das angehen? Während der Highschoolzeit war ich viel öfter ausgegangen. Und im College auch. Okay, es stimmte, dass ich nie wirklich etwas getan hatte, aber Carla hatte doch auch keine supergeilen Zeiten durchlebt, während ich mich auf den Mathe-Abschlusstest vorbereitet hatte. Oder?

Nein, Carlas herausragendes Ergebnis lag daran, dass sie seit drei Jahren mit Mitch, dem Sexprotz, zusammen war, während ich vermutlich reichlich Punkte dafür eingebüßt hatte, dass ich meine Jahre mit Dex verschwendet hatte. Meine Jahre mit dem süßen, langweiligen Dex, die mir kolossale achtzehn Prozent eingebracht hatten.

Ich ließ meinen Frust an dem Bagel aus, indem ich mit Übereifer Frischkäse darauf schmierte. Anschließend biss ich ein Riesenstück ab und versuchte (ohne großen Erfolg) zu kauen.

„Wir kommen vom Thema ab", meinte ich, nachdem ich es irgendwann doch geschafft hatte zu schlucken. „Ich brauche Hilfe. Hilfe von jemandem, der im Schlampentest fünfundsiebzig Prozent geschafft hat. Also, was meinst du wohl, wer auserkoren wurde?"

„Um was zu tun?"

Ich zog einen Block aus meinem Rucksack und blätterte zu der Seite mit den Notizen, die ich mir gemacht hatte. Dort waren die Fertigkeiten aufgelistet, die ich brauchen würde, um mich nicht zu blamieren. Schließlich wohnte ich direkt neben diesem Mann. Wenn ich schlecht im Bett war, konnte ich ihm anschließend nicht mehr jeden Tag ins Gesicht sehen. Sprich, ich müsste umziehen. Und in L. A. ist es verdammt schwierig, eine gute Wohnung zu finden. Ich drehte meinen Block zu Carla herum, während ich meine Handschrift kopfüber las und mit der Gabel darauf zeigte.

„Ich würde mal sagen, beim Küssen bin ich okay …"

„Das wirst du mit mir jedenfalls nicht ausprobieren."

Ich verdrehte die Augen. „Da habe ich jedenfalls nie Klagen gehört. Aber … na ja …" Ich überlegte, wie ich das wohl jetzt am besten ausdrücken konnte. „Ich fürchte, ich habe kein sonderlich großes … Repertoire."

Carla nickte weise. „Verstehe", meinte sie und legte dann mütterlich eine Hand auf meine. „Aber da kann ich dir helfen." Ein leicht albernes Lächeln erschien auf ihren Lippen, verschwand aber sofort wieder. „Genau genommen kann ich dir vermutlich sogar mehr helfen, als du dir vorstellen kannst."

Weil ich nicht wusste, ob sie es ernst meinte oder doch eher sarkastisch oder ironisch, runzelte ich die Stirn. Doch ich beschloss, mich nicht um die diversen Möglichkeiten zu kümmern, sondern fragte daher einfach: „Aber kannst du mir *jetzt* helfen?"

„Auf jeden Fall. Und ich weiß auch schon genau, wo wir anfangen." Sie trank einen Schluck von ihrem Latte, bevor sie mich freudestrahlend anlächelte. „Du brauchst Spielzeug."

„Wie bitte?" Ich stellte mir einen riesigen Teddybär vor einem Nintendospiel vor. Vermutlich war das jedoch nicht das, was Carla im Sinn hatte.

„Du brauchst Abwechslung. Du brauchst Spielzeug. Und du brauchst etwas … äh … anatomisch Korrektes, an dem du diese Sache mit dem Kondom üben kannst." Sie lächelte so überheblich wie eine große Schwester und spielte damit mal wieder die läppischen zwei Monate aus, die sie älter war als ich. „Mach eine Liste, meine Süße. Ich geh mit dir einkaufen."

Einkaufsliste:
Cola light
Brot
Kondome – normal, genoppt, bunt
Erdnussbutter – mit Stückchen und cremig
Wein – rot und weiß
Kerzen
Gleitmittel
Cap'n Crunch
Milch
Eier
Unterwäsche – Tangas? Spitze? Im Schritt offen?
Pikante Soße

Vibrator – welche Größe? Gibt es bei Vibratoren Größen?
Chips
Kaffee
Bier

Mike hatte den Morgen am Telefon verbracht und schon schnell gemerkt, dass die meisten Videoläden sonntags nicht vor elf Uhr öffneten. Also wechselte er ins Internet und erstellte eine Liste all der Läden in der Nachbarschaft, die DVDs verkauften. Anschließend werkelte er in seiner Wohnung herum und versuchte, sich auf die Nachrichten im Fernsehen zu konzentrieren – oder zumindest darauf, seinen Toast nicht anbrennen zu lassen –, beides leider nur mit mäßigem Erfolg.

Warum nur hatte er Mattie erzählt, er würde die DVD *Der dünne Mann* besitzen? Und noch schlimmer, wenn er ihr schon so eine dreiste Lüge auftischte, warum hatte er sich dann nicht wenigstens ein oder zwei Tage Zeit gegeben, um das Teil ausfindig zu machen? Was sollte er denn nun heute Abend sagen, wenn sie rüberkam, um ihm beim Aufhängen der Regale zu helfen, und es ihm bis dahin nicht gelungen war, die DVD zu kaufen? Sollte er etwa behaupten, dass er sie verlegt hatte? Dass jemand bei ihm eingebrochen war und seine gesamte Kollektion alter Filme geklaut hatte? Dass er keinen klaren Gedanken mehr fassen konnte, wenn Mattie neben ihm stand? Oder, viel näher an der Wahrheit, dass er heftig von Eifersucht geplagt wurde, wann immer er daran dachte, dass Mattie hinter Cullen Slater her war?

Und hier lag das eigentliche Problem. Er wusste es natürlich nicht mit Bestimmtheit, aber so, wie Mattie errötet war, als er auf Cullens Post gezeigt hatte, konnte man wohl davon ausgehen, dass Cullen dazu auserkoren worden war, in Matties Plan, ihr Sexualleben aufzupeppen, als Hauptakteur zu fungieren. Mike fand, das allein genügte durchaus, um den anderen Mann zu hassen.

Natürlich war das idiotisch, da Cullen vermutlich nicht einmal wusste, dass er im Zentrum von Matties Aufmerksamkeit stand. Aber Mike argumentierte gewöhnlich nicht mit seinen Gefühlen. Nein, in der Regel neigte er eher dazu, alles wissenschaftlich und methodisch anzugehen. Mattie strebte ein Ergebnis an, bei dem sie mit Cullen zusammenkam. Dieses Ergebnis gefiel Mike nicht. Um es zu verändern, musste er also die ursprüngliche Gleichung ändern.

Doch natürlich war es nicht ganz so einfach. Zum einen war die einzige Änderung, die er vorzunehmen bereit war, die, dass *er* den Platz von Cullen in dieser Gleichung einnahm. Das hörte sich in der Theorie ganz einfach an, könnte praktisch aber durchaus Probleme bereiten – was sich allein dadurch schon beweisen ließ, dass er sich in diesen Schlamassel hineinmanövriert hatte, als er vorgegeben hatte, *Der dünne Mann* zu besitzen.

Und das war ja noch nicht einmal alles! Oh nein. In einem Anfall unglaublicher Blödheit hatte er ihr auch noch erzählt, dass er ein Fan dieses Klassikers sei. Dumm nur, dass er den Film noch nie gesehen hatte.

Er war also nicht nur ein jämmerlicher Lügner, sondern ein jämmerlicher Lügner, der jetzt ganz schnell einen Crashkurs in Sachen *Dünner Mann* absolvieren musste, angefangen bei der Recherche, wer in diesem verdammten Film die Hauptrolle gespielt hatte. Und natürlich, worum es überhaupt ging!

Erst jetzt bemerkte er, dass er mit einem Glas Orangensaft in der Hand durch seine Wohnung pilgerte und noch keinen Schluck getrunken hatte. Nach einem Blick auf die Uhr – es war nach elf – beschloss er, dass er sich als Erstes auf die Suche nach der DVD begeben würde. Schließlich blieben ihm bis heute Abend nicht mehr viele Stunden, und in der Zeit musste er die DVD finden und kaufen, sich mit der Handlung des Films vertraut machen – und ihn mindestens einmal anschauen, damit er wusste, wovon die Geschichte handelte. Außerdem musste er noch dringend die Regale kaufen, bei deren Aufhängung Mattie ihm helfen sollte.

Ehrlich, es würde vermutlich an ein Wunder grenzen, wenn er das alles vor Mitternacht erledigt hätte. Schade, dass er nur bis um sieben Uhr Zeit hatte.

Also schnappte er sich seine Schlüssel, verließ die Wohnung und ging zum Parkplatz. Zunächst einmal würde er es in den Videoläden am Ventura Boulevard versuchen, und wenn er da kein Glück hatte, würde er mit dem Handy herumtelefonieren, bis er einen Laden gefunden hatte, in dem es den Film gab.

Da seine Wohnung nur zwei Blocks entfernt vom Ventura Boulevard lag, brauchte er nicht lange, um dorthin zu gelangen. Er hielt gerade vor dem Kiosk an der Kreuzung zwischen Laurel Canyon und Ventura Boulevard, als er aufsah und Mattie und Carla aus dem *Perk Up!* kommen und die Straße entlanggehen sah. Gerade als die Ampel auf Grün sprang, stiegen die beiden in einen kirschroten PT Cruiser.

Eigentlich hatte er nach rechts abbiegen wollen, doch der kleine Teufel, der sich irgendwie dauerhaft auf seiner Schulter eingenistet hatte, drängte ihn dazu, stattdessen nach links zu fahren, sehr zum Unwillen der älteren Dame im Wagen hinter ihm.

Mike bog ab und fuhr dann so langsam weiter, bis er mit dem Cruiser auf einer Höhe war. Carla lenkte den Wagen, was ihn nicht weiter überraschte, und die beiden Mädels unterhielten sich angeregt, so vertieft in ihre Unterhaltung, dass er sicher war, dass sie ihn nicht bemerkt hatten.

Gut. Denn er hatte keine Ahnung, was er hätte sagen sollen, wenn Mattie ihn entdeckt und gefragt hätte, was er hier tat. Wie sollte er das beantworten, wenn er es selbst nicht wusste?

So langsam, wie es ging, fuhr er weiter, bis Carla ihn – *endlich* – überholte. Erleichtert atmete er tief durch und fädelte sich hinter ihr ein, wobei er aber darauf achtete, einen gewissen Sicherheitsabstand einzuhalten. Aufregung packte ihn, obwohl er sich durchaus bewusst war, dass er sich wie ein Teenager benahm. Doch Tatsache war, dass seit Jahren keine Frau in ihm auch nur den Wunsch ausgelöst hatte, sich wie ein Teenager zu benehmen. Mochte sein Verhalten also auch leicht absurd anmuten, die Gefühle – dieses Staunen, Sehnen und Verlangen – erfüllten ihn und gaben ihm Auftrieb … und rechtfertigten es durchaus, dass er gerade die Frau verfolgte, in die er sich ziemlich heftig verknallt hatte.

Ein paar Meilen fuhr er wie in Trance hinter den beiden Frauen her, bis er hastig die Spur wechseln musste, weil Carla auf den Parkplatz eines Einkaufszentrums bog. Sie parkte in der Nähe des Videoladens – einen, den er auch auf seiner Liste gehabt hatte –, und er duckte sich hastig und hoffte inständig, dass die beiden ihn nicht entdeckt hatten.

Hatten sie zum Glück nicht.

Sie waren zu sehr damit beschäftigt, zum *Pleasure Palace* zu eilen, der sich drei Türen weiter befand. Mike wusste, dass es sich um einen berühmten Laden für Sexspielzeug handelte. Allein die Vorstellung, dass Mattie durch all das Leder, Gummi, durch die Duftgels und -öle stöberte, sandte eine Hitzewelle durch seinen Körper.

Hier ging es wohl um Mattie und ihre alberne Cullen-Anmache. Er wusste es, und es störte ihn gewaltig.

Doch gleichzeitig fand er die Vorstellung, dass Mattie sich in diesem Laden aufhielt und sich eine Auswahl an erotischen Spielzeugen aussuchte … na ja, das fand er schon sehr, sehr faszinierend.

Wissen, das wusste Mike, war Macht. Daher war diese Zusatzinformation in Bezug auf Matties Plan sehr interessant und konnte vielleicht dazu beitragen, dass *er* und nicht Cullen in ihrem Bett landete.

Die Frage war jetzt nur, wie.

„ ,*The Pleasure Palace*'?“ Ich las das sehr rosafarbene, sehr verschnörkelte Schild über der Tür und drehte mich fassungslos zu Carla um. „Was ist das für ein Laden?“

Carla warf mir lediglich einen vielsagenden Blick zu. Das war okay. Ich brauchte ja nicht wirklich eine Antwort. Und kaum waren wir in den Laden getreten, brauchte ich *definitiv* keine Antwort mehr. Ein Blick genügte, um mich mit all den Informationen zu versorgen, die ich benötigte, und ich bin sicher, dass ich bis hinunter zu meinen Zehen errötete.

Das *Pleasure Palace* befand sich im Stadtteil Van Nuys, was wohl durchaus Sinn ergab, denn Van Nuys war früher einmal der Mittelpunkt der Pornoindustrie gewesen. Himmel, vielleicht war er das immer noch. Ich wusste es nicht und hoffte, wir würden es jetzt auch nicht unbedingt herausfinden. Das Einzige, was ich wollte, war, meine Schlampenausrüstung zusammenzubekommen, um danach schnell wieder in meine sichere Wohnung zu gelangen, wo ich dann herausfinden konnte, was zum Teufel ich mit meinen neuen Spielzeugen anfangen sollte.

Leider hatte ich ja noch gar keine Spielzeuge erstanden. Genau genommen stand ich noch immer nahe am Eingang am Fenster und versuchte, den Mut aufzubringen, mich dem Personal des Ladens und möglichen anderen Kunden zu stellen. Ja genau, das bin ich: die ultimative Schlampe.

Wäre ich allerdings nicht dort am Fenster hängen geblieben, hätte ich Mike nicht gesehen. Aber genau das tat ich. Ich sah ihn keine dreißig Meter entfernt, wie er von seinem Wagen auf einen Videoladen zusteuerte – in dem man Filme ausleihen und kaufen kann (zum Glück kein Pornoshop; meine eigene Verruchtheit war im Moment alles, was ich verkraften konnte).

Wobei, im Augenblick kam ich ja nicht mal mit meiner eigenen Verruchtheit klar.

Carla trat hinter mich. „Entweder bist du mit deinen Gedanken ganz woanders, oder du willst ernsthaft Pfefferminzbonbons in Penisform kaufen."

Ich blickte hinab und merkte, dass ich vor einer Auslage mit diesen Bonbons stand. Diese Tatsache ignorierend, deutete ich nach draußen. „Mike", sagte ich nur. Das genügte. Carla beugte sich vor und reckte den Hals gerade noch rechtzeitig, um zu sehen, wie sich die Tür des Videoladens hinter ihm schloss.

„Na und?"

„Na und? Das war *Mike*."

„Und", meinte Carla langsam, „da kann ich nur wiederholen, na und? Es sei denn, du glaubst, dass er gesehen hat, wie du hier in den Laden gegangen bist. Und selbst dann, na und?"

Genervt fuhr ich mir mit der Hand durchs Haar. „Nein, ich glaube nicht, dass er uns gesehen hat. Aber ja, was ist, wenn doch? Ich meine, was wird er dann von mir denken?"

„Dass du dir Sexspielzeug kaufst?"

„Ja, aber das ist doch völlig untypisch für mich."

Carla vollführte eine von ihren Seufzer-Nummern. Die Art, bei der die Schultern sich hoben und senkten, und sie eine erstaunliche Menge an Luft ausatmete. „Ich dachte, hier ginge es um Veränderung", widersprach Carla. „Ich dachte, das Problem an der ganzen Sache wäre, dass du mit dir nicht zufrieden bist."

„Ist es ja auch", gestand ich ein. Doch dann zog ich die Stirn kraus. „Ich meine, eigentlich natürlich nicht. Es ist nur, ach, ich weiß nicht …" Ich verstummte, weil ich mich total unglücklich fühlte. Dann beugte ich mich vor und flüsterte – als ob es irgendjemanden in diesem Laden auch nur im Geringsten interessierte, was ich zu sagen hatte. „Vermutlich komme ich mir einfach nur so idiotisch vor, weißt du? Ich meine, da will ich versuchen, mein Möglichstes zu tun, um Cullen Slater zu verführen, nur weil ich in irgend so einem Internetschlampentest mies abgeschnitten habe. Das ist so … so …"

„So total übertrieben?", warf Carla hilfsbereit ein.

„Ja! Genau. Es kommt mir alles ein bisschen viel vor."

„Ich dachte, du wolltest es mal übertreiben?", meinte Carla, und dieses Aufblitzen in ihren Augen, das mir vorhin im Coffeeshop schon aufgefallen war, tauchte plötzlich wieder auf. Noch immer hatte ich keinen blassen Schimmer, was sie dachte, hatte aber auch keine Zeit nachzufragen, denn sie fuhr fort: „Ich glaube, etwas Übertriebenes ist genau das, was du brauchst, ehrlich. Nur mit Übertreibung erregst du Aufmerksamkeit. Der große Coup. Große Gesten. Sachen, über die die Leute am nächsten Tag während ihrer Kaffeepause reden."

„Na, vielen Dank, aber ich kann gut und gern darauf verzichten, zum Hauptthema des Büroklatsches zu werden."

„Wie wäre es mit dem Nachtprogramm am Montag?"

Völlig verwirrt musterte ich sie. Carla sah jedoch alles andere als verwirrt aus. Ihr Lächeln war so breit und strahlend, dass es mit den Scheinwerfern konkurrieren konnte, die die Dildoausstellung ein paar Schritte rechts von uns anstrahlten.

„Carla", fragte ich misstrauisch, „was ist los?"

„Du", sagte sie. „Im Fernsehen." Auf einmal schienen alle Dämme zu brechen. Kaum hatte sie das Wort *Fernsehen* ausgesprochen, purzelten die Worte nur so aus ihr heraus, so als hätte es sie übermenschliche Kraft gekostet, den Mund zu halten. „Nachdem wir gestern geredet hatten, hat Timothy zufällig angerufen. Dabei kamen wir auf eins seiner neuen Projekte zu sprechen, und ich habe dich erwähnt …"

„Du hast mein Sexualleben gegenüber deinem *Chef* erwähnt?" Ich konnte es nicht fassen, dass sie so etwas tun würde.

„Ja, aber aus gutem Grund."

Ich funkelte sie böse an. „Ich wüsste keinen Grund, der etwas derartig Unanständiges rechtfertigen würde!"

„Nicht einmal der Verkauf eines Drehbuches?"

Ich blinzelte. „Was? Erklär das bitte etwas genauer."

Ihr Gesicht leuchtete vor Begeisterung auf. „Du weißt doch, was Timothy immer für tolle Ideen hat, oder? Na ja, das Neueste ist, dass er eine Serie von Sendungen machen will, die auf realen Tatsachen beruhen. Die Shows wären eine Stunde lang, doch danach soll es dann noch ein dreißigminütiges Interview mit dem Autor geben. So eine Art völlig neuer Ansatz zum Reality-Fernsehen, verstehst du?"

Ich verstand und fand, es klang großartig. Sehr viel interessanter als all der Kram, der meinem Chef einfiel!

„Wie auch immer, aus einer Laune heraus erzählte ich ihm von deiner Schlampensache. Du weißt schon, als Idee für eine der Sendungen. Ich habe ihm nicht gesagt, dass es sich um dich handelt – na ja, anfangs jedenfalls nicht –, aber als sich herausstellte, dass er den Ansatz toll fand, da habe ich ihm natürlich erzählt, dass du dahintersteckst. Denn du weißt ja, dass ich immer versuche, dich zu promoten, und er weiß, dass du schreiben kannst."

Mir schwirrte der Kopf, und ich wollte auch keine voreiligen Schlüsse ziehen, deshalb stand ich einfach nur da und starrte Carla an.

„Mattie!", quietschte Carla. „Begreifst du es denn nicht? Er ist *begeistert* von der Idee! Zumal Cullen ja auch einen gewissen Promi-Faktor aufzuweisen hat. Er will, dass du alles aufschreibst, und dann bist du der Interviewpartner für *die allererste Show*! Und das Beste daran ist, wenn ihm dein Drehbuch fürs Fernsehen gefällt, weißt du, dass er auch jedes Filmdrehbuch, das du ihm bringst, lesen wird. Es ist zwar keine Garantie, aber er hat definitiv das Durchsetzungsvermögen, um einen Film auf die Beine zu stellen."

„Ach du meine Güte", sagte ich langsam. Doch dann fing ich auch an zu quietschen. „Ach! Du! Meine! Güte!" Ich schlang die Arme um Carla und drückte sie. Das war unglaublich! Carla hatte recht; es war genau der Schubs, den ich brauchte. Abgesehen von …

Ich löste mich von ihr. „Will ich wirklich all meine Abartigkeiten im Fernsehen zur Schau stellen?" Ich konnte Angie schon vor mir sehen, wie sie selbstgefällig in ihrem Wohnzimmer in Beverly Hills saß und sich in dem Ruhm sonnte, die einzige *nicht* verrückte Tochter der Familie zu sein. *Kein* sehr schönes Bild.

Carla lachte. „Das ist doch das Tolle daran. Niemand wird auch nur im Entferntesten daran glauben, dass etwas Wahres dran ist, und selbst wenn, na und? Es ist fantastische Fernsehunterhaltung. Damit wirst du marktfähig. Aber du musst es schon gut machen. Und deshalb sage ich, dass …"

„Total übertrieben sogar noch besser ist." Ich nickte, während ich jetzt endlich begriffen hatte, was sie meinte. Konnte ich das wirklich durchziehen? Konnte ich im landesweiten Fernsehen dazu stehen, dass ich *nicht* zu den Schlampen gehörte? Konnte ich meine Versuche, mir Cullen zu angeln, öffentlich machen? Ja, überlegte ich. Das konnte ich. Angesichts der Tatsache, dass ich in letzter Zeit alles andere als glücklich mit meinem Job bei JLP gewesen war, konnte ich es ruhig mal riskieren, meinen Stolz aufs Spiel zu setzen, wenn das nötig war, um auf der Karriereleiter eine Stufe weiter nach oben zu klettern.

„Wow", sagte ich, nachdem ich das alles halbwegs verdaut hatte. „Wow."

„Na?", drängte Carla.

„Ja", erwiderte ich. „Ich mach's."

„Fantastisch." Sie nickte zu dem Videoladen, in dem wir Mike vor ein paar Minuten hatten verschwinden sehen. „Dann hör auf, dir wegen deiner Mutter und deiner Schwester und deinen Nachbarn ins Hemd zu machen, und lass uns mit dem Einkaufen loslegen. Es gilt schließlich, einen Plan in die Tat umzusetzen."

„Stimmt." Aber ich muss zugeben, dass ich noch einen letzten, verstohlenen Blick zur Videothek warf und an Mike dachte, bis ich mich dann doch herumdrehte und mich den bunten Auslagen von Dildos und Vibratoren stellte.

Ich merkte, dass meine Augen groß und größer wurden, während Carla neben mir anfing zu kichern.

„Du hast deinen Spaß, was?"

„Weil ich der sonst so abgeklärten Mattie Brown dabei zusehe, wie sie um Fassung ringt? Oh ja, ich amüsiere mich königlich."

Nachdem ich ihr noch einen finsteren Blick zugeworfen hatte, setzte ich, in der Hoffnung, meine Anonymität wahren zu können, eine Sonnenbrille auf. Diese Schüchternheit musste ich aber wohl noch ablegen lernen, wenn das Ganze mit einer Fernsehsendung enden sollte. Aber ich dachte mir, dass ich meine Schüchternheit (oder sollte ich lieber von Erniedrigung sprechen?) ja nicht von jetzt auf eben abstellen musste. Schließlich würde ich noch monatelang Zeit haben, ehe irgendein Interview mit mir gesendet werden würde – vorausgesetzt, dass Timothy mein Skript überhaupt abnahm.

In der Zwischenzeit fand ich, hatte ich ein Anrecht auf die dunkle Sonnenbrille. Wobei ich natürlich ohnehin nicht davon ausging, dass ich hier jemanden treffen würde, den ich kannte. Und selbstverständlich hatte ich auch vor, mit meiner Kreditkarte zu bezahlen, was die Sache mit der Anonymität ohnehin zunichtemachen würde. Egal. Ich schob die Brille fest auf die Nase, holte tief Luft und trat auf ein Regal zu. „Okay, los geht's."

Lassen Sie mich nur kurz erwähnen, dass der Laden überhaupt nicht so war, wie ich ihn mir vorgestellte hatte. Während der ganzen Fahrt hierher hatte ich Männer in schmutzigen Regenmänteln vor meinem inneren Auge gesehen, schummrige Beleuchtung und mir den unangenehmen Geruch nach verschwitztem Leder vorgestellt. Stattdessen waren wir in einem Laden gelandet, der aussah, als würde GAP jetzt Sextoys verkaufen.

Alles war hell erleuchtet, für jedermann ersichtlich ausgebreitet und nach Funktion sortiert. Massageöl hier, Kondome dort, nicht definierbare Plastikringe mit kleinen Noppen am Eingang. Neugierig schlenderte ich dorthin. Abgesehen von dem Loch in der Mitte, sahen die rosa Plastikdinger aus wie knubbelige Seifenreste.

Behutsam nahm ich eins der Teile mit zwei Fingern hoch und blinzelte durch das Loch. Zu groß, um als Daumenring durchzugehen, aber zu klein für einen … na ja, Sie wissen schon.

Carla streckte den Kopf über meine Schulter. „Ist für die Männer. Die können es über ihren … du weißt schon stecken."

Es befriedigte mich ungemein, dass sie es auch nicht laut sagen konnte, doch ich glaubte ihr nicht. „Niemals. Das ist doch winzig. Was für Typen sollen das denn kaufen?" Ich blickte mich hastig zu dem heftig gepiercten Collegestudenten um, der an der Kasse stand. Den allerdings schien unsere Unterhaltung nicht im Mindesten zu interessieren. „Sexspielzeug für Liliputaner?"

„Nein, ernsthaft. Man steckt es … vorher drauf … und dann …"

„Oh!" Ich warf es zurück in den Korb und wischte mir die Hände an der Jeans ab. „Ich verstehe schon."

„Bist du sicher, dass du keinen willst?", fragte Carla neckend. „Die kleinen Knubbel … also, das soll sich ganz toll anfühlen."

„Soll es das? Das heißt, du hast es selbst auch noch nicht ausprobiert?"

Sie schüttelte den Kopf.

„In dem Fall brauche ich auch keinen, um die Fünfundsieb-zigprozenthürde zu knacken." Ich deutete zu den anderen Regalen. „Lass uns weitermachen."

„In Ordnung", erklärte Carla ganz geschäftsmäßig. Sie wandte sich nach links und marschierte direkt auf den Haupttresen zu, hoch erhobenen Hauptes, in der typischen Carla-Pose, mit der sie ausdrücken wollte: Mich kann nichts schockieren.

Ich folgte ein paar Schritte hinter ihr, den Kopf gesenkt und betend, dass mich niemand ansprechen möge.

Die Auslage, auf die Carla zugesteuert war, beherbergte eine Glasvitrine mit drei Regalen. Fasziniert blickte ich auf die rosa, lila und hautfarbenen Vibratoren, die wie Kuchen in einem Bä-ckereischaufenster aufgebaut waren, alle mit Preisen versehen und nur darauf wartend, gekauft zu werden. Die Frauen aus L. A. mochten vielleicht nur Designerklamotten kaufen, aber ihre Vibratoren waren definitiv von der Stange.

Diese ganze Situation vermittelte mir das Gefühl, wild und dekadent zu sein. Erwachsen. Doch noch während ich mich in meiner Reife sonnte, kam sich ein winzig kleiner Teil von mir noch immer vor wie eine Zwölfjährige, die heimlich die Seiten von *Playgirl* aufschlug.

Bemüht nonchalant schob ich einen Korb mit Gleitmittelpro-ben beiseite – eine Vielzahl von unterschiedlichen Packungen in Pastelltönen – und beugte mich über den Tresen, um besser se-hen zu können. Das war ein Fehler. Meine neue Position brachte mich Auge in Auge mit einem knallig pinkfarbenen, lebensech-ten Vibrator, der, dem kleinen Schild nach, das an ihm hing, den charmanten Namen Gummibär trug.

Ich unterdrückte ein Kichern und deutete auf das Teil.

Unser voll durchgepiercter Verkäufer lächelte ausdruckslos. „Kann ich Ihnen helfen?"

„Ist das ein Bär?"

Er nickte. „Ein sehr beliebtes Modell." Mit einer übertriebe-nen Geste griff er in die Vitrine, schnappte sich das Ding und stellte es auf den Tresen.

Ich beugte mich weiter vor, genau wie Carla auch. Und tatsächlich, was wir hier vor uns hatten, war der übliche naturgetreue Gummivibrator – abgesehen von dem Knallrosa natürlich –, der mit einem rosa Bären verziert war.

Brennend vor Neugierde stupste ich das Teil an. Es fühlte sich kühl an und zitterte wie ziemlich harter Wackelpudding. Der kleine Bär – ein freundlich aussehendes Kerlchen, das etwas im Maul hielt – kauerte am unteren Rand des Schaftes, direkt über den Eiern und sah aus, als würde er im nächsten Moment auf den … na ja, den Rest springen wollen.

„Er frisst einen Fisch“, kommentierte ich ziemlich blöde, während mir klar wurde, dass wir auf einen Lachs fischenden Bären starrten, der sich an einen rosa Lustspender klammerte. Im Grunde konnte man das wohl nur als „Discovery Channel läuft Amok“ titulieren.

„Es ist ein Luxusmodell“, informierte uns der hilfsbereite Angestellte. „Damit breiten sich die Empfindungen noch besser aus.“ Er griff unter den Tresen und holte ein fischloses Exemplar hervor. „Dies ist konzentrierter“, sagte er und tippte auf die Schnauze des Bären.

„Oh.“ Mehr fiel mir dazu nicht ein, da ich keinen blassen Schimmer hatte, wovon er redete.

„Können Sie ihn mal anschalten?“ Carla kauft niemals die Katze im Sack.

Er drückte auf einen Schalter am unteren Teil des Superluxusmodells, und Carla legte experimentierfreudig einen Finger auf den Fisch. Danach wiederholte sie den Vorgang bei dem fischlosen Modell. „Ooohhh. Sehr interessant.“ Sie drehte sich mit einem kleinen Lächeln auf den Lippen zu mir herum. „Versuch auch mal.“

Das tat ich und wurde mit einer sanften Massage meiner Fingerspitze belohnt.

„Man kann auch die Geschwindigkeit einstellen“, sagte der Verkäufer und demonstrierte es uns.

Ich zog meinen Finger weg und runzelte die Stirn. Bisher hatte ich noch nicht herausgefunden, was für eine Rolle die Tierwelt in diesem Selbstbefriedigungsszenario spielte.

Natürlich stellte ich nicht gern meine Ignoranz zur Schau, aber da diese Dinger anscheinend nicht unbedingt mit intimsten Bedienungsanleitungen versehen waren, nahm ich all meinen Mut zusammen. „Was genau macht der …" Hastig schloss ich den Mund wieder, als mir plötzlich klar wurde, wo der kleine Bär und sein Fisch sein würden, wenn ich Teil A in Schlitz B (oder sollte ich sagen Schlitz M für Mattie?) stecken würde. „Oh! Natürlich."

„Begriffen?", fragte Carla.

Ich nickte und verstand einmal mehr, warum ich nur magere achtzehn Prozent zustande gebracht hatte.

„Möchten Sie es ausprobieren?" Der Verkäufer hielt mir das Teil entgegen, doch ich machte automatisch einen Schritt zurück. Man muss ihm zugute halten, dass er nicht einmal süffisant grinste. Wahrscheinlich hatte er es täglich sowohl mit übermäßig dreisten als auch übermäßig schüchternen Leuten zu tun.

Carla – von der übermäßig dreisten Sorte – trat vor, nahm den Vibrator und wog sein Gewicht in der Hand ab. „Nett und stabil", erklärte sie im gleichen Tonfall, mit dem sie auch ihr Essen in den teureren Restaurants von L. A. bestellte. Fast erwartete ich schon, dass sie fortfahren würde – *vollmundig, mit einem Hauch von Frivolität* – und war beinahe enttäuscht, als sie es nicht tat. „Wie ist das mit der Garantie?", fragte sie, wie immer äußerst praktisch veranlagt.

„Zwei Wochen", informierte sie der junge Mann, und ich stellte mir vor, wie eine Horde Frauen nach Hause in ihre Schlafzimmer raste, damit sie auch ja etwas für ihr Geld bekamen, ehe das Teil den Geist aufgab.

„Nur zwei?", fragte ich.

„Danach besteht die gesetzliche einjährige Gewährleistung durch den Hersteller", sagte er, ohne anscheinend meinen ironischen Unterton bemerkt zu haben.

Carla drehte das Ding hin und her, so als wäre es eine Mango, die sie auf schadhafte Stellen untersuchen müsste. „Japanischer Hersteller?"

Er nickte lächelnd, glücklich, an eine Kennerin geraten zu sein. „Ein fabelhaftes Modell." Er nahm es ihr wieder aus der Hand und bog dann den rosa Schaft in eine entschieden unnatürliche Position. Anschließend schaltete er es an, und das Teil drehte sich auf ziemlich obszöne Weise wie ein Karussell. „So kann man erstaunliche Kontrolle bekommen." Er blickte mich direkt an, so als wüsste er genau, dass ich die Kritikerin war. „Maximale Penetration."

Ich versuchte zu schlucken, brachte ein Husten zustande und war sicher, dass meine brennenden Wangen gleich die Sprinkleranlage auslösen würden.

„Wie wäre es damit?", fragte Carla.

Ich zog die Nase kraus. „Ich glaube nicht."

„Ach, komm schon, Mattie. Deshalb sind wir doch hier, oder?"

Dieses Mal drehte ich dem Tresen den Rücken zu und senkte die Stimme. „Kein Bär wird in meinen … Gewässern fischen." Ich wedelte mit der Hand in der Luft herum.

„Wir haben auch ein hübsches Modell mit einem Biber", verkündete der Verkäufer.

Widerstrebend drehte ich mich herum, um ihn wieder in die Unterhaltung mit einzubeziehen. „Das ist ja noch schlimmer", sagte ich und überlegte, was für eine Art von Humor man brauchte, um so einen Vibrator zu erfinden.

„Ich wusste ja gar nicht, dass du so prüde bist. So viel zu dem Rätsel um die achtzehn Prozent."

Nachdem ich Carla nur einen bösen Blick zugeworfen hatte, wandte ich mich an den Verkäufer. „Haben Sie sonst noch was?"

„Der Liebeshase ist ziemlich beliebt." Er zog ihn heraus und stellte ihn auf den Tresen. Ein hübscher Rosaton, und ein süßes, langohriges Häschen.

Oh Mist, wie süß ist das denn?

Ich hätte mich ja gern zynisch gegeben, ehrlich. Aber ich musste gestehen, dass das Häschen echt niedlich war. Und, um die Wahrheit zu sagen, wollte ich wirklich gern so ein Teil haben. Sie schienen irgendwie so … *faszinierend*, und ich wollte eins mit nach Hause nehmen, um es mal auszuprobieren. Schließlich gab es da nur eine dünne Wand, die mich von Cullen Slater trennte …

Ich unterdrückte einen wohligen Schauer, als mir die Knie weich wurden.

Tatsache war doch, dass es eine Weile dauern konnte, bis ich den Mut aufbringen würde, Slater anzumachen. Aber in der Zwischenzeit schaffte ich es doch bestimmt, mich mit dem Liebeshasen zu beschäftigen. Richtig?

Richtig.

„Oh, wow." Carlas heiseres Flüstern riss mich von meinen Tagträumen von Cullen los. Sie war ans andere Ende der Auslage gegangen und betrachtete etwas, das um die Ecke stand. Gleichzeitig fächerte sie sich mit einer der Postkarten des Ladens Luft zu.

Wohl wissend, dass ich es noch bereuen würde, trat ich um die Vitrine herum, um mit eigenen Augen zu sehen, was Carla dazu brachte, ihre unerschütterliche Ruhe zu verlieren.

„Oh, wow" war definitiv der richtige Ausdruck.

„Vielleicht solltest du dir einen Dildo kaufen", sagte Carla.

„Die können nie im Leben anatomisch korrekt sein", behauptete ich.

Doch genau das seien sie, versicherte uns der Verkäufer. Die unglaublich großen, unglaublich lebensecht wirkenden Dildos, die dort in der Vitrine standen, seien tatsächlich Repliken der sehr realen, sehr lukrativen Prachtstücke von irgendwelchen Pornodarstellern, von denen ich noch nie gehört hatte.

„Wie exakt?", wollte Carla wissen.

„Ganz exakt", erwiderte der junge Mann.

Ich stellte mir einen Raum voller Männer vor, die mit eingegipsten Penissen herumliefen und ihren Stolz opferten, damit sich Frauen – und Männer – daran erfreuen konnten.

„Sollen wir?", fragte Carla. Sie hielt eine große Kondompackung hoch. „Du brauchst die Übung, und Cullen könnte …"

Der Gedanke, dass Cullen es locker mit einem Hengst aufnehmen konnte, war sowohl furchtbar aufregend als auch furchtbar beängstigend. Doch es gab Grenzen, und mit Monsterdildos würde ich *meine* Grenzen weit überschreiten. „Ich denke, ich bleibe beim Häschen."

„Gute Wahl", erklärte der Verkäufer.

Carla zuckte mit den Schultern. „Wie du meinst." Sie marschierte weiter in den Laden hinein, bevor sie sich umdrehte, um sicherzustellen, dass ich ihr folgte. Tat ich aber nicht. „Kommst du?"

„Sind wir nicht fertig?"

„Sei nicht albern." Sie nickte zu der Schachtel auf dem Tresen. „Das ist lediglich das kleine Schwarze. Jetzt müssen wir dich noch mit ein paar Accessoires ausstatten."

Ich blickte von der Tür zu Carla und wieder zurück zur Tür. Was soll's, dachte ich. *Wenn ich schon mal da bin.* Schließlich hatte ich einen Plan. Wenn ich Erfahrungen sammeln wollte – und das wollte ich –, dann würde ich Sexspielzeuge brauchen, die das Äquivalent zu Perlen, einer hübschen kleinen Handtasche und Riemchensandalen darstellten.

Hauptsächlich in schwarzem Leder, nahm ich an.

5. KAPITEL

THE PLEASURE PALACE

Vielen Dank für Ihren Einkauf

Liebeshase, Modell A	$ 95,99
Venus Gleitgel (Erdbeere)	$ 8,95
Eros Kondome Großpackung (4 Dutzend)	$ 30,00
Maske, fellbesetzt	$ 14,95
Lederstrapse, schwarz	$ 59,95
Fancy Pants – Slips, im Schritt offen	$ 15,50
(2x) Penis-Pasta	$ 20,50
Blue Balls, Eiswürfelbehälter, Penisform	$ 8,95
Kerzen, Sinneslust (Zweierpack)	$ 17,75
Maid-2-Order Body	$ 59,95
Beleuchtete Lichterkette, Penisform	$ 19,95
Kerzen, Penisform (Zweierpack)	$ 10,50
Bound-2-U, Fesseln	$ 19,95
Summe	$382,89
Gesetzl. Mehrwertsteuer	$ 31,59
Gesamtsumme	$414,48
Kreditkartenzahlung	$414,48

Zufriedenheit garantiert – sonst Geld zurück!

Drei Stunden später und über vierhundert Dollar leichter, fuhren Carla und ich zurück zu meiner Wohnung, beladen mit schlichten braunen Papiertüten, in denen die wichtigsten Grundgüter des Schlampentums steckten, sowie ein paar zusätzliche Neuheiten, die meine erste jährliche Schlampenparty aufpeppen sollten. Durch und durch pragmatisch veranlagt, hatte Carla beschlossen, dass es vermutlich nicht nur mir an einigen grundlegenden Fertigkeiten auf diesem Gebiet mangelte, sondern es auch vielen meiner Freundinnen so erging. Während Carla uns also durch das San Fernando Valley in

Richtung Studio City manövrierte, trommelte ich übers Netz ein paar Leute zusammen.

Als es Carla gelang, direkt vor meinem Wohnkomplex einen Parkplatz zu ergattern, konnte ich schon die feste Zusage von zwei Freundinnen und von Greg Martin verbuchen. Wenn schon nichts anderes, so hatte ich überlegt, könnte Greg zumindest einen Beitrag in Sachen Kondome leisten.

„Also, ich denke, wir sollten die Penis-Pasta für einen leichten Salat benutzen, was meinst du?"

Wir gingen gerade die Treppen hoch, und ich musste ein Kichern unterdrücken, während ich mich fragte, ob ich es tatsächlich schaffen würde, einen Penis-Nudelsalat zu essen, ohne dass ich daran erstickte.

„Und natürlich müssen wir Drinks wie ‚Sex on the Beach' und ‚Orgasmus' anbieten", fuhr sie fort. „Das wird echt der Hit."

Mein Bauch tat mir schon fast weh, weil ich das Lachen unterdrücken musste. „Wenn also alle schon ein paar Orgasmen gehabt haben, holen wir den Liebeshasen raus. Kommt mir irgendwie wie verkehrte Reihenfolge vor."

„Stimmt." Carla blieb vor meiner Haustür stehen und drehte sich grinsend zu mir herum. Sie nahm eine der Tüten in die andere Hand und zog ihren Schlüsselbund heraus. „Mist, ich habe deinen Schlüssel nicht dabei."

„Okay, nimm meinen." Ich lehnte mich etwas gegen das Geländer, balancierte die größere Einkaufstüte auf meiner Hüfte, bevor ich in meiner Handtasche kramte, bis ich die Schlüssel gefunden hatte. In dem Moment, als ich ihr das Schlüsselbund zuwarf, wurde die Tür hinter ihr geöffnet, und Cullen Slater schlenderte heraus – schlank und umwerfend aussehend wie immer.

Ich schnappte nach Luft und zwang mich, meinen Blick nicht zu dem Teil seiner Anatomie wandern zu lassen, der seit einiger Zeit meine Fantasie anregte.

Aber als unsere Blicke sich begegneten, schwanden alle meine guten Vorsätze, und ich blickte nach unten, schluckte und riss den Blick dann fort. Ich war mir sicher, dass Cullen genau wusste, wohin ich gestarrt hatte. Seinem Lächeln nach zu urteilen, störte es ihn nicht im Geringsten.

„Hallo, Mattie", sagte er mit einer Stimme, die genauso sexy war wie sein Körper. „Kann ich kurz reinkommen, um meine Post abzuholen?"

„Ich … äh … ja, sicher", quiekte ich, weil die Vorstellung, dass Cullen in meine Nähe kam, mich völlig aus der Bahn warf.

Gleichzeitig wurde die Tür auf der anderen Seite des Flures geöffnet. Oder, um genauer zu sein, die Tür auf der anderen Seite des Ganges, denn unser Flur ist eigentlich ein Balkon. Sämtliche Wohnungen sind über einen Balkon zugänglich, wobei das Gebäude ein Rechteck bildet, in dessen Mitte sich der Pool befindet.

Sofort blickte ich auf und sah, dass Mike aus seiner Wohnung kam. Er schaute zwischen mir und Cullen hin und her, bevor er seinen Blick auf mir ruhen ließ. Und dann lächelte er. Und zwar nicht irgendein Lächeln. Nein, dieses Lächeln suggerierte, dass er genau wusste, was ich vorhatte.

Das brachte mich total aus der Fassung – während ich mir jedoch einredete, dass es sich dabei nur um Einbildung handeln konnte. Auf jeden Fall machte ich instinktiv einen Schritt nach vorn, stolperte über meine eigenen Füße und schaffte es, beide Tüten fallen zu lassen. Sie glitten mir aus der Hand, und der Inhalt verstreute sich auf dem Boden. Ein paar von den Kondomen, die der Verkäufer uns noch gratis dazugegeben hatte, rollten sogar vom Balkon und landeten neben dem Pool.

Na toll.

Eins der Kondome, extra groß, besonders gleitfähig, in einer knallrosa Verpackung, rollte an Cullen vorbei direkt vor die in Emanuel-Ungaro-Riemchensandalen steckenden Füße einer blonden Sexbombe, die in diesem Moment aus seiner Wohnung trat. Sie warf mir einen vernichtenden Blick zu, ehe sie das Ding mit der Zehenspitze von sich stieß und sich an Cullens Arm hängte.

Carla gab auf, vergrub das Gesicht an meiner Tür und schüttelte sich vor unterdrücktem Lachen. Ich hörte ein Prusten aus

Mikes Richtung, brachte es jedoch nicht über mich, zu ihm hinüberzuschauen.

Am liebsten wäre ich auf der Stelle gestorben, doch das Schicksal spielte leider nicht mit.

Also bückte ich mich und begann, meine Spielzeuge einzusammeln. Eine der Penis-Pasta-Packungen war kaputtgegangen, und jetzt war der Boden übersät mit winzigen männlichen Geschlechtsteilen. Es gelang mir, eine Handvoll davon aufzusammeln und in eine der Tüten zu stopfen.

Cullen machte einen Schritt auf mich zu und bückte sich, wobei seine Schenkel sich unter der abgetragenen Jeans spannten. Er griff hinter einen Blumenkübel und zog die Schachtel mit dem Liebeshasen hervor. „Ich glaube, das gehört dir", sagte er, sein makelloses Gesicht ausdruckslos. „Und ich hole meine Post einfach später ab."

Ich nickte stumm, während meine Finger sich um die Packung schlossen. Irgendwie hatte ich das Gefühl, als hätte ich eine Art von kosmischer Grenze überschritten. Verlegenheit war jetzt schon gar nicht mehr möglich. Stattdessen ließ ich mich auf den Boden plumpsen und lachte, bis ich Seitenstechen bekam.

Slaters perfekt gestylte Modelfreundin stieg über mich hinweg, sorgsam darauf bedacht, mir ja nicht zu nahe zu kommen, wahrscheinlich aus Angst, dass meine Krankheit ansteckend sein könnte. Slater folgte ihr, und es gelang mir, mein Gelächter einen Moment lang im Zaum zu halten, und zu ihm aufzublicken. Eine Sekunde lang glaubte ich, einen Funken Humor in seinem ach so stoischen Gesicht aufblitzen zu sehen. Doch dann drehte er sich um, nahm Miss Perfekt am Ellenbogen und ging zur Treppe – vorbei an meiner Schwester Angie, die aus der anderen Richtung kam.

Was?

Ich musste zweimal hinsehen, denn Angie sollte eigentlich in ihrem Büro in der Innenstadt stecken oder sich am Pool hinter ihrem Beverly Hills-Bungalow aalen. Sie ließ sich sonst nie dazu herab, hierher ins Valley zu kommen, sondern zwang mich immer, zu ihr in den Westen zu kommen, wenn wir uns zum Mittagessen oder sonst wie verabredeten. Aber natürlich pickte sie sich ausgerechnet heute heraus, um ihre unerschütterliche Regel zu brechen, einfach nur, um mich im Augenblick größtmöglicher Peinlichkeit heimzusuchen.

Großartig.

Wobei … eigentlich war Angie noch am harmlosesten. Überall, wo ich hinsah, entdeckte ich Zeugen meiner Demütigung. Cullen, Mike, Angie, die blonde Tussi. Ehrlich, das war alles zu viel des Guten.

Und das Einzige, was ich zustande brachte, war, reumütig in die Richtung zu schauen, in die Cullen verschwunden war, und gleichzeitig zu hoffen, dass ich mir meine Chancen nicht komplett zunichtegemacht hatte. Was Cullen und die Fernsehsendung betraf.

Oder, flüsterte mir schadenfroh eine leise Stimme im Hinterkopf zu, was Mike betraf.

Nachdem Cullen und seine Tussi verschwunden waren, half Mike mir zusammen mit Angie und Carla, das Chaos zu beseitigen. Er machte keinerlei Bemerkungen über den Inhalt der Tüten, und ich muss zugeben, dass ich ihn für seine Zurückhaltung bewunderte.

Als alles wieder eingepackt war, ging er zurück zu seiner Wohnung, blieb jedoch an der Haustür noch einmal stehen und meinte: „Bis nachher um sieben.“

Ich nickte stumm, überzeugt davon, dass meine Wangen knallrot waren. Dann flüchtete ich in meine eigene Wohnung, während meine Schwester und meine beste Freundin mir folgten.

„Um sieben?“, sagte Carla, kaum dass die Tür hinter uns geschlossen war. „Was passiert um sieben?“

Ich machte eine Handbewegung, die andeuten sollte, dass es unbedeutend war. „Nichts. Er hat mir geholfen, das Ding da zusammenzubauen“, erklärte ich und zeigte auf meinen neuen

Aktenschrank. „Also habe ich versprochen, mich zu revanchieren, indem ich ihm nachher beim Aufhängen von Regalen helfe."

„Aha", meinte Angie skeptisch.

„Gib es auf, Mat", sagte Carla. „Du gehst zu ihm rüber, weil er heiß ist."

Ich hob meine Augenbrauen und versuchte, gekränkt auszusehen. „Stimmt ja gar nicht! Falls du es vergessen haben solltest, wir haben vor nicht einmal zwei Stunden den Weg für mein Liebesleben genau festgelegt. Und Mike Peterson war nicht Teil davon."

„Er war nicht Teil deines Sexuallebens", korrigierte Carla mich. „Von deinem Liebesleben haben wir aber gar nicht geredet."

„Na, wenn ich mit Cullen vögele, werde ich ganz sicher kein Liebesleben mit Mike haben."

„Da! Siehst du?" Carla zeigte triumphierend mit dem Finger auf mich. „Du verbindest seinen Namen schon mit deinem Liebesleben."

„Nein, tue ich nicht", konterte ich, obwohl ein rebellischer Teil meines Gehirns diesen Gedanken durchaus favorisierte. „Und was soll das überhaupt? Du warst doch diejenige, die darauf beharrt hat, dass ich TV-Geschichte schreiben würde, wenn ich mich mit Cullen einlasse."

„Wow! Was ist denn hier los?" Angie hatte uns beobachtet, als würden wir ein Tennismatch austragen, aber jetzt hob sie die Hand. „Du bist in Mike verliebt? Und willst Cullen im Fernsehen vögeln?"

„Nicht im Fernsehen", sagte ich und schüttelte mich angewidert.

Angie warf mir einen ihrer berüchtigten Blicke zu. „Mich interessieren gerade nicht die semantischen Feinheiten, sondern was du hier ausbrütest."

Ich blickte zu Carla, und die zuckte nur mit den Schultern. Da ich ohnehin wusste, dass ich vor Angie kein Geheimnis bewahren konnte, berichtete ich ihr von allem. Von meinen mickrigen achtzehn Prozent. Von meinem Plan, Cullens Dienste in

Anspruch zu nehmen, um diesen Wert zu verbessern. Von meinem Zögern, nachdem ich erkannt hatte, dass der Plan absoluter Blödsinn war. Und schließlich von Carlas Fernsehidee, die mein Interesse an dem Plan, Cullen ins Bett zu locken, wieder entfacht hatte.

„Aber du hast kein Interesse daran, eine richtige Beziehung zu ihm aufzubauen?", fragte Angie.

Ich schüttelte den Kopf. „Langfristig gesehen glaube ich nicht, dass er mein Typ ist."

„Aber für eine heiße Affäre", warf Carla ein, „ist er perfekt."

Angie begann zu lächeln. „Er ist ziemlich scharf, oder?" Ehe ich darauf antworten konnte, feuerte sie schon ihre nächste Frage an mich ab. „Aber Mike ist nicht perfekt? Wieso nicht?"

„Mike würde wohl kaum helfen, ihr Ergebnis zu verbessern", erklärte Carla.

Ich sah sie böse an. „Das stimmt ja gar nicht", behauptete ich. „Mike ist ein richtig toller Kerl. Aber so einen hatte ich schon mal – Dex. Und das war ein Albtraum. Ein persönlicher, niemals zu wiederholender Albtraum. Ich brauche …" Ich verstummte und zuckte mit den Schultern.

„Eine Affäre", stellte Angie fest. „Wilden, berauschenden Sex. Ja, ich versteh schon."

Misstrauisch sah ich sie an. „Du verstehst das?"

„Auf jeden Fall." Ein tückisches Lächeln spielte um ihren Mund. „Nicht, dass ich eine Affäre bräuchte. Ich habe bei dem Test fünfundachtzig Prozent erreicht."

„Ehrlich?", hakte Carla, sichtlich beeindruckt, nach. Angie hauchte nur auf ihre Nägel und tat so, als würde sie sie an ihrer Hemdbrust reiben, während sie sich in einem weiteren Sieg über ihre Schwester – sprich meiner Wenigkeit – sonnte.

„Also verstehst du es?"

„Natürlich", entgegnete meine Schwester. „Du tust, was du tun musst – und benutzt diesen Typen … Cullen –, um das zu bekommen, was du willst. Heißen Sex und einen Auftritt im Fernsehen. Klingt doch irgendwie ganz vernünftig."

Na ja, so, wie sie es beschrieb, klang es eher kalt und berechnend, aber ich versuchte, nicht darüber nachzudenken. Ich hatte schließlich einen Entschluss gefasst, und das war eine gute Entscheidung gewesen. Und in Anbetracht dessen, was ich von Cullen und seinen ständig wechselnden Bettgenossinnen wusste, konnte ich mir ehrlich gesagt nicht vorstellen, dass er viel dagegen haben würde, für mich Sexprotz der Woche zu spielen.

„Hör zu", fuhr Angie fort. „Was du tust, ist deine Sache. Ich bin nicht hier, um deine völlig durchgeknallten Pläne zu kritisieren."

„Jetzt fühle ich mich wirklich besser", konterte ich trocken. „Und weshalb genau bist du hier?"

„Ich lass gerade meine Wände streichen, und der Fußboden wird auch neu verlegt. Die Dämpfe sind einfach grauenhaft, deshalb dachte ich mir, komme ich lieber zu meiner allerliebsten Schwester."

„Aha." Wie ich bereits erwähnte, meidet Angie das San Fernando Valley wie die Pest. Daher kaufte ich ihr das nicht ab.

Sie hob eine Schulter. „Okay, ich will natürlich nicht die ganze Zeit hierbleiben. Ich hab mir ein Zimmer im Four Seasons genommen."

Ich unterdrückte eine sarkastische Bemerkung. Meine Schwester – eine Investmentbankerin – gehört genau zu den Leuten, die während einer Renovierung ins Luxushotel ziehen. Angie hatte den von der Familie vorgegebenen Pfad nicht verlassen, wodurch sie in den Augen meiner Eltern auf jeden Fall zur Lieblingstochter avancierte. Die Gewinnerin. Die Beste.

Ehrlich, es machte mich ein klein wenig verrückt.

„Während der nächsten zwei Tage schlafe ich jedoch hier." Ich blinzelte. Angie? Ließ sich dazu herab, auf meiner Couch zu nächtigen?

„Warum?"

„Irgend so eine Konferenz im Hotel. Ich konnte keine Suite bekommen."

„Aha. Also schläfst du lieber auf meiner Couch."

Sie schlang einen Arm um meine Schultern. „Du bist doch meine liebste kleine Schwester", erklärte sie mit einem bösen Funkeln in den Augen.

Ich lachte und stieß ihr mit dem Ellenbogen in die Seite. „Es sind nur drei Monate."

„Chronologisch gesehen, vielleicht. Was das Erwachsensein angeht, würde ich sagen, bin ich dir um Jahre voraus."

Da diese Art von Geplänkel noch Stunden andauern konnte, nickte ich nur. „Wie du meinst", sagte ich und dachte daran, dass damit meine Privatsphäre erst einmal im Eimer war. Nicht dass ich allzu viel tat, wozu man Privatsphäre brauchte, aber hier ging es ums Prinzip.

„Keine Sorge, du brauchst mir nicht zu helfen", sagte sie. „Ich habe nur eine Tasche." Sie marschierte zur Tür und blieb stehen, doch ich nahm sie beim Wort und bot ihr meine Hilfe nicht an. War vielleicht ein bisschen kindisch, aber ich wollte unbedingt allein mit Carla reden.

„Sie wird uns das alles total versauen", sagte ich, kaum dass sich die Tür hinter meiner Schwester geschlossen hatte.

„Wieso?", wollte Carla wissen. „Angie ist einfach nur Angie. Und ja, sie ist zwar ein bisschen dreist, aber das kommt davon, dass sie bei deinen Eltern aufgewachsen ist. Ich meine, guck dir doch an, wie verkorkst du bist."

Ich ignorierte diese implizierte Beleidigung und konzentrierte mich auf meine echten Sorgen, indem ich unmissverständlich aussprach, was mich beschäftigte. „Angie ist niemals einfach nur Angie. Und wenn ich mich an ein heißes männliches Model heranmache, dann kannst du sicher sein, dass sie es auch versuchen wird."

„Sei nicht albern", widersprach Carla. „Das würde sie doch niemals …" Mitten im Satz brach sie ab. „Du hast recht. Wir reden hier schließlich von Angie. Genau das würde sie tun."

„Sag ich doch." Ich liebe meine Schwester, aber sie ist wirklich ehrgeizig und will immer die Beste sein. Was ja an sich nichts Schlechtes ist. Einer der Gründe, warum ich in der Schule so gut war, da bin ich mir sicher, war der, dass ich verzweifelt darauf aus war, immer erfolgreicher als Angie zu sein. Wenn sie eine mittelmäßige Schülerin gewesen wäre, hätte das ja kein Problem dargestellt. Aber sie war klug und ehrgeizig und wollte, genau wie ich, Jahrgangsbeste werden.

Zu schade, dass ihr das tatsächlich gelungen war. Und ich musste dann lächeln und ihr gratulieren und so tun, als würde ich sie nicht am liebsten umbringen.

Dieses Bedürfnis war besonders schwierig zu unterdrücken gewesen, da ich auf schulischem Gebiet wirklich eine Chance gehabt hätte. Bei Männern hatte Angie mich schon immer um Längen geschlagen.

Wie auch immer, der Punkt war der, dass Angie durchaus zu einer ernst zu nehmenden Konkurrenz für mich werden konnte. Und wenn sie mir einen Knüppel zwischen die Beine werfen wollte, was die Sache mit Cullen anging … na ja, dann würde es mir schwerfallen, sie aufzuhalten.

Das alles wusste Carla natürlich schon, ich hatte mich während der Schulzeit häufig genug bei ihr ausgeheult, doch trotzdem erläuterte ich es ihr noch einmal haarklein.

„Na ja", meinte sie, als ich endlich all meine Unsicherheiten ausgebreitet hatte. „Selbst wenn sie versucht, sich in die Cullen-Sache einzumischen, ist das doch noch kein Desaster."

„Machst du Witze? Es wäre ein totales Desaster!"

„Quoten", sagte Carla nur. „Die Zuschauer lieben Zicken-kriege. Und ein Zickenkrieg zwischen Schwestern …"

Sie brauchte den Gedanken nicht zu beenden. Dazu bestand keine Veranlassung, ich sah genau, worauf sie hinauswollte. Schließlich arbeitete auch ich beim Fernsehen. Zickenkriege. Geschwisterrivalität. Bizarre Familienkonflikte. All das sorgte für Traumquoten. Carla hatte recht. Wenn es einen Kampf zwischen mir und Angie um Cullens Zuneigung (in Ermangelung eines besseren Wortes) gab, dann konnte das meinem Drehbuch nur guttun.

Ungefähr drei Sekunden lang schämte ich mich für meinen gewählten Beruf. Doch sofort erinnerte ich mich, dass dieses

Drehbuch nicht mein gewählter Beruf war. Es war lediglich ein Trittbrett. Und solange ich aufpasste, wohin ich trat, würde alles gut werden.

Außerdem wusste ich, dass ich jetzt nie im Leben mehr einen Rückzieher machen würde, schließlich hatte ich einen richtigen Plan gefasst, wie ich mein Ziel erreichen konnte. Ich würde Drehbuchautorin werden und war bereit, alles, aber auch wirklich alles, dafür zu tun, denn ich wollte es so sehr. *Brauchte* es so sehr.

Hier vertraute ich auf meinen Instinkt. Beim Schreiben ging es nicht darum, mit jemandem zu konkurrieren, weder mit Angie noch sonst jemandem. Es ging einzig und allein um mich. Und egal, was ich dafür anstellen musste – sei es die Arbeit für eine schlechte Realityshow-Produktionsfirma oder das Verführen eines sexy Nachbarn –, ich wusste, dass ich irgendwann eine Drehbuchautorin sein würde.

Glücklicherweise erforderte dieser gesamte Denkprozess nicht allzu viel Zeit, daher war ich wieder zurück bei meinem Plan – trotz meiner nicht eingeladenen Schwester –, als Angie mit ihrem Koffer zurückkehrte.

„Viel Spaß, ihr beiden", sagte Carla und winkte uns kurz zur, während sie zur Tür ging und mich schlicht und einfach sitzen ließ.

„Klar", antwortete ich und schloss die Tür hinter ihr, ehe ich mich zu meiner Schwester umdrehte. „Okay, du kannst deine Sachen irgendwohin packen."

Das tat sie, indem sie den Kram neben dem Sofa fallen ließ. Obwohl es erst drei Uhr nachmittags war, öffneten wir eine Flasche Rotwein, machten es uns gemütlich und brachten uns gegenseitig auf den neuesten Stand.

Gerade als ich die dritte Flasche Wein entkorkte, fiel mein Blick auf die Uhr. „Oh verdammt!" Ich stand auf, verschüttete dabei fast den Wein und stieß gegen die Schüssel mit den Tortillachips, die auf der Couch zwischen uns stand.

„Was ist?"

„Ich habe Mike ganz vergessen. Ich habe ihm doch versprochen, beim Aufhängen der Regale zu helfen. Jetzt bin ich schon eine Viertelstunde zu spät dran!"

„Na, dann lass uns gehen." Sie stand ebenfalls auf und machte einen Schritt in Richtung Tür ... das Weinglas noch immer fest in der Hand.

„*Lass uns gehen?*" Ich stand einfach nur da und starrte sie an.

„Sicher. Wieso nicht?"

„Na ja, ich ... weil ..." Ich verstummte, weil ich wirklich nicht wusste, was ich sagen sollte. Sollte ich etwa verkünden, dass ich mir insgeheim wünschte, mit Mike allein zu sein? Wie lächerlich war das denn? Er war doch nur ein wirklich netter, attraktiver Nachbar.

Angies Mund verzog sich zu einem Lächeln, so, als wüsste sie genau, was ich dachte. „Komm schon, Mat", meinte sie. „Ich meine, es handelt sich doch nicht um ein Date, oder? Es ist doch nicht so, als würde ich bei irgendetwas stören, oder?"

„Natürlich nicht. Aber ..."

„Und wenn du ihm hilfst, Regale aufzuhängen, ist ein zusätzliches Paar Hände immer nützlich." Sie machte noch einen Schritt in Richtung Tür. „Komm schon. Wir sind zu spät."

Und da es keinen vernünftigen Grund gab, etwas dagegen vorzubringen, folgte ich ihr. Allerdings war meine Gefühlswelt heftig in Aufruhr geraten. Vor zwei Stunden hatte ich mich über die Möglichkeit geärgert, dass meine Schwester versuchen könnte, mir bei Cullen in die Quere zu kommen, und mir damit womöglich sämtliche Chancen auf die Show verderben könnte. Na schön. Aber da ging es um die Show. Das war nichts Persönliches. Und damit konnte ich umgehen. Angie und ich hatten schon unser Leben lang im Wettstreit gelegen, sodass das keine wirklich neue Situation war.

Aber bei Mike, da lag die Sache irgendwie anders. Dass Angie mit zu ihm rüberwollte und ihn süß fand. Dass sie sogar ihre Hilfe beim Aufhängen von Regalen anbot ...

Ich weiß nicht. Das alles hatte nicht unbedingt etwas mit einem Wettstreit zu tun. Es gab auch keinerlei Hinweis darauf, dass sie ein Interesse an ihm hatte.

Aber mir kam es … na ja, mir kam es total persönlich vor. Und genau das ließ mich in Panik geraten. Schließlich konnte es mir doch völlig egal sein, wenn sie Interesse an Mike bekundete. Er stand auf meiner Liste als guter Freund … nichts weiter.

Das Problem war, die Liste in meinem Kopf schien nicht so ganz konform mit dem Rest meiner Gefühle zu sein.

Und das machte mir höllische Angst.

Mike wusste, dass er in Schwierigkeiten steckte. Ziemlich großen Schwierigkeiten. Denn er hatte sich nicht nur Hals über Kopf in Mattie Brown verliebt, sondern verzehrte sich nach ihr.

Natürlich hatte er es vom ersten Moment an gewusst. Sein Interesse – und seine Entschlossenheit – waren noch mehr herausgefordert worden, als er mitbekommen hatte, dass sie vorhatte, ihr Sexualleben aufzupeppen. Und das wirkliche Ausmaß seiner Gefühle für sie begriff er in dem Augenblick, als er erkannte, dass sie Cullen Slater verführen wollte.

Mike hatte nie zu den Männern gehört, die ihr eigenes Aussehen infrage stellten oder sich in Gegenwart anderer Männer unwohl fühlten. Aber er musste zugeben, dass Cullen – Cullen, das männliche Model mit den weiblichen Supermodel-Übernachtungsgästen – ziemlich harte Konkurrenz darstellte. Und die Vorstellung, dass Mattie sich mit Cullen einlassen könnte, brachte Mikes Blut zum Kochen. So sehr, dass er sich wirklich sehr hatte beherrschen müssen, um nichts zu sagen, als sie all ihre Einkäufe aus dem *Pleasure Palace* auf dem Fußboden verstreut hatte.

Doch es waren nicht nur Worte gewesen, die er hatte zurückhalten müssen. Instinktiv hätte er am liebsten das ganze Chaos ignoriert und Mattie in die Arme geschlossen, um sie über das Gefühl der Demütigung hinwegzutrösten, das sich auf ihrem

Gesicht abgezeichnet hatte. Und um ihr Gesicht mit Küssen zu bedecken.

Verdammt, es hatte ihn wirklich ganz schön erwischt. Eigentlich brauchte Mattie nur zu sagen „Spring", und er würde fragen, „Wie hoch?"

Sprich, es stand schlimm um ihn. Doch ihm war noch immer nicht klar gewesen, wie schlimm, bis er sozusagen einen Schlag in die Magengrube verspürt hatte, als Mattie mit ihrer Schwester im Schlepptau vor seiner Tür aufgetaucht war. Dabei hatte er sie doch für sich allein haben wollen. Und es hatte ihn wirklich viel Überwindung gekostet, sich anfangs Angie gegenüber nett zu verhalten.

Doch man musste ihm zugute halten, dass er sich schnell wieder auf seine guten Manieren besonnen und Angies Gesellschaft dann sogar genossen hatte. Sie schien ganz nett zu sein und – wenn er sich nicht sehr täuschte – sie ahnte bereits, dass er es auf ihre Schwester abgesehen hatte. Wobei sie nichts dazu gesagt hatte. Es waren eher Kleinigkeiten, die ihn zu dieser Annahme verleiteten. So wie sie ihn dabei beobachtete, wie er Mattie beobachtete. So wie sie einen kleinen Schritt zur Seite trat, damit er direkt neben Mattie stehen konnte, während er seine neu erworbenen Regale ausmaß. So wie sie sich auf den Sessel gesetzt hatte, sodass er gar keine andere Möglichkeit mehr hatte, als sich neben Mattie aufs Sofa zu setzen, als sie sich den Film anschauen wollten.

In Anbetracht all dessen musste er sagen, dass Angie ihm gefiel. Vielleicht konnte er sie ja sogar als Komplizin gewinnen, wenn es darum ging, den Platz von Cullen in Matties Plan einzunehmen. Allerdings wusste er nicht, wie er das Thema Angie gegenüber anschneiden sollte. Aber dieses ganze Mattie-Cullen-Sexpertisen-Dilemma schwirrte ihm so unablässig im Kopf herum, dass er überhaupt nicht auf den Film achtete. Oder, um genau zu sein, auf irgendetwas anderes.

Was wohl auch erklärte, warum er so überrascht war, als es im Zimmer plötzlich still wurde und das Bild auf dem Fernseher stehen blieb. Mike drehte sich herum zu Mattie, die neben ihm saß und genauso vertieft in den Film gewesen war, wie er in seine eigenen Gedanken.

„Entschuldige", sagte sie. „Darf ich mal deine Toilette benutzen?"

„Natürlich." Er kam ebenfalls hoch, als sie aufstand, fand das aber im selben Moment schon übertrieben höflich. Um das zu überspielen, ging er in die Küche, und Angie folgte ihm.

„Danke, dass du mich auch ertragen hast", sagte sie. „Ich weiß, dass du die Pizza und den Wein eigentlich nur für euch beide gedacht hattest."

„Oh, kein Problem", erwiderte er und griff nach dem Korkenzieher, um etwas in den Händen zu haben. Er konzentrierte sich auf die Flasche und blickte erst auf, als er Angie kichern hörte. „Glaubst du mir nicht?"

Sie schüttelte den Kopf. „Kein Stück."

Das klang nicht anklagend, daher entspannte er sich, weil er hoffte, eine Verbündete gefunden zu haben. „Was dann?"

„Ich denke einfach, dass ihr, also du und meine Schwester, ein nettes Paar abgeben würdet."

„Meinst du?" Er wandte sich wieder der Weinflasche zu und drehte sich so, dass Angie sein Gesicht nicht sehen konnte. „Interessante Einsichten in Anbetracht der Tatsache, dass du erst vor wenigen Stunden aufgekreuzt bist."

„Man kann in ein paar Stunden eine Menge erfahren und lernen", sagte sie. „Und eine Menge sehen."

„Vielleicht hast du auch gesehen, dass deine Schwester sich für ihren direkten Nachbarn interessiert?"

„Du bist ihr Nachbar."

„Ich wohne gegenüber", widersprach er. „Das kann die Sachlage dramatisch verändern."

„Mmm." Sie kam in die Küche, trat neben ihn und öffnete den Kühlschrank, um sich eine Limonade herauszuholen. Was ihn in die unhaltbare Situation versetzte, sich entweder umzudrehen, um mir ihr reden zu können, oder ziemlich unhöflich zu sein und ihr den Rücken zuzudrehen. Seine Mom hatte ihrem Sohn jedoch Manieren beigebracht. Er drehte sich um. Und Angie lächelte. „Nur mal so, zwischen uns, all dieser Unfug zwischen ihr und Cullen ist einfach nur zur Show." Sie verdrehte die Augen. „Wortwörtlich. Alles nur für die Show."

Mike wollte sie gerade fragen, was sie damit meinte, doch er bekam keine Chance, da er die Badezimmertür quietschen und sich öffnen hörte. Kurz darauf ertönten Matties Schritte, und sie kam um die Ecke. „Hey", sagte sie. „Kleine Snackpause?"

„Ich wollte nur schnell tschüss sagen", meinte Angie und hob ihr Glas. „Auf Nick und Nora. Ihr beide könnt ja noch den Rest des Films genießen."

„Aber …"

Angie unterbrach ihre Schwester mit einer Handbewegung. „Ehrlich, Mat, ich bin fix und fertig. Ich habe den Tag damit zugebracht, mich mit Handwerkern abzuplagen. Jetzt merke ich, dass ich Migräne bekomme."

„Oh." Mattie sah zu ihm, und einen winzigen Moment lang redete er sich ein, dass er ihre Augen freudig aufblitzen sah. „Oh, na ja, wenn ich mit dir kommen soll …"

„Nein, nein, nein", sagte Angie und wedelte mit der Hand, die Mike am liebsten vor lauter Dankbarkeit geküsst hätte. „Schau dir ruhig noch den Film mit Nick und Nora an. Ich leg mich hin."

„Großartig. Okay. Der Film. Ja." Sie griff nach dem Glas, das Mike aufgefüllt hatte. „Und Wein. Auf jeden Fall mehr Wein." Mit diesen Worten drehte Mattie sich um und ging wieder ins Wohnzimmer.

„Jetzt seid ihr allein", flüsterte Angie so leise, dass nur Mike sie hören konnte. „Mach was draus."

Und noch während er sie anstarrte, drehte Angie sich um und ließ ihn wie einen Idioten in der Küche stehen und überlegen, was er als Nächstes tun sollte. Vor allem fragte er sich, was Angie gemeint hatte, als sie gesagt hatte, die Sache mit Cullen wäre nur für die Show. Gleichzeitig überlegte er, wie mutig er wohl sein wollte in Bezug auf die Frau, die in diesem Augenblick auf seinem Sofa saß und Wein trank.

Diese Frage beschäftigte ihn noch immer, als er zurück ins Wohnzimmer ging. Mattie lächelte ihn an und klopfte auf die Couch neben sich, während sie die Fernbedienung auf den Fernseher richtete. „Bereit für Nick und Nora?"

„Auf jeden Fall", antwortete er und setzte sich neben sie. Diesmal allerdings ein ganzes Stück näher als es die normalen Anstandsregeln erlaubt hätten. Sie rutschte jedoch nicht von ihm fort. Genau genommen kam sie ihm sogar noch näher. Mike stockte fast der Atem, und sein Herz begann zu rasen, als Mattie an ihm vorbei nach der Küchenpapierrolle griff, die er – in Ermangelung von Servietten – auf den Couchtisch gelegt hatte.

Infolgedessen gelang es ihm auch in der zweiten Hälfte nicht, sich auf den Film zu konzentrieren. Aber er hatte das Gefühl, dass auch Matties Aufmerksamkeit nicht ungeteilt dem Film galt. Jedes Mal, wenn er in ihre Richtung blickte, ertappte er sie dabei, wie sie zu ihm hinüberschielte. Diese ganze Situation erinnerte ihn an die Highschoolzeit. Er hatte verschwitzte Hände, und sein Schwanz wurde hart und härter. Aber es war der schönste Aspekt der Highschool gewesen. Diese Anziehung, die man beim ersten Date verspürte, wenn man genau wusste, dass die Auserwählte einen auch mochte, allerdings nicht ganz sicher war, wie man die Sache vorantreiben sollte.

Glücklicherweise, überlegte Mike, bin ich nicht mehr auf der Highschool; er *wusste*, wie er mit dieser köstlichen Spannung umgehen und schließlich die Belohnung, die im Schlafzimmer wartete, einheimsen konnte.

Jetzt musste er nur noch zur Tat schreiten.

Sobald der Abspann lief, lehnte Mattie sich zurück und stieß einen tiefen Seufzer aus. „Ich liebe diesen Film."

„Ich auch", behauptete Mike und blickte zu Mattie, statt auf den Fernseher.

„Was gefällt dir am besten?"

„Ach", meinte er und wünschte, er hätte, so wie geplant, den Film am Nachmittag wenigstens einmal angeschaut. „Ich, äh, na ja, den Hund finde ich klasse."

„Mr Asta? Ich auch. Jahrelang habe ich mir einen Hund wie ihn gewünscht. Es ist echt schade, dass ich allergisch bin."

„Als Junge hatte ich einen Labrador", erzählte er und hoffte, damit das gefährliche Thema „Film" umschiffen zu können. „Ein Junge und sein Hund. Du weißt schon. Typische Kindheit."

„Meine war überhaupt nicht typisch. Ich bin so eine Streberin. Ich habe ständig nur gelernt, Filme geguckt und Musik gehört. Mich ziemlich abgekapselt." Sie stand auf und ging zum Fernseher, wo er die DVD-Hülle hingelegt hatte. „Ich fasse es noch immer nicht, dass ich selbst die DVD noch nicht habe. Dabei finde ich diese ganze Reihe so toll." Sie lächelte ihn an, und ihre Augen leuchteten. „Du hast nicht zufällig die ganze Serie?"

„Äh, nein", antwortete er und kämpfte gegen den Wunsch an, ihr noch eine Lüge aufzutischen, nur um sie noch länger bei sich zu behalten.

„Wie schade. Ich vergötterte Jimmy Stewart."

„William Powell", korrigierte er sie, stolz auf sich, weil er sie bei einem Fehler ertappt hatte. „Er ist der dünne Mann." Damit zumindest konnte er beweisen, dass er wenigstens etwas über diese Filmreihe wusste.

Die Art, wie Mattie ihn jetzt musterte, ließ ihn allerdings befürchten, dass er gerade in ein richtig großes Fettnäpfchen getreten war.

„William Powell ist Nick Charles", sagte sie. „Der dünne Mann ist die Leiche, die sie finden. Und Jimmy Stewart hatte eine seiner ersten Rollen in *Nach dem dünnen Mann*."

„Okay", sagte er. „Sicher."

Mattie verschränkte die Arme vor der Brust, und Mike stellte erleichtert fest, dass sie nicht verärgert, sondern nur ein wenig irritiert aussah. Und vielleicht auch noch amüsiert. „Ich dachte, du liebst diese Filmreihe."

„Theoretisch tue ich das auch."

Das brachte ihm immerhin ein Lachen von ihr ein. „So so", meinte sie zwar streng, doch man konnte sehen, dass sie ein

Lachen unterdrückte. „Und, äh, wie theoretisch ist deine Leidenschaft?"

„Sagen wir einfach, wenn ich auch nur irgendetwas über die Reihe wüsste, dann, da bin ich sicher, wäre ich begeistert."

Sie presste die Lippen aufeinander, blickte dann auf den Teppich, während ihre Schultern vor unterdrücktem Lachen zitterten. „Ich habe keine Ahnung, warum ich lache", meinte sie schließlich. „Irgendwie habe ich das Gefühl, ich müsste sauer auf dich sein. Liegt wohl am Wein."

„Definitiv der Alkohol", stimmte er zu. „Alles Teil meines ausgeklügelten Plans. Und auch auf die Gefahr hin, mich noch tiefer in den Schlamassel hineinzumanövrieren, bevor du dich entschließt, sauer auf mich zu sein und verschwindest, könntest du mir bitte erklären, warum die ganze Filmreihe sich auf den *Dünnen Mann* bezieht, wenn der arme Kerl tot ist?"

Seine Frage brachte Mattie dazu, schallend zu lachen. Sie ließ sich wieder zu ihm auf die Couch fallen.

„Kann ich leider nicht", meinte sie und tätschelte sein Knie … eine Berührung, die genügte, um eine Hitzewelle durch seinen Körper zu jagen. „Es ist eins von diesen ungelösten Rätseln Hollywoods."

„Verdammt", sagte er. „Und ich dachte, ich hätte mir hier eine Expertin geangelt."

„Was zu einer interessanten Frage führt", sagte sie und drehte sich zu ihm herum. „Weshalb hast du mir erzählt, dass du den Film toll findest? Und, noch wichtiger, wieso hast du die DVD?" Im nächsten Moment riss sie jedoch die Augen auf, und ihr Mund bildete ein kleines O. „Wart' mal. Du hast sie heute gekauft."

„Ich bekenne mich erneut schuldig. Und ehrlich, musst du noch fragen?"

Er beobachtete ihre Augen und hielt seinen Blick ganz fest auf sie gerichtet, während er sie im Stillen fast dazu aufforderte, den Blick abzuwenden. Doch sie hielt ihm stand und nickte ganz leicht. Nur ein winziges Heben des Kinns und ein einziges, leises: „Ja, das muss ich fragen."

„Die uralte Geschichte", erklärte er und musterte sie noch immer eingehend. „Du bist meine erste Freundin hier in der Nachbarschaft. Ich bin auf der Suche nach Bekanntschaften, du weißt schon."

„Freundin", sagte sie. „Okay."

Mikes Herz überschlug sich fast, so schnell raste es. Denn obwohl Matties Stimme ganz gelassen klang, wirkten ihre Augen und die Hände alles andere als gelassen. Irgendwie leicht enttäuscht. Und in diesem winzigen Augenblick wusste er, dass Angie recht gehabt hatte. Es bestand eine Verbindung, eine erotische Spannung zwischen ihnen. Eine Verbindung, die er entschlossen war auszubauen. Hier und jetzt.

Mattie räusperte sich. „Okay", wiederholte sie. „Also, was hältst du von dem Film?"

„Ich weiß es nicht", gab er ehrlich zu. „Ich kann nicht mal sagen, dass ich ihn bewusst gesehen habe."

Sie biss sich leicht auf die Unterlippe, und ihr Blick wanderte zum Fernseher. „Wir haben doch gerade zwei Stunden hier gesessen und ihn uns angeschaut."

„Ich nicht", sagte er und streckte die Hand aus, um eine ihrer Haarsträhnen zwischen den Fingern hindurchgleiten zu lassen. Dabei schienen regelrecht Funken zwischen ihnen zu sprühen.

„Hast du nicht?", fragte sie so leise, dass man ihre Stimme kaum hören konnte.

„Nein", gestand er. „Ich habe dich angeschaut."

„Mich?" Meine Stimme klang ziemlich schrill, so, als würde sie jemand anderem gehören. Was, wie ich fand, ganz angemessen war, denn ich kam mir auch wie jemand anderes vor. Oder, genauer gesagt, ich kam mir vor wie in einem Traum. „Warum hast du mich angeschaut?"

Diese Frage stellte ich eigentlich nur, um überhaupt etwas zu sagen. Denn ich wusste, wenn ich nichts sagte, würde Mike mich küssen müssen. Und ich *wollte* ja, dass er mich küsste. Sehnte mich sogar verzweifelt danach.

Aber was war, wenn er mich *nicht* küsste?

Oje, das war genau der Grund, warum ich so jämmerlich schlecht war, was Beziehungen zu Männern anging.

Der Gedanke schoss mir durch den Kopf und machte mich noch nervöser. Was ich, natürlich, dadurch kompensierte, dass ich noch mehr redete. „Mike. Warum hast du mich beobachtet?"

Er strich mit der Fingerspitze über meine Unterlippe, eine mutige und gleichzeitig zögernde Berührung. An meiner Reaktion war jedoch nichts Zögerliches. Funken schossen durch meinen Körper. Meine Brustwarzen wurden hart, und in meinen Schoß konzentrierte sich die Hitze. Ich glaube, ich stöhnte sogar leise, und Gott sei Dank, schien das alles an Ermunterung zu sein, die Mike brauchte.

Langsam beugte er sich vor, und statt der Fingerspitze spürte ich seine Lippen auf meinem Mund. Verlangen durchströmte mich. Ein kleiner Teil meines Verstandes rief mir zu, damit aufzuhören, dass dies nicht das sei, was ich wollte. Dass ich, verdammt noch mal, einen Plan hatte!

Aber der Rest von mir ignorierte diese immer lauter werdende, nervende Stimme. Denn der Rest von mir schmolz geradezu dahin. Ein wundervolles Gefühl, in dem ich mich genauso gern verlieren wollte wie in Mikes Berührung.

Und dann, plötzlich, spürte ich die Wärme seiner Lippen nicht mehr. Ich öffnete die Augen und sah ihn anklagend an. „Wa…"

Er unterbrach mich, indem er mir sacht einen Finger auf den Mund legte. „Ich will dich, Mattie. Aber wenn du nicht bleiben möchtest …"

Er verstummte und ließ die Frage in der Luft hängen, sodass es letztlich – zur Hölle mit ihm – meine Entscheidung war.

Ich wusste natürlich, was ich tun *sollte*. Ich sollte schnellstens verschwinden. Mike war nicht der Mann, hinter dem ich her war. Weder auf lange Sicht noch für eine kurze Affäre.

Nur leider schaffte ich es nicht zu verschwinden. Was auch immer noch geschehen mochte, ich blieb, wo ich war. Schlimmer noch, ich lehnte mich entschlossen vor und ließ meine Hand durch seine Haare gleiten. Und ja, ich presste meinen Mund auf seinen.

Mike hätte sich am liebsten gekniffen, denn er war sicher, dass das alles nicht wahr sein konnte. Es musste sich um einen Traum handeln. Ein Traum wie die, die ihn jede Nacht verfolgten, seit er Mattie kennengelernt hatte. Träume, in denen sie sich in seine Arme schmiegte, zärtliche Küsse auf seine Lippen presste und ihn anflehte, sie zu lieben.

Aber dies hier war kein Traum, und er brauchte sich gar nicht zu kneifen. Es passierte wirklich. Die Lippen, die über seinen Mund streiften, gehörten Mattie. Ihr köstlicher Duft – nach Seife und Erdbeeren – erfüllte seine Sinne. Am liebsten hätte er sich auf die Couch gestellt und sich wie Tarzan auf die Brust geklopft, um seinen Sieg zu feiern. Um sich als König der Welt auszurufen.

Stattdessen löste er sich von ihrem Mund, um den einzigen Ton von sich zu geben, den er im Augenblick zustande brachte. „Mattie."

Sie antwortete mit einem leisen Stöhnen, bevor sie sich wieder an ihn schmiegte. Offenbar war ihr Verlangen genauso groß wie seines. „Nicht reden", flüsterte sie. „Lass mich nicht hierüber nachdenken."

Er wollte nicken, wollte ihr sagen, wenn es etwas zu bedenken gab, könnte er es für sie beide tun. Nur leider konnte er das augenscheinlich nicht. Sein Kopf war wie leergefegt. Nur die allerwesentlichsten Bilder konnte er noch ausmachen. Matties Lippen. Ihren Hals. Ihre Brüste.

Zielstrebig folgte er nacheinander dem Pfad dieser Gedanken. Als Erstes konzentrierte er sich mit dem Mund auf ihre Lippen, während er gleichzeitig mit den Händen ihren Körper erkundete, über Kurven strich und unter ihre Kleidung glitt, um endlich die weiche Haut darunter zu berühren.

Er streichelte ihren Rücken, und sie seufzte. Noch zufriedener klang sie, als er mit den Händen höher glitt und mit den Fingerspitzen die zarte Haut in der Nähe ihrer Brüste berührte.

Ihre Hände lagen auf seinem Oberkörper, sie hatte die Handflächen gespreizt, und nur noch der dünne Stoff seines T-Shirts trennte ihre Haut von seiner. Die Wärme ihrer Hände drang durch den Stoff hindurch, breitete sich in seinem Körper aus und ließ ihn noch härter werden. Doch so erstaunlich es auch klingen mochte, sein eigener Körper war ihm in diesem Moment gar nicht so wichtig. Er wollte Mattie berühren. Wollte sie beglücken. Wollte mitbekommen, wie sich ihr Körper an seinem wand, und er wollte ihr leises Stöhnen hören.

Er wollte sie zum Höhepunkt bringen. Himmel, er wollte sehen, wie sie kam.

Sie drehte sich ein wenig in seinen Armen, sodass seine Hand fast automatisch nach vorn glitt und er ihre Brust umschließen konnte. Der Nippel war so hart wie ein kleiner Knopf, und er konnte gar nicht anders. Er musste sie schmecken.

Also neigte er den Kopf und fand durch die Bluse hindurch die harte Spitze. Als er sie mit den Lippen umschloss, merkte er, dass Mattie keinen BH trug. Dennoch störte ihn der dünne Stoff gewaltig.

„Zieh sie mir aus", flüsterte Mattie atemlos und nahm die Hände von seinem Oberkörper, damit sie die Knöpfe aufmachen konnte.

Er bemühte sich, ihr zu helfen. Allerdings ohne nennenswerten Erfolg. Als er es nach einigen vergeblichen Versuchen immer noch nicht geschafft hatte, ihr die Bluse auszuziehen, stieß sie rau hervor: „Reiß das verdammte Ding einfach auf."

„Bist du sicher?"

„Mike …"

Sein Puls erreichte Rekordhöhen. Und da er nie im Leben einer Frau widersprechen würde, deren Stimme so verzweifelt klang, tat er das, worum sie ihn gebeten hatte. Er riss den Stoff in der Mitte entzwei. Knöpfe flogen durch die Gegend, und er zog die Bluse auseinander, sodass Matties Brüste entblößt wurden und ihre Arme gefangen waren. Instinktiv entschlüpfte ihm ein kleiner Laut, so wie bei einem Blinden, der geheilt worden war und zum ersten Mal einen Sonnenuntergang erblickte. Im nächsten Moment presste Mike sein Gesicht an Matties Brust, strich mit der Wange darüber, ehe er den Kopf drehte und die aufgerichtete Spitze in den Mund nahm.

Spielerisch ließ er die Zunge um den Nippel kreisen und erfreute sich daran, wie Mattie sich unter ihm wand und auf eine Erlösung wartete, die er noch nicht bereit war, ihr zu geben. Bald, aber noch nicht. Erst wenn er in ihren Augen sah, dass sie es wirklich nicht länger aushalten konnte.

Mit einer Hand glitt er nach unten, streichelte die weiche Haut ihres Bauches und ließ die Finger über ihre Gürtelschnalle tanzen. Ohne Mühe öffnete er den Gürtel, und auch der Knopf und der Reißverschluss ihrer tief sitzenden Jeans stellten kein Problem dar, sodass seine Finger dem Himmel in Windeseile ein großes Stück näher gekommen waren.

Ihr Slip, ein winziges Teil aus Seide, fühlte sich glatt und warm und herrlich verführerisch an, als Mike mit einer geschmeidigen, sinnlichen Bewegung darüber strich und noch tiefer vordrang. Mattie bäumte sich leicht auf, eine Bewegung, die ihn ermuntern sollte, und eine Reaktion, die sein Verlangen noch weiter steigerte. Leise stöhnend hob sie die Hüften, und er nutzte die Gelegenheit, um mit der Hand ihren Venushügel zu umschließen, die Finger unter den Slip gleiten zu lassen und auf einen Schatz zu stoßen. Mattie war feucht … mehr als feucht.

Er stöhnte, sein gesamter Körper stand in Flammen, und als er mit dem Finger in sie eindrang, verteilte er gleichzeitig gierige Küsse auf ihrem Körper, bevor er schließlich wieder bei ihren Lippen angekommen war. Sie öffnete sich ihm bereitwillig, so, als hätte sie während seiner Erkundung den Atem angehalten und nur darauf gewartet, dass seine Lippen ihre fanden, damit sie ihn schmecken und verschlingen konnte.

Ihre Küsse wurden immer leidenschaftlicher, ungestümer, und der Rhythmus ihrer Zungen spiegelte den Rhythmus wider, in dem er auch seinen Finger bewegte. Wieder und wieder bäumte Mattie sich auf, und als sie ihn flüsternd anflehte und gleichzeitig nach dem Reißverschluss seiner Jeans griff, wusste Mike, dass er nicht länger warten konnte.

„Oh, Mattie", flüsterte er heiser und voller Verlangen. Er lehnte sich zurück und vermisste sofort ihre Wärme, als er sich das T-Shirt über den Kopf zog.

Sie riss die Augen auf, und er sah, dass ein kleines Lächeln auf ihren Lippen erschien, als er auch die Jeans hastig auszog. „Na endlich", sagte sie.

„Was lange währt, wird endlich gut", konterte er.

„Das scheint mir auch." Sie streckte die Hand aus und streichelte seine Erektion durch den Stoff der Boxershorts hindurch. „Sehr, sehr gut."

Ihre Stimme klang neckend, und er war durchaus bereit, auf den spielerischen Ton einzugehen. „Nicht gut", korrigierte er sie. „Ausgezeichnet. Aber noch brauchst du keine Beurteilung abzugeben. Warte, bis du einen Testdurchlauf gemacht hast."

„Ist es das, was wir hier tun?", fragte sie und entledigte sich ihrer Jeans. Sie kniete auf dem Boden, die nackten Beine auf einer Wolldecke, die kurz zuvor von der Couch gerutscht war.

„Oh ja", antwortete er und beobachtete Mattie, wie sie sich die Bluse auszog. Er rutschte näher zu ihr heran und legte die Hände auf den Gummizug ihres Slips, bevor er sich vorbeugte, ihre Brüste küsste und mit den Lippen eine Linie hinunter zu ihrem Nabel zog. Anschließend glitt er tiefer und immer tiefer, bis er ihre süße Mitte lecken konnte.

Mattie lehnte sich zurück, den Kopf auf ein Sofakissen gelegt, während sie sich rhythmisch unter ihm bewegte und ihn mit leisem Stöhnen ermunterte, ja nicht aufzuhören.

Er brachte sie dazu, dem Höhepunkt ganz nahe zu kommen, ehe er wieder hochkam. Dabei rieben sich ihre feuchten Körper aneinander, als wären sie füreinander geschaffen. Mike küsste, saugte und knabberte, zärtlich und sanft, doch davon wollte Mattie nichts wissen. Ihre Fingernägel bohrten sich in seine Schulterblätter. „Jetzt", keuchte sie. „Wehe, du hörst auf!"

Natürlich wollte er sie nicht enttäuschen, daher hielt Mike nur so lange inne, bis er ein Kondom übergestreift hatte, bevor er stöhnend in sie eindrang. Sie fielen in einen ungestümen Rhythmus, und Mike steigerte Matties Lust, indem er mit der Fingerspitze erst sanft, dann immer drängender über ihre Klit rieb. Schneller und schneller bewegten sie sich, und Mike hatte das Gefühl, dem Himmel Stück für Stück näher zu kommen. Schließlich schrie Mattie auf und erzitterte, und ihre Erlösung katapultierte auch ihn auf den Gipfel. Mike schien es fast, als würde sein Körper in tausend Teile zerbersten, ehe er sich wieder zusammenfügte, und gerade, als er dachte, er würde vor Lust vergehen, sackte er erschöpft neben Mattie auf den harten und unbequemen Boden. Sie seufzte glücklich und drehte sich ein wenig, bis ihr kleiner, fester Po sich gegen seinen Schwanz presste.

„Das ist alles?", fragte sie neckend.

„Lass einem Mann eine Sekunde Zeit, sich zu erholen."

„Einundzwanzig … zweiundzwanzig …"

Mike beugte sich vor und biss ihr spielerisch in die Schulter. Mattie kicherte und drehte sich in seinen Armen, bis sie ihn ansehen konnte. Ihre Augen leuchteten sogar im schwachen Licht des Zimmers.

„Hey", wisperte sie und rutschte noch näher, bis sie den Kopf auf seinen Brustkorb legen konnte. „Das ist schön."

Er streichelte ihr Haar und strich mit den Fingern durch die langen Strähnen. „Sehr nett", bestätigte er. „Sehr, sehr, *sehr* schön."

Ein warmes, köstliches Gefühl durchströmte ihn. Nicht dieses drängende, lustvolle wie eben, als er schon gefürchtet hatte, es nicht zu überleben, wenn er nicht augenblicklich in sie eindringen konnte. Nein, es waren eher sanfte und zärtliche Empfindungen. Das nennt man wohl Zufriedenheit, dachte er.

Es war das, was er sich seit Tagen ersehnt hatte, und heute Abend hatte er alles auf eine Karte gesetzt und sich genommen, was er wollte. Es hat sich ausgezahlt, dachte er und blickte auf Matties Stirn, auf ihr Ohrläppchen und die leicht geöffneten Lippen.

Sie war ihm bereitwillig, fast schon begierig, in die Arme gefallen. Ihr Körper hatte auf seinen reagiert, als wären sie füreinander geschaffen. Und sein Herz … na ja, sein Herz hatte seine Seelenverwandte gefunden.

Langsam ließ er die Finger über Matties Körper wandern, sah, wie sie seine Berührungen genoss, während er sich fragte, was ihr Herz wohl zu all dem hier sagte. Hatte sie ihres ebenfalls verloren? Oder war er für sie lediglich eine Zwischenstation auf dem Weg zum nächsten Mann? Ein typisches Date in der Wildnis von Los Angeles?

Diese Vorstellung war schrecklich und kaum zu ertragen. Noch schlimmer war der Gedanke an den Mann, zu dem sie als Nächstes gehen würde. Für Mike war es der Himmel auf Erden, sie hier in seinen Armen zu halten, und er wollte verdammt sein, wenn er sie wieder gehen ließ. Schon gar nicht zu Cullen Slater. Zu niemandem.

Wow. Ich meine, anders konnte man es nicht ausdrücken … *Wow.*

Und dann, weil ich fand, er müsste es auch hören, drehte ich mich zu Mike, küsste sein Ohrläppchen und sagte: „Wow."

Er lachte. „Süße, das war doch noch gar nichts. Das war doch nur ein Appetitanreger."

Ich tat so, als würde ich leidvoll stöhnen, bevor ich mich auf der Decke ausstreckte. „Wenn das nur der erste Gang war, dann sollte ich hier vielleicht kurz festhalten, dass ich fest entschlossen bin, zur Feinschmeckerin zu werden. Vielleicht auch zum Vielfraß. Aber auf jeden Fall habe ich vor, sämtliche Gänge zu probieren."

„Ah, bon, bon, der Küchenchef ist sehr geschmeichelt", meinte Mike mit einem übertriebenen französischen Akzent. „Der Chef möchte wissen, ob fünf Gänge den Gaumen einer solch anspruchsvollen Dame zufriedenstellen."

Ich lachte. „Oh ja. Ich denke, das wäre zufriedenstellend." Offen gestanden war ich im Augenblick zu fast allem bereit. Sicher, wir hatten jetzt nicht die Art von Sex gehabt, die mich in meinem Schlampentest-Ergebnis deutlich weiterbringen würde, aber auf jeden Fall war er gut für mein Selbstvertrauen gewesen. Ich fühlte mich schön, geschätzt und durch und durch befriedigt. Und das war eine berauschende Mischung.

Gleichzeitig flüsterte eine Stimme in meinem Kopf, dass diese Situation doch nur in einem Debakel enden konnte. Es wäre besser zu verschwinden. Ich musste mich zusammenreißen und mich auf meine Karriere konzentrieren. Auf diese eine Sache, nach der ich schon mein ganzes Leben lang hätte streben sollen.

Andererseits dachte ich mir, würde ich mit meiner Karriere nicht ausgerechnet innerhalb der nächsten Stunden voll durchstarten. Die Zukunft kam schnell genug, und dann würde ich Mike verlassen müssen. In der Zwischenzeit wollte ich, dass er mich fest in den Armen hielt. Und, na ja, mich nahm. Mindestens noch vier Mal …

Mit einem kleinen Lachen drehte ich mich herum und setzte mich rittlings auf ihn, bevor ich einen Kuss auf seine köstlichen Lippen presste. Sofort spürte ich, dass sein Körper auf die Aufmerksamkeiten reagierte, woraufhin ich ein wenig mit dem Po hin und her rutschte, um ihn noch weiter zu beflügeln.

„Hey", sagte er.

„Selber hey." Ich veränderte noch einmal meine Position und strich mit den Händen über seinen Oberkörper. Dabei verspürte ich ein Gefühl der Macht, als ich das lustvolle Funkeln in Mikes Augen sah. Ich beugte mich vor und knapperte an seiner Unterlippe. Seine Hand fand den Weg zu meinem Schoß, und von einer Sekunde zur anderen war Schluss mit lustig. Ich wollte mehr … viel mehr, und zwar jetzt.

„Ich bin bereit für den nächsten Gang", flüsterte ich und nahm mir vor, jeden Zentimeter von ihm zu erkunden.

„Süße", sagte Mike, während er hochkam, um meinen Kuss zu erwidern. „Ich dachte schon, du fragst nie."

Kaum war ich aufgewacht, *wusste* ich, dass ich schon vor Stunden hätte verschwinden sollen. Es war bereits nach sieben, die Morgensonne strahlte ins Fenster hinein, und ich kam mir vor wie eine Idiotin. Eine durch und durch schlaffe, außerordentlich befriedigte Idiotin.

Irgendwann in der Nacht waren wir in Mikes Bett umgezogen. Jetzt schlüpfte ich unter den Laken hervor, sorgsam darauf bedacht, nicht über eins der Kabel seiner *sechs* Computer zu stolpern, als ich leise ins Bad schlich. Dort angekommen schloss ich die Tür hinter mir und lehnte mich dagegen, während ich spürte, dass mir die Schamesröte ins Gesicht stieg. Denn natürlich gehe ich sonst nie während des ersten Dates mit einem Mann ins Bett (was vermutlich zum Teil meine jämmerlichen achtzehn Prozent erklärt), und ich hatte in diesem Fall absolut keine Entschuldigung für das, was ich getan hatte. Zumal ich ja wusste – ich meine, ich wusste es definitiv –, dass Mike nicht für eine längerfristige Beziehung taugte. Ganz zu schweigen von der Tatsache, dass ich ein Auge auf einen anderen Mann geworfen hatte.

Das war natürlich der Grund dafür, warum ich mir wie eine Idiotin vorkam. Und mit *das* meinte ich Cullen und diesen ganzen erbärmlichen Plan. Ein Plan, der mir angesichts meines Hochgefühls am Morgen danach noch erbärmlicher vorkam. Schließlich hatte ich den Plan in Bezug auf Cullen vor allem deshalb gefasst, um meine achtzehn Prozent aufzubessern. Und obwohl Mike und ich nicht von der Decke gehangen hatten – und obwohl weder Nippelringe noch Fesseln auch nur in die Nähe des Bettes gekommen waren –, musste ich zugeben, dass ich mich verdammt befriedigt fühlte. Brauchte ich diese speziellen Schlampentest-Ergebnis-Aufbesserungs-Tricks überhaupt?

Natürlich nicht.

Oder vielleicht doch. Denn ich hatte nicht vor, mich durch guten Sex dazu verleiten zu lassen, etwas Ernsthaftes mit Mike anzufangen. Das hatte ich schon mit Dex durchexerziert, und wir waren vom Anfangsstadium, als es im Bett noch ganz gut mit uns beiden geklappt hatte, zum Endstadium mit gähnender Langeweile gelangt.

Kein sonderlich erstrebenswertes Szenario. Vor allem, da es bei uns zum Schluss nicht nur auf sexuellem, sondern auch auf dem Gebiet der Kommunikation erheblich gehapert hatte. Der gesamte Prozess war langsam, schmerzhaft und herzzerreißend vonstattengegangen. Und war nichts, was ich gern wiederholen wollte.

Mit anderen Worten, die Nacht mit Mike war wunderbar gewesen, aber ich fürchtete, dass mein Herz dies lediglich als ein einmaliges Ereignis verkraften würde.

Während ich mich von der Seite im Badezimmerspiegel betrachtete, ging ich auf und ab und führte diese Unterhaltung mit mir. Mein Selbsterhaltungstrieb riet mir, jetzt sofort zu verschwinden, und zwar schnell.

So weit, so gut.

Aber es gab noch andere Punkte zu beachten. Vor allem Phase zwei des Cullen-Plans. Eine Fernsehshow. Ein Drehbuch. Ein Verführungsgrund, der eindeutig plausibler klang als ein schlechtes Ergebnis in einem Schlampentest.

Ich meine, ja, der Deal, den Carla da zusammengezimmert hatte, besaß definitiv Potenzial. Und ja, ich war bereit, so gut wie alles zu tun, um meine Karriere in Gang zu bringen. Sogar Mike würde das gutheißen, oder? Schließlich war er derjenige, der gesagt hatte, ich sollte nach den Ausfahrten auf dem High-way des Lebens Ausschau halten. Ausfahrten, die mich – wenn ich ihnen folgte – an mein Ziel bringen würden.

Das Problem mit dieser speziellen Ausfahrt bestand darin, dass sie voller Nägel, Schlaglöcher und Baustellen war. Na gut, damit hatte ich die Metapher vermutlich ein wenig überstrapaziert, aber es entsprach der Wahrheit. Die Vorstellung, dass ich, wenn ich Cullen verführte, einen Auftritt im Fernsehen bekommen würde ... Na ja, ich hatte auf dem College diverse Logikkurse belegt, und ich konnte beim besten Willen keinen legitimen Kausalzusammenhang herstellen.

Zusammengefasst bedeutete das, selbst wenn ich in Cullens Bett landen würde – und selbst wenn ich ein brillantes Drehbuch verfassen würde –, war das noch lange keine Garantie dafür, dass Timothy es mir abkaufen würde. Und auch keine Garantie dafür, dass die Show gedreht werden würde.

Also, ehrlich, was sollte das also alles? Ich würde mich völlig umsonst an Cullen heranmachen. Und ich war mir nicht sicher, ob das ein Risiko war, das ich bereit war einzugehen.

Ich schloss die Augen und atmete tief durch. Dieses Problem konnte ich im Augenblick wirklich nicht abschließend lösen. Schon gar nicht, wenn ich Mikes Duft noch immer auf meinem Körper riechen und mich genau daran erinnern konnte, wie es sich angefühlt hatte, als er tief in mir gewesen war.

Reiß dich zusammen, Mattie. Reiß dich zusammen und geh zur Arbeit.

Guter Ratschlag, und ich entschloss mich, ihn anzunehmen.

Ich erledigte das, was man im Bad erledigt, und schlich mich dann aus dem Badezimmer ins Wohnzimmer, wo ich meine Jeans unter einem Stapel von Klamotten fand. Mike schlief noch, ich konnte das sanfte Heben und Senken seiner Brust sehen.

Ich wusste, eigentlich sollte ich mich von ihm verabschieden, aber ehrlich gesagt fühlte ich mich einer Unterhaltung am Morgen danach nicht gewachsen. Stattdessen hinterließ ich ihm eine kleine Nachricht.

Hat Spaß gemacht. Musste zur Arbeit und habe es nicht übers Herz gebracht, dich zu wecken.

Ich hatte auch nicht den Mut, aber das schrieb ich nicht.

Anschließend schlich ich mich zur Haustür und ging hinüber in meine Wohnung.

In dem Moment, als ich sie betrat, wusste ich, dass es ein Fehler gewesen war. Ich hatte Angie völlig vergessen. Die saß auf dem Sofa, ihren Laptop auf dem Schoß und einen Stapel mit Börsenberichten neben sich.

„Guten Morgen", sagte sie. „Ich nehme an, du hattest eine angenehme Nacht."

„Offen gestanden, ja, das hatte ich." Ich eilte zum Schlafzimmer. „Und jetzt bin ich schon unglaublich spät dran. Ich muss schnell duschen und los."

„Mmm."

Ich war mir nicht sicher, ob das Thema damit abgehandelt war, doch ich wartete nicht, um es herauszufinden, sondern verschwand im Bad.

Ich hätte es besser wissen müssen. Eine geschlossene Tür war für Angie kein Hindernis. Eine kleine Tatsache, an die ich ungefähr drei Minuten später erinnert wurde, als sie hereingeschlendert kam. Da ich nackt und eingeseift war, hatte sie, zugegebenermaßen, konversationstechnisch die Oberhand.

„Das heißt, dass du jetzt diese alberne Sache mit Cullen ad acta legst, oder?"

„Angie ..." Ehrlich gesagt hatte ich genau das im Grunde vorgehabt. Aber ich hasste die Vorstellung, dass Angie glauben könnte, die Idee käme von ihr.

„Ich meine, du hast mit dem Typen geschlafen", fuhr sie fort. „Mike, meine ich. Nicht Cullen. Und er ist ein wirklich netter Mann. Und er mag dich. Und ..."

„Das reicht!", rief ich und hielt dann den Kopf unter Wasser, um meine Haare zu spülen und mir eine Sekunde Ruhe zu gönnen. „Und hier geht es nicht um Mike", erklärte ich, als ich nach

Luft schnappend wieder unter dem Strahl auftauchte. „Er ist ein netter Mann, und ich finde ihn anziehend." Sehr anziehend, genau genommen. „Aber wir haben uns nun nicht gerade ewige Liebe geschworen, und soweit ich weiß, will er mich vielleicht nicht einmal wiedersehen."

„Nun, das wird er bestimmt nicht wollen, wenn du dich wegen dieses absurden Plans an Cullen heranmachst, verdammt noch mal!"

Diese Feststellung nahm mir irgendwie den Wind aus den Segeln, zum einen, weil sie vermutlich der Wahrheit entsprach, und weil sie mir derart zu schaffen machte. Wenn ich keine feste Beziehung mit Mike eingehen wollte, wieso brach mir dann allein die Vorstellung, dass er mich nicht wiedersehen wollte, schon fast das Herz?

Allerdings hatte ich keine Zeit, darüber nachzudenken, denn mein Telefon klingelte und unterbrach unsere Unterhaltung. Oder unterbrach Angies Strafpredigt, je nachdem von welchem Standpunkt aus man sich die Sache ansah.

Da ich fand, dass dies die perfekte Entschuldigung war, um das ganze Thema zu vermeiden, sprang ich geradezu aus der Dusche und schnappte nach dem Telefon. Als ich jedoch die Stimme am anderen Ende der Leitung erkannte, bekam ich fast einen Herzinfarkt.

„Mattie! Schätzchen! Verdammt, wie schön, mit dir zu reden."

„Timothy?" Ich schwöre, meine Hand zitterte. „Timothy Pierpont?"

„Richtig, Schätzchen", sagte er mit dieser überschwänglichen Stimme, die tief aus seiner Brust zu kommen schien.

Natürlich kannte ich Carlas Chef. Ich meine, sie und ich waren seit Jahren fast unzertrennlich. Also hatte sie mich immer auf ihre Weihnachtsfeiern und ähnliche Events mitgenommen. Einmal habe ich sogar schon mit Timothy gesprochen. Im Pausenraum, wo wir uns über die jeweiligen Vor- beziehungsweise Nachteile von Salzstangen und Brezeln ausgetauscht haben.

„Bist du noch da, Schätzchen? Ist plötzlich so still geworden. Was ist? Hast du den Mund voller Brezel?"

„Äh, nein. Ich bin noch dran. Ich bin nur, so … überrascht."

„Du bist überrascht. Mich hat es umgehauen. Dieser Text! Schätzchen, die Wörter sind so lebendig, so bildhaft."

„Ich … oh danke!" Ich hatte keine Ahnung, von welchem Projekt er sprach, aber ich war schnell genug, um zu begreifen, dass Carla ihm wohl eins meiner Drehbücher untergejubelt hatte. Dabei war ich mir nicht ganz sicher, ob es bedeutete, dass ich sie dafür küssen oder umbringen sollte. Im Augenblick tendierte ich eher zum Küssen, aber ganz sicher war ich mir nicht.

„Ich habe im Moment keine wirkliche Möglichkeit, um das für dich zu verkaufen, aber schreib mir eine Episode für *Revealed*, und wenn du das genauso fantastisch hinbekommst wie diesen Text, dann denke ich, kann ich was für dich tun. Du verstehst, was ich damit sagen will, oder?"

„Ja. Natürlich. Und ich würde gern noch sagen, dass ich *Revealed* für eine brillante Idee halte. Das ist so …"

„Innovativ. Neu. Provokativ. Ich weiß. Das haben mir schon meine Marketingleute versichert. Aber das ist alles nichts wert, wenn ich keine Pilotsendung habe, mit der ich den Studiobossen Feuer unterm Hintern machen kann. Carla sagt, dass du liefern kannst. Ich zähle auf dich."

„Ja. Auf jeden Fall. Ich tue mein …" Aber er hatte schon aufgelegt, und ich schloss meinen Mund wieder, ehe ich mich zu meiner Schwester umdrehte.

Leicht grinsend schüttelte sie den Kopf.

„Hast du das alles mitbekommen?", fragte ich.

„Das Wesentliche", meinte sie. „Und ich weiß, was es bedeutet."

„Was denn?"

Sie lehnte sich gegen die Tür. „Jegliche Chance, dir deinen absurden Plan in Bezug auf Cullen auszureden, ist damit gerade zunichtegemacht worden."

„Stimmt", erwiderte ich. Und plötzlich sah ich endlich wieder klar. Mit Timothys Anruf waren alle diese verworrenen, unausgegorenen Gedanken, die mein Gehirn vernebelt hatten, davongescheucht worden, und die Wahrheit trat deutlich zutage. Ehrlich gesagt gefiel mir nicht, was ich sah. Ich hatte der Juristerei den Rücken gekehrt – und dabei meine Mutter verärgert –, um in Hollywood einem Traum hinterherzujagen. Ich hatte ein jahrelanges Studium sowie familiäre Indoktrinationen in den Wind geschrieben, um meinem Herzen zu folgen.

Nur leider folgte ich ihm nicht mehr. In jenen ersten Jahren war ich ein hohes, persönliches Risiko eingegangen. Aber jetzt, im reifen Alter von siebenundzwanzig Jahren, war ich viel zu selbstzufrieden geworden. Im Beruf. In meiner Beziehung zu Dex. Himmel, in meinem gesamten Leben.

Doch damit war jetzt Schluss. Cullen war meine Antwort, und als ich wieder zu Angie sah, wusste ich, dass mein Blick Entschlossenheit ausdrückte.

„Das könnte wirklich mein Durchbruch werden", stellte ich fest. „Und nichts und niemand wird mich davon abhalten, nach dieser Chance zu greifen."

Kaum hatte Mike die Haustür zufallen gehört, setzte er sich auf. Von dem Moment an, als Matties veränderter Atem ihm verraten hatte, dass sie wach war, hatte er sich herumrollen und sie in die Arme schließen wollen. Doch er hatte es nicht getan. Die Art, wie sie sich bewegt hatte, hatte ihn zögern lassen, und er war einfach still liegen geblieben. Eine leise Stimme in seinem Kopf hatte ihm zugeflüstert, dass dies nicht der richtige Zeitpunkt war, um Mattie zu bedrängen.

Mike hatte auf die Stimme gehört, und er konnte nur hoffen, dass es der Engel auf seiner Schulter gewesen war, der da gesprochen hatte … und nicht der Teufel. Denn im Augenblick verließ Mike sich nur auf den Glauben. Er hatte zugelassen, dass Mattie sich davonstahl, obwohl er überzeugt davon war, dass sie von der Reue gepackt worden war, die einen am Morgen danach manchmal überkam. Sollte sich diese Reue verfestigen – sich womöglich in ihrem Herzen festsetzen und ihnen damit jegliche Chance rauben, diese unglaubliche Anziehung, die zwischen ihnen bestand, weiterzuverfolgen –, na ja, dann, da war er sich sicher, würde er der Quelle dieser leisen Stimme den Garaus machen müssen. Selbst wenn er selbst die Quelle war.

Seufzend strich er über die linke Seite des Bettes, wo Mattie heute Nacht gelegen hatte. Im Schlaf hatte sie sich an ihn geschmiegt, einen Arm über seine Brust gelegt, die Finger locker um seinen Oberarm geschlungen. Locker und doch besitzergreifend. Ganz genau konnte er sich noch daran erinnern, wie sie sich an ihm festgeklammert hatte, als er sich leicht bewegt hatte. Das war wirklich süß gewesen, und er war im Bett geblieben, obwohl er vor Durst fast umgekommen war. Er hatte ihr Trost spenden wollen, und sei es auch nur im Schlaf.

Wobei … sehr viel Schlaf hatte er ja nicht bekommen. Eigentlich so gut wie gar keinen, dachte er und schwang die Beine über die Bettkante. Vom ersten Moment an, als seine Lippen Matties berührt hatten, war es Mike so vorgekommen, als würde er nie wieder schlafen können. Oder essen. Warum sollte er auch, wenn diese Frau ihn erfüllte und ihn belebte? Sie entzündete ein Feuer in ihm, brannte sich ihren Weg durch ihn hindurch und entfachte neues Leben in ihm, sodass er wie Phönix aus der Asche wiedergeboren wurde.

Mit den Händen rieb er sich über das Gesicht und schüttelte angesichts seiner plötzlichen poetischen Anwandlungen den Kopf. Doch er konnte nichts für seine Gefühle. Noch bevor er Mattie berührt hatte, war es ihm klar gewesen. Mattie Brown hatte etwas an sich, was ihn magisch anzog. Und das lag nicht allein an der Tatsache, dass sie in einer Jeans so verdammt gut aussah, es lag nicht allein an den Strähnen, die ihr über die grünen Augen gefallen waren, während sie ihm dabei zugeschaut hatte, wie er ihren Aktenschrank zusammengebaut hatte. Auch nicht allein an ihren herrlichen Brüsten, die sich unter dem schon etwas ausgeleierten Badeanzug abgezeichnet hatten, als er sie am Samstag am Pool getroffen hatte.

Oh ja. Sie sah verdammt gut aus. Aber die Anziehungskraft, die er verspürte, reichte tiefer. Wenn er es noch einmal kitschig ausdrücken wollte – was er eigentlich wirklich nicht wollte –, würde er sagen, er hatte seine Seelenverwandte gefunden. Es musste einfach so sein, denn Mike hatte sich noch nie so wohl und zufrieden – so vollkommen – gefühlt wie in dem Augenblick, als er sie geliebt hatte.

Selbst jetzt, ohne dass sie in seiner Nähe war, konnte er sich daran erinnern, wie sie sich angefühlt hatte. Wie sie ausgesehen hatte, als sie sich unter ihm aufgebäumt und ihr Körper vor Befriedigung geradezu gestrahlt hatte.

Später dann, als er erschöpft in ihren Armen gelegen hatte, hätte er am liebsten nichts anderes getan, als wach zu bleiben und sie anzuschauen. Doch sein Körper hatte ihn verraten, und schließlich war er doch eingeschlafen.

Das Glücksgefühl, das er beim Einschlafen verspürt hatte, war am Morgen jedoch schnell gewichen. Und zwar in dem Moment, als Mattie verstohlen und fast schuldbewusst aus seinem Bett geschlichen war. Jetzt musste er der Tatsache ins Auge sehen, dass die letzte Nacht ihm mehr bedeutet hatte als ihr.

Nein.

Er stand auf, angetrieben von seiner intensiven Reaktion auf diese Gedankengänge, weniger, weil er das Bedürfnis verspürte, sich zu bewegen.

Noch einmal dachte er ganz entschieden: *Nein*. Diese Nacht hatte Mattie auch etwas bedeutet. Daran zweifelte er keine Sekunde lang, daran durfte er nicht zweifeln.

Aber die Wahrheit war, dass er es wusste. Er wusste es einfach, denn er hatte es in ihren Augen gesehen. Eine Verbindung zwischen ihnen. Sehnsucht. Verlangen.

Vor allem aber hatte er etwas gesehen, was wirklich real gewesen war. Etwas, was viel mehr Aussagekraft besaß als das, was sie tat. In der letzten Nacht hatten sie etwas begonnen. Und auch wenn es mit der aufgehenden Sonne verschwunden sein mochte, wusste Mike, dass es da war.

Jetzt musste er es nur noch wiederfinden.

Und das, dachte er, war etwas, wofür es sich zu kämpfen lohnte.

Es ist ein trauriger Tag, wenn man sich in die Augen schauen und zugeben muss, dass man ein absoluter Feigling ist.

Genau das musste ich Montagmorgen tun. Und nicht nur einmal. Nein! Meine Feigheit kam gleich zweimal zutage. Und dabei war es noch nicht einmal zehn Uhr. Da fragte man sich doch, was der Tag noch so für einen bereithielt.

Erst war ich feige aus Mikes Wohnung geschlichen, ohne mich von ihm zu verabschieden oder ihm zu sagen, dass unsere heiße Nacht nur ein Zufall gewesen war. Selbst zum Streiten war ich zu feige gewesen.

Aber dafür hatte ich mich bereits lange genug ausgeschimpft, daher würde ich darüber jetzt einfach mal hinwegsehen.

Doch dann bewies ich ein zweites Mal meine Feigheit. Und da wurde ich, offen gestanden, erst richtig sauer auf mich. Ich meine, hier saß ich, total aufgeregt, weil ich das Skript für diese verdammte Fernsehshow schreiben sollte – der Produzent selbst hatte mir mehr oder weniger versprochen, dass die Sendung mir gehörte, solange ich mit meinem Drehbuch nicht völlig danebenlag –, und was tat ich?

Nichts. Absolut nichts.

Oh, ich versuchte es. Ich zog mich an, raste aus meiner Wohnung und stoppte abrupt vor Cullens Haustür. Aber klopfte ich? Sagte ich: „Hallo, du wilder Hengst, nimm mich, hier und jetzt?"

Nein, tat ich natürlich nicht. Ich fragte ihn nicht einmal, ob er am Abend mit mir einen Martini trinken gehen wollte. Oder gleich, sofort, einen Kaffee. Ich täuschte auch keinen Motorschaden an meinem Auto vor, in der Hoffnung, dass er mich auf seiner Harley mitnehmen würde.

Und warum tat ich all das nicht? Genau, weil ich ein Feigling war. Trotz all der großen Reden, die ich geschwungen hatte, dass ich alles tun würde, um den Job zu erledigen, bin ich im Grunde meines Herzens nichts weiter als ein Feigling. (Was vermutlich auch erklärte, warum ich meine Kündigung bei JLP noch nicht eingereicht hatte – wirksam mit zweiwöchiger Kündigungsfrist –, aber ehrlich gesagt war ich nicht in der Stimmung, darüber nachzudenken.)

In Wahrheit befand ich mich doch in einer ausgezeichneten Lage. Ein regelmäßiges Einkommen einerseits, und andererseits stand ich mit einem Fuß bereits in den heiligen Hallen der Drehbuchschreiber. Das Einzige, was ich jetzt noch tun musste, war, den ersten Schritt zu wagen.

Denn dies war doch genau das, was ich wollte. Was ich immer gewollt hatte.

Wieso zum Teufel zögerte ich also noch?

Entschlossen rief ich das Adressbuch in meinem PC auf, fand Cullens Nummer und griff nach dem Telefon. Doch kaum ertönte das erste Klingeln, begann ich wieder zu zweifeln. Was war, wenn die blonde Tussi ans Telefon ging?

Mit Herzklopfen wartete ich ab, bereit, den Hörer sofort wieder aufzulegen, als eine völlig verschlafene Stimme antwortete.

„Ja?“

„Cullen?“

„Ja. Wer ist da?“ Er klang jetzt etwas wacher, aber seine Stimme hörte sich immer noch etwas belegt an. Ich unterdrückte ein leises Stöhnen, als ich mir vorstellte, wie er nackt unter der Decke lag.

Doch es war gar nicht Cullen, den ich vor mir sah, sondern Mike.

„Hallo?“ Die schläfrige Stimme klang jetzt eher verärgert.

Hastig verdrängte ich das Bild von Mike aus meinem Kopf. „Ich bin's, Mattie“, sagte ich. „Du weißt schon, deine Nachbarin.“

„Oh ja, richtig. Hallo.“ Das Rascheln der Laken. „Was gibt es? Wieso störst du meinen Schönheitsschlaf?“

Ich brachte ein gequältes Lachen zustande, da ich mir nicht sicher war, ob er das scherzhaft gemeint hatte oder ernsthaft sauer auf mich war. „Äh, ja. Ich … ich rufe an, weil ich …"

„Bist du heute Abend zu Hause?"

Ich blinzelte. „Wie bitte?"

„Ich habe heute am späten Nachmittag noch Aufnahmen, aber so gegen zehn müsste ich zu Hause sein. Daher wollte ich wissen, ob du dann wohl da bist."

„Oh." Ich setzte mich ein wenig aufrechter hin. Das war gut. Ich hatte die Initiative ergriffen, und das hatte sich ausgezahlt. Jetzt brauchte ich ihn doch nicht auf einen Drink einzuladen. *Er* würde *mich* einladen. „Auf jeden Fall. Ich bin da." Heute war zwar der Mädelsabend, den Carla und ich geplant hatten – mit Penis-Pasta-Salat –, aber wir wollten uns schon um sieben Uhr treffen, daher ging ich davon aus, dass sie bis um zehn alle gegangen waren. Und wenn nicht, dann würden sie bestimmt Verständnis dafür aufbringen, dass ich die lebensechten Sexspielzeuge gegen das wirklich Echte eintauschte.

„Wunderbar", meinte Cullen. „Dann komme ich vorbei und hole meine Post ab."

Vorbei war es mit meiner Euphorie. „Deine Post. Sicher. Wunderbar. Ich bin da."

„Klingt gut." Er machte eine Pause, bevor er fortfuhr: „Wieso hattest du eigentlich angerufen?"

„Ich? Ach, na ja, wegen deiner Post. Ich meine", sagte ich schnell und fing fast an zu stottern, während mein Herz wie verrückt klopfte. „Ich dachte nur, weißt du, es gibt da doch diese Bar an der Ecke, und ich habe gehört, dass die Schokoladen-Martinis richtig gut sein sollen. Und wir sind doch schon so lange Nachbarn …"

„Tut mir leid, Kleines. Ich bin ziemlich ausgebucht. Vielleicht ein anderes Mal, wenn wir beide gerade mal Zeit haben. Dann können wir ja mal losziehen. Okay?"

„Oh ja, sicher. Okay." Ich sackte in mich zusammen. *Ablehnung? Fehlschlag?* „Ich verstehe schon", erwiderte ich kühl und knapp. Ich verstand es wirklich. Ich besaß nicht die prallen Brüste, den durchtrainierten Körper und die vollkommen proportionierten Oberschenkel wie seine Freundinnen, die täglich vor der Kamera standen. Doch ich würde es ihm schon noch zeigen. Irgendwie würde ich ihn zu einem Date überreden, und dann würde ich ihm beweisen, wie viel Spaß eine Frau, die nicht nur aus Silikon bestand, ihm bereiten konnte.

„Mattie? Bist du noch dran?" Sein Tonfall war total unschuldig. Ahnungslos. Wenn er wusste, dass er mich verärgert hatte, dann ließ er es auf jeden Fall nicht erkennen. Wahrscheinlich war es besser, wenn ich ihn jetzt nicht auch noch verärgerte. Das wäre vermutlich für zukünftige Verabredungen nicht zielführend.

„Ja, ich bin noch dran", antwortete ich mit zuckersüßer Stimme. „Also dann sehen wir uns heute Abend, wenn du deine Post holst. Klingt gut."

„Wunderbar. Du bist ein Schatz. Bis später."

Und schon hatte er aufgelegt. „Bis später", sagte ich in die tote Leitung. Und dann: „Verdammt."

„Mattie?"

Ich blickte auf und sah meine Assistentin Jenny in der Tür stehen. „Was ist?", fuhr ich sie an.

„Das wollte ich dich auch fragen."

„Ach, ich jammere nur gerade über meine völlig unzureichende und beklagenswerte Garderobe." Was sogar stimmte. Denn mir war gerade eingefallen, dass sich mir heute Abend die erste Gelegenheit bieten würde, Cullen zu zeigen, was ihm womöglich entging. Er würde schließlich zu mir kommen. Was bedeutete, dass er mich in etwas anderem als den üblichen Jeans und Uni-T-Shirts zu sehen bekommen müsste.

„Oh", meinte Jenny in einem Tonfall, den man anschlug, wenn man mit Verrückten sprach. Da es immer schlecht ist, wenn die Untergebenen glauben mussten, die Chefin habe nicht mehr alle Tassen im Schrank, riss ich mich zusammen und sah sie direkt an.

„Alles in Ordnung, Jenny. Ich habe nur an heute Abend gedacht."

„Oh, okay. Soll ich noch etwas besorgen? Softdrinks? Wein?"

Jenny ist nicht nur meine Assistentin, sondern auch eine Freundin, und sie hatte ganz oben auf der Liste derjenigen gestanden, die ich für heute eingeladen hatte. Sie ist gerade erst einundzwanzig geworden, noch total unschuldig, aber angesichts meines erbärmlichen Ergebnisses im Schlampentest stand mir darüber wohl kein Urteil zu. Außerdem wollte ich gern noch jemanden bei der Party dabeihaben, der auch noch ziemlich unerfahren war. So etwas nennt man wohl Selbsterhaltungstrieb.

Ich erklärte ihr, dass ich alles im Griff hätte, und wandte mich dann wieder dem PC zu. Ich hatte vor, so zu tun, als wäre ich total beschäftigt, während ich mich im Internet auf die Suche nach einem Outfit machen wollte, das ich während der Mittagspause dann schnell erstehen konnte. Wobei ich hier gern klarstellen würde, dass das nicht meine übliche Arbeitsweise ist. Es kam nur ganz selten vor, dass ich während der Arbeit *nicht* arbeitete. Vor allem deshalb, weil ich so selten Zeit dafür hatte. Als Hauptverantwortliche für alle geschäftlichen Angelegenheiten der Firma musste ich ständig Verträge prüfen, Deals abschließen, Gagenzahlungen vereinbaren und mit allen reden, angefangen beim Produzenten bis hin zum Gewerkschafter. Onlineshopping tauchte sonst nie in meinem Terminplan auf.

Heute loggte ich mich jedoch glücklich bei Bluefly.com ein.

Jenny blieb, wo sie war, und stand wie eine Statue in meiner Bürotür.

„Ist sonst noch was?"

„Offen gesagt, ja. Die Gegensprechanlage funktioniert nicht, und da ist ein Anruf für dich."

Ich rieb mir die Schläfen und brachte nicht einmal die Kraft auf, mich darüber aufzuregen, dass sie mir das nicht gleich gesagt hatte. „In Ordnung", murmelte ich. „Dann stell ihn zu mir durch. Es sei denn, es ist Amanda Baker, die anruft, weil sie sich über die Episode letzte Woche beschweren will. In dem Fall musst du dir eine Entschuldigung ausdenken, denn darauf habe ich im Augenblick überhaupt keine Lust." Amanda Baker war eine der Talbot-Zwillinge, ein Star aus den Achtzigern. Es waren diese achsobewundernswerten Zwillinge, die immer irgendwelche rätselhaften Fälle gelöst haben. So ähnlich wie Nancy Drew, nur mit wesentlich voluminöseren Frisuren.

Nach dem Ende der Serie, die zwei Jahre gelaufen war, hatte die kleine Amanda keine Rollen im Fernsehen mehr bekommen (im Gegensatz zu ihrer Fernsehschwester, die inzwischen zwei Emmys und einen Oscar ihr Eigen nannte). Anfangs war Amanda ganz begeistert gewesen, als ihr Agent ihr von Johns Angebot berichtet hatte. Doch ich glaube, inzwischen hatte sie begriffen, dass John Laymans Realityshows nicht gerade die warmherzige und leicht verschwommene Spiegelung des Alltags eines ehemaligen Kinderstars waren. Ganz direkt war sie wohl darauf gestoßen worden, als die Kameras ihr auf die Toilette eines der angesagten Clubs in L. A. gefolgt waren und ihr einen geplanten Heroindeal vermasselt hatten. (Der natürlich, laut Aussage von Amanda, ohnehin niemals vonstattengegangen wäre.)

Ich meine, ehrlich. Wie konnte es angehen, dass ich in so etwas hineingezogen wurde?

„Es ist nicht Amanda", klärte Jenny mich auf. „Es ist ein Typ namens Mike. Ich habe ihm gesagt, du würdest gerade telefonieren, und dass ich dir eine Nachricht zukommen lassen würde, aber er meinte, er wolle warten."

„Mike?" Ehe ich etwas dagegen unternehmen konnte, begann mein Herz unkontrolliert heftig zu klopfen. Ich zwang mich, mich wieder zu beruhigen und nicht schon wieder an seinen nackten Körper zu denken. Obwohl das eine durchaus angenehme Vorstellung war ...

„Okay. Also, bist du da?"

Körperlich, ja. Geistig war ich mir nicht so sicher. Das war der Mann, aus dessen Wohnung ich mich heute Morgen geschlichen hatte ... nachdem ich eine wunderbare Nacht in seinem Bett verbracht hatte. Rief er wegen der wunderbaren Nacht an? Oder wegen des Herausschleichens?

„Also?"

Ich nahm all meinen Mut zusammen und drückte auf den Knopf für Leitung zwei. „Mike", sagte ich munter. „Tut mir leid, dass du warten musstest."

„Oh, hallo, ich hatte schon Angst, du würdest dich aus dem Büro schleichen, um nicht mit mir telefonieren zu müssen."

Autsch. Okay, jetzt waren meine Wangen wieder knallrot.

„Es tut mir leid", sagte ich. „Du hast noch geschlafen, und ich wollte dich nicht …"

„Ist schon okay", unterbrach er mich.

„Wirklich?"

„Natürlich. Ich verstehe schon."

Ehrlich gesagt bezweifelte ich das, hatte aber nicht vor, darüber zu streiten. Stattdessen beschloss ich, so schnell wie möglich das Thema zu wechseln. „Also, was gibt es?" Natürlich konnte es sein, dass er mich einfach nur anrief, um sich darüber zu beschweren, dass ich sang- und klanglos verschwunden war. Aber das passte irgendwie nicht zu Mike, daher ging ich volles Risiko. Außerdem wusste ich nicht, was ich sonst sagen sollte.

Jenny lungerte noch immer an der Bürotür herum, und ich machte eine wegscheuchende Handbewegung. Sie verdrehte die Augen, weil sie nur zu gut wusste, dass ich ihr in zehn Minuten, wenn wir in die Lobby gingen, um uns einen Kaffee zu holen, sowieso eine detaillierte Beschreibung der Situation und des Gesprächs liefern würde.

Plötzlich wurde mir klar, dass Mike etwas gesagt hatte, doch meine Angst war so laut gewesen, dass ich ihn nicht gehört hatte. „Entschuldige, was hast du gesagt?"

„Ich wollte mal hören, ob wir zusammen mittagessen gehen wollen?", wiederholte er.

„Oh." Ein kleiner Lustschauer fuhr durch mich hindurch. Konsequent ignorierte ich ihn. Schließlich musste ich mich konzentrieren – und mein Tunnelblick war direkt auf Cullen gerichtet. „Würde ich wirklich gern", erwiderte ich. „Aber ich habe schon Pläne." Eine wahre, wenn auch feige Antwort. Doch ich hatte wirklich schon etwas vor. Ich musste dringend meine

Mittagspause dazu nutzen, mir ein Outfit zu suchen, mit dem ich Cullens Aufmerksamkeit erregen konnte.

„Wie schade", meinte er. „Wie sieht es nach der Arbeit aus?"

„Mike …" Ich trommelte mit den Fingerspitzen auf dem Vertrag herum, den ich dringend überarbeiten musste. Eigentlich müsste ich den Agenten des Regisseurs anrufen, war aber zurzeit wirklich nicht in der Stimmung, knallharte Verhandlungen zu führen.

„Komm schon, Mattie Brown. Als ich dich das letzte Mal gesehen habe, lagst du nackt unter meiner Bettdecke. Da wirst du doch wohl Zeit für einen schnellen Drink finden? Mit oder ohne Kleidung, wie du willst."

Gegen meinen Willen musste ich lachen. Der Mann hatte etwas an sich, was meine Laune hob – selbst wenn ich versuchte, ihn abblitzen zu lassen.

„Also ist das ein Ja?"

„Es tut mir leid, Mike. Ich kann wirklich nicht. Ich habe heute Abend schon was vor. Ein paar Freundinnen kommen vorbei. Wir haben … so ein spezielles Ding vor."

„Ein spezielles Ding", wiederholte er mit neckendem Unterton. „Da werde ich ja richtig eifersüchtig. Ich wollte schon immer mal ein spezielles Ding haben."

Ich verkniff mir ein Lachen.

„Hast du was gesagt?"

„Nein." Ich konnte das Kichern kaum noch zurückhalten. „Aber ich könnte was sagen. Allerdings wäre es nicht jugendfrei."

„Na, dann lass ich dich für heute vom Haken. Aber nur, weil ich natürlich nicht derjenige sein will, der dich von deinem Ding fernhält. Wie sieht es denn in den nächsten Tagen aus?"

„Äh …"

„Ein nettes Abendessen und vielleicht noch einen Film mit dem *Dünnen Mann*?"

„Wow. Du verhandelst ja echt hart." Und obwohl ich wusste, dass ich Nein sagen sollte, öffnete ich den Mund und meinte: „Hm, ich denke, Samstag könnte gehen."

„Wunderbar", sagte er. „Ich freue ich schon drauf."

„Ich mich auch", erwiderte ich, sowohl erleichtert als auch verwirrt, als mir klar wurde, wie viel Wahrheit in dieser Feststellung lag.

Er beendete das Gespräch, und ich starrte aufs Telefon, bevor ich das tat, was ich immer in solchen heiklen Situationen tat. Ich hämmerte mit dem Kopf auf die Schreibtischplatte. Verdammt, ich hätte Mikes Einladung einfach höflich ablehnen sollen, um dann irgendwann nachmittags mal zu ihm hinüberzugehen und die Sache sanft, aber entschlossen zu beenden. So machte ich ihm doch nur weiter Hoffnungen.

Während ich auf meiner Unterlippe kaute, sauer auf mich, tastete meine Hand nach dem Telefon. Ich könnte ihn zurückrufen. Könnte die Sache abblasen. Ihn mitsamt seinem süßen kleinen Arsch schnell und ohne Umstände aus meinem Leben befördern.

Aber ich tat es nicht. Ich brachte es einfach nicht über mich, diesen Anruf zu tätigen. Jetzt jedenfalls nicht. Vielleicht würde es noch eine Weile dauern.

Also kreuzte ich die Finger, seufzte und überlegte, ob ich dafür wohl in die Hölle kommen würde.

Irgendwann vielleicht. Aber jetzt noch nicht.

Als Erstes würde ich jetzt mal bei Nordstrom vorbeischauen.

7. KAPITEL

Penis-Pasta-Salat

1 Dose Thunfisch oder 100 g Hähnchenfleisch
Mayonnaise nach Geschmack (einige Esslöffel)
1 Tasse klein geschnittenen Sellerie
250 g Penis-Pasta, gekocht und abgekühlt
¼ Tasse klein geschnittene Zwiebeln
¼ Tasse klein geschnittene Gewürzgurken
Alle Zutaten vermengen und mindestens 1 Std. kühl stellen.

Mit einer Einkaufstüte in der Hand kam ich gegen Viertel nach sechs nach Hause (das war für meine Verhältnisse während einer Arbeitswoche unglaublich früh) und bekam einen Anblick zu Gesicht, den ich wirklich nicht sehen wollte. Meine Schwester saß halb nackt – also in einem Bikini – am Pool und plauderte mit Mike.

Ich winkte ihnen von oben zu, und Mike drehte sich um und schaute mich an. Sofort wurde seine Miene weicher, und Freude blitzte in seinen Augen auf. Angie winkte ebenfalls, wirkte jedoch nicht im Geringsten schuldbewusst. Was, das musste ich leider zugeben, durchaus Sinn machte. Es gab ja auch nichts, weshalb sie ein schlechtes Gewissen haben musste. Sie redete mit einem Mann. Ich war diejenige, die eifersüchtig war.

Der Gedanke ließ mich erschrocken blinzeln, bevor ich versuchte, ihn zu verdrängen. Nein, nein, *nein*. Ich war *nicht* eifersüchtig! Ich war nur …

Ich ließ meine Gedanken abschweifen, denn eigentlich wusste ich wirklich nicht, was ich „nur" war. Und da ich nicht einfach hier herumstehen und verwirrt auf die beiden hinuntersehen wollte, eilte ich nach drinnen. Alles in allem war ich etwas durcheinander, aber ich denke, ich schaffte es gerade noch, die Kurve zu kriegen. Vor allem, da gar kein Grund bestand, durcheinander zu sein.

Eifersüchtig. So ein Quatsch!

Carla war bereits in meiner Wohnung, hatte schon Wasser für die Nudeln aufgesetzt und Weingläser und Cocktailservietten auf meinem Esstisch verteilt. Sofort begann sie, mir zu erzählen, wie sehr Timothy von mir geschwärmt hätte, dass er es gar nicht erwarten könne, das Drehbuch zu lesen, und dass sie so begeistert war, weil sich bei mir endlich alles in die richtige Richtung bewegte.

Ehrlich, sie vermittelte mir das Gefühl, als wäre das Drehbuch bereits geschrieben und der Deal unter Dach und Fach. Einen Moment lang stand ich einfach nur da und sonnte mich in meinem wunderbaren zukünftigen Leben, klopfte mir auf die Schulter, dass ich mich entschlossen hatte, nach der großen Chance zu greifen, auch wenn Cullen noch nicht wirklich mit von der Partie war.

Das unbestimmte Gefühl der Reue verdrängte ich geflissentlich. Dieses Gefühl hatte ein großes, blinkendes Neonschild über sich hängen, auf dem in Großbuchstaben MIKE stand, doch ich ermahnte mich, mich strikt auf meine Aufgabe zu konzentrieren.

Genau. Konzentriert und gewissenhaft waren meine neuen Schlagworte.

„Mattie?"

Ich blickte zu Carla und merkte, dass meine Gedanken etwas abgedriftet waren. „Entschuldige", sagte ich. „Ich war mit meinen Gedanken anderswo."

„Nun, es wäre nett, wenn du jetzt mal zurückkommen könntest. Die anderen sind gleich hier."

Ich hob die Einkaufstüte. „Gib mir noch eine Sekunde, okay? Muss mich umziehen. Cullen kommt nachher vorbei, und ich will wie eine Frau aussehen, die an seiner Seite sein könnte."

Daraufhin geriet Carla in helle Aufregung, doch ich brachte sie schnell wieder auf den Boden der Tatsachen zurück. Nein, es war keine Verabredung. Ja, ich hatte vor, verdammt gut auszusehen, in der Hoffnung, so ein Date zustande zu bringen.

Als ich ein paar Minuten später wieder auftauchte, wusste ich, dass ich heiß aussah. Ein hübsches kleines, tief ausgeschnittenes Top – eins von denen, die fast, aber nicht ganz nach Dessous aussehen – zusammen mit einer schwarzen Caprihose. Normalerweise mag ich meine Haare nicht (zu braun, zu glatt), aber ich hatte sie gegelt und gelockt, bevor ich sie mit einer Spange hochgesteckt hatte. Nur ein paar einzelne Strähnen fielen mir ins Gesicht.

Außerdem hatte ich natürlich Mascara, Eyeliner und korallenfarbenen Lippenstift aufgetragen. Und – um das Ganze zu vervollständigen – einen kleinen Hauch von Obsession.

Alles in allem war ich einen Augenblick lang rundum zufrieden mit mir. Was bei Frauen ja wirklich selten vorkommt, ich weiß. Aber hin und wieder schaffen wir es, unseren vom X-Chromosom gleich mitgelieferten Selbsthass zu überwinden.

Als ich zurück ins Wohnzimmer kam, stieß Carla einen anerkennenden Pfiff aus und reichte mir einen Drink, passenderweise einen *Orgasmus*. Wenn das nicht die beste Art war, eine Party zu beginnen, dann wusste ich nicht, wie sonst.

Während sie den Nudelsalat zubereitete, nippte ich an meinem Drink und brachte sie auf den neuesten Stand der Dinge. Und, ja, ich erzählte ihr alles.

Die Tatsache, dass ich bei Cullen noch nicht hatte landen können, überging sie und konzentrierte sich stattdessen auf die Sache mit Mike. „Interessant", stellte sie fest.

„Vergiss es", schalt ich. „Timothy will Cullen vor der Kamera haben. Cullen und seinen glamourösen Ruf als Model, das ist es, was er in seiner Show haben will."

„Nun mach mich doch nicht gleich an", wehrte Carla sich. „Ich habe doch nur gesagt, dass die Situation interessant ist. Und das ist sie doch. Das kannst nicht einmal du leugnen."

Nein, konnte ich nicht. Aber *interessant* war nicht das Wort, das ich gewählt hätte. Andererseits, vielleicht war es genau das richtige Wort. Gibt es da nicht so einen chinesischen Fluch? *Mögest du in interessanten Zeiten leben.* Oder so etwas in der Art.

Dieser Gedanke verdiente einen weiteren Drink, den ich ziemlich schnell hinunterkippte. Was dazu führte, dass ich, als die anderen kamen, zwei *Orgasmus* intus hatte und fasziniert auf Carlas Penis-Pasta-Salat starrte. Interessanterweise sah Penis-Pasta-Salat eigentlich genauso aus wie jeder andere Nudelsalat, und ich überlegte, ob der Geschmack wohl auch ähnlich war. Allerdings war es mir nach meinen zwei Drinks irgendwie auch herzlich egal. Weniger egal war mir, dass mein Magen merkwürdig reagierte. Was bedeutete, dass ich, egal, ob es sich um einen obszönen Nudelsalat handelte oder nicht, auf jeden Fall dringend was zu essen brauchte. Also lud ich mir die Gabel voll und schob die Penisse, samt Thunfisch und Majo in meinen Mund. Dabei kam ich mir ein wenig wie die Feministin Gloria Steinem vor – kulinarischer Feminismus sozusagen.

Aber es schmeckte köstlich.

Obwohl die Party sich zu einem klassischen Mädelsabend entwickelt hatte, war die ursprüngliche Idee ja von Carla gekommen. Sie hatte überlegt, dass ich vermutlich nicht die einzige Frau war, die Probleme mit Kondomen hatte, sondern dass es anderen Frauen wohl ähnlich gehen würde. Also hatte sie den heutigen Abend unter das Motto „Penis-Party" gestellt und entsprechend vorbereitet. Anscheinend waren die Pferde mit Carla ein wenig durchgegangen, denn meine Wohnung war geschmückt mit diversen mehr oder weniger erotischen Dekoelementen. Nachdem ich mich auf der Couch niedergelassen hatte und auf mein massives Entertainment-Center aus Eiche blickte, begutachtete ich mit großen Augen die Lichterkette mit den hell leuchtenden Penissen, die wie ein ketzerischer vorweihnachtlicher Albtraum aussahen. Servietten und Pappteller mit ziemlich unartigen Motiven lagen auf dem Couchtisch, den auch zwei nach Zimt duftende Penis-Kerzen zierten. Wie übergroßes Konfetti waren zudem ein Dutzend eingeschweißte kleine Päckchen auf dem Tisch verteilte.

Wenn Carla ein Thema bearbeitete, dann richtig.

Unsere geladenen Gäste kamen mehr oder weniger gleichzeitig. Angie erschien als Letzte, einen Sarong um ihre schmale Taille gewickelt, während ihre Brüste (erschaffen aus Genen, die nicht zu meinem Stammbaum gehörten) von einem Mini-Bikini-Top gehalten wurden. Zu gern hätte ich meine Schwester beiseitegezogen, um sie auszuhorchen, worüber sie sich mit Mike unterhalten hatte, aber leider war dazu keine Zeit. So schnell, wie die Party in Gang kam, schaffte ich es weder, mich zu fragen, warum ich Angie so dringend darüber ausfragen wollte, noch mich daran zu erinnern, dass ich sämtliche Gedanken an Mike gefälligst zu verdrängen hatte.

Alles in allem waren wir eine kleine, aber entschlossene Gruppe. Jenny war als Erste aufgetaucht, was mich nicht überraschte. Sie ist die einzige Frau, die ich kenne, die beim Schlampentest einen noch niedrigeren Wert erzielt hatte als ich. So wie ich, hoffte sie darauf, heute Abend ein paar neue Einsichten zu gewinnen. Susan Lowell hatte eine akzeptable Punktzahl im Test erreicht, gehörte aber zu den Menschen, die niemals die Einladung zu einer Party ablehnten. Greg Martin war dabei, um uns mit der Sicht eines Mannes über unsere erworbenen Fähigkeiten vertraut zu machen. Carla war, natürlich, Carla. Und Angie war … Ehrlich, ich weiß es nicht. Den Großteil des Abends schien meine Schwester sich einfach nur zu amüsieren.

Das Objekt unserer Lehrstunde hatte natürlich einen Ehrenplatz in der Mitte des Tisches bekommen. Dort stand der Liebeshase in all seiner rosafarbenen, phallischen Erhabenheit. Und wartete nur darauf, dass eine Reihe von mehr oder weniger neurotischen Frauen sich in der hohen Kunst des Kondomüberstreifens übte.

„Der Wodka ist so gut wie alle", rief Greg aus der Küche. „Was habe ich dir gesagt?"

„Ich weiß. Tut mir leid." Greg hatte mir gesagt, ich solle auf dem Nachhauseweg noch neuen Wodka besorgen, doch ich hatte es vergessen.

Jenny, die bereits an ihrem vierten *Orgasmus* nippte, schwankte ein wenig, als sie zu mir hinüberkam. Sie griff sich eins der Kondome und beäugte den Liebeshasen misstrauisch. „Ich glaube, ich schaffe das nicht ohne einen weiteren Drink."

„Du glaubst, *du* kannst das nicht?" Susan ließ sich in meinen großen Sessel fallen, lehnte sich zurück und kreuzte die Beine. „Schätzchen, glaub mir. Wenn ich Cola light trinken muss, dann bin ich aber sofort weg hier."

Carla und Greg, die so taten, als wären sie die einzigen Erwachsenen in dieser kleinen Runde, tauschten schnell einen Blick aus, ehe Greg die Hand hob. „Mädels, Mädels, das ist doch kein Problem. Ich laufe schnell runter zur Ecke und hole Nachschub." Er schimpfte mich mit erhobenem Zeigefinger aus: „Lass dir das eine Lehre sein."

Ich nickte, angemessen geknickt und schon ziemlich beschwipst.

Einer der Vorteile, wenn man in der Nähe einer großen Straße wohnt, war der, dass man innerhalb von wenigen Minuten den nächsten Schnapsladen erreichen konnte. Greg konnte Nachschub holen, wieder zurückkommen, und wir würden kaum bemerkt haben, dass er weg war.

Nachdem er in meinem Spiegel noch einmal seine Frisur kontrolliert hatte, zeigte er nacheinander mit dem Finger auf uns. „Du, du und du, setzt euch hierher", befahl er und deutete auf den Boden hinter der Couch. Pflichtbewusst marschierten wir um die Couch herum und ließen unsere Hintern auf den Berberteppich plumpsen.

Er wandte sich an Carla. „Du setzt dich dorthin." Auch sie gehorchte und setzte sich im Schneidersitz mit dem Rücken zur Tür vor den Halbkreis, den Jenny, Susan und ich bildeten. Greg reichte Carla den Hasen, und sie balancierte ihn auf ihren gekreuzten Beinen. Auf mich wirkte sie wie eine heidnische Fruchtbarkeitsgöttin, die einen schlechten Tag hatte, bevor ich mich fragte, ob sie vielleicht auch schon ein bisschen zu viel getrunken hatte.

Greg verschwand aus der Wohnung, und Carla nahm eine geschäftsmäßige Haltung ein. „Okay, meine Damen, wer will zuerst?"

Susan deutete auf mich und Jenny. „Diese beiden sind diejenigen, die die Lektion am dringendsten brauchen. Ich bin nur wegen der Drinks hier."

„Nein, ich kann nicht", sagte Jenny. „Ich meine, ich kann einfach nicht. Ich bin nicht so gut darin, sein … sein … na, ihr wisst schon, anzufassen." Sie verzog das Gesicht und wedelte mit der Hand, als wollte sie sich dazu zwingen, eine Portion wirklich schrecklich schmeckender Medizin zu schlucken.

Insgeheim war ich ganz dankbar für meine achtzehn Prozent. Schließlich war das weitaus besser als sechs Prozent, oder?

Carla beugte sich vor, die Hände fest um den Hasen geschlossen. „Jen, du musst es anfassen. Sex ist ein Kontaktsport."

„Nicht mit den Händen. Nein, das mache ich nicht." Jenny schluckte den Rest ihres Drinks, bevor sie sich gegen die Couch lehnte. „Ich meine, ich will es ja … deshalb bin ich ja hier. Ich schaffe es nur nie, wenn wir … und dann gibt er auf und macht es selbst."

Susan griff nach dem Vibrator. „Schätzchen, es ist nichts dabei. Hier, ich zeig's dir."

Carla zuckte mit den Schultern und reichte Susan den Hasen. Mit einer Hand öffnete Susan das Päckchen und zog das Kondom heraus, um uns dann mit einer unglaublichen Zungenfertigkeit zu zeigen, wie man Mr Bunny nur mit dem Mund mit einem Kondom überzog. Wenn ich sagen würde, ich war beeindruckt, wäre das so, als würde ich feststellen, dass die Concorde ein schnelles Flugzeug war.

Jenny riss die Augen so weit auf, dass sie wie ein Charakter aus einem Cartoon wirkte. „Das kann ich nicht."

„Kannst du mit deiner Zunge etwa auch den Stiel einer Kirsche verknoten?", fragte ich Susan.

„Kirschenstiele verknoten ist noch das einfachste meiner Talente."

„Darauf könnte ich wetten", warf Carla ein.

„Das schaffe ich nie im Leben", wiederholte Jenny und sah fast ein wenig grün aus. „Was ist, wenn ich nicht treffe? Was ist, wenn ich aus Versehen in ein wichtiges Teil beiße?"

Genau das hatte ich auch gedacht. Schlampentest hin oder her, meine oberste Priorität lag ja wohl darin, den Mann in meinem Bett – und alle seine beweglichen Teile – in Funktionsbereitschaft zu belassen.

„Ich kann so ein Ding mit den Zehen überstreifen", erklärte Carla – wie immer darauf aus, jemanden zu überbieten.

„Aber warum sollte man so etwas wollen?", konterte ich.

„Einige Männer mögen Füße."

„Füße?", wiederholte Jenny, wobei ihre Stimme schon leicht hysterisch klang. „Auf keinen Fall. Ich kann das nicht. Ich könnte genauso gut …"

„Ich wollte damit sagen", unterbrach Susan sie und warf Jenny einen eindringlichen Blick zu, „dass, wenn ich es mit meinem Mund schaffe", sie nickte zu Carla, „und sie mit den Füßen, dann wirst du es ja wohl mit den Fingern tun können." Sie zog das Kondom vom Hasen, wischte ihn mit einer der obszönen Servietten ab und reichte ihn Jenny. „Also los, versuch es."

Jenny holte tief Luft, balancierte den Hasen zwischen ihren Füßen und öffnete ein neongrünes Päckchen. Die Vorstellung würde ihr in absehbarer Zeit noch keine Rolle in einem Pornofilm einbringen, aber es gelang ihr, den Hasen ohne offensichtliche Verletzungen mit einem Kondom zu überziehen. Als sie mich anschließend ansah, lag ein Strahlen auf ihrem Gesicht. „Ich hab's getan! Ich habe es tatsächlich getan!" Sie straffte die Schultern und setzte sich ein wenig gerader hin, denn sie wusste, jetzt gab es nur noch eine inkompetente Kondom-Anfängerin in dieser Runde.

Und das war ich.

„Du bist dran", erklärte Carla.

Jenny reichte mir den Hasen, und ich umfasste ihn vorsichtig. So schwierig konnte es ja wohl nicht sein, oder? Schließlich waren jetzt, in diesem Moment, bestimmt zig Tausende von Jungs und Mädels dabei, genau das zu tun, was ich gerade vorhatte – natürlich nicht mit einem Vibrator.

Ich konnte das. Kein Problem. Ich war leitende Angestellte in einer der geschäftigsten Produktionsfirmen in Hollywood. Ich verfügte über ein Spesenkonto. Ich verhandelte Optionsklauseln zum Frühstück. Und ich konnte einen richtig leckeren Schokoladen-Käsekuchen backen.

Da konnte ich ja wohl, verdammt noch mal, ein Kondom überstreifen.

Susans Rat befolgend, hielt ich den Hasen mit einer Hand fest und versuchte, die Packung mit der anderen Hand aufzureißen. Ging nicht. Aber nachdem ich meine Zähne zu Hilfe genommen hatte, schaffte ich es schließlich, die kleine Gummischeibe – mit Noppen für den besonderen Genuss! – herauszuholen und über die Spitze von Mr Bunny zu drapieren.

So weit, so gut. So langsam kam ich in Fahrt.

Anschließend drehte ich den Hasen ein wenig, um ihn besser im Griff zu haben und drückte dabei versehentlich auf den Schalter. Das war nicht so klug, denn plötzlich hielt ich einen summenden und sich windenden Liebeshasen in der Hand.

Erschrocken ließ ich ihn zu Boden fallen und rutschte ein Stück von ihm fort. Carla, Jenny und Susan zuckten ebenfalls zurück, und wir alle starrten mit großen Augen auf das hellrosa, mit einem Kondom bestückte, von Batterien betriebene Teil, das summend und tanzend über meinen Teppich glitt wie etwas aus einem Pornohorrorfilm. Alle, mit Ausnahme von Angie, die regungslos sitzen blieb und nur leicht entsetzt, leicht amüsiert vor sich hinblickte.

Im selben Moment wurde die Tür geöffnet, und Greg kam hereingeschlendert. In der Hand hielt er eine mit Flaschen gefüllte Kiste. „Ich habe beschlossen, deine Vorräte gleich mal ein bisschen aufzustocken. Betrachte es als meinen Beitrag zu diesem Anlass." Dann schaute er mich direkt an und formte mit den Lippen die Worte: „Du hast Besuch." Ich blinzelte und versuchte herauszufinden, was er meinte. Doch dann sah ich es auch schon. Ich erhaschte nämlich einen Blick auf ein weißes T-Shirt und gebräunte Haut – direkt hinter Greg. Mein Magen zog sich erschrocken zusammen.

Oh verdammt. Ich sah mich in meiner mit Penissen verzierten Wohnung um. Martha Stewart, unsere amerikanische Sittenwächterin, wäre definitiv nicht begeistert.

„Das Fotoshooting war ausnahmsweise mal eher beendet", sagte Cullen mit seiner tiefen Stimme, die irgendwo hinter Greg ertönte. „Also dachte ich, kann ich gleich mal meine Post abholen."

Es blieb keine Zeit, groß nachzudenken – ich wusste genau, was zu tun war. Mit einer geschmeidigen Bewegung kam ich hoch und landete präzise auf dem sich windenden Liebeshasen, während Slater zur Tür hereinschlenderte.

Okay, darf ich kurz zu Protokoll geben, dass es völlig unmöglich ist, sich cool, ruhig, weltgewandt und beherrscht zu geben, wenn man auf einem summenden Vibrator hockt, der mit einem rosa Hasen überzogen ist?

Total unmöglich.

Aber ich gab mir große Mühe! Ehrlich. Und ich schaffte es sogar, nicht vor Scham im Boden zu versinken, als Cullen in die Wohnung trat, sich umsah und dann grinste. Das Grinsen breitete sich langsam auf seinem Gesicht aus und wirkte sexy und absolut amüsiert.

Eine Frau – groß, schlank und bekleidet mit einer hautengen Hose und einem tief ausgeschnittenen Oberteil – kam hinter ihm herein. Sie sah sich um, hob eine perfekt gezupfte Augenbraue und ließ ihren Blick dann auf mir ruhen. Es war nicht schwer, ihre Gedanken zu lesen – *Versagerin!*

Cullen sagte zum Glück nichts, und daher konzentrierte ich mich auf ihn und versuchte, die Göttin an meiner Haustür, die mir definitiv nicht wohlgesonnen war, zu ignorieren. Ich kam auf die Füße, bemühte mich, den letzten Rest meiner Würde zu bewahren, als ich den Vibrator ausschaltete und zu meinem Schreibtisch ging, um nach der Post zu greifen. Ich hielt sie Cullen entgegen und lächelte. „Danke", meinte er, und als er nach der Post griff, strichen seine Finger an meinen entlang. Er schaute mir in die Augen, und erstaunt stellte ich fest, dass ein warmer, weicher Ausdruck in diesem Blick lag. Wenn dies ein Drehbuch wäre, würde der Autor das als „Schlafzimmerblick" bezeichnen. Ich blieb stumm und nickte nur höflich, als Cullen noch einmal sagte: „Ja, danke."

Mein Blick folgte ihm, als er zu Tür stolzierte, einen Arm um Blondie legte und hinausschlenderte – während Mike mit amüsiertem Gesichtsausdruck hereingeschlendert kam.

„Gefällt mir, was du mit deiner Wohnung angestellt hast", erklärte er, nachdem er sich die Penis-Lichterkette und die restliche Dekoration im Zimmer angeschaut hatte und mir dann in die Augen sah. „Ich hatte ja keine Ahnung, dass dein Geschmack, was Wohnungseinrichtungen angeht, so phallisch orientiert ist."

Er sagte das so trocken, dass ich laut lachen musste. Ehrlich, der Mann brachte mich ständig zum Lachen.

„Nun, das nennt man die frühe amerikanische Schmutzepoche. Es überrascht mich, dass du die pornografischen Einflüsse nicht sofort erkannt hast."

Seine Mundwinkel zuckten, doch er sagte nichts. Stattdessen machte er einen Schritt auf mich zu. Und noch einen. Bis er so nahe war, dass meine Nase von dem frischen Duft seines Shampoos kribbelte. Er legte eine Hand auf meine Schulter – eine Geste, die absolut freundschaftlich und nicht im Mindesten besitzergreifend wirkte. Trotzdem hatte ich das Gefühl, besessen zu sein. Besessen, angetörnt und sehr verwirrt.

„Unsere Verabredung für Samstag steht noch, oder?"

Ich nickte stumm.

Noch einmal ließ er den Blick durch die Wohnung schweifen, und seine Augen funkelten vergnügt. Dann nickte er meinen Freundinnen zu, drückte meine Schulter ganz leicht und ging zur Haustür. Ich sah ihm hinterher und verspürte einen Anflug von

Traurigkeit. Was natürlich absurd war. Warum sollte ich traurig sein? Schließlich hatte ich einen Plan. Und mit ein bisschen Glück würde ich in wenigen Monaten eine brillante Karriere als Drehbuchautorin vor mir haben.

Um zu diesem Punkt zu gelangen, brauchte ich natürlich noch Cullen, der mich genauso ansah wie Mike. Nein, das stimmte nicht ganz. Mike sah mich mit einem weichen, liebevollen Ausdruck an, hinter dem die Lust schlummerte. Bei Cullen brauchte ich nur die Lust. Himmel, wenn man es genau nahm, brauchte ich eigentlich nur Sex.

Und ich konnte nur hoffen und beten, dass ich mir meine Chancen bei ihm nicht gerade dadurch zunichtegemacht hatte, dass ich mich auf einen zuckenden rosa Liebeshasen geworfen hatte.

Es dauerte Tage, ehe ich mich von meinem Liebeshasen-Fiasko erholt hatte, und während der Zeit weigerte ich mich standhaft, einen Fuß vor die Tür zu setzen, falls auch nur die entfernteste Gefahr bestand, dass ich Cullen, dem Sexprotz begegnen würde. Es mochte vielleicht verrückt sein, aber es hat etwas Abstoßendes, wenn man seinem zukünftigen Lover in die Augen schauen muss, während man auf einem tanzenden Vibrator in einer mit Penis-Produkten geschmückten Wohnung hockt.

Nicht dass Slater auch nur ansatzweise Interesse daran bekundet hatte, mein Lover zu werden. Bei den wenigen Gelegenheiten, die ich ihn sah – aus der Entfernung natürlich nur! – hing an seinem Arm immer eine andere Frau, die in weitaus engere Jeans passte als ich.

Auf dieser Liste fand sich übrigens auch meine Schwester, obwohl ich Angie nie an seinem Arm sah. Mehrmals entdeckte ich die beiden jedoch zusammen am Pool, und einmal sah ich, wie Cullen ihr half, einen platten Reifen zu wechseln. Wenn ich von meinem Hasen-Fiasko nicht so mitgenommen gewesen wäre, hätte ich mich vielleicht gewundert und mich auch darüber geärgert, was meine übertrieben ehrgeizige Schwester wieder ausheckte. So jedoch hoffte ich lediglich, dass sie Cullen nicht gesagt hatte, er solle möglichst schnell verschwinden, da ich ihn nur dazu benutzen wollte, mir zu einer Karriere als Drehbuchautorin zu verhelfen.

Vorausgesetzt, es gelang mir, jemals wieder genügend Mut aufzubringen, um mit ihm zu reden.

Mike dagegen war eine ganz andere Sache. Er hatte mich nicht auf dem tanzenden Vibrator gesehen, sondern nur meine mit Penissen geschmückte Wohnung … und er hatte das anscheinend einfach nur witzig gefunden. Da brauchte ich mich also nicht zu schämen, und dafür mochte ich ihn noch mehr.

Während der vergangenen Tage hatte ich immer reichlich Überstunden machen müssen, und trotzdem schien ich Mike ständig zu begegnen. Entweder morgens am Auto, wenn er zu Starbucks wollte, um sich den nötigen Koffeinschub für den Tag zu holen. Dann plauderten wir ein paar Minuten, bevor ich mich auf den Weg zur Arbeit machte – immer mit einem Lächeln auf den Lippen.

Meist traf ich ihn dann auch noch abends am Briefkasten. Am Mittwoch hatte er sogar Brownies für mich, die er beim Bäcker gekauft hatte und unbedingt mit mir teilen wollte. Da man mich fesseln und knebeln müsste, ehe ich dazu bereit wäre, Brownies mit jemandem zu teilen, berührte mich dieser Beweis seiner Großzügigkeit umso mehr, und wir saßen eine Weile auf der kleinen Steinmauer, die die Briefkästen vom Weg abtrennte.

Wenn ich es mir recht überlegte, konnte ich gar nicht so genau sagen, worüber wir gesprochen haben, aber ich erinnere mich, dass ich gelacht habe. Es war nett. Angenehm. Und obwohl ich eigentlich nicht erwartete, ihn dort jeden Tag zu treffen, merkte ich, dass ich mich darauf freute, meine Post herauszuholen. Bisher hatte er mich auch noch nie enttäuscht.

Cullen war leider aus anderem Holz geschnitzt. Er brachte mich nicht zum Lachen, sondern machte mich nervös. Und ich konnte ganz gewiss nicht so mit ihm reden wie mit Mike.

„Das ist nicht fair", stöhnte ich, während ich die Makkaroni in das kochende Wasser schüttete. „Er ist doch der Grund, warum ich diesen blöden Hasen überhaupt gekauft habe." Es war so, als hätte das Schicksal mir einen Streich gespielt. Kauf den Hasen wegen Cullen ... meide Cullen wegen dem Hasen.

Carla blickte gelangweilt von einem meiner mit Eselsohren versehenen *Variety*-Ausgaben auf. Kein Wunder – seit Tagen sagte ich immer wieder das Gleiche. *Nennen Sie mich ruhig das Ein-Satz-Wunder.*

„Ich meine, seinetwegen ist mein Stolz total futsch, und was macht er? Er registriert nicht einmal, dass ich existiere. Er sieht nur Frauen mit Silikonimplantaten und stromlinienförmigen Oberschenkeln. Was stimmt an *dem* Bild nicht?"

Carla öffnete den Mund, doch ich hob die Hand, um sie aufzuhalten.

„Vergiss es, es waren rein rhetorische Fragen." Ich wandte meine Aufmerksamkeit wieder den Makkaroni zu und rührte sie ganz gleichmäßig um. Das Problem war, mein schöner Plan war völlig außer Kontrolle geraten. Es ging nicht mehr nur um meine erbärmlichen achtzehn Prozent, nicht einmal mehr um die Fernsehsendung. Ich wollte endlich entdeckt werden. Und in diesem speziellen Moment kam ich mir wie eine unsichtbare Frau vor.

Dieses Gefühl gefiel mir ganz und gar nicht.

Eine leise Stimme in meinem Kopf erklärte mir, ich sei absurd. Dass es mir egal sein könne, was Cullen dachte. Schließlich wurde er dafür bezahlt, fantastisch auszusehen, genau wie die Frauen, mit denen er sich umgab. Das waren doch nur Barbiepuppen. Keine echten Frauen wie ich. Und Mike, fiel mir ein, hatte sich nicht über die Größe meiner Schenkel beschwert. Obwohl er mich im Badeanzug und sogar nackt gesehen hatte. Kein einziges Mal war er schreiend davongerannt.

Das war logisch, präzise und vernünftig formuliert.

Trotzdem fühlte ich mich kein Stück besser.

Cullen ist derjenige, der an meinem Ego gekratzt hatte, und das bedeutete, dass Cullen der Einzige war, der es wieder reparieren konnte.

Außerdem ging es hier ja nicht nur um mein Ego. Wenn ich wollte, dass meine Karriere als Drehbuchautorin endlich in Gang kam – und das wollte ich –, dann war es entscheidend, dass Cullen mich wahrnahm. Und da das bisher noch nicht geschehen war, sollte ich mir vielleicht langsam mal einen Plan zurechtlegen.

Einen drastischen Plan.

Glücklicherweise schwebte mir da bereits etwas vor.

Die Papierslips waren wirklich eine ziemliche Überraschung.

Eben noch hatte ich in einem außergewöhnlich vornehmen Wartezimmer gesessen, den Po fest auf eine Couch gepresst, auf der sicherlich schon deutlich bedeutendere Hintern als meiner gesessen hatten. Und im nächsten Moment befand ich mich in einem ebenso vornehmen Untersuchungszimmer, halb nackt, abgesehen von meinem BH und dem kleinen Höschen aus Papier, das die Helferin mir in die Hand gedrückt hatte.

Dr. Roger Dodd war vielleicht der König der Oberschenkel, aber für Victoria's Secret stellte er keine ernsthafte Konkurrenz dar.

Was nicht bedeuten sollte, dass ich auch nur annähernd Ähnlichkeit mit einem Victoria's-Secret-Model hatte. Ich trug zwar auch nur Größe achtunddreißig, aber solange ich nicht jemanden engagierte, der mir mit einer Airbrush-Pistole folgte, würde ich niemals so aussehen wie die Frauen, die Cullen Slater in seinen Sündenpfuhl einlud.

Wobei ich die Möglichkeit einer Fettabsaugung nicht nur Cullens wegen in Erwägung zog. Nein, darüber dachte ich schon eine ganze Weile nach. Cullens Missachtung hatte lediglich meine körperlichen Mängel einmal mehr deutlich gemacht.

„Findest du das nicht ein wenig drastisch?", hatte Carla gefragt, als ich ihr von meinem Plan erzählt hatte, mir das Fett absaugen zu lassen.

Na ja, das war es wohl. Aber war das nicht mein neues Motto? Oder zumindest annähernd? Drastische Veränderungen im Leben verlangten wohl nach drastischen Maßnahmen.

All das erklärte, warum ich an einem Freitagnachmittag halb nackt in einem Untersuchungszimmer der teuersten Schönheitschirurgiepraxis in Beverly Hills gelandet war.

Ein kurzes Klopfen, und Dr. Dodd trat ins Zimmer. Effizient und extrem dünn, warf er mir einen Blick zu, runzelte die Stirn und begann, etwas aufzuschreiben. Mir zog sich der Magen zusammen, und ich fragte mich, bei welchem Test ich gerade durchgefallen war.

„Also", sagte er und legte das Klemmbrett beiseite. „Sie sind daran interessiert, einiges machen zu lassen." Er hätte genauso gut über ein Auto sprechen können, und aus irgendeinem absurden Grund steigerte das meinen Glauben in seine Fähigkeiten enorm. Schließlich musste ein Arzt, dessen Verhalten gegenüber seinem Patienten derart mies war, ausgesprochen gut in dem sein, was er tat.

„Äh, ja."

„Brüste?", fuhr er im Plauderton fort.

Ich schüttelte den Kopf. „Oberschenkel." BHs konnte man mit Polster kaufen, aber selbst Spandex konnte nur eine gewisse Anzahl von Zentimetern zusammendrücken.

Der Arzt ließ seinen Blick hinunter zu meiner in einem Papierslip steckenden Region wandern, ehe er begann, um mich herumzugehen, wobei er mit dem Stift gegen das Klemmbrett tippte, das er wieder zur Hand genommen hatte. Ich kam mir dabei ziemlich lächerlich vor. Gerade als ich es nicht mehr aushalten konnte, stellte er sich wieder vor mich, schaute mir in die Augen und lächelte.

„Perfekt", sagte er.

„Wie bitte?" Ich war ja nun wirklich alles andere als perfekt. Deshalb war ich doch hier. Wenn er das nicht sehen konnte, war ich mir nicht sicher, ob ich ihm wirklich das Design meiner neuen Schenkel anvertrauen wollte.

„Sie sind eine perfekte Kandidatin für eine Fettabsaugung."

„Oh." Ich fühlte mich besser, aber leicht verwirrt.

„Inwiefern?"

Er begann mir etwas über die Fettverteilung zu erzählen – mein Fett lagerte hauptsächlich in den Hüften und Oberschenkeln – und warum das eine gute Sache war. Einige Frauen haben eine Fettschicht am gesamten Körper, und die ist schwierig abzusaugen. Bei mir – und er demonstrierte das jetzt, indem er mit einem großen schwarzen Edding über meine Oberschenkel und den unteren Teil meines Pos zeichnete – brauchte er nur einige Einschnitte zu machen, die Vakuumpumpe anzuwerfen und voilà – schon hatte ich dünne Schenkel.

Als er schließlich mit seinen Ausführungen fertig war, war mir ganz flau im Magen, doch mein ehrgeiziges kleines Herz war in heller Aufregung. Auch wenn ich als Schlampe versagt hatte, mein Fett war wenigstens erstklassig.

Bilder von Bikinis und knappen Hotpants erschienen vor meinem inneren Auge, ganz zu schweigen von all den Männern.

Heute Cullen Slater, morgen die Welt.

„Was muss ich jetzt also tun?" Ich träumte davon, mich schnurstracks auf einen Operationstisch zu legen, eine Pille zu schlucken und mit Oberschenkeln, die eines Models würdig war, wieder aufzuwachen. Auf meinem Nachhauseweg würde ich bei Nordstrom anhalten und eine völlig neue Garderobe in Größe vierunddreißig kaufen. Ich würde ein außergewöhnliches Tanztalent entwickeln. Ich wäre begehrt, man würde mir hinterherlaufen, ich wäre sexy.

Oder auch nicht.

Dr. Dodd – der Reiseführer durch mein Fantasieland – dirigierte mich zu einigen Haltepunkten auf dem Weg in die Realität. Als Erstes ließ er mich in einem hübsch dekorierten kleinen Zimmer Platz nehmen, in dem zehn Fotoalben lagen, die die schönsten Vorher-nachher-Fotos zeigten. Inzwischen trug ich auch wieder meine eigene Kleidung, obwohl die schwarzen Linien noch immer auf meinen Schenkeln prangten. Die Sprechstundenhilfe, eine wandelnde Reklame für Schönheitschirurgie, setzte sich zu mir, und gemeinsam betrachteten wir die Fotos, die eine grandiose Erfolgsstory zeigten, und anschließend die,

die einen Besser-aber-nicht-wirklich-grandios-Verlauf doku-
mentierten.

Nachdem man mich noch einmal davor gewarnt hatte, dass
solche Operationen nicht immer ohne Komplikationen verlie-
fen – ich allerdings eine Kandidatin für eine grandiose Erfolgsstory sei –, verfrachtete man mich in Dr. Dodds Büro, damit
ich dort mit ihm das unumgängliche Wie-viel-sind-Sie-bereit-
zu-zahlen-um-Ihr-Leben-zu-ändern-Gespräch führen konnte.

Ich erstickte fast, als er mir einen Preis nannte.

Daraufhin wurde aus dem Arzt ein Verkäufer. „Das schließt
natürlich alle Folgeuntersuchungen mit ein, außerdem die Me-
dikamente sowie notwendige Folgeoperationen, sobald die
Schwellungen abgeklungen sind. Und natürlich die Kosten für
den Hüfthalter."

Hüfthalter? Meine Großmutter trug einen Hüfthalter. Ich
dagegen trug keine Hüfthalter, und ich hatte auch nicht die Absicht, meinen Anlagefonds gegen dieses zweifelhafte Privileg
einzutauschen. Anscheinend sah man mir meine Zweifel an,
denn Dr. Dodd beeilte sich, die Sache zu erklären.

„Das ist nur am Anfang nötig. Sie müssen den ungefähr sechs
Wochen lang nach der Operation tragen. Das hilft einfach nur
Ihrer Haut, sich Ihrem neuen Ich anzupassen."

Mit anderen Worten, wir waren wieder beim Spandex ange-
langt. Und sechs Wochen lang? Wie sollte ich Slater ins Bett locken,
wenn ich mumifiziert war? So langsam fragte ich mich, ob es das
alles wert war. Ich meine, ich würde niemals in die Playboy-Villa
eingeladen werden, aber soweit ich wusste, hatten die Leute bisher
auch noch nicht ihre Augen bedeckt und waren schreiend davon-
gelaufen, wenn ich in einem Badeanzug am Strand erschienen war.

„Glauben Sie wirklich, dass man den Unterschied hinterher sieht?" Wenn ich schon so viel Geld auf den Tisch blättern
musste, dann wollte ich, dass die Leute am Strand auf mich *zugelaufen* kamen. Ich wollte Männer, denen bei meinem Anblick die
Augen ausfielen, und Frauen, die mir neidische Blicke zuwarfen.

Ich wollte, dass Cullen Slater *mich* wollte.

„Sie sind eine Spitzenkandidatin." Er stand auf und blickte beiläufig auf die Uhr. Das war eindeutig das Zeichen für mich, entweder zuzugreifen oder Leine zu ziehen. „Also, Mattie, haben Sie heute Nachmittag Zeit, um die Voruntersuchungen durchzuziehen?"

Was soll's, dachte ich. Was hatte ich schon groß zu verlieren, abgesehen von meinem Aktienpaket und meinen Fettzellen? Ich öffnete den Mund, um Ja zu sagen.

„Wenn Sie dann schon mal auf dem Tisch liegen, können wir Ihnen sogar gratis noch die Ohren ein wenig anlegen."

Abrupt schloss ich den Mund und hatte das Gefühl, einen Schlag in die Magengrube bekommen zu haben. *Meine Ohren?*

Sicher, sie standen ein wenig ab. Aber ich hätte nie gedacht, dass das jemand merkt. Oberschenkel, sicher, jeder achtete auf Beine. Aber Ohren?

Anscheinend war ich von den falschen Körperteilen besessen gewesen.

Ich errötete, musste schlucken und gegen ein paar Tränen ankämpfen. Einen Moment lang starrte ich auf den Teppich, bis ich mich wieder einigermaßen gefangen hatte. Erst dann räusperte ich mich, murmelte etwas Unverbindliches und hoffte von Herzen, dass er nicht merkte, dass er gerade mein Selbstvertrauen gründlich erschüttert hatte.

Ohren. Wer hätte das gedacht? Ich würde mich künftig wegen meiner *Ohren* klein und hässlich fühlen? Oberschenkel, ja. Brüste, zweifellos. Aber Ohren?

Die Bilder, die ich ein Leben lang von mir gehabt hatte, gerieten in Vergessenheit. Ich war nicht länger das kleine Mädchen mit den pummeligen Schenkeln. Jetzt war ich das Mädchen mit dem perfekten Fett, aber den grässlichen Ohren.

Das war kein schönes Bild.

Und ehrlich gesagt war ich mir nicht einmal sicher, dass sich dieses Bild ändern würde, nachdem ich meine Ersparnisse abgehoben und mein Geld dorthin gebracht hatte, wo meine Fettzellen waren.

Innerlich ermahnte ich mich, Rückgrat zu zeigen. Es war schlicht und einfach so, dass ich meine Ohren mochte. Und so langsam machte es mich sauer, dass sie Dr. Dodd nicht gefielen.

Eigentlich war ich sogar mit meinen Oberschenkeln ganz zufrieden. Immerhin war das Fett darin so gut wie perfekt.

Da Einkaufen gemeinhin als Allheilmittel gilt, hatte ich Carla gezwungen, sich nach ihrem Feierabend mit mir in einer Shopping-Mall zu treffen. Dort nahm ich gerade einen türkisfarbenen Barbie-Schuh vom Regal. „Glaubst du, darin würden meine Schenkel dünner aussehen?"

Carla warf mir *den Blick* zu, bevor sie meinte: „Nein. Nicht einmal deine Ohren würden weniger abstehend aussehen." Sie grinste. „Aber sie passen zu deinen Haaren."

Meine Schenkel mochten zwar noch immer pummelig sein, meine Ohren abstehen, aber, verdammt, ich hatte eine echt sexy Frisur. Eine Frisur, die jetzt auf großartige Weise meine nicht dem Standard entsprechenden Ohren verbarg.

Man behauptete ja, Blondinen hätten mehr Spaß – wer auch immer dieses mysteriöse und allgegenwärtige *man* sein mochte. Da ich auch endlich Spaß haben wollte, war ich es jetzt – blond. Nach dem Fiasko bei Dr. Dodd hatte ich im Büro angerufen, erklärt, ich sei krank und würde den Rest des Tages freinehmen, bevor ich direkt zu Frédéric Fekkai in Beverly Hills gefahren war. Mithilfe von flehentlichem Bitten und dem weiten Öffnen meines Portemonnaies schaffte ich es, einen Termin zu ergattern, aber das war es wert gewesen. Nachdem ich ungefähr das Bruttosozialprodukt eines Entwicklungslandes ausgegeben hatte, zierte nun eine Frisur mit leichter Dauerwelle, dezenten Strähnchen und locker fallenden Locken mein Haupt.

Ich sah fantastisch aus.

Und ich hatte vor, noch besser auszusehen. Genau aus diesem Grund machten Carla und ich die Century City Mall unsicher, auf der Suche nach einer sexy, atemberaubenden und dünn machenden Garderobe. Der aktuellen *Cosmo* zufolge hatte es noch nie eine Frühjahrskollektion gegeben, die so sexy war wie die diesjährige. Was machte es da schon, dass sie noch nicht zum Verkauf stand? Mit dem richtigen Paar Manolo-Blahnik-Schuhen und dem perfekten kleinen Schwarzen konnte ich mich völlig neu erfinden.

Zwei Stunden, drei Geschäfte und zwei fettfreie Latte macchiato später schlossen die Geschäfte, und unser Kaufrausch nahm ein natürliches Ende. Das meiste, was ich anprobiert hatte, passte, und jetzt stellte sich mir die entscheidende Frage – sollte ich die unfassbar tolle, aber nicht wirklich praktische, silbern glänzende Hose kaufen? Oder sollte ich mich für das Ich-bin-eine-sexy-Karrierefrau-Kostüm von Chanel entscheiden?

Natürlich entschied ich mich letztlich für die einzig mögliche Variante – ich nahm alles.

Was soll's, dachte ich. Immer noch billiger als Fett absaugen zu lassen.

Und auf jeden Fall billiger als eine Therapie.

DER TOTALSCHADEN

Liz-Claiborne-Stretchhose samt passender, hautenger Jacke
Metallisch silberne Stiefelhose
Schwarze, klobige Knöchelboots
Gemusterte Bluse von Chanel samt passender Jacke und Rock mit goldenem Gürtel
Schwarzer Rock von der Stange
Moschino-Sommerkleid (Ozeanmuster)
Jeansjacke
Mit Perlen bestickte Sandaletten
Türkisfarbene Barbie-Schuhe
Manolo-Blahnik-Pumps
Dreierpack weiße T-Shirts mit V-Ausschnitt (für Männer),
Klinik City Basics

Estée-Lauder-Puder
Estée Lauder Lash Luxe-Mascara
Lancôme Couleur Flash-Blush Stick
Fendi-Abendtäschchen (im Zebra-Look)
Kenneth-Cole-Lederhandtasche

Das Fazit?
Vielleicht wäre Fett absaugen doch billiger gewesen.

8. KAPITEL

Obwohl mein Apartmentkomplex nicht gerade Melrose Place ist, spielen sich auch bei uns gelegentlich Dramen ab. Am Samstagmorgen erwachte ich zum Beispiel, weil etwas gegen die Wand in der Nachbarwohnung geschmettert wurde. Da das Cullens Wohnung war, wurde ich natürlich sofort neugierig. Und ja, ich schäme mich, es zuzugeben, aber ich presste mein Ohr gegen die Wand und versuchte verzweifelt, etwas von dem Streit, der sich nebenan abspielte, mitzubekommen.

Leider ohne Erfolg. Ich hörte es lediglich laut krachen, hörte eine schrille weibliche Stimme, gefolgt von Cullens Bariton. Zugegeben, ich konnte zwar nicht verstehen, was gesagt wurde, aber es war auf jeden Fall unterhaltsamer als die samstäglichen Morgenshows, die ich mir sonst reingezogen hätte.

Nach ein paar Minuten hörte ich, wie Cullens Haustür zugeschlagen wurde, sowie das Klackern von Absätzen, als jemand in Richtung Treppe marschierte. Anschließend herrschte Stille.

Ich schlüpfte in meinen Morgenmantel und tapste in die Küche, um Kaffee aufzustellen und Angie aufzuwecken. Vorausgesetzt natürlich, dass sie bei all dem Drama nicht ohnehin aufgewacht war.

Die Sache mit dem Kaffee erledigte ich schnell, doch Angie war nirgends aufzufinden, und daher nahm ich an, dass sie genug von den Dramen hier im Haus hatte und jetzt doch ins Four Seasons umgezogen war. Dabei fiel mir ein, dass ich sie gestern Abend auch nicht gesehen hatte. Was völlig in Ordnung war. Angie war ein großes Mädchen, und ich war absolut zufrieden gewesen, meinen Abend mit Carla zu verbringen.

Gerade als ich Carla anrufen wollte, um ihr von dem Drama nebenan zu berichten, fiel mir ein, dass sie und Mitch ja heute schon früh nach Ojai aufgebrochen waren. Eine ganze Woche lang wollten sie sich in einem Spa verwöhnen lassen. Ist es da noch ein Wunder, dass ich meine beste Freundin um ihr Leben beneidete?

Eine Weile werkelte ich herum, las die Zeitung, trank Kaffee und versuchte mich davon zu überzeugen, dass es gut wäre, ins Büro zu fahren, um die Aktenberge auf meinem Schreibtisch in Angriff zu nehmen. Aber ich konnte mich einfach nicht aufraffen. Auch für meinen Cullen-Plan brachte ich heute Morgen wenig Enthusiasmus auf. Dabei sollte ich mich dringend mal darauf konzentrieren und mir überlegen, wie ich die Aufmerksamkeit des Mannes erregen wollte. Eins der Outfits, die ich gestern erstanden hatte, würde dabei Verwendung finden, das war klar, aber wie? Sollte ich ihn zufällig treffen? Ihm in einen seiner Clubs folgen?

Ich wusste es nicht und verbrachte den Morgen damit, so zu tun, als wäre es mir egal. Im Grunde würde ich den ganzen Tag damit verbringen, so zu tun. Schließlich hatte ich heute Abend ein Date mit Mike. Und auch wenn es nur eine Verabredung von zwei Freunden war, wollte ich vorher gut ausgeruht sein. Und frisch gebadet. Und hübsch gemacht.

Carla mochte zwar in einem Spa sein, doch das hieß ja nicht, dass ich mich nicht auch ein wenig verhätscheln konnte, und ich hatte vor, sofort damit zu beginnen.

Ich stand auf und wollte gerade in den Schubladen im Bad nach meiner Schlammmaske suchen, die ich in diesem tollen kleinen Laden in Santa Barbara entdeckt hatte, als es an der Haustür klopfte. Ohne nachzudenken machte ich sie auf und stand Cullen gegenüber. Wie immer sah sein Gesicht großartig aus, während meins noch vom Schlaf verquollene Augen aufwies.

„Hallo", meinte er und blickte leicht an mir vorbei. „Na, was liegt an?"

„Nichts", meinte ich etwas misstrauisch. „Äh, Cullen, warum bist du hier?" Vielleicht nicht unbedingt der beste Ansatz in Anbetracht der Tatsache, dass ich diesen Mann verführen wollte (oder mich von ihm verführen lassen wollte), aber es war noch früh, und ich war noch nicht voll auf der Höhe.

„Was? Entschuldige. Nichts. Nichts."

Ein kleiner Dämon zwickte mich, und ich linste aus der Tür in Richtung Treppe. „Ich habe deine Haustür zuknallen gehört. Harte Nacht mit deiner Freundin?"

„So was in der Art", gab er zu.

„Na ja, dann bis später." Ich machte einen Schritt zurück und wollte die Tür schließen. Irgendwie konnte ich nicht amüsant sein und flirten, wenn ich meinen Bademantel trug, zerzauste Haare und morgendlichen Mundgeruch hatte.

Cullen wollte mich jedoch anscheinend noch nicht gehen lassen. „Also, was machst du heute Abend?"

Ich blinzelte ihn an. „Heute Abend?"

„Ja. Wollen wir zusammen was trinken gehen oder so?"

„Du lädst mich ein?"

„Wir könnten hier um die Ecke gehen. Ganz locker." Er hob eine Schulter und ließ sie wieder fallen.

Eigentlich hätte ich ihn gern gefragt, warum er mich an einem Samstagabend einlud. Für einen Typen wie Cullen bedeutete das, dass ich bestenfalls zweite Wahl war. Vielleicht auch nur sechste oder auch elfte Wahl. Und es gefiel mir wirklich nicht.

Aber klugerweise hielt ich den Mund. Schließlich war er mein Ticket ins Universum der Drehbuchschreiber.

Hm, ich würde meine Verabredung mit Mike absagen müssen. Aber es war ja keine *richtige* Verabredung. Und hier ging es schließlich ums Geschäft.

Und so, trotz meiner Neugier und meiner ursprünglichen Pläne, nickte ich und sagte einfach: „Okay."

„Tolle Musik, was?" Cullen beugte sich zu mir und schrie mir regelrecht ins Ohr, um das Stimmengewirr und die Musik der Band, die in dem Club spielte, zu übertönen. Ich nickte und wünschte, ich hätte eine magische Fernbedienung, mit der ich die Lautstärke runterregeln konnte. Doch ich versuchte zu lächeln und so zu tun, als hätte ich Spaß.

Wir waren auf dem Boulevard in einem der angesagten Clubs gelandet, direkt um die Ecke von unserer Wohnung. Ich war noch nie hier gewesen, und jetzt wusste ich auch, warum. Ich zog die nette, ruhige Wein- und Tapas-Bar gegenüber vor.

Ehrlich gesagt mochte ich solche Menschenmassen nicht, und auch solche Clubs und die ohrenbetäubende Musik waren nicht nach meinem Geschmack. Cullen dagegen empfand dies hier anscheinend als den Himmel auf Erden. Irgendwie hatte ich das Gefühl, dass ich diejenige war, die nicht so ganz normal war, aber in diesem Moment war es mir egal. Dazu machte ich mir viel zu viele Sorgen darum, mein Gehör zu verlieren.

Ich beugte mich zu ihm. „Wollen wir uns an einen Tisch setzen? Ich glaube, da hinten sind noch ein paar frei." Dort hinten, weit weg von den Lautsprechern.

Eine Sekunde lang sah es so aus, als wollte er ablehnen, doch dann nickte er. „Ja, sicher. Wie du willst." Er gab dem Barkeeper ein Zeichen, das der mit einem Nicken quittierte. Anschließend nahm Cullen meine Hand und zog mich mit nach hinten. Es dauerte eine Weile, denn er musste auf dem Weg dorthin mit jedem hübschen Mädchen ein wenig plaudern und dem einen oder anderen Typen kumpelhaft auf den Rücken schlagen.

Ganz offensichtlich war ich mit einem berühmten Typen unterwegs, und ein winziger Teil von mir wäre am liebsten im Erdboden verschwunden. Denn ich war nun einmal eindeutig *kein* Topmodel.

Aber ich riss mich zusammen und ging weiter.

Schließlich waren wir außerhalb der Reichweite all der Frauen, die er kannte (oder auch nicht kannte, mit denen er aber trotzdem flirtete). Wir fanden einen Tisch, und ich versuchte mich im Small Talk.

Nur um das kurz festzuhalten, es war nicht schön. Es war gar nicht schön.

Ich redete. Er grunzte.

Ich sprach über das Tagesgeschehen. Er sah sich geistesabwesend im Club um.

Ich erwähnte unseren Vermieter und bekam einen ganzen Satz als Antwort! Freudig überrascht hoffte ich, endlich ein gemeinsames Thema gefunden zu haben. Doch nach dem einen Satz verstummte Cullen wieder und kehrte zurück zu den geistesabwesenden Grunzlauten. Verdammt.

Zum Glück fiel mir noch ein, was in allen Ratgebern stand – rede über ihn. Menschen, so schien es, sprachen am liebsten über sich selbst.

Also versuchte ich es damit. Ich fragte ihn über seine Jobs als Model aus, fragte, woher er kam und was er in naher und ferner Zukunft tun wollte. Dieses Mal hatte ich Erfolg. Und obwohl ich nicht sagen kann, dass ich voll in die Unterhaltung integriert war, führten wir zumindest eine. Und, ganz ehrlich, er war nett. Ein netter, unglaublich fantastisch aussehender Mann.

Nein, nicht nur unglaublich fantastisch aussehend. Der Typ war heiß. Carla und ich wussten das seit Monaten. Wobei ich während der vergangenen Monate außer einem gelegentlichen „Hallo" und einem „Ich hole deine Post gern raus" nicht viel mit ihm geredet hatte. Aber Frauen spürten es, wenn ein Typ heiß war.

Sämtliche Frauen hier im Club waren der Beweis dafür. Wir hatten geradezu durch ein Meer weiblicher Lust waten müssen, um an unseren Tisch zu kommen. Sogar jetzt sah ich, wie Frauen Cullen mit gierigen Blicken verschlangen. Und wann immer ihre Blicke auf mir ruhten, wusste ich genau, was sie dachten. *Was tut sie mit diesem vor Testosteron triefenden Prachtexemplar?*

Eine gute Frage. Und eine, die nicht beantwortet werden musste, wenn ich meine Karten richtig ausspielte. Meine Aufgabe war es, den Mann zu verführen. Oder zumindest mich so ins rechte Licht zu rücken, dass er mich verführte.

Und, arbeitete ich daran?

Nein. Ich nippte verhalten an meinem Wodka Tonic, plauderte über seine Fotoaufnahmen und jammerte insgeheim über die Tatsache, dass ich nicht so perfekt aussah wie die Frauen, die uns, besser gesagt Cullen, umschwärmten.

Ganz offensichtlich war ich dieser Aufgabe nicht gewachsen.

Doch genauso offensichtlich hatte ich es gefälligst zu versuchen. Blöder Job in der Realityshow-Produktion. Drehbuch. Einmalige Karrierechance. Schon vergessen?

Nein, ich hatte es nicht vergessen, und daher beugte ich mich vor und strich über Cullens Hand.

Er schaute mich an. Weder mit Glut in den Augen noch mit Interesse oder wenigstens Neugier. Er schaute einfach nur zu mir.

„Äh, danke", sagte ich, leicht verunsichert.

„Wofür."

„Oh, du weißt schon. Fürs Mitnehmen. Es ist toll."

Er runzelte die Stirn. „Toll? Ich hatte eher das Gefühl, dass es dir gar nicht so gut gefällt."

Na gut, vielleicht war ich doch keine so gute Schauspielerin, wie ich gedacht hatte.

„Ich bin es nicht gewohnt, still zu sitzen, wenn Musik gespielt wird", log ich.

„Dann lass uns tanzen." Cullen stand auf, streckte mir die Hand entgegen, und mir blieb keine andere Wahl, als mit ihm zu gehen. Hand in Hand schoben wir uns durch den Club und glitten entschlossen durch die Menschenmassen hindurch.

Auf der Tanzfläche zog Cullen mich zu sich, und wir bewegten uns zusammen, unsere Körper im Einklang mit der Musik. Er lächelte mir einmal kurz zu, und ich sah in seinen Augen, dass mein Plan aufging. Oder zumindest aufgehen könnte. Es war definitiv Potenzial da und eine Frage.

Was ich nicht wusste, war, wie ich sie beantworten sollte.

Also ignorierte ich sie und verlor mich in der Musik und im Tanz. Cullen war einer von den Männern, die beim Tanzen gern Körperkontakt suchten, und unsere Körper bewegten sich auf sinnliche Weise miteinander, rieben sich aneinander und stießen gegeneinander. Die Musik war laut, der Beat dröhnend, und die Luft heiß und schwül.

Ich wartete darauf, dass mein Körper Feuer fing. Dass ich mich in sinnlichem Verlangen verlor und berührt werden wollte.

Aber so weit kam es nicht. Ich wollte zwar berührt werden – das schon. Aber das hatte irgendwie nichts mit Cullen zu tun. Es war ein viel vageres, unbestimmteres Gefühl. Und eigentlich wäre ich jetzt viel lieber allein in meiner Wohnung mit meinem Liebeshasen gewesen.

Der Gedanke erschreckte mich, und ich verdrängte ihn schnell wieder. Mein Wodka stand noch auf dem Tisch, und jetzt sehnte ich mich danach, einen Schluck davon trinken zu können, in der Hoffnung, dann nicht mehr so verkrampft zu sein. Ich wollte endlich hemmungslos sein. Ich wollte Verlangen verspüren. Ich wollte diesen Mann *wollen*. Also schob ich mich noch näher an ihn heran und redete mir ein, dass er nur auf meine leicht abweisende Haltung reagierte. Sobald er sah, wie angetörnt ich war, würde die ganze Sache in sinnlichere Bahnen gelenkt werden.

Der Tatsache, dass ich *nicht* angetörnt war, sollte man dabei nicht allzu viel Beachtung schenken. Das kleine Problem würde sich sicherlich schnell von allein lösen.

Cullen schlang einen Arm um meine Taille und zog mich näher. Ein Gefühl der Siegesgewissheit durchströmte mich, und ich klammerte mich daran, in der Hoffnung, dass es sich zu berauschender Lust entwickeln würde. Tat es aber nicht. Doch das war schon okay. Cullen gehörte zu den Männern, die von Frauen angeschmachtet wurden. Sogar ich hatte ihn angeschmachtet. Wenn ich also keinerlei Lust verspürte, konnte das eigentlich nur an meiner Nervosität liegen. Sobald ich mit ihm im Bett lag, würde ich, da war ich mir ganz sicher, vor Leidenschaft vergehen.

Ich drängte mich näher an ihn heran, presste meine Hüften gegen seine, während unsere Körper sich im Takt der Musik wanden. Ich schloss die Augen, ließ mich von den Tönen erfüllen und die Bässe in mir vibrieren. Ich wollte das hier. Wollte Verlangen verspüren. Wollte mich in dem Moment verlieren.

Und während ich mir einredete, wie sehr ich das wollte, begann mein Körper endlich zu kooperieren. Meine Glieder wurden warm und meine Nippel hart. Meine Schenkel kribbelten, und mein Slip wurde feucht. Ein Bild schoss mir durch den Kopf, und ich versuchte es festzuhalten, versuchte es wahr zu machen und es klar zu sehen.

Und als ich es tat, schnappte ich nach Luft.

Mike.

Der Mann in meiner Fantasie – der Mann, der meinen Körper zu dieser lüsternen Reaktion getrieben hatte – war Mike Peterson.

Du meine Güte, was hatte ich getan?

„Mattie?"

Errötend blickte ich in Cullens Augen. Er sah weder beleidigt noch amüsiert aus, einfach nur neugierig. Ich dagegen schämte mich.

„Du hast aufgehört zu tanzen."

„Oh." Tatsächlich. „Müde, nehme ich an." Ich deutete mit dem Daumen zur Bar. „Ich hol mir ein Glas Wasser. Komme gleich wieder."

„Soll ich …"

Ich schüttelte den Kopf. Nein, ich wollte keine Gesellschaft. Und da er sich bereits wieder dem Takt der Musik hingegeben hatte, wollte er augenscheinlich auch nicht von der Tanzfläche runter.

Kein Problem. Ich flüchtete und bat den Barkeeper um ein Glas Eiswasser. Er reichte es mir, und ich trank gierig einen großen Schluck, ehe ich mich wieder zur Tanzfläche und meinem knackigen Date umdrehte.

Cullen war nirgends zu sehen.

Ich runzelte die Stirn und suchte die Tanzfläche ab, bis ich ihn dabei entdeckte, wie er mit einer langbeinigen Blondine auf Tuchfühlung ging. Eine Rothaarige kam von hinten zu ihm und versuchte, sich dazuzugesellen. Er legte einen Arm um die Frau und küsste sie auf die Wange. Ganz offensichtlich kannte er sie (was mich nicht im Geringsten überraschte; sie sah aus wie ein Model), und während er und ich nichts miteinander zu reden gewusst hatten, schienen er und die Rothaarige damit überhaupt keine Probleme zu haben.

Ich seufzte und wartete darauf, einen Anflug von Eifersucht zu verspüren. Als nichts passierte, ließ ich meinen Blick weiter über die Menge schweifen. Und da packte mich die Eifersucht dann doch! Denn am anderen Ende des Raumes entdeckte ich meine Schwester, die sich nah zu dem Mann beugte, der seit Kurzem meinem Puls zum Rasen und meine Handflächen zum Schwitzen brachte. Mike. Keine fünfzehn Meter entfernt.

Oh, wie peinlich! Ich hatte ihm erzählt, ich müsste heute Abend arbeiten, und auch wenn das genau genommen der Wahrheit entsprach, konnte ich ihm ja wohl kaum diese Arbeit/Cullen/Drehbuch-Sache erklären.

Ich zwang mich, meine Gefühle wieder auf Spur zu bringen, indem ich mich streng ermahnte, dass es ohnehin nicht wichtig sei. Wenn Mike das Zeug zu einem guten Freund hatte, dann würde er meine kleine Notlüge heute Abend verzeihen. Und da ich ja nicht daran interessiert war, mit ihm eine feste Beziehung einzugehen …

Während ich so mit mir diskutierte, hatte besagter Mann den Kopf gedreht und sofort meinen Blick aufgefangen. Ich schnappte nach Luft und versuchte dann, mich zusammenzureißen. Das war alles nichts weiter als eine typisch weibliche Reaktion nach einer wilden Nacht. Mike war nicht derjenige, den ich wollte. Cullen zwar auch nicht, aber zumindest würde Sex mit Cullen mein Schlampentestergebnis verbessern und meine Karriere befördern.

Mein Verstand wusste das alles natürlich, aber meine Libido war traurigerweise schlecht informiert. Und als Mike sich von Angies Seite löste und auf mich zukam, wurden mir die Knie weich. Ich streckte die Hand aus, um mich am Tresen festzuhalten, und konnte nur hoffen, dass ich nicht allzu lüstern zu ihm hinüberschaute.

„Hallo", sagte er.

„Selber hallo."

Er machte dem Barkeeper ein Zeichen und bestellte ein Bier für sich und „Was auch immer die Dame wünscht." Da die Dame ein zu großer Feigling war, um laut auszusprechen, was sie wirklich wollte – „Nimm mich hier und jetzt" –, bestellte sie einen frischen Wodka Tonic. Der Barkeeper machte sich an die Arbeit, und Mike richtete seine Aufmerksamkeit auf mich.

„Du sahst gut aus, da auf der Tanzfläche."

„Oh." Ich drehte mich zur Tanzfläche, wo Cullen gerade ziemlich obszöne Tanzbewegungen mit der Rothaarigen vollführte. „Du, äh, hast mich gesehen?"

„Ich hab dich gesehen, ja."

„Mike, es tut mir leid. Ich …"

Er machte eine wegwerfende Handbewegung. „Keine Sorge. Wir essen an einem anderen Abend zusammen. Allerdings wäre es nett, wenn du mir eine Frage beantworten würdest."

„Äh, sicher. Was denn?"

„Bist du mit ihm zusammen?"

Ich kniff die Augen zusammen. „Wieso?"

„Na ja, nach der Nacht neulich, findest du nicht, dass ich ein Recht darauf habe, das zu erfahren? Ich meine, der Typ sieht ziemlich kräftig aus. Was ist, wenn er mir eine verpasst?"

Ich lachte. „Nein", gab ich zu. „Wir sind nicht zusammen."

„Freut mich zu hören."

Daraufhin sagte ich gar nichts, denn ich hatte das Gefühl, dass wir gerade sehr gefährliches Terrain betreten hatten. Aber gleichzeitig machte seine entschiedene Antwort mich glücklich.

„Du bist also mit Angie hier?" Das kleine Monster namens Eifersucht kehrte zurück, und es kostete mich große Mühe, es wieder in den Käfig zu sperren.

„Ja."

„Oh." Ich trat von einem Fuß auf den anderen. *Ich werde nicht fragen. Ich werde nicht fragen.*

Okay, verdammt. Natürlich stellte ich die Frage. „Das heißt, es ist so was wie ein Date?"

Mike warf mir einen Seitenblick zu, und eine Sekunde lang war ich sicher, dass er Ja sagen würde. Dann lächelte er – ein Lächeln, das einen direkt in die Magengrube traf – und sagte einfach nur: „Nein."

Ich redete mir ein, das Glücksgefühl, das ich verspürte, würde lediglich daher kommen, dass ich fand, Angie müsste sich nicht an die Männer in meinem Wohnkomplex heranmachen. Sie hatte genügend Männer in ihrer eigenen Nachbarschaft an der Angel!

Auch wenn ich mir das einredete, so wirklich glauben tat ich es nicht. Doch da ich jetzt keine tiefgreifende Analyse betreiben wollte, versuchte ich, das Gefühl einfach zu ignorieren.

„Wie kommt es denn, dass ihr hier gelandet seid?", fragte ich, einfach nur, um irgendetwas zu sagen.

„Ich war dabei, Wäsche zu waschen, und Angie hat mir aufgelauert. Sie meinte, du hättest sie sitzen lassen, und daher sei sie ganz allein. Sie hatte überlegt, hierher zu gehen, um etwas zu trinken, und da sie andeutete, dass sie nicht allein gehen wollte …"

Ich lachte. „Mit anderen Worten, es ist doch ein Date."

Er schaute mir in die Augen, und der Blick, den er mir zuwarf, war ernst und unnachgiebig. „Nein", wiederholte er. „Ist es nicht."

Ich schluckte. Seine Eindringlichkeit hatte mir die Sprache verschlagen. Mike griff nach meiner Hand und zog mich in Richtung Tanzfläche. „Lass uns tanzen."

„Ich bin mir nicht sicher, ob …" Ich verstummte. Ich wollte doch tanzen. Wenn wir tanzten, brauchten wir nicht zu reden. Denn anders als bei Cullen hatte ich Schmetterlinge im Bauch, sobald ich mit Mike sprach.

Mike führte Mattie auf die Tanzfläche, wobei er sich zwischen den anderen sich windenden Körpern hindurchschlängelte. Sie war anstandslos mitgekommen, und das allein verbuchte er schon als Sieg. Jetzt überlegte er fieberhaft, wie er sie dazu bringen konnte, bei ihm zu bleiben. Wie er ihre Proteste schon im Keim ersticken konnte.

Riesige Lautsprecherboxen umgaben das abgewetzte Parkett der Tanzfläche, die sich an der gegenüberliegenden Wand von der Bar aus gesehen befand – direkt vor der Bühne, auf der die Band sang und herumwirbelte. Offenbar spielten sie auch Musik, doch Mike hatte Mühe, etwas anderes als seine eigenen Gedanken zu hören. Hemmungslose Gedanken, die ihn dazu drängten, Mattie in die Arme zu schließen, die Hände über ihre Brüste gleiten zu lassen und mit der Zunge in ihren warmen, weichen Mund einzutauchen.

Er schüttelte sich und zwang seine Gedanken zurück auf weniger lüsternes Terrain. Jetzt war die Zeit zum Tanzen. Die Zeit für Verführung würde später kommen – sofern das Glück – und Mattie – ihm wohlgesonnen waren.

Die Musik, die er mehr oder weniger ignorierte, schien ziemlich beliebt zu sein, denn die Tanzfläche war gerammelt voll. Was ja nicht schlecht war, denn dadurch wurde Mattie noch näher an ihn herangedrückt. Sie beobachtete ihn, versuchte aber offensichtlich so auszusehen, als würde sie ihn nicht beobachten, woraufhin er so tat, als würde er um sein Leben tanzen. Was er im Augenblick ja wohl auch tat.

Aus dem Augenwinkel entdeckte er Angie und musste grinsen. Er wusste nicht so genau, was sie vorhatte, aber sie hatte Cullen in die Enge getrieben, und die beiden bewegten sich zur Musik, gefangen in einer Reihe von sinnlichen, pulsierenden Stößen. Als er überlegte, diese Bewegungen mit Mattie in den Armen nachzuahmen, wurde er allein bei dem Gedanken daran hart. *Verdammt.* Es hatte ihn wirklich schwer erwischt.

Er wusste, dass er Angie viel zu verdanken hatte, und als sie seinem Blick begegnete, lächelte er. Sie nickte. Allerdings nur ganz leicht, ein winziges Auf und Ab ihres Kopfes, das nur für ihn bestimmt war.

Er grinste. Ja, tatsächlich, Matties Schwester war seine neue beste Freundin. Mehr noch, sie war seine Geheimwaffe.

Denn Angie hatte ihm die Geheimnisse des Universums verraten. Mikes Universum zumindest, denn seit Kurzem schien sein Leben einzig und allein um Mattie zu kreisen. Und er war mehr als begeistert gewesen, als er erfahren hatte, dass Angie keine Witze gemacht hatte, als sie so rätselhaft davon gesprochen hatte, dass Matties Interesse an Cullen nur zur Show war. Genauso war es.

Mike hatte noch immer nicht so ganz begriffen, warum Angie sich in die Sache einmischte. Ob sie einfach nur Mike mit Mattie verkuppeln wollte, oder ob sie eigene Pläne verfolgte. Wie auch immer, letztlich war es Mike egal. Er war einfach nur glücklich, dass Matties Interesse an ihrem gut aussehenden Nachbarn mit Drehbüchern, Fernsehdeals und Internet-Schlampentests zu tun hatte. Das war alles gut und schön (wenn auch ziemlich bizarr), was Mike jedoch besonders hatte aufhorchen lassen, war die unterschwellige Andeutung, dass Matties Begeisterung für Cullen auf dessen Ruf als Bad Boy zurückzuführen war.

Er selbst hingegen, so hatte Angie es ihm erklärt, war einer von den Guten. Hilfsbereit und rundum nett. Einer von denen, die Margaritagläser zurückbrachten und beim Möbelaufbau halfen. Keiner von denen, die einen bis zur Besinnungslosigkeit auf dem Rücksitz eines Thunderbirds vögelten. (Und ja, das hatte sie tatsächlich gesagt. Mike war schwer beeindruckt gewesen.)

Kurz gesagt, Mike ähnelte Matties Ex zu sehr, als dass sie bereit wäre, ihn in die engere Wahl zu ziehen, wenn es um eine Beziehung ging.

Und obwohl Mike viel zu entgeistert gewesen war, um auf die Worte von Angie zu reagieren, hatte er sich inzwischen zumindest so weit erholt, dass er Mattie ansprechen konnte. Okay, er war vielleicht ein Computerfreak, aber noch ehe diese Nacht vorüber war, hatte Mike vor, Mattie zu zeigen, dass er nichts mit Dex gemeinsam hatte. Denn Mike konnte auf ein durchaus respektables Repertoire an sinnlichen Genüssen zurückgreifen … und kannte mindestens ein Dutzend Arten, um eine Frau zu verführen. Sei es nun auf dem Rücksitz eines Thunderbirds oder anderswo.

Wenig später hatte ich meine Meinung, was Livemusik und Tanzen anging, geändert. Mit Mike auf der Tanzfläche kam es mir nicht mehr wie ein abscheulicher Lärm vor, sondern wie ein Klangteppich, der mich mit sich davontrug. Außerdem muss ich zugeben, dass Mike für einen Computerfreak (wenn auch ein unglaublich gut aussehender Computerfreak) erstaunlich gut tanzte.

Wobei ich nicht einmal wirklich etwas von seinen Bewegungen sehen konnte. Denn gleich zu Beginn hatte er uns in eine Ecke gedrängt, wo ein großes hölzernes Podest für die Leute errichtet worden war, die darauf tanzen wollten. Glücklicherweise hatte Mike nicht die Absicht, dort sozusagen vorzutanzen, aber er drängte uns in die Nähe, sodass meine Hoffnungen, genügend Raum um mich herum zu haben, schnell zunichtegemacht wurden.

Naja, ehrlich gesagt, störte es mich nicht sonderlich.

In der Ecke war es ziemlich dunkel, und obwohl die Musik laut und schnell war, zog Mike mich an sich und schlang, wie bei einem langsamen Tanz, die Arme um meinen Körper. Dagegen protestierte ich nicht; schließlich hatte ich das gewollt. Um mich zu rechtfertigen, schob ich es auf die Musik und den Wodka. Kurz darauf drehte er die Hüften ein wenig, und ich spürte seine harte Erektion.

Ich schnappte nach Luft, denn plötzlich hatte ich das Gefühl, meine Beine würden unter mir nachgeben. Eine Welle purer Lust strömte durch mich hindurch. Ich wollte mehr – viel mehr – als einfach nur tanzen. Es war mir schleierhaft, wie Mike es schaffte, mich so schnell derartig zu erregen. Ein winziger Körperkontakt und der erotische Beat der Musik, und schon war ich feucht, mein Schoß stand in Flammen, und meine Brustwarzen richteten sich unter dem Satinstoff meines Tops auf. Das alles durch eine kurze Berührung unserer Körper, einer Berührung, die versehentlich passiert sein konnte.

Oh Himmel, ich hoffte wirklich, dass das kein Versehen gewesen war.

Der Gedanke schlich sich in meinen Kopf und erschreckte mich. Gestern – oder sogar noch vor wenigen Stunden – hätte ich diesen Gedanken sofort verdrängt oder ignoriert. Aber im Augenblick … Na ja, jetzt wollte ich diese Verbindung. Meine Hormone spielten verrückt, und obwohl mein Verstand mir riet, mich an meinen Plan zu halten und nach Cullen Ausschau zu halten, erklärte mein Körper mir, dass es völlig verrückt wäre, jetzt zu gehen.

Ich entschied mich, auf meinen Körper zu hören. Schließlich würde ich mit Mikes Hilfe vielleicht auch ein paar Punkte für den Schlampentest im Internet sammeln können. Auf der Tanzfläche feucht werden … das musste doch mindestens fünf Punkte wert sein. Da war doch bestimmt noch mehr drin …

Um das zu erreichen, drängte ich mich noch näher an Mike heran, bewegte mich im Takt der Musik und streifte ihn dabei. Unsere Blicke trafen sich, und in seinen Augen spiegelte sich die Hitze, die auch ich empfand. Aha, es war also kein Versehen gewesen, diese Berührung eben. Dieser Mann hatte einen Plan, und ich konnte es kaum erwarten.

Zum Glück brauchte ich nicht zu warten. Er schob seine Hände unter den dünnen Stoff des Tops, um meinen Rücken zu streicheln. Die Empfindungen, die er damit heraufbeschwor, ließen mich befürchten, dass ich gleich vor Leidenschaft zerfließen würde. Er zog mich noch näher, sodass sein Unterleib gegen meinen gepresst wurde, und die harte Wölbung seiner Erektion bescherte mir erneut weiche Knie. Doch Mike hielt mich, streichelte mich mit kräftigen Händen und schloss mich fest in die Arme, während wir uns wiegten, nicht zur Musik, sondern im Takt unserer eigenen Symphonie der Lust.

Jetzt übernahm Mike das Kommando, indem er mich weiter nach hinten drängte, bis wir fast hinter dem kleinen Podest standen, offiziell außerhalb der Tanzfläche und außerhalb der Reichweite der bunten Scheinwerfer, die über die sich windenden Körper der Tänzer schwenkten.

Mein Körper stand schon allein von der Musik und Mikes Nähe in Flammen, doch als Mike auch noch mit einer Hand in meine Jeans glitt, wäre ich fast zu Boden gesunken und dahingeschmolzen. Ich war so unglaublich heiß und feucht und bereit! Wie eine Wilde stieß ich die Hüften vor, während er mich rieb. Ich war so dankbar für die Dunkelheit, während ich mich an Mike klammerte und leise wimmerte, als ich in seinen Armen kam.

Langsam kehrte die Vernunft zurück, und spätestens zu dem Zeitpunkt hätte ich eigentlich vor Scham im Boden versinken müssen. Aber das tat ich nicht. Ich wollte mehr. So viel mehr, und als ich mich ein wenig nach hinten lehnte und Mike in die Augen schaute, sah ich, dass er es wusste.

„Komm", sagte er rau.

Ich zögerte nicht eine Sekunde, sondern verschränkte meine Finger mit seinen und folgte ihm den dunklen Flur entlang zur hinteren Damentoilette. Dort blieb er stehen, und ich starrte ihn entgeistert an. „Mike, du willst doch nicht etwa …"

Er wollte. Er drückte die Klinke und riss mich mit sich in den kleinen Raum. Der Raum war klein und vollgestopft, aber sauber, und ich überlegte kurz, dass bestimmt bald Frauen auftauchen würden, die hier reinwollten. Doch mein Mitleid mit ihnen schwand in dem Moment, als Mike die Tür verschloss und sich mit ernster Miene zu mir herumdrehte. Ernst, bis er eine Augenbraue hochzog und damit all die Spannung vertrieb, die sich in mir aufgebaut hatte. Zum Teufel mit den anderen Frauen; die konnten auch durch den Club zu den Toiletten am Eingang trotten.

Schweigend streckte Mike die Arme nach mir aus, und ich schmiegte mich an ihn. Unsere Lippen fanden sich zu einem leidenschaftlichen Kuss, während unsere Hände sich unter der Kleidung auf Wanderschaft begaben, nackte Haut streichelten und wir uns beide derart erregten, bis ich hätte schwören können, im nächsten Augenblick zu explodieren.

Und dann lag Mikes Hand auf meinem Schoß, und der sanfte Druck trieb mich fast in den Wahnsinn. „Mike." Meine Stimme, nur noch ein Flüstern, offenbarte mein unbeschreibliches Verlangen. Und Mike, Gott segne ihn, zögerte nicht. Er hob mich hoch und trug mich durch das kleine Bad, bis mein Hinterteil gegen das Porzellan des Waschbeckens gepresst wurde. Es dauerte nicht lange, und schon war ich von der Taille an abwärts nackt.

Mike verschwand, glitt an meinem Körper hinab, während er mit den Händen noch immer meine Schenkel festhielt. Ich klammerte mich an seinen Schultern fest und erzitterte, als er mit der Zunge über meine Klit leckte, mich höher und höher trieb, bis die Welt um mich herum explodierte, und ich im siebten Himmel schwebte.

Nachdem ich auf die Erde zurückgekehrt war, drückte ich seine Schultern. Ich wollte ihn sehen, wollte seinen Mund auf meinem spüren. Langsam kam er hoch, schaute mir in die Augen, und ich sah seine Lippen glänzen. Geistesabwesend dachte ich daran, wo sich diese Lippen eben noch befunden hatten. Mein Körper bebte noch immer bei der Erinnerung an Mikes leidenschaftliches Zungenspiel. Er sagte etwas, doch ich war viel zu versunken in diesen Augenblick, um ihn zu hören.

„Mattie?"

Mein Name drang schließlich zu mir durch, und ich stöhnte eine Art Antwort.

„Hast du mich gehört?"

„Nee", erwiderte ich glücklich.

„Ich habe gefragt, ob du wieder auf die Tanzfläche willst. Oder zu mir nach Hause." Mit dem Finger streichelte er die feuchte Spalte zwischen meinen Beinen. Reflexartig blickte ich mich um. Mein Slip hing halb im Mülleimer. Ein Glück, den war ich los. „Wir könnten aber auch einfach hierbleiben." Den letzten Satz sagte er mit rauer, erotisch klingender Stimme, während er schon nach dem Reißverschluss seiner Jeans griff.

Ich streckte die Hand aus, um ihm zu helfen, während ich instinktiv meine Beine spreizte. „Ich glaube, diese Möglichkeit gefällt mir am besten."

Leider klopfte in diesem Moment jemand an die Tür. Ich blickte zu Mike, und er blickte zu mir, und wir beide fingen an zu lachen, Hände auf die Münder gepresst, um nicht allzu laut zu werden.

„Eine Sekunde!", rief ich, während Mike mir half, mich wieder anzuziehen. Wir klammerten uns aneinander, prustend vor

Lachen, als wir aus der Toilette hasteten, vorbei an einer leicht betrunkenen Blondine, die uns mit hochgezogenen Augenbrauen hinterhersah. „Gehört alles dir", sagte ich.

„Er auch?"

„Auf keinen Fall", rief ich über die Schulter zurück. „Mit dem Teilen habe ich es nicht so."

Wir rannten zur Hintertür hinaus, Hand in Hand, bevor wir nach Hause eilten. Wie Kinder zogen wir den anderen vorwärts, tauschten heimlich Küsse hinter Baumstämmen aus und winkten vorbeifahrenden Autos zu.

Als wir schließlich im Apartmenthaus ankamen, waren wir beide außer Atem und hielten im Waschraum an, um uns am Trinkwasserspender zu bedienen.

Nachdem ich einen halben Liter in mich hineingeschüttet hatte, rang ich nach Luft und grinste Mike an. Meine spielerische Stimmung schlug jedoch schnell um, als ich sah, was für einen feurigen Blick er mir zuwarf. Langsam kam er auf mich zu und klopfte auf den Deckel der Waschmaschine. „Das ist ja noch besser als das Waschbecken. Das Teil vibriert."

Und dann zog er, unter meinen wachsamen Blicken, ein paar Geldstücke aus der Tasche, warf sie in die Maschine und stellte sie an. Anschließend hob er die Augenbrauen. „Das ist doch sogar noch besser als eins dieser Vibrationsbetten in einem billigen Hotel, oder?"

„Du bist verrückt", erklärte ich, total begeistert. Und überrascht. Wer hätte gedacht, dass mein Nachbar, der Computerfreak, derjenige war, der mein Schlampentestresultat derart in die Höhe treiben konnte? Und das alles an einem Abend?

„Verrückt", wiederholte er. „Ist das gut oder schlecht?"

„Komm her", flüsterte ich. „Ich sag's dir hinterher."

Mike ließ sich nicht zweimal bitten. Er kam zu mir, und während ich meine Lippen für ihn öffnete, stellte ich fest, dass sich der Kreis geschlossen hatte. Mein ganzer alberner Plan hatte hier in diesem Waschraum Gestalt angenommen, und jetzt war ich hier in Mikes Armen.

Erschrocken fiel mir ein, dass ich Cullen im Club allein gelassen hatte. Kurz bekam ich ein schlechtes Gewissen, doch das Gefühl schwand schnell. Er war ein großer Junge, und ich war ganz sicher, dass er den Weg nach Hause finden würde.

Im Augenblick war ich ohnehin nicht sonderlich an gutem Benehmen interessiert.

Mike hatte sich noch nie so verloren gefühlt … oder so zu Hause. Er hatte Mattie im Waschraum geliebt, und die unglaubliche Intensität dieses Aktes hatte ihn fast um den Verstand gebracht. Jetzt, da sie sich an ihn schmiegte, die Arme um seinen Hals geschlungen, während sie langsam und tief durchatmete, wünschte er, dass dieser Moment nie enden würde.

Aus rein praktischen Erwägungen heraus war ihm jedoch auch bewusst, dass sie schleunigst aus dem Waschraum verschwinden sollten. Es war zwar mitten in der Nacht, aber es gab genügend Leute hier in der Nachbarschaft, die aus einem intimen Waschraum-Quickie eine peinliche Angelegenheit machen konnten.

Einige Sekunden lang genoss er noch Matties Nähe, während er überlegte, was er tun sollte. Plötzlich fiel ihm die Wäsche ein, die er vorhin in den Trockner geworfen hatte. Also ging er schnell zu einer der Maschinen und zog ein Laken heraus. „Komm", sagte er und griff nach Matties Hand.

Kurz darauf lagen sie aneinandergeschmiegt auf einer der Liegen am Pool. Über ihnen funkelten schwach die Sterne, deren Strahlkraft vom Leuchten Los Angeles' überdeckt wurde. Es war fantastisch gewesen, Mattie im Waschraum zu lieben, doch dies hier war irgendwie noch besser. Nur sie beide, kuschelnd, flüsternd und lachend, während sie über alles und nichts redeten.

Mattie war eine Freundin für ihn und eine Geliebte. Und er wusste tief in seinem Herzen, dass er sie nie wieder gehen lassen wollte. Mit einem leisen Seufzer schlang sie einen Arm um seine Taille. Er beugte sich zu ihr und gab ihr einen Kuss aufs Haar. Und dann schlief er unter den Sternen ein.

Ich erwachte mit der Sonne, was sich ja theoretisch total toll anhört, praktisch allerdings eher beunruhigend war. Schließlich lagen Mike und ich aneinandergeschmiegt draußen, umgeben von zweiundzwanzig Wohnungen, die alle einen perfekten Ausblick auf unsere kuschelige Liege boten.

Keine wirkliche Sternstunde für mich. Das wurde mir noch klarer, als ich, genau in dem Moment, als ich vorsichtig unter dem Laken hervorkrabbelte, Cullen sah, der die Treppe hinauf zu seiner Wohnung schlenderte und dabei noch genauso frisch aussah wie gestern Abend. Es durfte ernsthaft bezweifelt werden, dass ich ebenso gut aussah, und ich musste mich sehr beherrschen, nicht hastig wieder unter die Decke zu kriechen und mich zu verstecken.

Doch ich tat es nicht, und als Cullen sich umdrehte und mich sah, winkte ich zögernd. Ein Grinsen huschte über sein Gesicht, und seine Augenbrauen hoben sich ein klein wenig. Was jedoch das Merkwürdigste war? Ich hatte nicht das Gefühl, dass es ihn störte, oder er verärgert war, weil ich ihn im Club sitzen gelassen hatte, um es mit einem anderen zu treiben.

Im Gegenteil. Ich glaube sogar, dass Cullen das ganz spannend fand. Und ich musste mich wirklich zwingen, meine Fingernägel *nicht* angeberisch über meine Brust zu reiben. Ich meine, vielleicht hatte ich meine Chance auf die Show mit Timothy doch noch nicht ganz vertan.

Was das anging …

Ich eilte nach oben, denn mir war eben eine neue Idee durch den Kopf geschossen. Leise öffnete ich die Tür, doch als ich merkte, dass Angie nicht zu Hause war (*wo* war sie?), griff ich nach dem Telefon, um Carla anzurufen. Ich hatte einen brillanten Plan, und jetzt brauchte ich nur noch ihr Okay, Mike statt Cullen als meinen Schwerpunkt für das Drehbuch zu benutzen. Noch immer war ich nicht bereit, die Möglichkeit in Erwägung zu ziehen, dass ich mich Hals über Kopf in Mike verliebt hatte, aber ich war mehr als bereit zu akzeptieren, dass er weitaus mehr Potenzial als Affärenmaterial hatte, als ich anfangs vermutet hatte. Und vielleicht konnte man das als Thema der Episode benutzen – heißer Sex mit Männern, von denen man es nicht erwartet hat.

Leider erreichte ich Carla nicht. Stattdessen sprang nur ihre Mailbox an, natürlich (Ich meine, was hatte ich erwartet? Sie war mit Mitch unterwegs!). Also hinterließ ich eine Nachricht und bat sie, mich zurückzurufen. Während ich mit den Fingern auf den Schreibtisch trommelte, überlegte ich, was ich jetzt tun sollte. Doch ich machte mir keine allzu großen Sorgen. Meine Idee, dem Drehbuch eine andere Perspektive zu geben, schien mir großartig zu sein. Das war bestimmt der beste Weg.

Ich hatte jedoch nicht viel Zeit, diese Frage ausgiebig zu überdenken, denn ich war bereits spät dran und musste mich fertigmachen, um zur Arbeit zu fahren. Also zog ich mich schnell aus, fuhr meinen Computer hoch und eilte dann unter die Dusche. Etwas später saß ich sauber und noch leicht feucht an meinem Schreibtisch und bürstete mir die Haare, während ich durch meine E-Mails scrollte. Mein Herz setzte fast aus, als ich etwas weiter unten in der Liste eine ganz spezielle E-Mail entdeckte.

Ich klickte sie an und schluckte, während ich Timothys Nachricht las.

Mattie, Schätzchen,
Carla ist abgereist, ohne mir deine Handynummer zu geben, deshalb muss ich auf die gute alte E-Mail zurückgreifen. Schätzchen, du kannst stolz auf dich sein. Habe The Thin Line *heute Nacht um drei Uhr fertig gelesen, und wenn du denkst, ich bleibe immer bis nachts um drei auf, dann irrst du dich gewaltig.*
Kann leider zurzeit damit nichts machen, aber in absehbarer Zukunft … na, das steht auf einem ganz anderen Blatt. Bring mir ein fantastisches Drehbuch für die Pilotsendung, und wir sind im Geschäft. Ich weiß, dass du es kannst. Und mit Cullen Slater als Magnet weiß ich, dass das ein Renner wird. Hast du die letzte Ausgabe von Entertainment

Weekly gesehen? Noch ist er nicht auf dem Cover, aber der Junge ist auf dem Weg nach oben. Und wenn du ihn dir schnappst (und flachlegst), dann verwette ich eine Woche Abendessen bei Spago, dass unser Nielsen aus dem Häuschen sein wird.

Ich las den Text zweimal und versuchte, die Worte von Timothy mit meinem neu formulierten Plan in Einklang zu bringen, also die Sache mit Cullen zu vergessen und stattdessen meine sehr befriedigenden Aktivitäten mit Mike fortzusetzen.

Leider gelang mir das nicht.

Daher entschloss ich mich, den Weg des geringsten Widerstandes zu nehmen. Ich verdrängte die gesamte Situation, zog mich an und beeilte mich, ins Büro zu kommen.

Ich brauchte etwas, womit ich meine eigenen Probleme vergessen konnte, und das Leben, die Liebe und die Drogen von verwöhnten ehemaligen Kinderstars schienen dafür bestens geeignet zu sein.

Zehn Stunden und siebenunddreißig Minuten später erkannte ich, wie recht ich gehabt hatte. Ich befand mich in der Hölle. In einer Hölle voller sich windender, schreiender Dämonen, die entfernt an menschliche Wesen erinnerten, die jedoch ganz offensichtlich nicht menschlich sein konnten, angesichts ihres ernst gemeinten und sehr laut geäußerten Wunsches, an einer Realityshow im Fernsehen teilzunehmen, die äußerst fragwürdigen Ruhm versprach.

Gott sei Dank war Sonntag, daher war ich mit diesen Leuten nur auf Papier und per E-Mail beschäftigt, indem ich Verträge durchsah und Korrespondenz beantwortete.

Es war wirklich an der Zeit, dass ich mir einen neuen Job suchte. Aber, wie es das Schicksal wollte, wartete die perfekte Gelegenheit ja schon auf mich. Ich wusste, dass ich den Anforderungen gerecht werden würde. Ich wusste, dass ich etwas schreiben konnte, mit dem ich Timothy total von den Socken hauen konnte. Und sobald ich das geschafft hatte, war alles möglich. Denn jeder, der von Timothy gefördert wurde, galt etwas in Hollywood.

Ich sah mich in meinem Büro um und seufzte. Ich wollte endlich berühmt werden. Schon damals, als ich diesen Job übernommen hatte, war ich davon ausgegangen, das große Los gezogen zu haben. Leider hatte ich hier aber nur wertvolle Jahre vergeudet. Jetzt bot sich mir die Chance, die verlorene Zeit wiedergutzumachen.

Das bedeutete aber, dass ich mich an Cullen heranmachen musste. Nicht an Mike.

Und ich musste mich konzentrieren. Ich musste Ergebnisse liefern, die dazu führten, dass Cullen in meinem demnächst zu schreibenden Drehbuch eine zentrale Rolle übernahm ... ganz zu schweigen davon, dass er in meinem Bett landen musste.

Schon seit Carla mir von Timothys neuer Serie erzählt hatte, war mir klar gewesen, dass Cullen mein Schlüssel zu voller Jobzufriedenheit darstellte. Timothys E-Mail hatte das nur noch einmal unterstrichen.

Also, es war an der Zeit, an die Arbeit zu gehen.

Ich schloss all die Dateien auf meinem Computer, die mit der Arbeit zu tun hatten (es war schließlich Sonntag, da durfte ich ja wohl mal was für mich machen, oder?), und öffnete die Software, mit der ich am liebsten arbeitete, wenn es um das Schreiben von Drehbüchern ging.

Der Cursor blinkte, und ich blinzelte zurück.

Schließlich tippte ich AUFBLENDE ein.

Okay. So weit, so gut.

Während ich mit den Fingern auf den Schreibtisch tippte, wartete ich auf eine zündende Idee. Als sie nicht kam, tippte ich ein paar Worte ein und drückte Enter. INT. WASCHRAUM – AM TAGE.

Hier hatte doch alles angefangen, oder? Also musste ich hier beginnen.

Gerade als ich loslegen wollte, das aufzuschreiben, was ich von der ursprünglichen Unterhaltung mit Carla noch erinnerte, klingelte das Telefon. Ohne nachzudenken, schnappte ich es mir und bedauerte es sofort, als ich die tiefe, leicht gedehnte Stimme am anderen Ende der Leitung erkannte.

„Hallo, meine Schöne."

„Mike!" Ich atmete tief durch und genoss einen winzigen Moment lang die Erinnerung an ihn.

„Ich habe dich heute vermisst."

„Ja", erwiderte ich. „Ich dich auch." Kaum waren die Worte aus dem Mund, bereute ich sie auch schon. Nicht, weil sie nicht wahr waren (denn natürlich waren sie das), sondern weil ich damit nicht weiterkommen würde. Weder jetzt noch sonst wann. Diese gesamte Situation stimmte mich ein wenig traurig, aber ich weigerte mich, mich von meinem Ziel abbringen zu lassen. Ich war nach Los Angeles gekommen, um die Welt zu erobern, und das war mir bisher noch nicht gelungen. Ich befand mich also auf einer Mission. Einer Mission, um verlorene Zeit wiedergutzumachen.

Außerdem (ja, ich war jetzt ganz rational) ermahnte ich mich seit Tagen, dass Mike nicht für eine längerfristige Beziehung geeignet war. Er war verdammt gut im Bett und schaffte es, dass ich in seiner Gegenwart immer bis in die Zehenspitzen kribbelte, aber auf lange Sicht war er einfach nicht der Richtige für mich.

Das redete ich mir jedenfalls ein. Und ja, ich gebe zu, dass ich von diesem Standpunkt immer wieder abgerückt war. Mike hatte durchaus Potenzial. Aber Potenzial war nicht dasselbe wie eine sichere Sache, und vor die Wahl gestellt zwischen einer möglichen Beziehung und einem bombensicheren Erfolg in Hollywood ... Na ja, entschuldigen Sie bitte, aber da entschied ich mich natürlich für das Bombensichere.

Nennen Sie mich ruhig pragmatisch.

„Mattie?"

„Entschuldige", sagte ich. „Ich bin noch dran."

„Schön zu hören. Ich hatte schon Angst, dein Bürostuhl hätte dich verschlungen."

„Manchmal passiert das", gab ich zu. Ich lächelte und lehnte mich völlig entspannt auf meinem Stuhl zurück. Mit Mike zu reden war immer so, als würde man mit einem richtig guten Freund reden. Er *war* ein richtig guter Freund. Außerdem war er richtig gut im Bett, was ihn zu einem durchaus attraktiven Gesamtpaket machte.

Doch da stand eine kleine Sache zwischen uns ...

Ich räusperte mich. „Hör zu, Mike ..."

„Wie wäre es mit Abendessen?", fragte er im selben Moment.

Ich setzte mich auf, jetzt alles andere als entspannt. „Abendessen", wiederholte ich. Und dann traf es mich. Natürlich hatte ich es schon die ganze Zeit gewusst, aber jetzt traf es mich wirklich. So, als hätte mich ein Laster überrollt.

Ich konnte mich nicht mit Mike verabreden und gleichzeitig an diesem Drehbuch arbeiten. Ich hatte nicht die Konstitution, um mit mehr als einem Mann zu schlafen. Und ich war definitiv nicht in der Lage, Timothy und seinem „Schätzchen, du hast den Job" einen Korb zu geben.

Ich musste mit Mike Schluss machen. Einen sauberen, endgültigen Strich ziehen.

Also schloss ich die Augen – mir war auf einmal tatsächlich ein wenig schlecht – und sagte, was ich zu sagen hatte. „Ich, äh, ich glaube nicht, dass ich Zeit für ein Abendessen habe." Ich machte eine kleine Pause, wohl wissend, dass ich ihm die Wahrheit sagen sollte, bevor ich fortfuhr: „Ich ersticke hier im Büro an Arbeit."

Okay, so viel zum Thema, immer strikt bei der Wahrheit bleiben.

„Du erstickst", wiederholte er.

„Ja, genau. Hier ist wirklich die Hölle los. Mein Boss ist aus Rio zurück, und wir haben ein Dutzend Deals, die bearbeitet werden müssen, und ..."

„Ist schon okay. Ich verstehe. Kein Problem."

„Oh." Eigentlich müsste ich jetzt vor Erleichterung aufatmen, doch ich war gar nicht so erleichtert. Ich wollte, dass er widersprach. Dass er versuchte, mich zu überzeugen. Aber er sagte nur: „Vielleicht können wir für nächstes Wochenende etwas abmachen."

Heute war erst Sonntag! Dazwischen lag doch noch eine ganze Woche! Am liebsten hätte ich laut protestiert, aber ich wusste, das konnte ich nicht. Besser gesagt, ich sollte es nicht. Ich musste mich auf mein Ziel fokussieren.

Und das bedeutete Cullen.

Tief Luft holend, sagte ich daher: „Sicher. Nächstes Wochenende. Vielleicht können wir da was reinquetschen."

Das Schweigen am anderen Ende der Leitung war ohrenbetäubend. Und dauerte ... und dauerte.

„Mattie", sagte Mike schließlich mit leiser, leicht trauriger Stimme. „Was ist ..." Er unterbrach sich. „Vergiss es. Nächstes Wochenende also."

„Mike, ich ..."

„Ich muss los. Da ist jemand an der Tür. Bis dann."

Und schon war die Leitung tot, und ich saß da und kam mir wie ein Miststück vor. Noch dazu ein entschlossenes Miststück.

Denn wenn ich diesen Mann, der mich ganz offensichtlich mochte – und es schaffte, mich mit kaum mehr als einem Blick zu einem Orgasmus zu bringen, und der mich wie kein anderer zum Lachen brachte –, abservieren wollte, dann sollte sich das gefälligst auch lohnen. Ich würde Cullen aufreißen. Und ich würde den Deal mit Timothy unter Dach und Fach bringen.

Daran gab es nichts zu rütteln.

Entschlossen schnappte ich mir wieder das Telefon und wählte Cullens Nummer, indem ich mit dem Radiergummi meines roten Stiftes die Tasten drückte. Das Telefon klingelte einmal, zweimal, dreimal. Ich blickte zur Uhr. Schon nach acht. Wahrscheinlich war er zum Abendessen, auf dem Sprung, sich wieder ins wilde Partyleben zu begeben.

Tatsächlich, der Anrufbeantworter sprang an, und ich hörte seine geschmeidige Ansage, die verkündete, dass er unterwegs sei, um sich zu vergnügen, doch wenn ich eine Nachricht hinterließe, könnten wir uns vielleicht bald einmal zusammen vergnügen. Ich widerstand dem Verlangen, die Augen zu verdrehen und schaffte es, eine Nachricht zu hinterlassen, ohne zu kichern.

Gerade als ich meine Telefonnummer nannte, damit er mich zurückrufen konnte, hörte ich ein Klicken, gefolgt von Cullens Stimme. „Hallo, Mattie, ich bin dran."

„Hallo", antwortete ich fröhlich. Dann verstummte ich, bevor ich einen neuen Anlauf nahm, denn schließlich hatte ich eine Mission zu erfüllen. Ich schloss die Augen, stellte mir den Emmy Award vor und fuhr fort: „Hör mal, es tut mir leid, dass wir gestern Abend getrennt wurden."

„Ja, na ja, es sah so aus, als hättest du dich gut amüsiert."

„Oh ja."

„Mit Mike, meine ich."

„Oh, äh, richtig. Na ja, stimmt schon. Aber das heißt nicht …"

„Hey, ich hab' damit kein Problem. Wir waren los, um was zu trinken. Wir haben was getrunken. Und dann wolltest du ein bisschen mehr als Drinks. Kann ich verstehen."

Mir schwirrte der Kopf ein wenig, und ich war mir nicht ganz sicher, ob ich das alles verstand. Aber ich fuhr einfach fort. „Genau. Äh, die Sache ist die, ich hatte gehofft, dass du und ich, dass wir es noch einmal probieren könnten. Ich meine, wir haben die Sache mit den Drinks gestern Abend abgehakt, aber wir sind nie wirklich bis zum Datestadium gekommen." *So*. Jetzt war es raus.

„Hey, klar doch", sagte Cullen. „Heute Abend?"

Eigentlich klang das gut, und ich wusste ja auch, dass ich die Sache endlich richtig in Gang setzen musste. Gleichzeitig hatte ich nicht gelogen, als ich Mike gesagt hatte, dass ich in dieser Woche entsetzlich viel arbeiten musste. Und so wirklich gewappnet fühlte ich mich für heute Abend nicht. „Freitag", antwortete ich also standhaft. „Bis dahin stecke ich bis zum Hals in Arbeit."

„Freitag", wiederholte er nachdenklich. „Da ist immer viel los …"

„Ich weiß", meinte ich. „Ich wünschte, wir könnten eher zusammenkommen, aber ich arbeite für eine Produktionsfirma, und wir sind dabei, ein paar neue Fernsehshows zu erarbeiten. Daher ist hier im Moment der Teufel los." Okay, das war ein ziemlich offensichtlicher Manipulationsversuch. Aber ich hatte mir das Exemplar von *Entertainment Weekly* besorgt, das Timothy erwähnt hatte, und aufgrund der Überschriften konnte ich mir zusammenreimen, dass Cullen, das Model, gern Cullen, der Hauptdarsteller, wäre.

Plötzlich entschied Cullen, dass Freitagabend doch nicht so viel los war. Und da meine Falle zugeschnappt war, hatte ich wegen der Lüge auch kein allzu schlechtes Gewissen.

Wir einigten uns darauf, uns um sieben bei ihm zu treffen, um dann zu entscheiden, wo wir essen gehen wollten. „Na, dann lass ich dich jetzt mal wieder gutes Fernsehen machen", sagte er mit warmer Stimme. Ehrlich, wenn ich es nicht besser wüsste, könnte man glauben, er würde zu denen gehören, die mit mir schlafen würden, nur um ins Fernsehen zu kommen. Na ja, anscheinend hatte ich mehr mit meinem Nachbarn gemeinsam, als ich gedacht hatte …

Noch während ich über diese beunruhigende Erkenntnis nachsann, piepte mein Computer kurz, um mir anzuzeigen, dass ich eine neue Mail bekommen hatte. Da ich sonntags selten Geschäftsmails bekomme, ging ich davon aus, dass es sich um Spam handelte. Eine Anzeige für Viagra oder ein Link zu einer Pornoseite oder irgendein anderer Schwachsinn.

Ich schob meine Maus ein wenig hin und her, sodass der Bildschirmschoner verschwand, und sah dann die Nachricht vor mir. Oh ja, definitiv etwas Pornografisches.

Hast du unter deinem Rock ein Höschen an? Ist es feucht? Zieh es aus und schieb die Hand zwischen deine Beine. Alle kleinen Mädchen, die so lange arbeiten, verdienen eine Pause … und wenn du mit dem Finger in dich hineingleitest, kannst du so tun, als wäre ich es, der dich berührt – bis du kommst.

Oh, wow. Ich rutschte unruhig hin und her, frustriert ob meiner Reaktion und genügend beschämt darüber, dass meine Hand automatisch zur Maus wanderte, um den Cursor auf den Papierkorb zu ziehen und die Nachricht zu löschen.

Gerade noch rechtzeitig hielt ich inne, als ich auf den Absender der Nachricht blickte. Die E-Mail-Adresse kannte ich nicht, aber der Name, der mit dem Account verbunden war, war unverkennbar: Mike Peterson.

Ich habe Mikes Mail nicht gelöscht. Tagelang starrte ich sie immer wieder an, sah den Cursor blinken, las die Worte, rechnete meine Schlampentestpunkte aus, und ja, ich schloss meine Tür und tat genau das, was in der Mail gefordert wurde.

Was ich nicht tat, war antworten.

Ich wollte es so gern. Ehrlich, ich sehnte mich danach. Ich verspürte eine Sehnsucht nach Mike, wie ich sie noch nie verspürt hatte. Aber gleichzeitig drängte mich alles andere dazu, mich nicht mit ihm einzulassen. Meine Mom. Mein Ehrgeiz. Und meine glänzende Gelegenheit.

Die durfte ich doch nicht aufs Spiel setzen!

Doch immer wieder ertönte eine leise Stimme in meinem Kopf und stellte eine wichtige Frage: Würde ich sie wirklich aufs Spiel setzen, wenn ich mit Mike schlief? Oder schämte ich mich einfach so sehr für das, was ich zu tun bereit war, um beruflich voranzukommen, dass ich ihm nicht mehr in die Augen schauen konnte?

Ehrlich gesagt, manchmal ist Selbsterkenntnis nicht unbedingt so toll, wie man immer denkt.

Und nein, ich war nicht beschämt. Ich war erwachsen, und ich war offiziell Single. Wenn ich mir mit Cullen die Zeit vertreiben und darüber ein Drehbuch fürs Fernsehen verfassen wollte, na und? Die Sache mit Mike musste ich einfach nur im Keim ersticken. Das war das Problem. Ich hatte ihm schon viel zu lange Hoffnungen gemacht. Das Ganze erinnerte an ein unerfülltes Versprechen. Oder, genauer gesagt, an das Damoklesschwert.

Sobald ich das Schwert einmal hatte niedersausen lassen, würde ich es bestimmt endlich schaffen, Ordnung in mein Leben zu bringen. Mehr noch, ich würde endlich diese Gedanken an Mike und seine begnadeten Finger aus meinem Kopf verbannen können.

Diese neuen Erkenntnisse gaben mir schließlich den nötigen Mut, um mein E-Mail-Programm zu öffnen und eine Erwiderung an Mike zu tippen:

Schluss mit Berührungen. Schluss mit Fantasievorstellungen. Hier wird gearbeitet. Es war toll und hat viel Spaß gemacht, aber jetzt ist genug. Bitte keine Mails mehr.

Nun, das war keine literarische Bestleistung, aber es würde hoffentlich seinen Zweck erfüllen. Es klang verständnisvoll, aber auch leicht verärgert. Und ich fand, dass ich nicht im Mindesten erregt klang. Was, offen gestanden, an ein Wunder grenzte, angesichts der Tatsache, dass mein Slip schon feucht wurde, wenn ich Mikes Mail nur las und daran dachte, dass er mich berührte.

Eine Sekunde lang gab ich mich noch dieser wunderbaren Vorstellung hin, doch dann zwang ich mich, auf Senden zu drücken.

Und das war's dann wohl.

Vier Tage. Von Sonntag bis Donnerstagabend hatte Mike keinerlei Reaktion auf seine kleine, unartige E-Mail erhalten. Er hatte Mattie nicht einmal zu Gesicht bekommen, obwohl er durchaus nach ihr Ausschau gehalten hatte.

Natürlich war ihm klar, dass er abserviert wurde, dass seine Bemühungen, eine Beziehung zu Mattie aufzubauen, gescheitert waren. Sie hatte zwar nichts zu ihm gesagt, aber in diesem Fall sprach ihr Schweigen Bände.

Sie war gegangen, und er musste sich fragen, ob er sie zu sehr bedrängt hatte.

Gedankenverloren starrte er auf den Computerbildschirm und überlegte gerade, ob er sich vielleicht vor ihre Haustür stellen und schnulzige Liebeslieder singen sollte, als ihre E-Mail eintraf. Er las sie einmal und dann noch ein zweites Mal. Die Nachricht war kurz, geschäftsmäßig und auf den Punkt gebracht. Mattie wollte nichts mehr mit ihm zu tun haben. Keine Verführungsversuche mehr. Kein Necken mehr.

Kein Sex mehr.

Mike verschränkte die Finger und lehnte sich auf seinem Stuhl zurück. *Interessant.* Aber, wenn er zwischen den Zeilen las, durchaus ermutigend. Denn Mattie sagte ihm nicht, dass er verschwinden solle, sondern bat nur darum, nicht mehr in Versuchung geführt zu werden.

Das bedeutete, wenn er diesen Kampf gewinnen wollte, musste er Mattie in Versuchung führen.

Nachdem ich die Mail an Mike geschickt hatte, musste ich drei wichtige Geschäftstelefonate führen, die zur Folge hatten, dass ich bis nach zehn im Büro festsaß. Diverse Feuer mussten gelöscht und eine Reihe von Dokumenten musste unbedingt vor dem Dreh morgen früh aufgespürt werden.

Ausnahmsweise machte es mir nichts aus, Überstunden zu machen, obwohl all das, worum ich mich kümmern musste, eigentlich schon vor Tagen von anderen hätte erledigt werden sollen. Doch die Tatsache, dass ich wie ein aufgescheuchtes Huhn durchs Büro jagte, sorgte dafür, dass ich keine Zeit hatte, an Mike zu denken. Und das war auch gut so.

Außerdem, je später ich nach Hause kam, desto geringer war die Chance, dass ich auf Mike traf. Aus diesem Grund war ich ganz zufrieden, als ich erst gegen elf Uhr abends auf meinen Parkplatz fuhr und kurz an den Briefkästen verweilte.

Während ich durch meine Post blätterte – eine Unmenge an Katalogen (yippie!) und Rechnungen (bäh!) –, hörte ich auf einmal meinen Namen. Ich erstarrte, denn der Klang der Stimme versetzte meine Gefühle in Aufruhr – einerseits bekam ich es mit der Angst zu tun, andererseits erregte sie mich. Und machte mich stinksauer. Ich meine, hatte ich ihm nicht gesagt, dass er mich gefälligst in Ruhe lassen sollte?

Und trotzdem kam Mike jetzt auf mich zu, mit nackter Brust, die im Mondlicht glitzerte, nur bekleidet mit einem locker um die Hüften geschlungenen Handtuch. Ich wusste, dass er eine Badehose darunter trug, doch ich konnte sie nicht sehen, und meine Fantasie beschwor eine Szenerie herauf, in der er noch sehr viel weniger anhatte.

Ich schluckte und versuchte, mich auf meinen Ärger zu besinnen. „Mike", sagte ich. „Ich bin überrascht, dich zu sehen."

„Tatsächlich?", fragte er erstaunt, und ich runzelte die Stirn. Hatte er meine Mail nicht gelesen?

„Äh, na ja, ja. Ich habe dir heute Nachmittag eine Mail geschickt."

„Ich weiß." Er kam noch einen Schritt näher. „Ich habe sie gelesen."

„Oh gut." Mühsam versuchte ich, meine Gedanken zu ordnen. Leider muss ich gestehen, dass es mir nicht allzu gut gelang. „Aber dann …"

„Du hast geschrieben, keine Mails mehr." Mit den Fingerspitzen strich er sanft über die weiche Haut unter meinem Ohr, und als er anschließend hinunter bis zu meinem Schlüsselbein, zum

V-Ausschnitt meiner Bluse und noch ein Stückchen tiefer glitt, hatte ich das Gefühl, meine Haut stünde in Flammen.

Auch wenn ich versuchte, mich zu beherrschen, ich fürchte, ich gab ein leises Wimmern von mir. Und obwohl ich genau wusste, dass ich etwas sagen sollte, schaffte ich es nicht. Es ging einfach nicht.

Das war aber auch okay, denn Mike redete weiter. „Du hast gesagt, keine Mails mehr", flüsterte er. „Vertrau mir. Was ich im Sinn habe, hat mit der Cyberwelt absolut nichts zu tun."

Mein Herzschlag setzte fast aus. „Oh. Ich … Oh." Ich schluckte noch einmal und überlegte, was aus meiner kühlen Entschlossenheit geworden war. Und überhaupt, was war mit meinem Entschluss, mich ganz allein auf meine Karriere zu konzentrieren? Anscheinend hatte meine Vernunft, kaum dass Mike in Sicht kam, beschlossen, Urlaub zu machen. Das hatte ich natürlich schon vorher gewusst, deshalb war ich ihm schließlich aus dem Weg gegangen.

Ich straffte die Schultern, entschlossen, mich stark zu zeigen, auch wenn meine Willenskraft immer mehr schwand. „Mike, ich muss jetzt wirklich in meine Wohnung."

„Nein."

„Wie bitte?"

„Noch nicht. Es gibt da etwas, was ich dir vorher noch zeigen möchte."

„Mir zeigen? Was?"

„Wenn ich es dir sagen könnte, müsste ich es dir ja nicht zeigen."

Ich verschränkte die Arme vor der Brust und schwieg.

„Komm schon, Mattie. Vertraust du mir nicht?"

„Ja und nein."

Er lachte. „Gute Antwort." Und dann machte er einen Schritt auf die Treppe zu und blickte sich noch einmal um, um zu sehen, ob ich ihm folgte.

Natürlich tat ich es.

Ich war halt neugierig.

Wir gingen nach oben und bogen nach rechts zu seiner Wohnung ab. Er öffnete die Tür, und wir traten hinein. „Okay, was ist es?", fragte ich.

„Dreh dich um."

Ich warf ihm einen fragenden Blick zu, gehorchte aber. Um die Wahrheit zu sagen, ich war fasziniert. Das hätte ich nicht sein sollen. Aber ich war es nun mal. Dies hier war schließlich Mike. Und egal wie häufig oder wie laut ich mir einredete, dass ich mir nichts aus ihm machen durfte – sollte –, tat ich es.

Also drehte ich mich um. Und als er mich bat, meine Augen zu schließen, tat ich auch das.

Ganz sanft strich er mit dem Daumen über meine Wange, und ich unterdrückte ein Stöhnen. Das hier durfte nicht weitergehen. Das durfte ich nicht zulassen. War er nicht derjenige gewesen, der gesagt hatte, ich bräuchte mich nur dann meines Lebensweges zu schämen, wenn ich nicht den Ausfahrten folgte, die dorthin führten, wo ich hinwollte? In dieser Situation befand ich mich doch jetzt. Vor mir lagen mein Weg und ein klarer Plan. Ich wünschte, ich könnte diesen Weg zusammen mit Mike gehen, aber das ging nicht. Ich hatte eine Ausfahrt entdeckt, ich hatte meine Wahl getroffen. Und Cullen war der einzige Mann, der im Moment Platz in meinem Bett hatte.

Eine nette kleine Rede, mit der ich mich aufmunterte, doch ich konnte mich kaum noch daran erinnern, warum ich so entschlossen war, als Mike mir etwas Weiches, Seidiges über die Augen zog. Ich verspannte mich, doch er beugte sich zu mir, seine Lippen streiften mein Ohr, und sein warmer Atem ließ einen wohligen Schauer durch meinen Körper rieseln. „Pst." Nicht einmal Worte brauchte er. Allein dieser kleine Laut genügte, um mich zu beruhigen, und während mein Puls sich beschleunigte, befestigte er den Seidenschal mit einem Knoten hinter meinem Kopf und verband mir so die Augen.

„Mike, wir ... ich ..."

Dieses Mal brachte er mich mit einem Finger auf meinen Lippen zum Schweigen. „Ich weiß, dass du mich gemieden hast. Ich weiß, dass du die Sache beenden willst. Ich will gar nicht, dass du mir sagst, warum. Das Einzige, worum ich dich bitte, ist, dass du mir diese Nacht schenkst. Alles ohne Versprechungen, ohne Erwartungen. Nur du und ich und das, was hier in dieser Wohnung geschieht."

„Was in Mikes Apartment passiert, bleibt in Mikes Apartment?", witzelte ich und spielte auf den beliebten Las-Vegas-Slogan an. Eigentlich wollte ich gar keine Witze reißen, aber ich hatte irgendwie die Kontrolle über die Situation verloren. In diesem Moment wünschte ich mir offen gestanden nichts sehnlicher, als mir die Kleider vom Leib zu reißen und ihn anzuflehen, mich zu nehmen.

Also flüchtete ich mich natürlich in schlechte Witze.

Doch da Mike mich inzwischen anscheinend schon ganz gut kannte, ignorierte er mich einfach. Stattdessen betrat er jetzt endgültig gefährliches Terrain. Er nahm meine Hand und führte mich weiter in die Wohnung hinein.

„Mike ...“

„Wenn du gehen möchtest, dann sag es jetzt. Sonst sag einfach gar nichts.“

Ich öffnete den Mund ... und schloss ihn wieder. Mike schwieg, aber ich hätte schwören können, dass ich ihn lächeln hören konnte.

Wir gingen noch ein paar Schritte, ehe er mich auf einen Stuhl mit gerader Rückenlehne setzte. Es war absolut nicht erotisch, auf einem harten Holzstuhl zu sitzen, aber ich war so angetörnt, dass ich schon fast keuchte. Alles zusammengenommen – Mikes Berührungen, sein Duft, die Dunkelheit – verschwor sich gegen mich, ließ mich feucht werden, geil und sehr frustriert.

Er wusste es; da war ich mir sicher. Und genauso sicher war ich mir, dass er vorhatte, mich noch weit mehr zu frustrieren, ehe die Nacht um war.

Hinter dem Seidenschal schloss ich die Augen. Und seufzte.

Ich konnte es kaum erwarten.

Mike hätte am liebsten nichts weiter getan, als einfach dazustehen und die Frau in seiner Küche anzustarren. Die Frau, die ihm noch vor wenigen Stunden eine E-Mail geschickt hatte, in der sie ihm mehr oder weniger zu verstehen gegeben hatte, dass sie nichts mehr mit ihm zu tun haben wollte. Jetzt war sie hier, mit verbundenen Augen, war verletzlich, und doch gab sie sich ihm hin.

Er verspürte einen Anflug von Macht und Zärtlichkeit. Eine berauschende Mischung, und während dieses Gefühl durch ihn hindurchströmte, erkannte er, dass es doch etwas gab, was er noch mehr wollte, als sie einfach nur anzuschauen. Er wollte sie berühren. Wollte sie lieben. Wollte sich in ihr verlieren.

Und am meisten sehnte er sich danach, sie seinen Namen schreien zu hören.

Geduld. Was hatte seine Grandma Jo immer über dieses Thema gesagt? Gute Dinge kommen zu denen, die warten können?

Er ging hinüber zum Gefrierschrank und versuchte, nicht zu grinsen. Na ja, dieses kleine Sprichwort passte hier doch genau. Denn er hatte vor, Mattie warten zu lassen. Und am Schluss würde sie definitiv kommen.

„Mike?"

„Pst. Ich habe dir doch gesagt, du sollst nichts sagen, sonst bringe ich dich zurück in deine Wohnung. Es sei denn, das willst du?"

Er hielt den Atem an und fragte sich, ob es richtig gewesen war, ihr noch einmal die Wahl zu lassen, vor allem, als er sah, wie sie den Mund öffnete. Dann schloss sie ihn beherzt und schüttelte kurz den Kopf.

Ihm schwoll das Herz an, und er bemühte sich, ruhig zu bleiben. Bemühte sich, sich noch nicht allzu siegesgewiss zu geben. Bald vielleicht. Aber jetzt noch nicht.

Ganz genau hatte er seine Verführung geplant, und jetzt war es an der Zeit, sie in die Tat umzusetzen. Angefangen mit dem Eiswürfel, den er in der Hand hielt. Dem Würfel, der jetzt durch die Wärme seiner Handfläche anfing zu schmelzen und zu tropfen.

Er strich damit über Matties Lippen, sah, wie ihre Zunge herausschnellte, um die kühlen Tropfen einzufangen. Anschließend glitt er über ihren Hals und hinterließ eine glitzernde Spur, die er abzulecken begann. Ihre Brüste waren das nächste Ziel, das er mit dem Eiswürfel ansteuerte, und die Kälte ließ Matties Brustwarzen hart werden unter der weißen Bluse, die sie im Büro getragen hatte.

Ohne ein Wort zu sagen, riss er die Bluse auf, sodass die Knöpfe durch die Gegend flogen. Mattie schnappte nach Luft, doch sie protestierte nicht, und Mike merkte, dass er hart wurde. Es war offensichtlich, dass Mattie dieses kleine Spielchen genauso genoss wie er.

Tiefer und tiefer wanderte Mike mit dem Eiswürfel, bis er ihren Bauchnabel umkreiste, und ihre Bauchmuskeln vor Wonne und Erregung zuckten. Der Würfel wurde kleiner, aber trotzdem hatte Mike keine Eile. Stattdessen machte er sich daran, Mattie den Rock auszuziehen, bis sie schließlich nur noch in ihrem Slip und den High Heels vor ihm saß.

Er beugte sich vor, presste einen Kuss auf ihre Füße, bevor er den Eiswürfel nahm und ihn langsam an ihrem Bein hinaufgleiten ließ. Dabei konzentrierte er sich vor allem auf die empfindlichen Stellen. Ihren Knöchel, die weiche Kniekehle.

Mike ließ sich viel Zeit, damit Mattie verstand, dass er es für sie tat. Dass er sie wollte. Und dass er bereit war, auch schmutzige Tricks anzuwenden, um sie für sich zu behalten.

Noch nie hatte ich mit verbundenen Augen Sex gehabt, daher war ich mir nicht ganz sicher, wie ich mich fühlen sollte. Nervös? Angespannt? Entblößt?

Vermutlich verspürte ich all diese Empfindungen, aber vor allem war ich hochgradig erregt. Es war mir egal, wie Mike mich berührte, oder ob ich ihm dabei zusehen konnte. Ich wollte ihn einfach nur fühlen. Wollte ihn riechen und ihn hören.

Und ehrlich, das, was er mit meinem Körper anrichtete, war unglaublich!

Er strich mit einem Eiswürfel über die Innenseite meines Beins, und ich zuckte überrascht zusammen. Er hielt meine Beine sacht fest, ehe er sie an den Knöcheln mit einem Seidentuch festband. Und, ja, das war vielleicht ein wenig viel. Vielleicht war es ein weiterer Grund, nervös zu werden. Aber ich vertraute Mike. Ich vertraute auf das, was er tat. Und, ich muss gestehen, es machte mich noch mehr an.

Am liebsten hätte ich ihn angefleht, mich zu berühren. Mit einem Finger in mich hineinzugleiten. Mit seinem Schwanz. Mit der Zunge. Aber ich schwieg, überzeugt davon, dass dieser Mann meinen Körper schon richtig behandeln würde.

Und er enttäuschte mich nicht.

Der Eiswürfel schmolz langsam auf dem Weg zu meinem Schoß, und als Mike ihn über meine Klit gleiten ließ, bevor er die Kühle mit dem sanften Druck seines Daumens abmilderte, schrie ich auf. Und dann verlor ich fast die Besinnung, als er den Eiswürfel in mich hineinschob, während er mit der Zunge das Wasser auffing, bis ich kam.

Doch damit war Mike noch lange nicht am Ende seiner Verführung, er neckte mich weiter, bis ich wieder und wieder kam und schon völlig erschöpft und absolut frustriert war. Ich wollte ihn in mir spüren.

Er fütterte mich mit Erdbeeren, flüsterte meinen Namen und leckte dann den Saft von meinen Lippen, während er mich auf intimste Weise streichelte und mich aufs Neue immer höher, dem Gipfel entgegentrieb.

Dieses Mal konnte ich es nicht länger ertragen. „Mike." Mehr brachte ich nicht heraus, und sogar seinen Namen konnte ich nur mit Mühe hauchen.

„Ich dachte schon, du würdest nie fragen", flüsterte er.

Ich spürte, dass er die Fessel von meinen Beinen löste und mir dann half aufzustehen. Natürlich erwartete ich, dass er mir auch die Augenbinde abnehmen oder mich zumindest ins Schlafzimmer führen würde. Doch nichts davon geschah. Stattdessen zog er mich wieder hinunter, und ich spürte, dass er sich nackt auf den Stuhl gesetzt hatte. Mike spreizte meine Beine, packte meine Hüften und zog mich ungestüm auf seinen Schoß, bevor er laut aufstöhnend in mich eindrang.

Voller Verlangen und Befriedigung schrie ich auf, und während er meine Hüften weiter fest umschlossen hielt, bewegte ich mich rhythmisch auf ihm. Tränen rannen mir übers Gesicht und tränkten die Augenbinde. Ich riss sie ab und schaute Mike in die Augen. Was ich darin las, war ein Versprechen voller unglaublicher Intensität.

Und plötzlich wusste ich, was die ganze Zeit in meinem Unterbewusstsein bereits gelauert hatte – dieser Mann war der Richtige für mich. Ich hatte dieser Tatsache nicht ins Auge sehen wollen, aber jetzt konnte ich nicht länger vor der Wahrheit davonlaufen. Er war der einzig Richtige für mich, und dieses Glück durfte ich nicht aufs Spiel setzen, indem ich – nur um einen Job zu ergattern – mit einem männlichen Supermodel schlief, selbst wenn es noch so nett war.

„Ich liebe dich, Mattie", flüsterte Mike.

Ich nickte, während mir noch immer die Tränen über die Wangen kullerten. „Ich liebe dich auch."

Jetzt war es raus. Die absolute Wahrheit. Es fühlte sich gut an, es auszusprechen. Irgendwie befreiend.

Doch da war noch eine Sache, die ich tun musste, ehe ich wirklich frei war, Mike zu lieben.

Mike zehrte die ganze Nacht und den nächsten Tag hindurch von diesen vier kleinen Worten, was eigentlich ziemlich einfach war, da er und Mattie sich noch dreimal liebten, und Mattie die Worte mindestens ebenso oft wiederholte.

Jetzt beobachtete er sie dabei, wie sie sich anzog, während er die Freiheit genoss, den Freitag in Flanellpyjamahosen und den herrlichen Nachwirkungen einer berauschenden Liebesnacht zu verbringen. Mattie hatte ihm gesagt, dass sie eine Verabredung hätte, und er musste sich unglaublich beherrschen, um sie nicht zu packen und zu schütteln und zu fragen, was genau sie vorhatte.

Die Vorstellung, dass sie tatsächlich mit Cullen schlafen – oder auch nur mit ihm flirten könnte – nur um einen Fernsehauftritt zu bekommen, machte ihn wahnsinnig. Aber er wusste ja eigentlich gar nichts darüber, und wenn er jetzt etwas sagte, würde er nur Angie in Schwierigkeiten bringen. Vor allem aber wusste er, dass er Mattie zugestehen musste, ihre eigenen Entscheidungen zu treffen, egal wie sehr sie ihm auch missfallen mochten.

Seine Entschlossenheit schwand allerdings zusehends, als sie ihm zum Abschied einen Kuss gab. Sie verließ seine Wohnung, um hinüber zu ihrer zu gehen, und warf ihm noch eine Kusshand zu. Erst dachte er, das sei es gewesen. Aber dann bekam er mit, dass sie die Wohnung wieder verließ, und dieses Mal blickte sie nicht in seine Richtung. Stattdessen ging sie die Treppe hinunter zur Parkgarage.

Er atmete erleichtert aus. Sie fuhr ins Büro.

Er stand noch immer am Fenster, als er sie zurückkommen sah. Dieses Mal über die hintere Treppe, die, die sich in der Nähe des Waschraums befand. Entschlossen ging sie auf Cullens Wohnungstür zu, klopfte und wartete.

Und obwohl er bereits beschlossen hatte, nichts zu unternehmen, um Mattie aufzuhalten, konnte Mike nicht verhindern, dass sein Blut zu kochen anfing, als er sah, dass Cullen die Tür öffnete und Mattie hineinzog.

„Mattie", sagte Cullen und nickte kurz, als ich in seine Wohnung trat. „Gut siehst du aus."

„Danke", meinte ich und ließ die Tür einen Spalt breit offen. Eine psychologische Rückzugsmöglichkeit. Nachdem ich noch einen Blick auf die Tür geworfen hatte, holte ich tief Luft. „Äh, hör mal, Cullen, was unsere Verabredung angeht. Ich …"

„Ich kann das nicht mit dem Date, Mattie", fiel er mir ins Wort und brachte mich damit total aus dem Konzept, denn das war genau das, was ich auch hatte sagen wollen.

„Häh?"

„Ich dachte, ich könnte es. Mit dir schlafen, meine ich. Denn ich dachte, es würde sich total lohnen."

„Oh danke. Ich fühle mich geschmeichelt." Ich runzelte die Stirn. „Glaube ich jedenfalls."

„Ich meinte nicht deinetwegen", widersprach er und musste dann grinsen. Dieses sexy Grinsen, das mich und Carla ganz wild gemacht hatte. „Entschuldige, das war jetzt auch wieder nicht so gemeint. Ich bin sicher, dass du großartig bist. Aber ich dachte an die Fernsehshow. Das könnte für mich der Durchbruch sein."

Ich machte einen Schritt zurück und sah ihn konsterniert an. Woher wusste er von der Show? Gerade als ich ihn das fragen wollte, redete er weiter.

„Es ist das alles jedoch nicht wert", meinte er. „Jetzt nicht mehr, seit ich jemanden gefunden habe, der mir wirklich etwas bedeutet."

Ich neigte den Kopf. Irgendwie wiederholte er fast wortwörtlich die Sätze, die ich mir überlegt hatte. „Wer ...", begann ich zu fragen, doch er ließ mich nicht ausreden.

„Ich hoffe, es macht dir nichts aus. Ich weiß, dass du auf diese Show gezählt hast."

Ich merkte, dass ich zu strahlen anfing, und griff nach seiner Hand. „Es macht mir überhaupt nichts aus", bekräftigte ich. „Ehrlich gesagt bin ich hergekommen, um unsere Verabredung abzusagen. Ich ... na ja, ich habe mich in jemanden verliebt."

„Ach ja? Zufällig in Mike Peterson?"

Ich nickte und fühlte mich auf einmal so frei wie ein Vogel.

„Schön für dich." Er zog mich an sich und schlang auf brüderliche Art und Weise einen Arm um mich.

Brüderlich ...

In dem Moment fiel bei mir der Groschen. Wieso er von der Fernsehshow wusste. Wieso er so viel Zeit mit Angie verbracht hatte. Und wer ihm „etwas bedeutete". Cullen, so schien es, war in meine Schwester verliebt (oder zumindest scharf auf sie). Die, wie der Zufall so spielte, in diesem Augenblick aus dem Schlafzimmer kam und nicht nur leicht zerzaust, sondern auch durch und durch zufrieden aussah.

Ich schluckte, weil ich einen kleinen Schrei der Überraschung und des Entsetzens unterdrücken musste, während mich die Wut packte. Am liebsten hätte ich ihr eine geknallt und sie gefragt, was ihr eigentlich einfiele. Doch ich brachte die Worte nicht über die Lippen, weil ich es nicht fassen konnte, dass meine Schwester tatsächlich so tief gesunken war. Sie hatte Cullen an der Nase herumgeführt. Hatte ihn sogar verführt. Sie hatte ihm von der Show erzählt und sich in die Sache eingemischt. Und all das, um einen nicht existierenden Wettkampf mit mir zu gewinnen, indem es darum ging, wer Cullen bekam!

Von all dem wusste Cullen jedoch nichts. Seiner Miene konnte ich entnehmen, dass er meiner Schwester hoffnungslos verfallen war.

Du lieber Himmel. Was hatte ich da angerichtet?

Ich umarmte ihn und wünschte, ich könnte ihm die Wahrheit sagen, wusste aber, dass dies nicht der richtige Zeitpunkt war. Stattdessen drückte ich ihn nur und hoffte, dass meine Berührung sich echt und glücklich anfühlte, statt traurig und bedauernd.

Cullen und ich umarmten uns noch immer, als die Tür aufgestoßen wurde und Mike ins Zimmer stürmte.

„Verdammt, Mattie, ich dachte, ich könnte damit umgehen, aber ich kann es nicht."

Cullen und ich sprangen auseinander, und Angie kam die Treppe hinuntergeschlendert, um sich zu uns zu gesellen. Mike, wie es schien, hatte Angie noch gar nicht bemerkt. Er hatte nur Augen für mich.

„Tu es nicht", sagte er. „Ich habe kein Recht, dich um etwas zu bitten, was deine Karriere betrifft, aber ich tue es trotzdem. Ich muss es tun, weil ich dich liebe und den Gedanken nicht ertragen kann, dass du mit jemand anderem schläfst."

Seine Worte hingen in der Luft, und anfangs war ich begeistert, doch dann sickerten sie bei mir ein, und Zorn wallte in mir auf.

Ich drehte mich um und sah zu Angie und Cullen. Mike drehte sich ebenfalls herum, und zum ersten Mal erschienen Anzeichen von Verwirrung auf seinem Gesicht. „Was …?"

„Ich werde nicht mit Cullen schlafen", erklärte ich. „Ich bin hergekommen, um ihm das zu sagen. Interessanterweise wusste er ebenfalls bereits über die Fernsehsendung Bescheid."

Vielsagend blickte ich zu Angie, die hastig den Kopf wegdrehte.

„Wann hat sie es dir erzählt?", wollte ich wissen, während ich zu Mike trat und ihm den Finger in den Brustkorb bohrte. „Besser gefragt, was *genau* hat sie dir erzählt?"

„Ich habe ihm alles erzählt", ließ Angie sich leise vernehmen. „Kurz nachdem ihr zwei … du weißt schon … das erste Mal. Filmabend."

Ich sah sie nicht an. Mein Blick blieb auf Mike gerichtet. „Das heißt, du wusstest es die ganze Zeit? Wusstest von dem Schlampentest und der Fernsehsendung und all dem Rest?"

„Mattie, ich …?"

Ich verpasste ihm eine Ohrfeige, ehe ich zurückzuckte, überrascht von der Heftigkeit meiner Wut. Aber ich hatte schließlich allen Grund, sauer zu sein. Auf ihn und Angie. Bei Mike tat es jedoch noch viel mehr weh. Ich hatte geglaubt, endlich etwas Echtes gefunden zu haben, nur um festzustellen, dass Mike auch nur ein Puzzleteil im Masterplan meiner Schwester gewesen war, der einzig und allein darauf abzielte, Cullen für sich zu gewinnen. Die Worte sprudelten aus mir heraus, ehe ich darüber nachdenken konnte, all der Schmerz, all die Ängste. „War all das, was zwischen uns gelaufen ist, nur eine Charade? Irgendein perverser Versuch, mein Ergebnis zu verbessern? Um die Angst der armen kleinen Mattie zu beruhigen? Um das Ganze so interessant zu machen, dass ich Cullen vergessen würde? Zur Hölle mit dir!" Ich war völlig außer mir, aber ich fühlte mich verraten. Sowohl von Mike als auch von Angie.

Ich brauchte frische Luft, also drängte ich mich an Mike vorbei. Als er mir folgen wollte, drehte ich mich um und warf ihm einen eiskalten Blick zu. Abrupt blieb er stehen. Und ich ging in meine Wohnung.

Dort warf ich mich aufs Bett und heulte.

Während der nächsten fünf Tage schickte Mike alle sechs Stunden ein Dutzend Rosen an Mattie, in der Hoffnung, so Gnade bei ihr zu finden. Er hatte sie im Stich gelassen und hintergangen, und das wusste er auch. Nicht nur, weil er ihr nicht vertraut hatte, sondern weil er auch mit ihr gespielt hatte, genauso wie sie es ihm vorgeworfen hatte, auch wenn es nicht aus den Gründen gewesen war, die sie genannt hatte.

An diesem schrecklichen Tag in Cullens Wohnung, da hätte er es am liebsten geleugnet. Hätte ihr gern versichert, dass sie sich irrte. Dass er nicht jedes Mal, wenn sie sich an einem anderen Ort als im Bett geliebt hatten, gedacht hatte: *Ja, jetzt habe ich wieder einen Pluspunkt gesammelt.*

Die Wahrheit war, dass er wirklich nicht so darüber nachgedacht hatte. Jedenfalls nicht so dreist und bewusst. Die Zeit, die er mit Mattie verbracht hatte, war ihm heilig gewesen, und er hatte einzig und allein daran gedacht, ihr Vergnügen zu bereiten … und sich selbst auch.

Doch natürlich konnte er nicht leugnen, dass sein Wissen über ihr Ergebnis beim Schlampentest sowie ihr im Waschraum gefasster Vorsatz, der schließlich dazu geführt hatte, dass sie Cullen verführen wollte, seine Herangehensweise beeinflusst hatten. Das und sein Wissen, dass ihre Beziehung mit Dex auch deshalb gescheitert war, weil sich eine gewisse Nachlässigkeit und Selbstzufriedenheit in erotischen Belangen bei ihnen eingeschlichen hatten. Mike wollte nicht nachlässig sein. Also hatte er sich gezwungen, sich mutiger und aufregender zu geben, als er es sonst vielleicht getan hätte. Hatte sich eingebildet, dass es eine gute Idee wäre, sie auf der Toilette eines Nachtclubs zu lieben. Hatte ihr eine erotische E-Mail geschickt.

All diese Dinge hatte er getan, weil er wusste, dass Mattie sich nach sinnlicher Aufregung sehnte, weil sie glaubte, dass das bisher in ihrem Leben gefehlt hatte. Und die Wahrheit war, dass er nicht eine einzige Sache davon bedauerte.

Bedauern tat er nur, dass er von ihrer Sehnsucht erfahren hatte, ohne dass sie davon gewusst hatte. Dementsprechend benutzt und verletzt fühlte sie sich. Das konnte er nachvollziehen, ehrlich. Und er hasste sich dafür, dass er derjenige gewesen war, der diese Gefühle bei ihr ausgelöst hatte.

Schlimmer noch, er wusste nicht, wie er es wiedergutmachen konnte. Und er musste es wiedergutmachen. Denn eins hatte Mike während all dieses Dramas gelernt: Ohne Mattie war sein Leben nicht mehr lebenswert.

Ich wollte mich nicht erweichen lassen, aber natürlich wurde ich weich. Kein Wunder! Meine Wohnung beherbergte mehr Blumen als ein Blumenladen, und wenn Mike noch mehr schickte, dann würde ich ins Hotel ziehen müssen, nur um überhaupt Platz zum Umhergehen zu haben.

„Er ist total in dich verknallt", sagte Carla und schob eine Vase mit gelben Rosen zur Seite, der letzte Blumenstrauß, der pünktlich eingetroffen war. „Findest du nicht, dass du ihn jetzt lange genug hast leiden lassen?"

Das brachte mein Blut wieder zum Kochen. „Ich lasse ihn leiden? Was ist mit dem, was er mir angetan hat? Was er und Angie mir angetan haben?"

„Was ist damit?", fragte sie. „Ich meine, ja, vielleicht hat Angie aus Konkurrenzdenken damit angefangen, doch es hat sich doch ganz anders entwickelt."

Ich schloss die Augen, um meinen Frust zu verbergen. Carla hatte recht. Ich wusste, dass sie recht hatte. Trotzdem war ich noch nicht bereit, Mike wiederzusehen. „Er hat mein Geheimnis gegen mich verwendet", flüsterte ich. „Ich weiß nicht, wie ich ihm das verzeihen soll."

„Es ist doch nicht so, dass er in deinem Tagebuch gelesen hat", widersprach Carla. „Okay, Angie hätte ihm nicht erzählen dürfen, dass du es auf Cullen abgesehen hattest, und auch nicht von der Fernsehshow, aber das arme Mädel war doch selbst schon dabei, sich zu verlieben."

Ich verzog das Gesicht, nickte aber widerstrebend. Cullen war nicht so, wie ich mir den Typ meiner Schwester vorgestellt hätte, aber es hatte sich herausgestellt, dass die beiden sich gesucht und gefunden hatten. Angie hatte alles erklärt. Wie sie angefangen hatte, mit ihm zusammen herumzuhängen, weil da immer dieser Konkurrenzkampf zwischen uns beiden herrschte. Aber dann hatte sich etwas verändert, und auf einmal waren es echte Gefühle geworden, die da ins Spiel kamen. Sie hatten angefangen, miteinander auszugehen, und sie hatte ihm von der Fernsehsendung berichtet, in der Hoffnung, dass er darüber lachen und erklären würde, dass er nie im Leben mit mir ins Bett steigen würde, nur um diese Pilotsendung mit mir zu drehen. Cullen hatte jedoch nichts dergleichen gesagt. Er wollte diesen Fernsehauftritt und war mehr oder weniger bereit, alles zu dafür zu tun. Ich konnte es ihm nicht übelnehmen, schließlich hatte ich das Gleiche getan.

Daraufhin hatten sie sich heftig gestritten, und Angie war davongestürmt. Ich hatte das Ganze sogar fast hautnah miterlebt – der laute Streit hinter der Wand – ohne allerdings zu realisieren, dass Angie betroffen war.

Anschließend hatte Angie alles Mike erzählt … sie hatten beide eine Schulter zum Anlehnen gesucht. Der Rest, wie man so schön sagt, ist Geschichte.

„Und um die Wahrheit zu sagen", fuhr Carla fort, „finde ich, dass das, was er getan hat, richtig süß war. Ich meine, wenn Mitch davon Wind bekäme, dass ich unser Sexualleben langweilig fände, und dann heimlich versuchen würde, es aufzupeppen … Na ja, wie cool wäre das denn?"

Ich warf ihr einen ungläubigen Blick zu, doch sie zuckte nur mit den Schultern. „Nicht, dass mein Sexualleben langweilig wäre, aber du weißt schon."

Gern hätte ich ja behauptet, ich wüsste es nicht. Aber natürlich wusste ich es.

Mehr noch, ich wusste, dass es hier gar nicht um Sex ging. Mein Zögern lag an mir selbst. Ich kam mir wie ein Miststück vor und fand es mehr als erstaunlich, dass Mike mich noch immer wollte. Schließlich hatte ich, im Bemühen, meine Karriere voranzutreiben, alles andere, was im Leben wichtig war, total hintenangestellt.

Als ich Carla diese Erkenntnis mitteilte, zuckte sie nur mit den Schultern und machte dann eine weit ausholende Handbewegung, die all die vielen Vasen mit Rosen einschloss. „Irgendwie habe ich nicht das Gefühl, dass er dir das vorwirft. Und zudem ist *er* derjenige, mit dem du reden solltest, nicht ich."

Ich holte tief Luft und schloss die Augen, während ich mir Mike vorstellte … mir vorstellte, wie ich in seinen Armen lag … seine Küsse spürte.

Wollte ich das wirklich alles wegwerfen, nur weil er sich die größte Mühe gegeben hatte, um mein Sexualleben aufzupeppen? Wenn man es so sah, war allein der Gedanke absurd.

Ich brauchte ihn, und ich glaube, er brauchte mich auch.

Vor allem musste ich ihm jedoch erklären, dass ich endlich herausgefunden hatte, was wirklich wichtig war im Leben. All die Jahre lang hatte meine Mom sich geirrt. Eine Karriere ist gut und schön, aber Liebe ist das, was zählt.

Bei Mike hatte ich Liebe gefunden. Und ich wollte verdammt sein, wenn ich nicht alles versuchen würde, um sie zu bewahren.

Ich wusste, dass Mike sich mit mir versöhnen wollte. Ich meine, das war ja wohl angesichts all der Blumen offensichtlich. Angesichts der vielen, vielen, vielen Blumen. Trotzdem stand ich mit klopfendem Herzen und verschwitzten Handflächen vor seiner Tür.

Endlich nahm ich all meinen Mut zusammen, hob die Hand und klopfte.

Erst dachte ich, er würde nicht aufmachen, und überlegte, ob er vielleicht nicht zu Hause war. Oder, schlimmer, ob er durch den Türspion geschaut, mich gesehen und erkannt hatte, dass ich doch nicht die Frau war, die er haben wollte.

Doch dann hörte ich, wie das Schloss klickte. Der Knauf drehte sich, die Tür schwang auf, und da stand er.

„Mattie", sagte er, und in seiner Stimme schwangen Liebe und Verlangen mit. Er streckte die Arme nach mir aus, doch ich machte einen Schritt rückwärts, entschlossen, das zu sagen, was ich sagen musste.

Mike kniff die Augen zusammen, frustriert und verletzt, deshalb beeilte ich mich, ihn zu beruhigen. „Ich liebe dich", platzte ich heraus. Mit diesen drei Worten wich die Besorgnis aus seinem Gesicht, was wiederum mir Mut machte. „Aber erst muss ich noch etwas sagen."

„Solange du mir nicht sagst, ich soll aus deinem Leben verschwinden", meinte er, „kannst du sagen, was du willst."

„Ich will dich nicht aus meinem Leben vertreiben. Weder jetzt noch jemals." Tränen traten mir in die Augen, und eine kullerte mir über die Wange. „Aber ich muss dich um Verzeihung bitten."

„Du schuldest mir gar nichts."

„Doch", beharrte ich. „Ich habe zugelassen, dass mir meine Karriere wichtiger war als mein Leben. Ich bin Risiken eingegangen, um meine Karriere voranzutreiben, aber es ist mir nie in den Sinn gekommen, Risiken einzugehen, um eine Beziehung voranzutreiben. Beinahe hätte ich die Chance auf die große Liebe verspielt, weil ich zu dumm war, konsequent am Ball zu bleiben."

„Aber letztlich hast du es doch getan", meinte er lächelnd. „Du bist doch hier, oder?"

Ich erwiderte sein Lächeln, fühlte mich geborgen, glücklich, erleichtert und geliebt. „Stimmt", entgegnete ich. „Das bin ich." Und als er diesmal die Hand nach mir ausstreckte, ergriff ich sie.

„Glücklich?", fragte Mike. Wir lagen in meinem Bett, und er hatte mich eng an sich gezogen. Langsam ließ er seinen liebevollen und besitzergreifenden Blick über mich gleiten.

„Oh ja." Ich nickte, bevor ich mein Gesicht an seine Brust presste, tief durchatmete und mehr als glücklich war. Ich war ein Risiko eingegangen, und das hatte sich ausgezahlt. Indem ich Mike gewonnen hatte. Ich hatte alles gewonnen, was ich mir jemals gewünscht hatte. Abgesehen natürlich von …

„Was ist los?", fragte er. „Was stimmt nicht?" Er lehnte sich ein Stückchen zurück, legte einen Finger unter mein Kinn und hob meinen Kopf, bis ich ihn ansehen konnte.

Ich verzog das Gesicht, kam dann aber hoch und setzte mich. „Es ist eigentlich nichts", erklärte ich. „Nur dass mein Ehrgeiz mal wieder Überstunden macht."

„Inwiefern?"

Eine Sekunde lang überlegte ich, bevor ich damit herausplatzte. „Fass das bitte nicht falsch auf, aber im Grunde bin ich wieder da, wo ich angefangen habe. Nicht in Bezug auf den Schlampentest", gab ich zu und grinste frech. „Ich würde mal sagen, da können wir wohl davon ausgehen, dass du und ich es geschafft haben, das Ergebnis auf einen durchaus respektablen Level zu bringen. Und auch nicht, was meinen Lebensweg angeht." Ich drückte ihn kurz. „Da bin ich genau dort, wo ich sein möchte."

„Du denkst an deine Karriere."

„Genau", gab ich schuldbewusst zu.

„Ich höre."

Ich hob eine Schulter und ließ sie wieder fallen. „Ich hatte die Chance, das Drehbuch für eine Pilotfolge einer Fernsehshow zu schreiben", sagte ich, bevor ich mich vorbeugte und seinen Oberkörper streichelte. „Jetzt habe ich dich, und ich will mich auch gar nicht beschweren, aber …"

„Warum kannst du nicht beides haben?"

Ich blinzelte. „Was meinst du damit?"

„Hast du Timothy schon gesagt, dass du nichts vorlegen kannst?"

„Nein, noch nicht." Ich war zu feige gewesen. „Kann aber sein, dass Carla was gesagt hat."

„Das bezweifle ich", meinte Mike. „Ich glaube, dass Carla davon ausgeht, dass du durchaus in der Lage bist, dich um deine Karriere zu kümmern."

„Weil ich ja solch eine Erfolgsgeschichte vorweisen kann …"

„Jeder muss irgendwo anfangen", sagte er. „Warum fängst du nicht bei deinem Schlampentestresultat an?"

„Aber das ist doch der Punkt", jammerte ich. „Genau das haben wir Timothy doch versucht schmackhaft zu machen. Aber die Story basiert doch darauf, dass ich meinen Wert mit Cullen verbessern sollte. Du bist einfach kein …"

„Kein Topmodel? Ja, ich weiß. Das bereitet mir schlaflose Nächte." Ich warf ihm ein Kissen an den Kopf, doch er fuhr fort. „Vergisst du dabei nicht, dass Cullen immer noch Teil deiner Geschichte ist? Ein großer Teil sogar. Du hast nur nie mit ihm geschlafen. Ein kleines Versehen, für das ich extrem dankbar bin."

„Und jetzt, da er mit Angie zusammen ist …" Ich richtete mich auf, als mir die Ideen nur so durch den Kopf schossen. Dann küsste ich Mike stürmisch. „Mike, du bist ein Genie."

„Ich weiß", meinte er grinsend.

„Und du wirst auf der Leinwand verewigt werden. Oh verdammt, das ist …" Ich verstummte, warf die Decke beiseite und stand auf, um nackt, wie ich war, in Richtung Wohnzimmer und zu meinem Schreibtisch zu eilen.

„Hey, es ist drei Uhr morgens. Wo willst du hin?"

„Wenn du dich in eine Drehbuchautorin verliebst", rief ich, „dann wirst du dich daran gewöhnen müssen."

Ich hörte ihn seufzen, dann das Rascheln der Decken, gefolgt von seinen Schritten. Ich hatte schon meinen Laptop angestellt, als Mike zu mir trat und mir einen Kuss auf den Kopf gab.

„Du brauchst nicht aufzubleiben", sagte ich. „Geh schlafen."

„Das habe ich auch vor", erklärte er. „Aber erst koche ich dir noch eine Kanne Kaffee."

Ich lächelte vor mich hin. Seine Worte wärmten mich. Er wollte mir Kaffee kochen. Wenn das nicht wahre Liebe war, dann wusste ich nicht, was sonst.

Ich bog den Kopf nach hinten, lächelte und erwiderte seinen Kuss. Doch dann scheuchte ich ihn fort. „Mitlesen über die Schulter ist nicht erlaubt."

Er lachte, und während er sich in die Küche zurückzog, begann ich zu tippen.

AUFBLENDE
INT. WASCHRAUM – AM TAG
Mattie: Achtzehn Prozent! Achtzehn Prozent, das schaffen Nonnen und kleine Kinder!

– ENDE –

Lesen Sie auch:

Sophie Jordan

Foreplay – Vorspiel zum Glück

Aus dem Amerikanischen von Gisela Schmitt

Im Buchhandel erhältlich

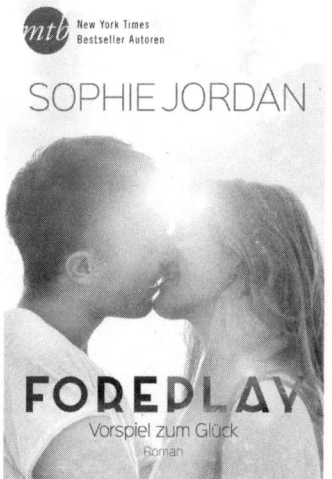

Band-Nr. 25831
9,99 € (D)
ISBN: 978-3-95649-172-6

Ich schob die Tür mit der Schulter auf, weil ich eine Riesentüte Popcorn in der einen und eine Flasche Grapefruitlimonade in der anderen Hand hatte. Im Zimmer meiner Mitbewohnerinnen sank ich auf Georgias Drehstuhl. Wie immer war Emersons Stuhl voller Klamotten.

ABBA dröhnte laut durchs Zimmer – das hörte Emerson immer, wenn sie sich zum Ausgehen fertig machte. Sobald ich diese Musik durch die dünnen Wände hörte, war klar, dass die Vorbereitungen liefen.

Ich stellte die Flasche auf ihrem Schreibtisch inmitten des Durcheinanders von Notebooks und Büchern ab, schaufelte mir eine Handvoll Popcorn in den Mund und sah zu, wie sie sich in einen engen Minirock zwängte. Das irre schwarz-weiße Zickzackmuster sah toll aus bei ihrer Figur. Ich stellte mir kurz vor, selbst so etwas zu tragen und zuckte zusammen. Kein schönes Bild. Ich war eben nicht bloß um die einsfünfzig groß und wog auch nicht nur fünfundvierzig Kilo.

„Wo gehst du heute Abend hin?"

„Ins Mulvaney's."

„Nicht gerade deine Stammbar."

„Das Freemont's ist neuerdings voll von blöden Verbindungshühnern."

„Ich dachte, das wäre genau dein Ding."

„Letztes Jahr vielleicht. Doch das hab ich hinter mir gelassen. Dieses Jahr bin ich eher …" Sie betrachtete sich im Spiegel, der an der Tür hing. „… an Männern interessiert, würde ich sagen. Keine kleinen Jungs mehr für mich." Sie grinste mich an. „Willst du nicht mitkommen?"

Ich schüttelte den Kopf. „Ich habe morgen Vorlesung."

„Ja. Um halb zehn." Sie schüttelte angewidert den Kopf. „Ich bitte dich. Meine fängt um acht an."

„Aber vermutlich ohne dich."

Sie zwinkerte mir zu. „Der Prof führt keine Anwesenheitsliste. Ich hol mir die Unterlagen von jemand anderem."

Vermutlich von einem unglückseligen männlichen Erstsemester, der vor Ehrfurcht erstarrte, sobald Emerson ihn ansprach. Wahrscheinlich würde er ihr sogar eine Niere spenden, wenn sie ihn darum bäte.

In diesem Moment betrat Georgia das Zimmer, in ihren Bademantel gewickelt und den Kulturbeutel in der Hand. „Hey, Pepper. Kommst du gleich mit?"

Meine Hand erstarrte in der Popcornschachtel. „Du gehst auch?" Das war sehr außergewöhnlich. Georgia verbrachte die Abende normalerweise mit ihrem Freund.

Sie nickte. „Ja. Harry muss für einen wichtigen Test morgen lernen, also dachte ich mir, warum nicht? Das Mulvaney's ist ziemlich cool. Besser als das Freemont's."

Emerson bedachte mich mit einem „Hab ich dir's nicht gesagt?"-Blick. „Ganz sicher, dass du hierbleiben willst?", fragte sie noch einmal und schlüpfte in ein türkisfarbenes Top. Es sah sexy aus. Auf einer Seite war es schulterfrei und schmiegte sich wie eine zweite Haut an sie. So ein Kleidungsstück würde ich niemals tragen.

„Die wilden Nächte überlasse ich euch."

Verächtlich schnaubte Emerson. „Ich weiß nicht, wie wild die Nächte mit Georgia werden. Sie ist ja praktisch eine verheiratete Frau."

„Bin ich nicht!" Georgia riss sich das feuchte Handtuch vom Kopf und schmiss es nach Emerson.

Emerson grinste und nahm sich von meinem Popcorn. Sie warf sich eine Handvoll in den Mund und leckte ihre fettigen Finger ab, während sie mich anschaute. „Eigentlich solltest du diejenige sein, die um die Häuser zieht."

„Ja, das solltest du wirklich tun", sprang Georgia ihr zur Seite. „Du bist Single. Fang endlich an zu leben. Hab Spaß! Flirte mal ein bisschen!"

„Schon gut." Ich schüttelte den Kopf. „Ich kriege meinen Kick schon durch eure Erzählungen, das reicht mir."

„Jetzt mal im Ernst. Das ist doch nur wegen Hunter, oder?", sagte Emerson anklagend, wobei sie vor dem Spiegel ihr kurzes dunkles Haar stylte. Sie frisierte die Strähnen so, dass sie in verschiedenen Winkeln abstanden und ihr ein verwegenes, unbezähmbares Aussehen verliehen. Sie sah aus wie eine coole Elfe.

Ich zuckte die Achseln. Es war kein Geheimnis, dass mein Herz Hunter Montgomery gehörte. Ich war seit meinem zwölften Lebensjahr in ihn verliebt.

Nebenan klingelte mein Handy. Ich gab Emerson meine Popcorntüte und verschwand durch die Verbindungstür.

Plumpsend landete ich auf dem Bett und schnappte mir mein Smartphone. „Hey, Lila."

„Hör zu, Pepper. Das wirst du mir nie glauben."

Ich musste lächeln, sowie ich die Stimme meiner besten Freundin hörte. Sie studierte in Kalifornien, auf der anderen Seite des Landes, doch immer, wenn wir telefonierten, kam es mir vor, als hätten wir uns erst gestern gesehen. „Was ist passiert?"

„Ich habe gerade mit meinem Bruder gesprochen."

Bei der Erwähnung von Hunter zog sich mein Herz zusammen. Es war kein Geheimnis, dass ich in ihn verknallt war. Es war verrückt, doch seinetwegen hatte ich mich hier in Dartford beworben. Es war ein gutes College. Als die kleine Stimme in meinem Kopf mich daran erinnerte, dass es bessere Colleges im Land gab, ignorierte ich sie. „Und?", fragte ich.

„Er und Paige haben Schluss gemacht."

Ich umklammerte das Handy. „Ist das dein Ernst?" Hunter hatte Paige im zweiten Studienjahr kennengelernt, und seitdem waren die beiden unzertrennlich gewesen. Ich hatte schon befürchtet, dass sie die zukünftige Mrs Montgomery werden würde. „Und wieso?"

„Kein Ahnung. Er hat was davon erzählt, dass sie sich auch mal wieder mit anderen Leuten treffen sollten. Angeblich war es eine einvernehmliche Trennung, doch wen interessiert das? Tatsache ist, dass mein Bruder zum ersten Mal seit zwei Jahren wieder Single ist. Das ist deine Chance!"

Es war meine Chance.

Ein paar Sekunden lang war ich wie betäubt vor Aufregung, dann überfiel mich Panik. Hunter war frei. Endlich. Auf diesen Augenblick hatte ich so lange gewartet, und jetzt traf es mich völlig unvorbereitet. Wie sollte ich ihn auf mich aufmerksam machen? Was Hunter anging, war ich nämlich nur die beste Freundin seiner kleinen Schwester. Mehr nicht.

„Oh, ich muss los!", verkündete Lila. „Ich hab jetzt Probe, aber wir reden später, ja?"

„Ja." Ich nickte, als könnte sie mich sehen. „Ich ruf dich an."

Danach saß ich lange auf meinem Bett, das Telefon schlaff in der Hand. Aus dem Nebenzimmer hörte ich Emerson und Georgia laut lachen, gemischt mit den Klängen von „Dancing Queen". Wie krass. Endlich war das passiert, was ich mir so lange gewünscht hatte. Und jetzt wusste ich nicht, was ich machen sollte.

Emerson kam rein und ließ sich auf meinen Stuhl fallen. „Hey. Ich mampf dir noch dein komplettes Popcorn weg." Sie wedelte mit der Tüte vor meiner Nase herum. Ihr Lächeln erlosch, sowie sie meinen Gesichtsausdruck bemerkte. „Was ist denn los?"

„Sie haben Schluss gemacht", murmelte ich und tippte nervös mit den Fingern gegen meine Lippen.

„Was? Wer?"

„Er ist wieder Single. Hunter ist Single." Ich schüttelte den Kopf, als könnte ich es immer noch nicht fassen.

Emerson riss die Augen auf. „Georgia, komm her! Schnell!"

Georgia erschien in der Tür, sie rubbelte sich immer noch die Haare trocken. „Was ist los?"

„Hunter ist wieder Single", erklärte Emerson.

„Ist nicht wahr! Paige ist passé?"

Ich nickte.

„Na bitte. Das ist deine Chance." Emerson ließ sich neben mir auf die Matratze sinken. „Was ist der Plan?"

Ich blinzelte und hielt hilflos die Hand hoch. „Es gibt keinen Plan." Der Plan war, dass er sich in mich verlieben sollte.

Das war mein Traum. So funktionierte das immer in den Liebesromanen. Irgendwie. Das war es, was geschehen musste. Ich hatte keine Ahnung, *wie* es dazu kam. Sondern nur, dass es dazu kam.

„Was soll ich tun?" Ich schaute die beiden ratlos an. „Rüber zu seiner Wohnung fahren, an seine Tür klopfen und ihm meine Liebe gestehen?"

Georgia schüttelte den Kopf. „Nein."

„Finde ich auch. Das ist viel zu direkt." Emerson nickte, als wäre das ein ernst zu nehmender Vorschlag gewesen. „Nicht geheimnisvoll genug. Männer müssen jagen."

Georgia verdrehte die Augen und schnaubte. „Und das kommt ausgerechnet von dir."

Beleidigt blickte Emerson sie an. „Hey, ich weiß einfach, wie das Spiel läuft. Wenn ich will, dass sie mich jagen, lasse ich sie."

Und genau das war's. Ich hatte nicht den blassesten Schimmer, wie das Spiel läuft. Ich wusste nicht, wie man einen Typen rumkriegt. Ich flirtete nicht. Ich ging nicht aus. Ich machte nicht mit irgendwelchen Jungs rum wie die anderen.

Ich vergrub den Kopf in den Händen. Warum hatte ich bloß nie früher darüber nachgedacht? Hätte ich nur ein bisschen mehr Erfahrung, hätte ich Hunter leicht für mich gewinnen können. Momentan musste ich annehmen, dass ich ziemlich schlecht küsste. Zumindest hatte das Franco Martinelli in der zehnten Klasse überall rumerzählt, nachdem wir mal hinter der Cafeteria rumgemacht hatten. Falls man einen Kuss und einen kurzen Grabscher unter meinen Pullover „Rummachen" nennen konnte. Denn ich hatte seine Hand sofort weggeschoben.

„Ich habe keine Ahnung, wie das geht", musste ich zugeben. „Wie soll ich es schaffen, dass Hunter mich bemerkt? Seit der Highschool habe ich ja nicht mal mehr geknutscht!" Ich hielt einen Finger hoch und schaute meine Freundinnen verzweifelt an. „Und da auch nur mit einem. Ich habe nur einmal in meinem Leben geknutscht."

Meine beiden Mitbewohnerinnen starrten mich an.

„Nur einen?", fragte Georgia nach dem gefühlt weltlängsten peinlichen Schweigen.

„Tragisch." Emerson schüttelte den Kopf, als hätte ich ihr gerade eine besonders schlimme Statistik über den Hunger in der Welt vorgelesen. Dann schnippte sie mit den Fingern und lächelte fröhlich. „Doch das lässt sich alles ändern."

Ich runzelte die Stirn.

„Wie meinst du das?"

„Alles, was du brauchst, ist ein bisschen Erfahrung."

Ich riss die Augen auf. Emerson hatte das so beiläufig gesagt – und für sie war es das vermutlich auch. Sie hatte ja auch keinen Mangel an Selbstvertrauen und keinen Mangel an Bewunderern.

„Du kommst heute Abend mit", verkündete Georgia und tauschte einen Blick mit Emerson. Sie nickten einander zu.

„Ganz genau. Du begleitest uns, und du wirst jemanden küssen." Emerson stand auf und sah mich an, die Hände in die Hüften gestemmt. „Jemand, der sexy ist und der weiß, was er tut."

„Was?" Ich blinzelte. „Ich kann doch nicht einfach irgendjemanden …"

„Nicht irgendjemanden. Du brauchst einen Profi."

Ich ließ die Mundwinkel hängen, und es dauerte eine Weile, bis ich meine Stimme wiederfand. „Einen Callboy?"

Emerson schubste mich. „Red keinen Quatsch, Pepper! Natürlich nicht! Nur einen Typen, der sich einen Ruf als guter Küsser erworben hat. Jemand, der dir … das Vorspiel beibringt."

Zweifelnd starrte ich sie an. „Wer denn?"

„Na ja. Ich hatte ihn eigentlich für heute Abend auf meiner eigenen Liste, aber es geht ja um die gute Sache. Du kannst ihn haben."

„Wen haben?"

„Den Barkeeper aus dem Mulvaney's. Annie von unserem Stockwerk hat letzte Woche mit ihm rumgemacht und Carrie auch. Sie haben beide erzählt, bei dem Typ kriegt man ein feuchtes Höschen."

Georgia nickte ernst. „In meinem Philosophiekurs haben auch ein paar Mädchen so von ihm gesprochen."

„Und was soll das heißen? Ich soll also ins Mulvaney's spazieren, Kurs auf diese männliche Barkeeper-Schlampe nehmen und sagen: ‚Los, knutsch heute Abend mal mit mir!'?"

„Nein, du Dummchen. Du musst ihn anlocken. Er ist ein Mann. Er wird anbeißen. Und bei der Stange bleiben." Emerson wackelte mit ihren Augenbrauen. „Wortspiel beabsichtigt."

„Hör auf!" Lachend schmiss ich ein Kissen nach ihr. „Das kann ich doch nicht tun!"

„Aber klar! Komm erst mal mit heute Abend!", versuchte Georgia mich zu überreden. „Du musst ja nichts machen, worauf du keine Lust hast. Kein Druck."

Ich blickte sie an. Diesen behämmerten Plan hätte ich von Emerson erwartet, nicht von Georgia. Sie war die Brave, stets praktisch und konservativ.

„Aber", Emerson hob warnend den Finger, „wenn wir den Barkeeper auschecken und dir gefällt, was du siehst, kannst du ihn ja wenigstens begrüßen. Daran ist doch nichts auszusetzen, oder?"

Unbehaglich zuckte ich mit den Schultern. „Nein. Vermutlich nicht." Ich starrte meine beiden Freundinnen an und spürte schon, dass ich unter ihrem Druck einknicken würde. „Na gut. Ihr habt gewonnen. Aber ich verspreche nicht, dass ich mich mit jemandem einlasse."

Emerson sprang auf und klatschte in die Hände. „Super! Aber sei einfach offen für alles!"

Ich nickte. Das war in Ordnung. Immerhin konnte ich mir auf diese Weise mal anschauen, wie alle anderen das machten. Solche Bars eigneten sich hervorragend zur Fleischbeschauung. Vielleicht würde ich ein paar Verhaltensregeln mitkriegen. Ich konnte herausfinden, worauf Typen ansprangen. Das konnten ja wohl nicht nur Hotpants und monströse Brüste sein.

Ich hatte als Hauptfach Psychologie belegt. Die menschliche Natur zu studieren gehörte dazu. Heute Abend musste ich mir nur vorstellen, dass das Mulvaney's – im bildlichen Sinn – eine große Petrischale war. Ich musste nur beobachten und daraus lernen, wie man das als Wissenschaftler so tat. Und dabei würde ich eventuell sogar ein bisschen Spaß haben. Lernen muss ja nicht immer langweilig sein!

Lesen Sie auch von Julie Kenner:

Zwei Romane in einem Band!

J. Kenner

Band-Nr. 35060

9,99 € (D)

ISBN: 978-3-95649-016-3

eBook: 978-3-95649-359-1

400 Seiten

Julie Kenner
Night Moves

Dark Desires –
Gefährliche Leidenschaft:

Detective Jack Parker benötigt Nachhilfe in Sachen Erotik … Ein gefährlicher Stalker schickt seinen Opfern sinnliche Gedichte. Die verführerische Veronica, Expertin für erotische Literatur, will Jack bei den Ermittlungen helfen – unter einer Bedingung: Im Gegenzug soll er ihre geheimsten erotischen Wünsche erfüllen. Nur zu gern lässt sich Jack auf die heißen Spiele mit ihr ein. Doch dann verdichten sich plötzlich die Hinweise, dass Veronica in den Fall involviert ist!

Blackout – Verbotene Spiele:

Wäre der Strom nicht für 24 Stunden ausgefallen … Niemals hätte die Studentin Ella sich mit Shane in ihrem Apartment zum Candle-Light-Dinner verabredet. Oder sich eingestanden, wie höllisch sexy er tatsächlich ist. Schließlich ist der Anwalt ihr bester Freund, nicht mehr. Aber als es Nacht wird in New York, ist plötzlich alles anders. Wilde, unkontrollierbare Lust erwacht zwischen Ella und Shane. Wie im Traum lässt sie sich verführen – und hat den besten Sex ihres Lebens. Bis der Morgen graut …

Eden Bradley
Lovers

Als die Schriftstellerin Bettina der charismatischen Audrey begegnet, erlebt sie ihre erotische Erweckung. Eine leidenschaftliche Woche lang lässt sie sich in die erregende Welt weiblicher Ekstase einführen, genießt hemmungslose Lustspiele mit Audrey. Doch dann taucht Audreys Liebhaber Jack auf. Bettina scheint abgemeldet – bis die beiden sie für eine heiße Nacht zu dritt in ihr Bett bitten. Und Bettina, die nie eine Beziehung wollte, beginnt sich ausgerechnet in Jack zu verlieben …

Band-Nr. 35048
9,99 € (D)
ISBN: 978-3-86278-711-1
eBook: 978-3-86278-766-1
304 Seiten

Sylvia Day
Ekstase & Erlösung

Man sollte Geschäftliches und Vergnügen immer trennen. Man sollte politische Entscheidungen nie im Schlafzimmer treffen. Und dennoch habe ich beides getan, als ich mich mit Jackson Rutledge einließ. Ich kann also nicht behaupten, ich wäre nicht gewarnt worden …

Band-Nr. 35063
7,99 € (D)
ISBN: 978-3-95649-069-9
eBook: 978-3-95649-413-0
304 Seiten

Deutsche Erstveröffentlichung

Christina Lauren
Beautiful Bastard

Chloe Mills weiß, was sie will.
Doch auf dem Weg zum Traum-
job stellt sich ihr ein Problem in
den Weg: ihr Boss Bennett Ryan.
Perfektionistisch, arrogant –
und absolut unwiderstehlich.
Ein verführerischer Mistkerl!

Band-Nr. 25777
8,99 € (D)
ISBN: 978-3-95649-054-5
eBook: 978-3-95649-476-5
304 Seiten

Christina Lauren
Beautiful Stranger

Sara Dillon hat von Männern
erst mal genug, als sie spontan
für einen Neuanfang nach New
York zieht. Bis ihr gleich am
ersten Abend in einem Club
ein unwiderstehlicher Frem-
der begegnet. Aber was spricht
eigentlich gegen ein bisschen
Spaß? Einen One-Night-Stand
sieht man ja nicht wieder …

Band-Nr. 25815
9,99 € (D)
ISBN: 978-3-95649-109-2
eBook: 978-3-95649-477-2
304 Seiten

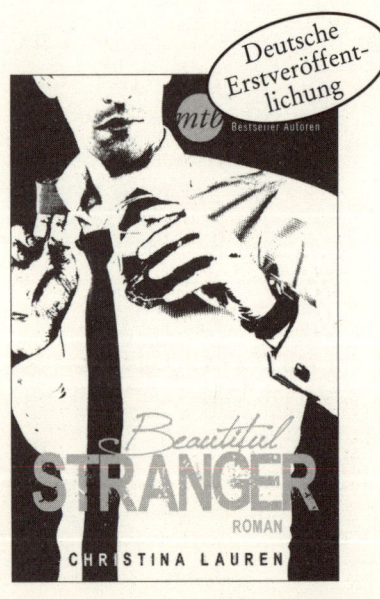

Deutsche Erstveröffentlichung